BASTEI
LÜBBE

SUSANNA KUBELKA

MADAME KOMMT HEUTE SPÄTER

BASTEI LÜBBE

BASTEI-LÜBBE-TASCHENBUCH
Band 25301

Ungekürzte Taschenbuchausgabe
Printed in Great Britain
Einbandgestaltung: C.C.G., Köln
Satz: hanseatenSatz-bremen, Bremen
Druck und Bindung: Cox & Wyman, Ltd.
ISBN 3-404-25301-9

Der Preis dieses Bandes versteht sich einschließlich
der gesetzlichen Mehrwertsteuer.

Für Sibyl

Jede Ähnlichkeit mit lebenden Personen
ist purer, absoluter, ungewollter Zufall!

1

PARIS IST DIE schönste Stadt der Welt!

Und ein gefährliches Pflaster für Fremde. Man denke an Ödön von Horvath, den ungarischen Autor, dem eine Seherin vor vielen Jahren prophezeite, daß sich hier, in Paris, sein Schicksal erfüllen würde. Prompt reiste er an die Seine, spazierte die Champs-Élysées entlang, und was geschah? Ein Gewitter zog auf, Ödön stellte sich unter einen Baum – und wurde glatt vom Blitz gefällt!

Ähnlich ging es mir. Mein Blitz war ein Franzose! Immerhin, ich lebe noch. Doch das Gewitter dauert an, und ich habe den Verdacht, daß der große Knall erst kommt. Trotzdem bleibe ich hier. Keiner entgeht seinem Schicksal, außerdem: Ich kenne die ganze Welt, von Sidney bis Salamanca, von Winnipeg bis Rom, von Delhi bis Tokio, und nirgends ist es schöner als in Paris, im Schatten des Eiffelturms!

Mich hat keine Seherin geschickt. Aus reinem Übermut kam ich an die Seine. Ich hätte auch in England bleiben können, wo ich vorher war. Es ging mir gut in London, meine Zeit war nicht vertan. Ich lebte in einem großen Haus in Chelsea, mit einem bekannten Architekten. Wir arbeiteten zusammen, waren ein gutes Gespann.

Doch dann starb meine Mutter!

Und plötzlich wollte ich die große Liebe finden!

Ich wollte alles ändern, wollte weg. Ich sehnte mich zurück nach Paris, wo ich schon früher war, nach den glitzernden Lichtern, den großen Boulevards, ich wollte Französisch sprechen und die verwandte Seele finden, den idealen Mann, das große Glück, maßgeschneidert für mich im Paradies.

Plötzlich schien mir England kalt und leer. Zu langsam, düster, freudlos, öd! In Paris aber gedeiht der gewisse Menschenschlag, der die prickelnde Atmosphäre schafft, die allen den Kopf verdreht. Ich wollte etwas Neues, Wunderbares. Die ideale Verschmelzung von Körper und Geist. Und ich fand!

Fragt sich nur was!

Vielleicht habe ich einen Fehler gemacht! Vielleicht habe ich nicht lange genug gewartet. Vielleicht habe ich dem Falschen »Ja!« gesagt. Vielleicht sehe ich auch zu schwarz. Vielleicht wird morgen alles gut, denn nach außen hin ist mein Leben grandios!

Ich habe eine glänzende Partie gemacht. Ich, die hübsche blonde Wienerin. Ich, die Ausländerin, bekam den begehrtesten Junggesellen von Paris, und ich bin zweiundvierzig, bitte sehr! Ich habe alle Grenzen gesprengt, ich schaffte, wovon andere nur träumen, und bin voll Unmut schon die längste Zeit. Tagsüber grüble ich. Nachts liege ich wach, doch geschehen ist geschehen. Ich mache jetzt das Beste daraus!

Ich heiße Tizia Saint-Apoll – ein Name, der die Herzen höher schlagen läßt. Ich werde beneidet, daß ich mich so nennen darf, denn Saint-Apoll duftet nach Kaffee und Geld, und das seit langer Zeit. Stammvater Helios kam aus Griechenland, führte die teuren Bohnen in Frankreich ein und starb als reicher Mann.

Seine Söhne vermehrten sein Erbe, ja, die Männer des Hauses sind berühmt für ihre Millionen und ihre strahlende Erscheinung. Große blonde Hünen mit wildem Haar, das einer Löwenmähne gleicht. Sie ragen heraus aus der Masse der Franzosen. Es gibt keine dummen Saint-Apolls. Keine Aussteiger. Keine Versager. Es gibt auch keine Homosexuellen. Und natürlich läßt man sich nicht scheiden.

Hier ist alles perfekt! Hier herrschen Kaffee und Geld, es ist wie vor hundert Jahren, und die Frauen spielen mit. Jede neue Generation sorgsam erwählter Saint-Apoll-Mütter bringt neue Scharen prächtiger blonder Verführer hervor, und man beneidet mich glühend, daß ich einen davon zum Mann bekam.

Fausto Saint-Apoll wurde mein Schicksal!

Auf den Tag genau vor einem Jahr. Nach einer großen Hochzeit in Notre-Dame, einem Brautstrauß in den griechischen Farben, einem Ring mit dreizehn Brillanten und einem Drohanruf, ehe ich das Haus verließ.

»Schach der Dame«, sagte eine atemlose weibliche Stimme, »der nächste Zug setzt Sie matt! Ich habe alles im Griff! Freuen Sie sich nicht zu früh, blondes Gift! Wenn ich es sage, verlassen Sie Frankreich, sonst leben Sie nicht mehr lang!«

»Tatsächlich?« fragte ich interessiert. Doch dann kamen ein paar Flüche, und ich legte auf. Nun gut! Ich bin ein sonniges Gemüt. Ich habe keine Angst vor fremden Stimmen am Telefon. Ich bewältige alles. Selbst aus größten Tragödien ziehe ich irgendeinen Nutzen. Warum, ist schnell erklärt. Als Kind wurde ich von einer Lawine verschüttet, in den Bergen bei Davos. Erst im letzten Moment wurde ich aus dem Schnee gefischt. Und war man einmal in Lebensgefahr, heißt es, und wird dann doch gerettet, so steht man unter besonderem Schutz. Deshalb ängstigt mich nichts. Kleinigkeiten regen mich schon gar nicht auf. Deshalb hat mich Fausto geheiratet, mich, die sonnige Frohnatur. Deshalb gehöre ich jetzt nach Paris, deshalb lebe ich in dieser großen Wohnung, in der Avenue du Président Wilson, mit vier Schlafzimmern, Wintergarten, Bibliothek, Personal und Blick auf den Eiffelturm.

Ich habe mich angepaßt: Zuerst die Saint-Apolls, dann ich! Ich habe mich im Griff. Das heißt, ich hatte . . .

Heute ist mein erster Hochzeitstag. Seit heute ist alles anders. Heute ging ich zum ersten Mal in meinem Leben zu einer Seherin. Lollo, meine Köchin, hat mich hingeschleppt. Und jetzt liege ich hier in der Bibliothek vor dem Kamin, lang ausgestreckt auf meinem weichen, honigfarbenen Teppich aus Tibet, ein rotes Seidenkissen im Nakken, starre auf die vielen Bücher und grüble.

Das habe ich nun davon!

Die Seherin heißt Madame Adar. Sie ist groß in Mode und in allen Medien präsent. Sie wohnt im 14. Arrondissement, ganz oben am Boulevard Raspail, und empfing mich mit Stil: Ein Hausmädchen öffnete in weißer Schürze, nahm mir den Mantel ab und führte mich in den Salon.

Dort saß die berühmte Frau und neigte zur Begrüßung leicht das Haupt. Sie thronte an einem mächtigen Tisch, von dem kostbare Kaschmirdecken bis zum Boden reichten. Der Raum war dunkel, die Vorhänge zu. Doch Licht kam von zwei schönen Messinglampen rechts und links von ihrem Stuhl. Stehlampen aus der Belle Époque! Einzelstükke! Seltenheitswert! Ich bemerkte sie sofort, als ich über die Schwelle trat, denn edle Dinge fallen mir immer auf. Selbst in Zeiten akuter Krisen wie diesen!

»Bonjour, Madame«, sagte ich laut. Dann schob ich tausend Francs (ein Vermögen!) in ein dickes Buch, das zwischen ihr und mir auf dem Tisch lag, setzte mich auf einen Stuhl und wartete brav.

»Bonjour, Madame«, antwortete die Seherin leise, »gut, daß Sie gekommen sind. Stellen Sie bitte Ihre Tasche zu Boden. Kreuzen Sie weder Arme noch Beine. Legen Sie ihre Hände in den Schoß. Mit den Handflächen nach oben. Entspannen Sie sich!«

Ich gehorchte überrascht. Die berühmte Dame neigte das Haupt. Was soll ich sagen! Sie wirkte auf mich wie eine müde Köchin. Ihre Nase war groß, ihr Lippenstift verwischt. Ihr Haar war stark gekraust, graublond, zu einem langen Zopf geflochten, der über ihren Rücken bis zur Taille hing. Sie trug ein dunkles Kleid und viele Ringe mit kleinen Brillanten, an jedem Finger vier oder fünf. Ihre Hände wirkten wie glitzernde Wasserfälle, wenn sie sie bewegte. Alles in allem war sie mir nicht unsympathisch.

»Also, was möchten Sie wissen?«

»Zuerst etwas Harmloses. Können Sie mir sagen, was ich zu meinem Hochzeitstag bekomme?« Kaum hatte ich die Frage ausgesprochen, fand ich sie ungeheuer dumm.

»Sie bekommen ein Geschenk, Madame, das Ihnen nicht gehört.«

»Wem gehört es denn?«

»Das erfahren Sie zur rechten Zeit. Sagen Sie – wohnen Sie auf der Île Saint-Louis?«

»Nein. Am Trocadero.«

»Seltsam. Ich sehe Sie am Wasser. Planen Sie eine Übersiedlung?«

»Bis jetzt noch nicht. Warum?«

Madame Adar blickte auf ihre glitzernden Finger.

»Haben Sie ein Foto mitgebracht? Von Ihrem Mann?«

Ich nickte und reichte es ihr zögernd.

Sie nahm es in beide Hände und drückte daran herum, als ob sie einen Teig kneten würde. Dann betrachtete sie es lange und schüttelte das Haupt.

»Große Probleme«, sagte sie langsam, »habe ich recht?«

Ich schwieg.

»Probleme mit dieser Frau. Mit der er arbeitet. Sie ist nicht intelligent. Schlechte Geschäfte. Er muß aufpassen, sonst landet er vor Gericht. Sagt Ihnen das was, Madame? Wissen Sie, wen ich meine?«

»Nein. *Ich* arbeite mit meinem Mann. Sonst niemand!«

Madame Adar schnaufte laut durch ihre große Nase.

»Nein! Nein! Nein! Das sind nicht Sie. Ich sehe jemand anderen. Die Frau ist größer und . . . dicker. Ich sehe sie in einem Landhaus. Sie sieht aus wie . . . wie nennt man das? Wie eine Walküre! Kennen Sie jemand, auf den diese Beschreibung paßt?«

»Leider nicht.«

»Denken Sie nach! Vielleicht fällt es Ihnen zu Hause ein.

Und ... diese Frau ist nicht gut für Sie, Madame. Es ist besser, Sie brechen den Kontakt zu ihr ab! Der Mann taugt auch nicht viel. Ich sehe einen Mann mit Bart. Er trägt einen großen braunen Hut. Das sind falsche Freunde! Wissen Sie, wen ich meine, Madame?«

»Leider nicht.«

Madame Adar seufzte. »Ihr Sohn ist nächste Woche wieder gesund«, sagte sie dann, »er muß nicht ins Spital. Es ist nur ein entzündeter Hals, sonst nichts!«

»Tatsächlich! Und wie heißt mein Sohn? Können Sie das erraten?«

»Moment. Ein seltsamer Name. Beginnt mit H. Ein Firmenname. Hermès! Heißt er Hermès? Kann das sein?«

»Es tut mit furchtbar leid«, sagte ich statt einer Antwort, »aber ich habe noch keine Kinder. Sagen Sie mir lieber, wie heißt die ... die Walküre? Wissen Sie ihren Namen?«

Madame Adar dachte lange nach. »O«, sagte sie dann, »er beginnt mit O. Odette. Kennen Sie eine Odette? Nein? Da ist auch ein A. Amour. Ja, das ist es. Gibt es eine Amour in Ihrem Bekanntenkreis?«

»Keine einzige!«

Ich stand auf. »Ich muß jetzt leider gehen!«

Madame Adar blieb ungerührt.

»Ich hoffe, ich habe Ihnen trotzdem weitergeholfen.« Sie reichte mir Faustos Bild. »Wenn Sie mehr wissen wollen, kommen Sie wieder!«

Nie im Leben!

Nie wieder gehe ich zu dieser Kuh! Tausend Francs aus dem Fenster für einen Haufen Mist!

Aber seltsam: Hatte Fausto nicht gestern erst gesagt, daß Amour ein hübscher Name für ein kleines Mädchen sei? Und sein Vater heißt tatsächlich Hermés!

Auch meine Kinder werden einmal klassische Namen tragen. Das ist Sitte bei den Saint-Apolls. Ich will Kinder. Deshalb habe ich geheiratet. Und ich will ein Haus in der Provence. Dort ziehe ich sie groß. Kein gewöhnliches Haus.

Nein. Eine Bastide, ein kompaktes Stück Glück, oben auf einem Berg, nicht zu groß, nicht zu klein, mit dicken Mauern, gebaut für die Ewigkeit! Ich sehe sie bereits vor mir: Von den Fenstern überblickt man die ganze Welt. Und auf dem Bergrücken ist ein Garten, terrassenförmig angelegt, mit Pinien, Zypressen, Rosen und duftenden Sträuchern.

Vor einem Jahr habe ich die Pille abgesetzt.

Wenn Fausto wollte, könnte ich längst schwanger sein. In meiner Familie lebt man lang. Wir kriegen die Kinder spät. Meine Mutter brachte mich mit sechsundvierzig zur Welt. Mit achtzig war sie noch eine junge Frau. Bei mir wird es nicht anders sein. Ich bin voll Energie. Ich bin frisch, gesund und unverbraucht. Fausto aber läßt sich Zeit.

»Ich will noch keine Familie«, sagt er bestimmt, »Kinder sind laut, lästig und frech! Du hast doch mich, Chérie! Und wie du weißt, meine brave Tizia, ich vertrage keine Konkurrenz!«

Warum findet er dann plötzlich Kindernamen süß?

Ich setze mich auf. Mein Nacken ist steif. Ich bewege den Kopf. Nach rechts, nach links. Langsam wird es besser.

Fausto ist ein Rätsel. Alle Franzosen wollen Kinder. Nur meiner nicht! Die Schwiegereltern wollen Enkel. Ebenso mein Herr Papa. Fausto aber schleicht heimlich in mein Bad und sieht in meinem Kalender nach. An den gefährlichen Tagen hält er sich zurück. Er denkt, ich merke es nicht. Hält er mich für blind?

Ich streiche mit den Fingern über den weichen Teppich. Beste Wolle. Handgeknüpft. Pflanzenfarben. Das war ein guter Kauf. Ich erstand den Teppich an meinem Geburtstag. In einem kleinen exquisiten Laden in der Rue Jacob. Er paßt perfekt hierher. Besser als das Zebrafell, das früher da lag.

Ich kreuze die Beine, strecke den Rücken, versuche mich zu entspannen. Man muß so weit kommen, heißt es, daß man nicht mehr denkt. Dann kriegt man »von drüben« die besten Ideen.

Eigentlich ist mein Leben wunderbar.

Die Geschäfte gehen blendend. Wir kaufen Wohnungen, renovieren sie auf Glanz und verkaufen sie mit Profit. Sie gehen weg wie frische Brötchen. Wir sind unabhängig vom Geld der Eltern, und darauf bin ich stolz. Denn es ist mein Verdienst.

Ich bin von Beruf das, was man Innenarchitektin nennt. Ich habe studiert, promoviert, lange Wanderjahre absolviert. Ich weiß, was ich tue, ich beherrsche mein Metier. Ich entwerfe auch Möbel, Stoffe, Gläser. Ich sitze an meinem Zeichentisch und fühle mich oft wie Gott am letzten Schöpfungstag.

Doch das ist nicht alles.

Ich packe auch zu! Ich stehe auf Leitern und messe Vorhänge aus. Ich tapeziere Wände und habe auch schon Böden verlegt. Aus dem häßlichsten Loch mache ich ein gemütliches Nest. Mein Wagen ist voller Werkzeug, Klammern, Hammer, Zangen. Oft habe ich blaue Daumen und zerstochene Finger, doch das macht alles nichts. Ich liebe meinen Beruf! Ich kann mir keinen besseren wünschen. Und wo immer ich bin, habe ich nur einen Wunsch: Verschönern!

Fausto gefiel das.

Seit drei Wochen aber behandelt er mich wie eine Kranke. Will mir die Wohnungen nicht mehr zeigen, die zu kaufen sind. Früher war ich die erste, die sie sah. Bei jeder Verhandlung war ich dabei. Jetzt macht er das allein und ist tagelang verschwunden. »Monsieur kommt heute später«, sagt Lollo, wenn ich nach Hause komme. Der Satz macht mich noch krank!

Doch das ist erst der Anfang.

Ich soll die Konten nicht mehr prüfen. Ihm die Buchhaltung überlassen. Und warum hat er diesen teuren Rolls-Royce gekauft, ohne mich zu fragen, von unserem Geld, groß genug für fünf Kinder, Amme und Hund, wo er früher nur unbequeme Sportwagen fuhr?

Und warum ist er in diesem Wagen ständig unterwegs? Jeden Mittwoch fährt er weg und kommt erst Gott weiß wann zurück! Und warum, zum Teufel, ist er nie erreichbar? Trotz Autotelefon? Wie?

Wo treibt er sich herum in letzter Zeit?

Plötzlich kommt mir ein furchtbarer Verdacht.

Ist Fausto einem Gaunerpaar aufgesessen? Das ihn ausnimmt wie eine Weihnachtsgans? Und ist einer der beiden krank? Der Mann mit Hut? Oder diese Odette-Amour? Falls es sie überhaupt gibt!

Ich springe auf. Wie spät ist es? Sieben Uhr!

Fausto fuhr aufs Land. Ein Haus besichtigen, das zu kaufen ist. Ein Haus! Hat er nicht oft genug gesagt, verdienen kann man nur mit Wohnungen in Paris?

Ich horche kurz hinaus in den Gang. Lollo rumort in der Küche. Stavros, der Kammerdiener, ist eben gegangen. Er hat Faustos Anzüge und einen Smoking aus der Reinigung gebracht. Der Weg ist frei. Ich laufe in das Zimmer meines Mannes. Wo ist der Terminkalender? Wie immer auf dem Schreibtisch. Was steht da für heute?

Vormittags ist »Arzt« eingetragen.

Arzt? Das darf nicht wahr sein! Der Kalender zittert in meiner Hand. Das Wort verschwimmt vor meinen Augen.

Vielleicht ist Fausto krank? Nein! Er strotzt vor Gesundheit. Im Gegensatz zu mir. Ich kriege gleich einen Herzanfall.

Halt! Nur keine Panik! Bleiben wir bei den Fakten. Was steht da für nachmittags?

»17 Uhr Haus!« Das ist mit Rotstift markiert.

Also ist er jetzt irgendwo außerhalb von Paris, steckt im Stau und wird vor neun nicht zu Hause sein.

Plötzlich läutet das Telefon.

»Hallo?« rufe ich hoffnungsvoll.

Keiner meldet sich.

»Wer ist da?« frage ich laut.

Wer immer es ist, hängt ein. Das ist mir in den letzten drei Wochen öfter passiert. Einmal zu oft, um genau zu sein. Denn plötzlich überkommt mich ein roter Rausch. Es braust in meinem Kopf. Ich muß etwas tun, sonst werde ich verrückt.

Schon knie ich vor Faustos barocker Kommode, einem Erbstück seines Großonkels Kronos, und ziehe die unterste Lade auf.

Wie ein Maulwurf beginne ich zu schaufeln: Socken, Unterhemden, Unterhosen, und jetzt noch das Papier heraus. Ich geniere mich zu Tode. Schweiß bricht aus, meine dichten blonden Locken kleben an Wangen und Hals, das Blut dröhnt in den Ohren.

Nächste Lade: Sporthemden, Seidenhemden, Smokinghemden und das Papier. Nächste Lade: Tenniskleidung, Segelzeug, Schwimmsachen und das Papier. Letzte Lade: Pullover, Westen, Handschuhe, Schals. Und jetzt noch das Papier. Alles fliegt durch die Luft, fällt rund um mich zu Boden. Die Kommode ist leer.

Gefunden habe ich nichts.

Doch das soll mich nicht beirren. Ich bin eine temperamentvolle Wienerin, die zu Ende führt, was sie beginnt.

Zielstrebig schreite ich zu Faustos Schränken.

Sommeranzüge, Winteranzüge, Seidenanzüge, Leinenanzüge, Fechtanzüge, Reithosen. Systematisch durchsuche ich die Taschen. Da! Mein Herz beginnt wie rasend zu schlagen. Ich habe etwas entdeckt!

Aus dem Sakko, das er vorigen Mittwoch trug, ziehe ich fünf kleine Stücke Karton. Teile einer Zigarettenschachtel. Ich bin enttäuscht. Doch dann entdecke ich Schriftzüge. Irgend etwas steht darauf.

Ich setze mich an Faustos Schreibtisch und füge die Teile zum Ganzen. Was sehe ich? Eine vulgäre Zeichnung. Mann und Frau in klassischer Pose. Nur ein paar Striche, doch von geübter Hand. Der Mann hat einen Riesenphallus. Die Frau besteht aus Beinen und Busen. Daneben steht: »Samt Zimmer 400 Francs.«

Fausto im Bordell?

Das kann nicht sein! Er brüstet sich doch immer, noch nie im Leben für Liebe bezahlt zu haben. Hat er um den Preis verhandelt? Wo treibt er sich herum? Heute abend werde ich ein paar gezielte Fragen stellen.

Doch zuerst alle Spuren tilgen!

Ich beginne die Kommode aufzuräumen. In der untersten Lade, ganz hinten im Eck, ist etwas Hartes. Das habe ich übersehen. Aha! Eine Schachtel. Elegant. Von Dior! Groß, flach, leicht, in Geschenkpapier verpackt. Goldene Schriftzüge auf weißem Grund. Rundherum eine dicke, gedrehte Schnur aus roter Seide. Nun, das ist für mich. Heute ist unser Hochzeitstag. Ehe ich weiß, was ich tue, ist das Paket geöffnet.

Ein langes, schwarzes Seidennachthemd gleitet zu Boden. Ich hebe es auf, halte es hoch. Prachtvoll! Der obere Teil ist ganz aus Spitze. Echte Spitze, dafür habe ich einen Blick. Der Rest besteht aus glänzendem Satin, schwarz, von roten Bändern eingefaßt. Es ist das schönste Nachthemd, das ich je in meinem Leben zu Gesicht bekam. Doch es ist nicht meine Farbe!

Ich trage nur helle Wäsche, Sommer und Winter. Und an schlechten Tagen trage ich Rot. Rot gibt mir Kraft. Doch niemals, niemals trage ich Schwarz. Fausto weiß das.

Ich habe auch nicht Größe 50. Ich trage 38. Plötzlich wird mir furchtbar heiß. Ich halte eine Liebesgabe in den Händen! Doch sie ist nicht für mich. Sie ist für eine andere Frau! »Zum Hochzeitstag erhalten Sie ein Geschenk, das nicht Ihnen gehört!« Gleich wird mir übel. Und war das nicht die Wohnungstür?

Großer Gott! Fausto kommt!

Er hat mir verboten, sein Zimmer zu betreten. Das heißt, nicht direkt, denn direkt ist er nie! Schritte kommen näher, energisch, gut gelaunt, gleich ist er da. Lautlos lasse ich mich zu Boden gleiten. Schließe die Augen. Atme kaum.

»Oh, là, là!« kommt Faustos Stimme von der Tür. Jetzt knipst er auch noch alle Lichter an. Festbeleuchtung. Warum tut er das? Ich fühle es durch die geschlossenen Lider.

»Sieh an! Meine kleine Frau! Bonjour, ma chérie. Oder bist du tot?«

Er klingt überhaupt nicht besorgt. Jetzt bückt er sich, greift mir unter die Arme, hebt mich hoch.

»Mach die Augen auf, mein Schäfchen. Ich weiß, du hörst mich. Spiel keine Komödie!« Fest stellt er mich auf die Beine. Was soll's! Er kennt mich durch und durch. Ich bleibe aufrecht stehen und öffne die Lider.

Fausto ist ein Bild von einem Mann.

Fast zwei Meter groß und für einen Franzosen äußerst kräftig. Er hat blaue Augen und eine wilde blonde Mähne, die kaum zu bändigen ist. Auf den ersten Blick wirkt er wie ein Germane.

»Das ist kein Franzose«, meinte mein Vater, als er ihn zum erstenmal sah, »das ist Wagners Siegfried! Was willst du mit dem?«

Fausto ist ein Hüne. Doch seine Züge sind fein und gleichen Rubens' Amor, der den Bogen schnitzt. Eine Kopie des berühmten Gemäldes hängt bei uns im Salon. Lebensgroß, verführerisch, und jeder kann es sehen: Es sind dieselben hellen Augen, die feinen Brauen, die gerade Nase, derselbe wohlgeformte Mund.

»Das bin ich in meinem früheren Leben«, sagt Fausto jedem, der es hören will. Ja, er ist schön wie ein Gott. Vor allem in seinem hellen Maßanzug, und er weiß es genau. Außerdem hat er kräftige Hände, die er jetzt auf meine Schultern legt.

»Also, hübsches Kind, was soll das?«

Seine Augen überfliegen den Raum, den offenen Kleiderschrank, den Schreibtisch, streifen das schwarze Nachthemd auf dem Teppich, es ist so peinlich, gleich sinke ich wirklich um.

»Du hast bei mir eingebrochen? Warum?«

Ich bücke mich, hebe das Nachthemd auf.

»Wem gehört das?«

»Dir, mon trésor! Das heißt, wenn es umgetauscht ist. Ich habe ein weißes mit roten Borten bestellt, und man liefert mir ein schwarzes, außerdem noch zu groß. Morgen wird es abgeholt. Tizia, hörst du zu? Du warst zu neugierig. Das tut man nicht. Jetzt hast du dich um deine Überraschung gebracht!«

Es klingt völlig überzeugend.

»Und das?« Ich zeige auf den Schreibtisch.

»Was?«

»Die Zigarettenschachtel! Samt Zimmer vierhundert Francs?«

»Keine Ahnung. Doch . . . Moment! Das hat mir eine kleine Hure zugesteckt. In einem Café an der Madeleine. Ich habe es aber erst im Wagen gelesen und dann zerrissen. Für den Aschenbecher waren die Stücke zu groß, auf die Straße kann man sie auch nicht werfen, also habe ich sie in die Tasche gesteckt. Genügt dir das, mon amour?«

Ich sage kein Wort.

»Was willst du sonst noch hören? Einen heiligen Eid? Darf ich auch etwas fragen? Seit wann spionierst du mir nach, holdes Kind?«

»Erst seit heute.«

»Und warum, mein Lämmchen?«

»Weil Hermès krank ist«, sage ich patzig und starre ihm direkt ins Gesicht. Er starrt zurück. Schuldbewußt? Oder bilde ich mir das nur ein?

»Mein Vater ist gesund und munter. Das weißt du ganz genau. Wie kommst du auf diesen Unsinn?«

»Hat er Amour angesteckt? Oder Odette?«

Fausto blickt zweifelnd auf mich herab.

»*Dich* hat jemand angesteckt. Leider weiß ich nicht, wer.«

Er setzt sich in den grünen englischen Herrenfauteuil, ein Weihnachtsgeschenk von mir, überzogen mit bestem schottischen Tuch, und zwingt mich auf seine Knie. Widerstrebend lasse ich es geschehen. Dafür sitze ich steif wie ein Brett.

»Also? Was gibt's? Irgend etwas stimmt nicht. Sag, hat mich jemand verleumdet? Hat jemand angerufen und Lügen erzählt?«

Ich wehre seine Hand ab, die mir die Locken aus der Stirn streichen will.

»Du bist nie zu Hause«, sage ich hitzig, »ich kann dich nie erreichen. ›Monsieur kommt heute später!‹ Das kann ich nicht mehr hören! Auf so eine Ehe verzichte ich!«

»Ganz recht«, Fausto drückt mich an sich, »ich bin ein Lügner, ein Verräter, ein Schuft, ein Schwein.«

»Laß mich los! Du magst mich sowieso nicht mehr.«

»Stimmt! Ich hasse dich. Gib mir einen Kuß, ma petite!«

»Nein! Du wirst zu dick. Du trinkst zuviel . . .«

»Richtig! Ich fresse und saufe. Ich bin widerlich, ungepflegt, oh, Chérie, heute mittag war ich essen in einem kleinen Lokal, da habe ich einen Wein probiert, einen Rotwein, rund wie die Mutterbrust, ein Saint-Amour 1989, jeder Schluck war ein Genuß. Das ist so, wie wenn man die Hand heimlich unterm Tisch auf das Knie einer süßen Frau legt. Und je höher man nach oben fährt, desto zarter und heißer wird die Haut . . .«

Schon sind seine Finger auf meinem linken Bein, fahren unter den Saum meines roten Rockes. Seine rechte Hand drückt meinen Kopf an seine Brust. Ich höre sein Herz klopfen. Sein Duft steigt in meine Nase.

Ich liebe diesen Mann!

Aber er liebt mich nicht! Er begehrt mich nicht wirklich! Er spielt nur mit mir. Keine einzige Frage hat er beantwortet.

»Laß mich los!«

Er hält mich fester, ja, er drückt mich, daß es schmerzt! Ich beiße ihn in den Arm.

»Ja! Ja! Beiß mich! Kratz mich! Tu mir weh! Mehr! Mehr!«

Doch plötzlich läßt er mich frei, und ich springe auf.

»Mit dir kann man nie reden!« Jetzt schreie ich sogar. »Ich will endlich wissen, wo du jeden Mittwoch bist. Ich will wissen . . .«

Er erhebt sich ebenfalls. Geschmeidig wie eine Raubkatze. Zieht seinen Rock aus, legt ihn auf den Schreibtisch, dreht mir den Rücken zu.

»Du willst wissen, warum ich so früh hier bin, nehme ich an. Wir sind eingeladen. Ins Schloß. Nach Versailles. Homes and Gardens geben einen großen Empfang. Preisverteilung für die besten Stoffentwürfe. Deine sind auch dabei. Diner, anschließend Tanz. Langes Abendkleid. Hat Stavros meinen Smoking gebracht?«

Ich antworte nicht.

»Jedenfalls, ich habe für uns beide zugesagt.« Er dreht sich um und verneigt sich spielerisch vor mir.

»Wir haben nicht viel Zeit, meine kleine Tizia. Wir müssen um acht Uhr weg, sonst kommen wir zu spät. Kannst du bis dahin fertig sein?«

Ich kann. Ob ich will, bleibt dahingestellt.

Fausto wartet nicht auf Antwort. Tritt hinaus auf den Gang, pfeift, singt und verschwindet in seinem Bad. Dreht die Dusche auf. Ich höre das Wasser prasseln. Er singt noch lauter, prustet, spritzt, schnauft wie ein Walroß, gleich will er, daß ich ihm den Rücken schrubbe. Ich mag aber nicht!

Ich laufe in unser Schlafzimmer und werfe die Tür zu, daß es knallt. Zum Teufel! Heute ist unser erster Hochzeitstag. Er hat es mit keinem Wort erwähnt. Für ihn ist die Sache erledigt. Doch für mich fängt sie erst an. Immer diese Anrufe. Die viele Post, die nur noch eingeschrieben an ihn kommt. Und den Sommer soll ich in Wien verbringen. Er bleibt natürlich in Paris!

Wütend reiße ich mir den Rock vom Leib.

Bis jetzt habe ich Szenen vermieden, denn Fausto dreht alles um, und schuld bin immer ich. Ich bin keine Französin. Ich bilde mir alles ein. Ich habe Halluzinationen. Ich verstehe alles falsch.

Und das schlimmste: Ich bin nicht sein Typ!

Ich bin blond und zart, mit großen Augen. Kornblumenblau! Ich habe ein paar Sommersprossen und schönes, dichtes goldblondes Haar, das in vielen kleinen Locken über meine Schultern fällt. Mein Gesicht, mein Körper sind mädchenhaft. Man vergleicht mich mit Meryl Streep, und es stimmt, es gibt eine Ähnlichkeit. Doch meine Wangen sind voller, und das schönste an mir sind meine langen, schlanken Beine.

Beine aber sind Fausto egal!

Fausto liebt große Busen. Rasseweiber! Er begehrt die Femme fatale, die, betritt sie ein Lokal, allen den Atem raubt.

Er bewundert jedes Dekolleté, jeden kecken Arsch (pardon!), der die Straße kreuzt.

Ist eine Kellnerin kurvig und hübsch, schmachtet er sie an. Wackelt eine Verkäuferin mit dem Po, schmilzt er dahin.

»Rund und rassig« ist sein Ideal. Ich bin meilenweit davon entfernt. Ich passe nicht in seinen Olymp.

Noch nie war ich die geile Göttin, der tropische Vogel, das süße Raubtier, das er sucht. Nein, ich bin immer nur das brave Schaf. Ach, ein Königreich für eine volle Brust!

Doch ich habe den Verdacht, daß er dann andere Brüste voller finden würde. Das Gras ist immer grüner im Garten nebenan.

Und das schlimmste: Beschwerden sind umsonst!

»Ich bin ein Schütze«, sagte er bei unserem ersten Streit, »und Schützen brauchen Freiheit. Wir unterstehen Jupiter, süßer Schatz. Wir sind halb Mensch, halb Tier, doch das Animalische ist in uns vergöttert. Ich bin ein Halbgott, meine kleine Tizia. Und Halbgötter kann man nicht an die Leine legen!«

Warum hat er mich dann geheiratet?

Um mich zum Wahnsinn zu treiben. Warum sonst?

Ich wühle in meinen Kleidern. Heute mache ich mich besonders schön. Doch nicht für ihn. Für jeden Fremden, der heute meine Wege kreuzt. Für den Parkwächter in Versailles. Für den Schloßportier!

Ach, ich bin so unglücklich.

Fausto hat mich drei Wochen nicht berührt. Eine Ewigkeit. Er muß eine Freundin haben. Ein Mann, der Hunger hat, ißt. Und da er mich verschmäht, muß ihn eine andere füttern.

Wer? Wo? Seit wann? Vielleicht kennt sie schon jeder, außer mir? Die ganze belle famille? Der Freundeskreis? Die Frau erfährt es immer als letzte, das ist klar!

Voilà, jetzt habe ich meine Strümpfe zerrissen. Warum rege ich mich so auf?

Ich will wissen, woran ich bin!

Ich will klare Fronten! Heute noch!

Und wenn ich etwas wirklich will – schließlich habe ich eine Lawine überlebt –, dann erreiche ich es auch!

2

DAS SCHÖNE EHEPAAR Saint-Apoll, »le beau couple«, wie man uns in den Klatschspalten nennt, verläßt Punkt acht das Haus und fährt nach Versailles.

Es ist fast Frühling. Die Luft ist golden. Die Kastanien vor dem Trocadero haben helle Knospen. Der Eiffelturm sticht spitz in den Himmel, doch ich sehe es kaum. Wenn mich Fausto kränkt, kann mich nichts ergötzen.

Wie immer sind wir sehr elegant.

Ich trage ein langes, weißes Abendkleid, schulterfrei, aus Seidensatin mit breiter, roter Schärpe, die hinten zu einer großen Schleife wird. Fausto im Smoking, ein Bild von einem Mann. Doch das Hemd sitzt sehr eng. In den letzten drei Wochen hat er zugenommen. Schadenfreude steigt in mir hoch. Wenn er so weitermacht, gehört er bald nicht mehr zu den schönsten Männern von Paris.

Wir sitzen in unserem neuen, weißen Rolls-Royce Silver Spirit II, der so viel gekostet hat wie eine Bastide in der Provence. Die Polster sind unendlich weich, es duftet nach Holz und Leder, doch meine Laune hebt das kaum. Wir werden sicher wieder keinen Parkplatz finden. Ich verstehe das nicht. Alle Wagen werden kleiner. Warum muß er so ein teures Monstrum kaufen?

Fausto tritt aufs Gas. Der Motor grollt kurz auf, dann beruhigt er sich. Wir sind auf zweihundert Stundenkilometern und bemerken es kaum. Geräuschlos rasen wir in den Sonnenuntergang. Zu meinem Leidwesen herrscht fast kein Verkehr, die Boulevards sind leer, kein Stau hält uns auf. Wir schießen durch den Tunnel von St. Cloud. Ich sterbe fast vor Angst. Meine Bauchmuskeln verkrampfen sich, mein Magen schmerzt, mir zittern die Knie! Trotzdem sind meine Augen wach. Im Aschenbecher entdecke ich Zigarettenstummel. Mit Lippenstift.

»Von wem sind die?« frage ich sofort.

»Was?« Fausto lächelt mich an, ohne den Fuß vom Gas zu nehmen.

Mit spitzen Fingern zeige ich darauf.

»Von der Dame aus der Agentur.«

»Welche Agentur?«

»Die mir das Haus vermittelt. Ihr Auto war kaputt. Ich habe mir erlaubt, meine kleine Tizia, sie mitzunehmen.«

»Ich bin nicht deine kleine Tizia!«

»Nein! Du bist eine eifersüchtige Furie! Das heißt, du liebst mich immer noch. Ein schönes Kompliment für mich, heute an unserem ersten Hochzeitstag. Mach das Handschuhfach auf, mon amour. Drinnen ist ein Geschenk für dich.«

Ich gehorche automatisch.

Also hat er es doch nicht vergessen. Habe ich ihm Unrecht getan? Zögernd befördere ich ein kleines, längliches Paket ans Licht. Es stammt aus der Rue Saint-Honoré, wo die besten Juweliere sind. Du lieber Himmel! Hat Fausto Schulden gemacht? Ausgerechnet jetzt?

Gereizt entferne ich das Geschenkpapier, öffne das Etui. Oh, là, là! Ein Armband, wie ich es selbst nicht schöner entwerfen könnte.

Vier Reihen runde, strahlende Rubine, von glitzernden Brillantspangen gehalten. Antik. Ein Einzelstück. Seltenheitswert. Ich lege es an. Es paßt perfekt zu meinem Kleid. Doch was hat das gekostet? Ein Vermögen. Das ist klar!

»Danke«, sage ich kühl und denke an unser gemeinsames Konto, das nach dem Autokauf nur noch fünftausend Francs enthielt. Das war vor drei Wochen. Wie tief im Minus sind wir jetzt?

»Schön?« fragt Fausto harmlos.

»Sehr! Ich bin tief in deiner Schuld!«

Das gefällt ihm. Er gibt Gas. Der Rolls schießt vor wie aus einer Haubitze, ich sitze wie gelähmt, und meine Zähne beginnen zu klappern. Panik überfällt mich. Plötzlich weiß ich: Falls wir lebend Versailles erreichen, wird es ein gräßlicher Abend, genauso gräßlich wie die anderen Abende in der Öffentlichkeit, die ich als Madame Fausto Saint-Apoll über mich ergehen lassen muß.

Es dunkelt, als wir das Schloß erreichen. Für uns ist sogar ein Platz reserviert. Wir parken im Hof, mitten in einer Märchenwelt. Alle Fenster sind strahlend erleuchtet, die Tore mit Blumen bekränzt. Hunderte Fackeln säumen die Treppen, tausende Kerzen erhellen den großen Spiegelsaal. Parfüm füllt die Luft.

Fünfhundert Gäste sind geladen, sitzen an runden Tischen, die Stimmung ist heiter und entspannt.

Marie-Louise, eine Pressedame, fängt mich ab. Meine Entwürfe, höre ich, sind in der engeren Wahl. Vielleicht gewinne ich einen Preis. Journalisten stürzen auf uns zu, Fotografen, auch das Fernsehen ist da. Und obwohl ich zu den elegantesten gehöre in meinem edlen weißen Kleid, obwohl sich viele Köpfe nach mir drehen, ist Fausto bei weitem die auffallendste Erscheinung.

Er ist der Größte! Sein Auftreten ist überwältigend. Sein Lächeln füllt den Saal, dringt wie eine tropische Sonne in die hintersten Winkel, zieht magisch alle Blicke auf sich.

Besonders die der Damen.

Und plötzlich geschieht, was ich nicht mehr ertrage. Plötzlich sehen diese aufgeputzten Frauen anders aus. Ihre Augen beginnen zu strahlen. Sie setzen sich gerade, richten das Haar, sie wirken, als hätten sie endlich gefunden, was sie seit Jahren suchen, nämlich: den Held ihrer Träume!

Ich hasse diesen Moment!

Es ist immer gleich. Mit Fausto auszugehen ist eine Qual!

Kaum sind wir unter Menschen, bin ich nicht mehr präsent. Kaum treten wir durch die Tür, steigt er über mich hinweg wie der strahlende Ritter über Kröten im Sumpf, hinauf zu Besserem: den Neuen, Unbekannten, noch nicht Eroberten. Den Künstlerinnen, Schauspielerinnen, Schriftstellerinnen, Sängerinnen, den Gesellschaftskatzen und Salonschlangen (Gott strafe sie!), die keinen Hehl aus ihrer Verehrung machen.

Bei uns in Wien ist das anders. Doch die Französin kennt keine Scham. Sie betet an, und zwar gründlich! Gefällt ihr ein Mann, geht sie aufs Ganze, auch wenn die Ehefrau daneben steht.

Sie befeuchtet die Lippen wie vorhin Andrée Blé, Redakteurin bei »Gärten und Parks«, lacht ohne Grund, nur damit man ihre hübschen weißen Zähne sieht. Wir setzen uns an einen runden Tisch, grüßen lächelnd nach allen Seiten, und überall sind schöne Frauen, nackte Arme, rote Münder. Ich wäre am liebsten tot.

Um so mehr, als Bibi und Ken unsere Nachbarn sind! Ausgerechnet! Nein!! Und sie tun, als hätten sie uns nicht gesehen. Die beiden sind alte Bekannte. Ken ist Amerikaner, von Beruf reich, und Bibi, seine Frau, gibt sein Geld aus. Bibi ist rund und rassig. Eine gelungene Mischung aus Marokko und La France. Sie ist klein und frech, mit schmalen grünen Augen und glänzendem schwarzen Haar, das heute offen über ihre Schultern fällt. Ihr grünes Seidenkleid ist geschlitzt bis zum Nabel, wie mir scheint.

Ich starre auf ihren Lippenstift. Ist er orange? Ist es derselbe wie auf den Zigarettenstummeln im Rolls? Nein, dunkler! Ihre Lippen sind fast schwarz. Was nicht heißt, daß sie nicht ab und zu die Farbe wechselt. Jedenfalls, früher einmal waren wir befreundet. Jetzt ist das nicht mehr so.

Fausto gibt sich einen Ruck.

»Hallo, Bibi!« Er küßt sie auf beide Wangen und neigt

sich tief über ihre bloße, wohlgerundete Brust, »lange nicht gesehen! Wo steckt ihr denn? Man sieht euch kaum!«

Dann klopft er Ken auf die Schulter und kommt in Schwung. Die Vorspeisen werden serviert, und er lockt Bibi aus der Reserve, sagt genau, was sie hören will. Schon fliegen Witze hin und her, es knistert und funkt, der ganze Tisch hört mit, und ich sitze daneben, bereit, in die Erde zu versinken!

Den ganzen Abend spricht Fausto kein Wort mit mir. Und als Bibi nach der Hauptspeise an seinen Lippen hängt und nichts mehr sieht als ihn, hofiert er prompt ihr Gegenüber, eine rassige schwarze Journalistin namens Mandy aus New York. Zwischendurch läßt er tiefe Blicke in den Ausschnitt einer blonden Galeristin gleiten, sie heißt Joy, kommt aus England und ist sichtlich verzaubert.

Fausto ißt und trinkt, lacht und singt, bringt alle in Stimmung, unterhält den halben Saal (nur mich nicht!), tanzt mit Bibi, Mandy und Joy (nur nicht mit mir!), und hätte nicht der berühmte Tommy Kalman unter dem Tisch heimlich mein Bein gestreichelt (er ist der Kunstpapst von Paris!), ich glaube, ich hätte den Abend nicht überlebt.

Endlich ist alles vorbei: das Diner, die Preisverteilung (ein Engländer gewann) und mein erster Hochzeitstag. Endlich ist ein Uhr früh, und wir fahren heim. Das heißt, wir rasen. Denn Fausto überholt alles, was er kann, und stellt neue Rekorde auf.

»Das war ein reizender Abend«, er hat eine Hand am Steuer und zündet eine Zigarre an. »Bibi wird immer hübscher. Die weiß, wie man Männer betört. Tolles Kleid. Raffinierter Ausschnitt. Meinst du nicht auch, Tizia, süßes Lamm?«

Ich meine nichts und schweige vor mich hin.

»Bist du eifersüchtig, kleiner Schatz?«

Ich starre hinaus in die Nacht. Auf die vorbeiflitzenden Bäume, auf den abnehmenden Mond.

»Ich habe nur viermal mit ihr getanzt, und ich habe sie ganz weit weg gehalten!«

Er grinst mich an, während er die Luft vernebelt, bis ich kaum mehr atmen kann. Er weiß, wie ich es hasse, wenn er im Auto raucht.

»Machst du bitte das Fenster auf?« Es kratzt bereits in meinem Hals.

»Aber gerne!« Die Scheibe surrt nach unten, Fahrtwind peitscht mir ins Gesicht. Es donnert in meinen Ohren.

»Weißt du, was ich glaube?!« brüllt Fausto, so laut er kann. »Bibi langweilt sich zu Tode mit dem öden Ken. Was meinst du, Tizia, mon amour, ist sie ihm treu?«

Ich schließe die Augen. Die Bemerkung ist eine Frechheit. Noch ein Wort, und ich kriege einen Weinkrampf!

Plötzlich sind wir in Paris. Ein Flugzeug hätte länger gebraucht. Fausto parkt am Trocadero. Direkt am Platz, wo es verboten ist. Um acht werden alle Autos abgeschleppt, er weiß es so gut wie ich.

»Du siehst schrecklich aus«, stellt er fest, während wir nach Hause gehen, »ganz zerzaust. Direkt frisée! Pas beau!«

»Das war der Fahrtwind!« Ich kämpfe mit den Tränen. Fausto äußert sich nicht. Schweigend betreten wir das Haus. Wie zwei Fremde stehen wir im Lift. Schweigend schließt Fausto die Wohnungstür auf und läßt mir den Vortritt in das Entrée. Es ist ein herrlicher Raum, halbrund, mit zwei barocken Kommoden, chinesischen Vasen und einem goldenen Spiegel, der bis zur Decke reicht.

Im Spiegel sehe ich Faustos Gesicht. Kann das sein? Ich wende mich um. Tatsächlich! Ein spöttisches Lächeln liegt um seinen Mund. Er wirkt wie eine satte Raubkatze, der schon der Sinn nach neuen Opfern steht. Das ist zuviel!

Wortlos nehme ich das Armband ab und schleudere es auf den hellen Teppich.

»So kannst du mich nicht behandeln«, sage ich laut, »glaubst du, ich bin aus Holz?« Meine Stimme zittert, doch es ist mir egal. Den ganzen Abend habe ich geschwiegen. Jetzt rede ich.

»Aus Holz?« wiederholt Fausto und zieht die Brauen hoch, greift galant nach meiner Hand und küßt sie, ehe ich es verhindern kann. »Aber nein! Aus Fleisch und Blut! Gute Nacht, mein Lämmchen. Ich sehe, du magst mich nicht. Ich befreie dich von meiner Gegenwart und schlafe in meinem Zimmer!«

Mit federnden Schritten entfernt er sich, den Korridor entlang, ohne sich ein einziges Mal umzudrehen. Blendende Strategie. Nach drei Wochen Verachtung jetzt auch noch das!

Ich stehe da wie vom Blitz gerührt. Noch nie haben wir getrennt geschlafen. Warum tut er mir das an? Habe ich ihn gekränkt? Oder fiel ich zu sehr auf, in Versailles? So seltsam es klingt: Fausto mag das nicht. Glänzen darf nur er. Gefalle ich in Gesellschaft, werde ich dafür bestraft!

Aber was soll ich tun?

Fressen wie ein Drescher? Nicht mehr auf die Linie sehen? In Sack und Asche gehen? Nein! Das kann ich nicht!

Ich streife meine hohen, weißen Schuhe ab, löse die Perlenkämme aus dem Haar, bücke mich seufzend nach dem Armband und verstaue es im Safe. Dann gehe ich in mein süßes, kleines verspiegeltes Bad. Dusche kurz, wasche mein Gesicht, zuerst heiß, dann kalt, und spüle nach mit Kamillentee. Schon ist unter den Augen alles glatt. Creme nehme ich heute keine. Ab und zu muß man die Haut hungern lassen, sonst werden die Poren zu groß.

Dann gehe ich allein in unser schönes Schlafgemach, das ich selbst entwarf, im orientalischen Stil, ganz in Nachtblau, Rot und Gold, schlüpfe allein in unser breites Doppelbett aus geschnitztem, poliertem Holz und lasse den Kopf auf die Kissen sinken. Ich schließe die Augen, lösche das Licht und horche hinaus in die Nacht.

Absolute Stille.

Trotzdem weiß ich: Irgendwas passiert noch. Aber was?

Nach einer Ewigkeit höre ich Schritte. Leise, verhalten, direkt vor meiner Tür. Sie bleiben stehen. Das ist Fausto. Er kommt zu mir. Nein! Er geht vorbei. In mein Bad! Und jetzt – das ist die Wohnungstür. Fausto verläßt das Haus!! Das hat er auch noch nie getan.

Ich setze mich auf, knipse die kleine Silberlampe an mit dem Schirm aus bunten Perlen und zittere am ganzen Leib. Das ist ein gräßlicher Hochzeitstag. Den vergesse ich nie! Doch vielleicht stellt Fausto nur den Wagen um? Das wird es sein! Wie spät ist es? Halb drei. Ich warte und warte. Die Zeit vergeht!

Drei Uhr! Halb vier! Zum Umstellen braucht man nicht die halbe Nacht. Vier Uhr! Halb fünf! Das ist der Moment, in dem Millionen Ehefrauen zum Valium greifen, oder Schlafmittel nehmen, oder einen langen Zug aus der Whiskyflasche. Ich aber will das nicht!

Ich stopfe ein Kissen in meinen Rücken und zähle die goldenen Sterne auf den roten Tapeten. Vierhundertfünf! So viele? Hätte ich nie gedacht. Und jetzt die glänzenden Halbmonde auf den Vorhängen. Zweihundertdrei! Was tue ich nun? Es ist gleich fünf! Wann wird es endlich hell? Mein Herz klopft bis zum Hals. Ich greife nach Faustos weißem Seidenpyjama und schleudere ihn wütend zu Boden. Soll ich weinen? Nein! Weinen schadet dem Teint!

Ich werde lesen. Ich weiß auch schon, was. Agatha Christies »Mord im Orientexpress«. Das paßt zu meiner Verfassung! Doch ich kann mich nicht konzentrieren, und um sechs fallen mir die Augen zu. Als ich erwache, ist es neun Uhr früh! Neun Uhr!! Und Fausto ist noch immer weg!

Ich springe aus dem Bett. Ziehe die Vorhänge zurück. Laufe in sein Zimmer. Keine Spur von Monsieur Saint-Apoll. Dafür entdecke ich einen Zettel in meinem Bad, auf dem Schminktisch unter dem Spiegel.

»Chérie«, lese ich ungläubig, »mußte um sieben Uhr weg. Termin auf dem Land. Haus! Wollte dich nicht wecken. Ich küsse dich! Fausto!«

Wie bitte? Sieben? Es war halb drei, als er verschwand! Zu wem? Zu Bibi? Joy? Zur schwarzen Mandy ins Hotel? Verzweiflung steigt in mir hoch. Vielleicht trinke ich doch ein Glas Schnaps.

»Bonjour, Madame«, kommt eine helle Stimme aus dem Gang und reißt mich aus meinen trüben Gedanken. »Es ist sehr, sehr warm! Ein echter Frühlingstag. Man kann schon ohne Mantel gehen!«

Lollo, meine Haushälterin, guckt durch die Tür, sehr vergnügt, wie immer, wenn die Sonne scheint. Sie hat frisches Brot geholt, vom Bäcker, und duftende Croissants, knusprig und warm. Der Anblick ihres runden, braunen Gesichts hebt meine Lebensgeister.

»Bonjour, Lollo«, sage ich erleichtert, »Monsieur ist schon weg, und ich frühstücke im Wintergarten.«

»Gut! Wie geht es Ihnen?«

»Ausgezeichnet«, lüge ich, »und Ihnen?«

»Wunderbar«, sie kichert wie ein kleines Kind, »Petit hat eine Kolik, und Grand ist zum Marabu gefahren und kauft ihm was für den Bauch.«

»Ist es ernst? Braucht er einen Arzt?«

»Nein, nein. Er kommt schon durch. Er ist stark wie ein Elefant. Nur die Geister quälen ihn manchmal in der Nacht. Aber, Madame, heute ist ein Wundertag. Heute geschieht ein Wunder.«

»Woran sieht man das?« frage ich amüsiert.

»An der Luft«, sagt Lollo, dreht sich um und marschiert in die Küche.

Ich sehe ihr nach. Lollo heitert mich immer auf. Sie ist ein Original. Sie glaubt an Wunder, Zauberer, Geister, denn sie kommt aus Afrika, und dort ist das ganz normal! Sie weiß nicht, wie alt sie ist. Doch sie ist rund und rassig, in der glorreichen Mitte des Lebens, und sie hat zwei Männer, Grand und Petit.

Grand ist ihr Gatte. Petit sein junger Bruder. Sie schlafen zu dritt in einem großen Doppelbett, und ich schwöre, sie liegt nie drei Wochen brach! Die Frau ist zu beneiden – verglichen mit mir. Deshalb wirkt sie immer gut gelaunt, lacht vergnügt, ißt mit Appetit und singt vor sich hin. Ich habe oben, unter dem Dach, zwei Zimmer für sie umgebaut, zu einer hübschen Wohnung mit Dusche und Klo, dort leben sie seit einem Jahr, und kein Mensch bemerkt die Vielmännerei. Grand und Petit nämlich gleichen sich wie Zwillinge. Lollo geht auch immer nur mit einem aus dem Haus. Trotzdem hat sie Angst vor der Fremdenpolizei. Petit ist nämlich illegal im Land!

Schnell ziehe ich mich an.

Ein buntes afrikanisches Hauskleid, lila und gelb, lose geschnitten, sehr bequem. Den Stoff hat mir Lollo gebracht, vom Markt in der Goutte d'Or, und ihre Freundin hat dieses Kunstwerk genäht. Ich schlüpfe in süße rote Pantoffeln aus Marokko und lege eine Bernsteinkette um. Dann bürste ich meine blonden Locken, bis sie glänzen. Und jetzt lächeln, wie es sich gehört! Ich bin die hübsche Madame Saint-Apoll. Ich habe keine Sorgen, ich schwimme im Glück.

In der Küche ist es gemütlich. Lollo hat die Zeitung gebracht, das Fenster geöffnet, und die Sonne strahlt herein. Der Himmel ist tiefblau, aus den Gärten um den Trocadero hört man Vögel zwitschern, und es riecht nach heiler Welt.

»Monsieur hat viel zu tun derzeit?« fragt Lollo und setzt Wasser auf. Sie trägt ein blaukariertes Kleid, das ich noch nicht kenne, und sie lacht mich an. Ihre weißen Zähne blitzen.

»Mehr als genug. Leider.«

»Madame macht sich Sorgen?«

»Nein, nein. Ich habe schlecht geträumt. Das kommt manchmal vor. Sonst ist alles wunderbar.«

Lollo sieht mich verstohlen an. Was soll dieser Blick? Weiß sie mehr als ich?

»Das Kleid steht Ihnen gut, Lollo. Hübsche Farbe.«

»Danke! Grand hat es für mich gekauft. Sagen Sie, Madame, waren Sie zufrieden? Gestern? Mit der Wahrsagerin? Hat sie Ihnen eine schöne Zukunft prophezeit?«

Ich seufze. Ich habe gewußt, daß das kommt.

»Hat sie Ihre Vergangenheit erraten?« stößt Lollo nach.

»Sie hat komisches Zeug gesagt.«

»Madame Adar?« fragt Lollo entsetzt, »die berühmte Frau?«

»Vielleicht war sie nicht in Form«, sage ich tröstend.

Lollo schüttelt den Kopf. »Das verstehe ich nicht. Das habe ich noch nie gehört. Aber, Madame«, ihr Gesicht heitert sich auf, »Sie werden sehen, heute geschieht noch ein Wunder. Ein Wunder für Sie. Das weiß ich ganz genau.«

Das Wasser siedet. Lollo gießt den Kaffee auf. Apollos »Golden Brazil«. Es duftet verführerisch, das Aroma macht Tote lebendig. Dann fischt sie ein Ei aus dem Topf, gießt frisch gepreßten Orangensaft in ein Glas, legt Croissants auf einen roten Teller, stellt alles auf ein silbernes Tablett. Nun noch der Obstkorb. Ein paar Mandeln. Butter, Honig, Pfeffer, Salz. Eine runde, weiße Vase mit fünf roten Tulpen. Eine frische Serviette aus Damast.

»Danke, Lollo.« Ich trage das Tablett in den Wintergarten. Dort frühstücke ich am liebsten, wenn ich alleine bin. Der Wintergarten ist ein großer, verglaster Erker, den man vom gelben Salon aus betritt. Er steht voll Pflanzen und verbreitet tropisches Flair. Wilder Wein rankt sich an zwei Säulen empor, Palmen stehen in mächtigen Töpfen, doch das Beste ist der Blick.

Er geht nach Süden.

Über die Springbrunnen und Gärten des Trocadero, über die Seine mit ihren fabelhaften Brücken, bis hin zum Eiffelturm in seiner ganzen imposanten Wucht.

Unsere Wohnung liegt im sechsten Stock. Ich sitze in meiner gläsernen Loge, vor mir die schönste Stadt der Welt. Ein Meer von silbrigen Dächern, Kuppeln, Kaminen, Mansarden, Terrassen, Balkonen, umstrahlt von einer goldenen Sonne, die hier heller scheint als anderswo.

Das Licht in Paris ist klarer, das belebt den Geist! Hier schlägt das Herz schneller. Hier steht man über den Dingen. Hier fühlt man sich hübscher, vom Alltag befreit. Diese Stadt richtet mich immer auf, hier kann, werde und will ich nicht traurig sein.

Außerdem, jetzt bei Tageslicht ist alles leichter. Ich zwinge mich zur Ruhe. Nur keine Hysterie! Also: Ich lebe in Paris. Hier gelten andere Regeln. Fausto hat eine Freundin? Freundinnen halten sich nicht lange. »Kurz und süß« ist das Motto der Saint-Apolls, was Seitensprünge betrifft. Untreue ist keine Tragödie wie bei uns in Wien, kein Grund, einander zu ermorden, im Gegenteil: Affären beleben die Ehe!

Fausto hat es mir genau erklärt, am Beispiel seines Bruders Helios und Flore, seiner Frau:

Ist Flore zu lange brav, wird Helios lästig. Findet sie (meist im Frühjahr) einen Freund, ist er gleich viel netter. Er leidet zwar an Eifersucht, flucht und knallt die Türen zu, fliegt mit seinem Helikopter nach England ins Bordell, doch kaum ist der Rivale weg, folgt die herrlichste Versöhnung, die beiden bleiben tagelang im Bett.

Im Herbst läuft die Sache umgekehrt. Flore kühlt ab, will alleine schlafen. Jetzt geht Helios auf die Jagd. Kaum kommt er eine Nacht nicht heim, ist sie wieder für ihn da – keinen Tag früher. So ging das hin und her, bis vor zwei Jahren. Seltsamerweise beruhigten sie sich dann.

Franzosen sind nicht treu!

Was beklage ich mich! Gloria, meine Freundin, hat mich gewarnt. Und Fausto stimmt ihr zu.

»Franzosen haben Temperament«, sagt er stolz, »bei uns gibt es keine Freundschaft zwischen Mann und Frau. Früher oder später endet es immer im Bett. Und es hat noch keinem geschadet!«

Was soll ich sagen? Mir liegt das nicht. Ich lüge nicht gern. Und wenn ich mit jemandem schlafe, dann bitte in der Nacht! In Paris blüht die Liebe am Nachmittag. In der

Mittagspause, nach Büroschluß, man hat die Wahl. Um sieben aber ist man brav zuhaus, umgezogen und geduscht, und bekocht lächelnd die Kinder.

Alle meine Bekannten haben Affären. Das ist hier normal! Warum sollte ausgerechnet mein Mann leben wie ein Mönch! Überall geht es drunter und drüber, von der Regierung bis hinunter zu unserer Concierge, die am Nachmittag, wenn ihr Mann Taxi fährt, die Spitzenvorhänge schließt und partout nicht gestört werden darf.

Überall gibt es Stoff für Drama und Haß, doch keiner scheint zu leiden. In der ganzen Welt macht Liebeskummer krank. Ein Seitensprung, und man stürzt sich in Depressionen wie Turmspringer vom Zehnmeterbrett. Nicht in der Grande Nation!

»Es gibt kein perfektes Glück«, heißt es hier, »das Fleisch ist schwach. Und trotzdem ist das Leben schön, und man muß es genießen, so gut man kann!«

So weit komme ich auch noch. Wetten?

Ich nehme den ersten heißen Schluck. Das muntert auf! Wie schön der dunkle Kaffee in der gläsernen Kanne wirkt. Auch die Tasse ist aus Glas. Das Service stammt aus Glorias Einrichtungshaus. Ich entwarf es, und sie ließ es anfertigen, in Italien. Es verkauft sich wie warme Semmeln. Auch der Sessel, auf dem ich sitze, stammt von mir. Dunkles Rattan mit hellen Kissen. Paßt perfekt zu den grünen Pflanzen. Die Sessel werden in Bali gemacht. Über fünfzig wurden bis jetzt geliefert. Jeder einzelne ist verkauft.

Zufrieden sehe ich mich um. Alles hier ist edel. Nichts stört meinen Künstlerblick. Jedes Stück habe ich selbst gewählt, entworfen oder bezahlt. Ich sitze in einem kleinen Paradies, das ich schuf, und das tut wohl.

Ich schäle eine Banane, beiße hinein. Sie ist reif, weich und süß. Ich werde noch eine zweite essen. Da fällt mir die erste Nacht in dieser Wohnung ein. Weg ist der Appetit.

Es ist genau elf Monate her. Wir kehrten zurück von der Hochzeitsreise, todmüde von einem langen Flug. Wir kamen direkt aus den Tropen, von der Insel Moustique, schwerbepackt, mit Kopfweh und Sonnenbrand, und fielen sofort ins Bett. Plötzlich riß mich das Telefon aus dem Schlaf.

»Hallo, Madame«, sagte die atemlose Stimme, »spreche ich mit der süßen Tizia, der hübschen Wienerin, der neuen Ehefrau des schönen Fausto? Ich wollte nur sagen, ich bin unten vor Ihrem Haus, Madame. Ich sitze in einem kleinen roten Lancia Coupé, den Ihr Mann mir vor kurzem zum Geburtstag geschenkt hat. Könnten Sie einen Moment hinunterkommen? Ich würde mich gerne mit Ihnen unterhalten.«

»Wer sind Sie?« fragte ich verwirrt, doch weiter kam ich nicht.

»Wer ist das?!« rief Fausto und setzte sich auf. Ich wiederholte den ganzen Wortlaut. Fausto riß mir den Hörer aus der Hand.

»Das ist gegen die Spielregel!« brüllte Fausto. »Das erlaube ich nicht.« Kurze Pause. »Nein! Das werde ich nicht tun! Mischen Sie sich da nicht ein! Das erledige ich auf meine Weise! Halten Sie sich da raus! Adieu!« Er schmetterte den Hörer hin.

»Was ist gegen die Spielregel?« fragte ich verstört.

Fausto starrte mich an. »Spielregel? Habe ich Spielregel gesagt?«

»Und was erledigst du auf deine Weise?«

»Keine Ahnung! Ich weiß nicht, was du meinst.«

»Du hast gesagt . . .«

»Und du hast Halluzinationen! Logisch! Wir kommen direkt aus der größten Hitze nach Paris, man reißt uns aus dem Schlaf, da hört man vieles, was keiner sagt!«

»Aber ich . . . ich . . .«

Fausto legte die Hand auf meine Brust und küßte meinen Hals. »Vergiß es, schönes Kind. Das war eine Verrückte. Sie meldet sich nie wieder! Kein weiteres Wort mehr darüber. Du versprichst es, ja?«

Dann schob er sein Knie zwischen meine Schenkel.

Ich versprach's. Und ich hielt mich daran. Fausto hat nämlich noch in derselben Nacht eine Entdeckung gemacht: Ich bin nicht »wirklich gut« im Bett.

Das war mir neu.

Doch obwohl ich wußte, daß es nicht stimmen kann, denn mit zweiundvierzig kennt man seinen Wert, traf es mich bis ins Mark!

Es war das erste Mal, daß ein Mann mich bewußt verletzte, und um ehrlich zu sein, bis heute habe ich mich nicht erholt von diesem Satz.

Kämpfe ich deshalb nicht? Lasse ich mir deshalb so viel gefallen? Mache ich deshalb den klassischen Fehler aller Ehefrauen, stecke den Kopf in den Sand und hoffe, daß der Spuk verweht?

Aber nicht mehr lange.

Ich stelle den Teller weg. Springe auf. Laufe barfuß über den weichen weißen Teppich zur Spiegeltür. Habe ich mich im letzten Jahr verändert? Ich mustere mich genau. Nichts zu sehen, trotz der durchwachten Nacht. Ich halte mich gut! Mein Gesicht ist glatt, ich mache nämlich meine Cremen selbst und esse sehr gesund. Kein Fisch, kein Fleisch, viel Gemüse, Nüsse, Obst, das macht sich bezahlt!

Ich sehe jünger aus als alle meine Schwägerinnen, inklusive Flore, und sie ist erst einunddreißig. Fausto ist so alt wie ich, doch ich wirke wie seine kleine Schwester. Ich halte mein Gewicht, ich bin zart und frisch, und so will ich bleiben, bis der Tod mich ins Jenseits schickt.

Ich bin nicht gut im Bett?

Früher habe ich nichts davon bemerkt. Vor meiner Ehe war ich von Verehrern umringt. Deshalb habe ich so spät geheiratet, weil ich so oft hätte heiraten können! Früher ging es mir ausgezeichnet! Ich hatte Männer an jedem Finger, und keiner hat mich je aus dem Bett getreten. Im Gegenteil! Ich war die Königin! Noch vor einem Jahr hatte ich das Gefühl, die begehrenswerteste Frau von Paris zu sein.

Es gibt aber noch einen Grund, warum ich seit drei Wochen schweige, warum ich will, daß diese Ehe funktioniert. Und der Grund heißt Lucifer Heyes. Niemand gesteht gerne Mißerfolge ein. Und als ich Lucifer verließ, um nach Paris zu ziehen, prophezeite er mir alles Unglück dieser Welt.

Lucifer war mein Freund in London. Er ist Chef einer großen Firma, ein guter Architekt, und ich habe für ihn Hotelsuiten möbliert, Wohnungen und Landhäuser renoviert, ich stellte seine schwierigsten Kunden zufrieden und löste jedes Problem. Ich war verläßlich, fleißig, verdiente viel und sparte jeden Pfennig, denn ich wußte von Anfang an: Bleiben kann ich nicht.

Lucifer war der schwierigste Mann, der mir je unterkam. Jeden Morgen war er schlecht gelaunt. »Worüber muß ich mich heute ärgern?« war beim Erwachen sein erster Satz!

Und am liebsten ärgerte er sich über mich.

Ich aß vegetarisch. Und obwohl ihm gefiel, daß ich jung blieb und gesund, daß ich die Figur behielt und keine Falten bekam, war es doch ein Grund endloser Streiterei. Er brüllte mich an, in teuren Restaurants, weil ich das Fleisch auf dem Teller liegen ließ. An meinen Geburtstag verließ er das Lokal, weil ich bei Tisch zu wenig Wasser trank. Ich sollte essen wie er, trinken wie er, rauchen wie er, denken wie er, doch das konnte ich nicht. Sechs Jahre hielt ich durch. Dann hatte ich genug.

»Warum heiraten wir nicht?« fragte er am letzten Tag, als ich meine Koffer packte, »ich verstehe dich nicht. Einen Besseren wie mich kriegst du nie! Glaubst du, die Franzosen warten auf dich? In Paris bist du eine Ausländerin, die keiner kennt. Du wirst unter den Brücken verkommen!«

Unter den Brücken verkommen andere, dachte ich, ich habe ein Talent, das mich ernährt. Was Lucifer nicht wußte: Ich reiste ins gemachte Nest. Gloria, die ich von früher kannte, hatte ein Wohnstudio eröffnet, mitten in Passy. Sie war selbständig. Ein Anruf genügte, ich war engagiert.

Frohen Herzens flog ich in die Freiheit, und eine herrliche Zeit begann.

Ich arbeitete mich halbtot. Und trotzdem ging ich jeden Abend aus: In die Oper. Ins Ballett. In Konzerte, Theater, Cafés. Ich besuchte Ausstellungen im Grand Palais, Vernissagen und Cabaréts. Vor Verehrern konnte ich mich kaum retten. Blondinen sind in Frankreich heiß begehrt. Ich ging essen, tanzen, ließ mich verwöhnen, ich genoß mein Leben wie nie zuvor.

Und das Beste: Von meinem Ersparten kaufte ich eine Wohnung. Ein Drei-Zimmer-Appartement, mein erstes Eigentum. Im vornehmen siebenten Arrondissement. Wo sonst? Nicht weit vom Champs de Mars und dem Eiffelturm.

Ich zahlte bar! Jawohl! Und hatte noch was übrig für Umbau und Dekoration. Zwei Jahre später war ich Madame Saint-Apoll. Nicht schlecht für eine Ausländerin, die keiner kennt.

Lucifer aber gibt nicht auf. Schreibt Briefe an meinen Vater in Wien. Fährt ihn besuchen. Auch Gloria hat er ausfindig gemacht. Er will wissen, wie es mir geht. Sie soll mir sagen, er wartet auf mich. Mein Unglück wäre sein größter Triumph. Doch diese Freude mache ich ihm nicht.

»Pardon, Madame«, Lollos frische Stimme bringt mich zurück in die Gegenwart, »ich wollte nur fragen, sind Sie mittags zu Hause?«

»Nein«, sagte ich seufzend, »wir essen auf der Île Saint-Louis. Wenn Sie abends kochen, genügt das. Was haben wir auf dem Plan?«

»Selleriesuppe, gefüllte Zucchini für Madame, für Monsieur ein Steak. Salat, Käse, Erdbeercreme.«

»Sind genug Erdbeeren im Haus? Wenn nicht, bringe ich welche mit.«

»Es ist alles da, Madame. Ja, daß ich nicht vergesse. Lilja ist gekommen. Sie will wissen, was sie heute putzen soll.«

»Die Fenster, sagen Sie ihr. In der Bibliothek und in den hinteren Zimmern. Und dann die Glastüren, wenn noch Zeit bleibt.«

Lollo blickt auf das Frühstückstablett.

»Sind Sie fertig, Madame?«

»Danke. Ja. Gut war's. Ausgezeichnet.«

»Viel haben Sie nicht gegessen. Kein einziges Croissant«, meint sie strafend, »Sie essen wie ein kleiner Vogel. Soll ich Ihnen etwas sagen? Auch von zu wenig essen wird man krank.«

Recht hat sie!

Doch meine Kehle ist wie zugeschnürt, ich bringe nichts hinunter. Ein Blick auf die Uhr. Muß ich schon gehen? Nein. Ich habe noch eine Stunde Zeit. Wunderbar. Ich lege die Beine hoch, bedecke sie mit meinem lila Kleid, falte die Hände in meinem Schoß und grüble weiter.

Als Fausto über meinem Leben aufging wie eine goldene Sonne, verlor ich den Verstand. Ja, das muß es gewesen sein. Nie sonst hätte ich ihn für die große Liebe gehalten. Ganz Paris wollte ihn. Er wollte mich. Welche Frau schmilzt da nicht vor Stolz? Mehr Stolz als Liebe? Oder beides zugleich? Und was ging schief? Nach so kurzer Zeit? Fausto hatte Angst vor unserem ersten Hochzeitstag. Das erwähnte er einmal im Gespräch. Warum, hat er nicht erklärt.

Ich verstehe überhaupt nichts mehr.

Irgend etwas stimmt nicht. Irgendwas läuft ganz verkehrt. Dunkles tut sich im Untergrund, das ich nicht kontrollieren kann. Meine Ehe ist ein einziges Rätsel.

Doch das ist ein Kapitel für sich.

3

Es war kurz nach meinem Geburtstag, als ich Fausto kennenlernte, und der Abend, als ich ihn zum erstenmal sah, wird mir ewig unvergeßlich sein.

In Paris lag Schnee. Es war der kälteste Januar seit hundert Jahren, die Metro entgleiste, Busse schlitterten die Boulevards entlang, es gab rote Nasen, verbeulte Autos, doch ich kam frisch aus London und fand das fabelhaft! Ich schwebte im ersten Hochgefühl, nach langem wieder in Paris zu sein, nicht auf Besuch, nein, für immer! Und jedes Wetter war mir recht. Eine neue Eiszeit hätte mich beglückt, ein Wirbelsturm entzückt!

Ich saß mit Gloria in einem gemütlichen Restaurant in Passy. Wir hatten eine rote, samtige Nische ganz für uns allein, und das Leben konnte nicht schöner sein. Wir aßen Pilze, in Cognac flambiert, Soufflé mit Trüffeln, tranken Taittinger, den Champagner, den ich am liebsten mag. Nur einen Haken hatte die Sache: Gloria wollte mich mit einem Kunden verkuppeln. Er hieß Mark, erzählte dumme Witze und wirkte auf mich wie Brom!

Mark mißfiel mir gründlich!

Seine Stimme war laut, sein Kopf rund und rot. Er hatte kurzes schwarzes Haar und galt als Genie: Er entwarf Kampfflugzeuge für Dassault. Und da mein Interesse für Technik und Krieg erst geweckt werden mußte, wurde ich furchtbar schläfrig. Ich dachte bald nur noch eines: Wann gehen wir endlich heim?

Da öffnete sich die Tür, und schon war ich wach: Fausto

trat ein. Gefolgt von einer rassigen schwarzhaarigen Frau, die durchfroren und gar nicht glücklich schien.

Sofort wurde es still.

Alle Blicke wandten sich ihm zu. Diese Größe! Diese Schultern! Dieses edle Profil, das man sonst nur auf alten Goldmünzen sieht. Dieses Sonnengesicht. Die wilden blonden Haare, auf denen Schneeflocken glänzten. Ich war zutiefst fasziniert.

»Warum lerne *ich* nie solche Männer kennen?« schoß mir durch den Kopf, und ich sah ihm nach, wie er den Empfangschef fragte, ob noch ein Tisch frei sei. Keine Chance. Das Restaurant war überfüllt.

Da stieß der widerwärtige Mark einen Schrei aus.

»Fausto, mein Alter!« Er sprang auf und winkte wie wild. Das Wunder geschah. Der schöne Fremde winkte zurück.

»Darf ich ihn zu uns einladen?« fragte Mark. »Ich kenne ihn vom Militär, wir waren zusammen auf der Pilotenschule.«

Und so kam es, daß ich plötzlich neben Fausto saß, völlig überwältigt, und keinen Bissen mehr über die Lippen brachte. Von so einem schönen Mann könnte man direkt ein Kind bekommen, schoß mir durch den Kopf. Doch dann erschrak ich derart, daß ich den ganzen Abend kein Wort mehr sprach. Es nützte aber nichts. Ehe Fausto die Rechnung verlangte, wandte er sich mir zu.

»Ich höre, Sie kommen aus Wien?«

Ich nickte stumm und starrte ihn an.

»Zu Ostern gehe ich vielleicht Skifahren. Kennen Sie ein gutes Hotel am Arlberg?«

»Natürlich«, sagte ich wie hypnotisiert, »aber nicht auswendig. Mein Adreßbuch ist zu Hause. Rufen Sie mich an.« Schon schrieb ich meine Telefonnummer auf. Fausto bedankte sich, zahlte, und verschwand mit seiner rassigen Begleitung hinaus in die Winternacht.

»Wer war das?« fragte ich benommen.

»Fausto Saint-Apoll«, sagte Mark und grinste.

»Wie Apollo-Kaffee?«

»Die Firma gehört seinem Vater.«

»Schön und steinreich«, meinte Gloria überrascht, »das findet man selten.«

»Steinreich wird sein ältester Bruder«, sagte Mark schadenfroh. »Fausto ist leider nur der zweite Sohn. Die Saint-Apolls sind wie die Fürsten. Der älteste erbt, die anderen kriegen nichts.«

»Nur kein Mitleid«, sagte Gloria trocken, »der verhungert nicht. Ich kenne diese Kreise. Der hat sicher einen alten Opa, der ihm einen Haufen Geld vererbt.«

»Arbeitet er nichts?« wollte ich wissen.

»Kaum. Er war kurz bei einer privaten Fluglinie. Doch das war ihm zu mühsam. Da müßte er solide leben, nachts schlafen, nichts trinken, früh aufstehen, das liegt ihm nicht. Momentan handelt er mit Wohnungen.«

»Wohnungen?« rief Gloria. »Schade, daß wir darüber nicht gesprochen haben. Vielleicht braucht er jemand, der dekoriert?«

»Wie einen Bissen Brot«, sagte Mark, »er hat nämlich eine fürchterliche Dekorateurin, die redet wie ein Wasserfall, ein Riesenweib, sieht aus wie eine Walküre. Bevor ich zu Ihnen gekommen bin, habe ich mir angesehen, was sie macht. Aber in so was kann man nicht leben. Da wird man aggressiv.«

»Blumentapeten?« fragte ich aus Erfahrung. »Zu viele Muster, die sich gegenseitig erschlagen?«

»Nein. Zu steril. Stuck abgeschlagen, Marmorkamine weg, überall Fliesen, grau in grau, und mitten in der Verwüstung die Walküre mit Pferdegebiß und hysterischem Geschrei, die sich selbst lobt, bis einem übel wird. Hoffentlich wirft er sie hinaus, sonst geht er bald bankrott.«

»Falls er sich von ihr trennt, denken Sie an uns«, meinte Gloria.

»Bitte, tun Sie das«, warf ich ein, »alles, was wir berühren, wird zu Gold. Ist Ihr Freund verheiratet?«

»Fausto?! Der heiratet noch lange nicht.«

»War das seine Verlobte?«

»Das war Freundin Nummer 13 a«, sagte Mark mit Genuß, »ich habe ihn noch nie zweimal mit derselben Frau gesehen.« Und er begann eine lange Geschichte über Faustos Amouren während seiner Zeit beim Militär.

Was soll ich sagen!

Vielversprechend klang das nicht. Doch der Funke war gesprungen, ich dachte die halbe Nacht an ihn, und drei Tage später rief er an. Es war ein Samstag, elf Uhr früh.

»Allo-allooo«, er klang verschlafen, »hier ist Fausto Saint-Apoll. Gehen wir abends essen?« Kein Wort von Skifahren oder Schnee.

»Wohin?« fragte ich erfreut.

»Überraschung. Am besten, Sie holen mich ab. Sagen Sie, wie heißen Sie eigentlich?«

»Tizia.«

»Nach dem berühmten Maler?«

»Jawohl.«

»Bei uns heißen die meisten nach Göttern vom Olymp«, sagte Fausto, »außer mir, bien sûr!«

Ich zögerte eine Sekunde.

»Bei uns heißt man nach der Art der Entstehung«, sagte ich schnell, »mein Vater entstand in einem Himmelbett und heißt Coelius.«

Stille am anderen Ende.

»Sooo?« kam es endlich amüsiert. »Das habe ich noch nie gehört. Also, das erklären Sie mir nachher im Detail. Und noch was: Tun Sie mir den Gefallen, und ziehen Sie ein Kleid an. Keinen Rock. Kein Kostüm. Und vor allem keine Hose! Ein hübsches Kleid. Eher klassisch. Nicht zu grell. Kein Rot. Nicht zu kurz. Kniebedeckt. Haben Sie so was? Ja?«

Ich hatte!

Zwar wunderte ich mich über die strikten Bestimmungen – ich hätte Fausto nie für so bieder gehalten –, doch an

Kleidern mangelte es mir nicht. Ich kaufte immer schon einen Teil meiner Garderobe in Wien. Und nichts lieben die Franzosen mehr als »le Look Autrichien«. Nichts finden sie charmanter als »Le Costum National«. Und davon habe ich genug.

Ich entschied mich für mein Lieblingskleid, ein Winterdirndel, maßgeschneidert, aus Wildseide, himmelblau, mit grünen Paspeln an Ärmeln und Hals und Hirschhornknöpfen vom Busen bis zum Knie. Roter Gürtel, grüne Schuhe, eine Kette aus blauen Topasen.

Ohrringe hätten gut gepaßt. Manchmal nämlich wirke ich allzu brav, und ein bißchen Geglitzer an den Ohren muntert auf. Doch mir stehen nur große Ringe, und es müssen ganz bestimmte sein. Die wirklich perfekten habe ich noch nicht entdeckt, aber eines Tages, das weiß ich, finde ich sie. Und bis es so weit ist, trage ich lieber nichts. Nun noch das Haar, fest gebürstet, bis es glänzt. Rechts und links zwei Kämme, um die Fülle zu bändigen. Ein Hauch Parfüm. Ich war soweit!

Nie werde ich mein erstes Rendezvous vergessen. Und im Rückblick wirkt es noch bizarrer, als es damals schien.

Die Kleidervorschrift nämlich – sie genügte nicht. Fausto wollte auch noch extra Pünktlichkeit. Punkt neun sollte ich erscheinen, er bestand darauf, keine Minute früher und um Gottes willen nicht zu spät. Und da ich nichts verderben wollte, gleich beim ersten Mal, verließ ich schon um acht das Haus. Es schneite nämlich wieder stark. Und fällt in Paris Schnee, bricht regelmäßig Chaos aus.

Funktaxi war keines zu bekommen. Überlastet, sagte man am Telefon.

Doch ich hatte Glück. Ich ging auf die Straße, und ein roter Honda nahm mich mit, gleich ums Eck in der Rue de Grenelle.

Der Wagen war überheizt, der Chauffeur gereizt, wir kämpften uns durch den Abendverkehr und einen Vorhang dichter weißer Flocken die Avenue Bosquet entlang und über die Seine, und obwohl der Weg nicht weit war, kam ich um ein Haar zu spät. Erst fünf vor neun stand ich vor der Tür in der Avenue du Président Wilson, keine Sekunde früher.

Aber was für eine Tür! Und was für ein prachtvolles Haus. Riesengroß, wie ein Schloß. Mosaik am Boden, Säulen, Marmor, Spiegel überall. Die Treppen mit grünen Teppichen belegt, der Lift aus Messing, Holz und Glas. Es war das vornehmste Haus, in dem ich je privat geladen war, und ich freute mich wie ein Kind. Franzosen nämlich bitten selten zu sich. Man trifft sich meist in Restaurants. Und obwohl ich durch meinen Beruf viele Prachtwohnungen kannte, Einladungen in solchen Häusern sind rar.

Punkt neun drückte ich auf die Klingel. Sofort öffnete sich die Tür. Ein Butler in dunkler Uniform ließ mich ein.

»Bonsoir, Mademoiselle«, er nahm mir den Mantel ab, »Sie kommen zur rechten Zeit. Darf ich bitten? Man wartet auf Sie.«

Ich folgte ihm durch einen langen Gang in die Bibliothek. Eine echte, wohlgemerkt, kein umgetaufter Salon mit Büchertapeten, zwei Bändchen Flaubert und einem Lexikon als Kulturersatz. Nein! Hier wurde gelesen. Das sah man gleich. Vier Wände standen voll herrlichster Bände in geschnitzten, polierten Regalen, die bis zur Decke reichten. In den Ecken gab es gemütliche Fauteuils, weiche Sofas, kleine Tischchen mit grünen Leselampen, und Feuer brannte im Kamin. Es war der einladendste Raum, den man sich denken kann. Ich hätte ihn selbst nicht besser entwerfen können. Doch er war leer.

Nein, nicht ganz!

Ein alter Herr saß in einem hohen Lehnstuhl vor den Flammen, den Kopf über ein Schachbrett geneigt. Er war zierlich, fast zerbrechlich, mit dichtem weißem Haar. Ich schätzte ihn um die achtzig. Und obwohl ich ihn zum erstenmal in meinem Leben sah, bei schummrigem Licht, wußte ich sofort: Das ist die wahre Autorität im Haus.

»Bonsoir, Tizia!« Faustos Stimme schreckte mich auf. Ich wandte mich um. Da stand er. Angetan mit Hosen aus taubengrauem Tuch und einem weißen Pullover, sportlich elegant. Noch größer, als ich ihn in Erinnerung hatte. Noch schöner. Aber offensichtlich angespannt, ja geradezu nervös.

»Wie geht es Ihnen?« Er küßte mich schnell auf beide Wangen.

»Danke, gut. Und Ihnen?«

»Ausgezeichnet. Kommen Sie, ma chère, ich stelle Sie meinem Großonkel vor.«

Großonkel? Das war mir auch noch nie passiert.

Ein erstes Rendezvous und ein Großonkel dazu? Alles hätte ich erwartet, von einem kleinen Diner mit Freunden bis zum Tête-à-tête, doch keinen Großonkel im rotseidenen Hausrock, der mich lange musterte, mit klugen dunklen Augen, und mich endlich freundlich nickend zur Kenntnis nahm. »Ich hoffe, ich störe nicht«, sagte ich und schüttelte eine gepflegte, erstaunlich kleine Hand, »bitte, spielen Sie weiter.«

»Nur die Partie zu Ende«, meinte der alte Herr, der mit Vornamen Kronos hieß, »ich scheine gerade zu gewinnen. Verstehen Sie was von Schach, Mademoiselle?«

»Ich sehe gerne zu«, sagte ich, und das tat ich auch. Den Rest der Nacht. Bis zwei Uhr früh.

Man glaubt es kaum, doch wir gingen weder tanzen noch essen. Der Butler servierte Tee, Champagner, Brötchen, Wein, Käse, Kuchen, Mineralwasser, Likör, es war das eigenartigste Rendezvous meines ganzen Lebens.

Selten aber habe ich mich wohler gefühlt. Ich war geborgen in dieser schönen Umgebung, zwischen den vielen Büchern, und der zierliche alte Herr und der kraftstrotzende junge waren mir vertraut, als hätte ich sie ewig schon gekannt.

Außerdem spiele ich selbst ganz gut Schach, und die gewagten Attacken von Onkel Kronos hielten mich in Bann.

Er war ein blendender Stratege. Ich lernte viel in dieser Nacht. Und als er sich erhob, Punkt zwei, immer noch erstaunlich frisch, tat es mir leid. Ich hätte liebend gern bis zum Frühstück durchgehalten.

»Sie sind ein angenehmer Gast, Mademoiselle«, sagte er und musterte mich erneut. »Sie haben mir Glück gebracht. Ich habe alles gewonnen. Übrigens, was ich vorhin schon sagen wollte: Sie tragen ein schönes Kleid. Sehr elegant. Ich bin ein Mann der alten Schule, wissen Sie? Ich finde, Frauen sollten keine Hosen tragen. Kleider machen sie viel hübscher. Meinen Sie nicht auch?«

»Natürlich, Monsieur, Sie haben völlig recht.«

»Ohne indiskret zu sein, Mademoiselle: Sind Sie verlobt? Verheiratet? Oder geschieden?«

»Weder noch, Monsieur.«

»Haben Sie Kinder?«

»Auch nicht, Monsieur.«

»Sie sprechen sehr gut Französisch. Wie kommt das?«

»Ich habe Sprachen studiert. Und Grafik und Kunstgeschichte.«

»Sie sehen sehr jung aus, Mademoiselle. Haben Sie Ihr Studium schon abgeschlossen?«

»Ja«, sagte ich amüsiert, »ich habe promoviert und arbeite als Innenarchitektin.«

Er lächelte erfreut. »Sehr interessant. Wenn das so ist, chère demoiselle, dann werde ich Sie einer kleinen Prüfung unterziehen. Ich nehme an, Sie erkennen schöne Dinge, wenn Sie sie sehen?«

»Immer. Auch im Schlaf!«

»Fausto sagt, Sie kommen aus Wien? Warten Sie, ich zeige Ihnen was!«

Er führte mich zu einer Glasvitrine im Korridor, die mir bei meiner Ankunft schon aufgefallen war. Sie enthielt wahre Schätze. Kostbare Tassen und Vasen, antike vergoldete Leuchter, fremdländische Fächer, geschnitzt, bestickt und bemalt, der Schrank war voll. Trotzdem wußte ich sofort, was er mir zeigen wollte: eine reizende Spieldose, ganz filigran, Silber vergoldet, mit Einlagen aus Email in den schönsten Farben. Oben auf dem Deckel ein blauer Vogel, fast lebensgroß, ein Kolibri, perfekt bis ins kleinste Detail.

Kronos zeigte auf die Dose. »Kennen Sie das, Mademoiselle?«

Zufällig fiel mein Blick auf Fausto, der uns nachgekommen war. Absolute Spannung lag auf seinem Gesicht. Nein, mehr! Er wirkte, als hinge seine ganze Zukunft von meiner Antwort ab.

»Natürlich kenne ich das – blind sogar. Österreich-Ungarn. Spieldose aus dem achtzehnten Jahrhundert. Wenn Sie sie aufziehen, singt der Vogel und dreht sich dabei. Es ist eine besonders schöne Arbeit. Einzelstück! Seltenheitswert!«

Kronos nickte beglückt.

»C'est ça! C'est ça! Sie haben ein gutes Auge. Darf ich fragen, Mademoiselle, was macht Ihr Vater?«

»Er ist Künstler. Maler.«

»Erfolgreich?«

»Er lebt von seinen Bildern.«

»Das freut mich. Und Ihre Mutter? Ist sie zu Hause?«

»Ich habe sie verloren. Vor drei Jahren. Bei einem Autounfall.«

»Oh, pardon! Das tut mir leid. Entschuldigen Sie die Frage, Mademoiselle. Ich wollte Ihnen nicht weh tun.« Er zog eine goldene Taschenuhr hervor, blickte kurz darauf. »Es ist spät. Fausto wird Sie nach Hause bringen. Wohnen Sie weit weg?«

»Nein! Nur über die Brücke. Im siebenten Bezirk. In der Rue Valadon.«

»Ah, Suzanne Valadon. Wissen Sie vielleicht, wer das war?«

»Natürlich, Monsieur. Eine große Malerin. Und die Mutter Utrillos.«

»C'est ça! C'est ça! Eine schöne Adresse für ein Künstlerkind.«

Er küßte mir zum Abschied die Hand. »Ich habe mich sehr gefreut, Sie kennenzulernen. Sie sind hier jederzeit willkommen. Ich würde Sie gerne wiedersehen, Mademoiselle. Und ich meine es ernst.«

Nie werde ich das Gefühl vergessen, das ich empfand, als ich anschließend aus dem Haus hinaus auf die Straße trat. Die klare, weiße Winternacht. Absolute Stille. Schnee auf den Statuen von Paris. Schnee auf Bäumen, der Fahrbahn, dem Gehsteig. Bis an die Knöchel sank ich ein. Arme Schuhe! Doch das kümmerte mich nicht. Ich fühlte mich phantastisch. So, als hätte ich eben ein Geschenk gekriegt. Ich hätte jauchzen können vor Glück.

Fausto brachte mich zurück. In seinem grauen Lotus Sport schlitterten wir im Schnee hinunter zur Seine. Glitten im Zick-zack über den Pont de l'Alma und erreichten wunderbarerweise ohne Unfall die Rue Valadon. Vor meinem Haus hielt er an.

»Laden Sie mich noch ein? Auf einen Kaffee?« fragte er.

»Heute nicht. Ein anderes Mal. Die Wohnung ist noch nicht fertig.«

»Das macht mir nichts aus.«

»Aber mir. Beruf verpflichtet. Mein Appartement ist meine Visitenkarte.«

Fausto schwieg. Sah mich lange an, als nähme er mich erst jetzt richtig zur Kenntnis. Dann sagte er langsam, mit seltsamer Stimme, wobei er jedes Wort betonte: »Sie – haben – Onkel – Kronos – gefallen.« Es klang wie: Die Bücher in der Bibliothek haben sich in Goldbarren verwandelt.

»Ist das so außergewöhnlich?« fragte ich überrascht.

Fausto nickte. »Er ist unglaublich wählerisch.«

»Ich habe ihm Glück gebracht. Er hat gewonnen.«

»Er gewinnt immer. Er ist ein ausgezeichneter Spieler.«

»Wie alt ist Ihr Onkel?« fragte ich nach einer Weile.

»Dreiundneunzig.«

»Was? Ich hätte ihn viel jünger geschätzt. Bravo! Das ist fabelhaft!«

Fausto lachte. »Er hält sich gut. Sie hätten ihn sehen sollen. Vor zehn Jahren. Da war er noch ein junger Mann. Übrigens, was machen Sie nächsten Samstag, Mademoiselle?«

»Nichts.« Samstags bleibt in Paris die feine Welt zu Hause. Fausto wußte es so gut wie ich.

»Darf ich Sie noch einmal zu uns bemühen?«

Von da an sahen wir einander regelmäßig. Jedes Wochenende. Oft schon am Freitag in der Avenue du Président Wilson, zu Tee, Törtchen, Champagner und Schach. Nur wurden die Partien immer kürzer und die Gespräche mit Onkel Kronos länger und länger. Ich sage es lieber gleich: Um ein Haar hätte ich mich in den Großonkel verliebt. Er sprühte vor Geist, kannte die gesamte Kunstgeschichte auswendig und konnte erzählen wie ein spannendes Buch. Die Abende vergingen wie im Flug. Ich blieb meist bis zwei Uhr früh, und anschließend wimmelte ich Fausto ab.

Es war genau das, was er brauchte.

Ich kenne mich aus mit Herzensbrechern. Mit Männern, die auf Frauen wirken wie Wasser auf dürre Rosen von Jericho. Wer ihnen zu Füßen sinkt, kriegt den sicheren Tritt. Wer schmachtet, wird verachtet.

Nicht mit mir!

Ich blieb kühl! Ich ließ mich weder küssen noch berühren, und nie traf ich Fausto allein. Ich ging mit anderen aus. Verehrer hatte ich in Mengen, Einladungen genug. Jeden Abend schwirrte ich durch Paris, die Stadt der Lichter, und verbannte ihn aus meinen Gedanken.

Um ehrlich zu sein, es war nicht leicht. Fausto gefiel mir sehr. Wenn ich ihn sah, bekam ich Atemnot. Doch ich wollte nicht in seinen Harem. Ich wollte mehr sein als Freundin Nummer 94 c! Während der Woche nämlich entdeckte ich seinen wilden blonden Lockenkopf in Illustrierten, in den Klatschspalten, wo er regelmäßig in Erscheinung trat.

Mit Madame A. auf einem Ball. Mit Mademoiselle B. bei einem Diner. Mit einer schönen Unbekannten bei einer Operngala. Und einmal, doch das mußte ein Irrtum des Fotografen sein, mit einer rothaarigen Riesin bei einem Reiterfest in Berci. Diese Frau gehörte sicher nicht zu ihm.

Zu Ostern war die Wohnung fertig.

Fausto zeigte ich sie nicht.

Ich wurde kühler und kühler, vertröstete ihn von Tag zu Tag. Ich staunte über mich selbst. Woher nahm ich die Kraft, nicht besinnungslos in seine Arme zu sinken, wenn er mich nach Hause fuhr? Er hatte mir Blumen geschickt. Mehrmals schon. Und einen Brief geschrieben, mit einem sehr schönen Liebesgedicht. Ich aber reagierte nicht. »Warten!« befahl mein Instinkt. Und ich hielt mich daran!

Endlich verlor er die Geduld.

Es war der letzte Samstag im April, stürmisch und kalt, und wir saßen in seinem unbequemen Lotus Sport vor meinem Haus, nach einer langen Nacht mit Onkel Kronos. Der Regen prasselte auf das Schiebedach. Wir saßen stumm nebeneinander und hörten Musik: ein Konzert für Flöte und Orchester! Fausto hatte es eigens für mich gekauft. Wunderbar! Doch es stimmte mich nicht um.

Plötzlich aber griff er nach meinem Kinn und drehte es zu sich. »Heute abend«, sagte er eindringlich und sah mir tief in die Augen, »laden Sie mich zum Essen ein. Keine Ausrede! Mein Interesse ist rein fachlich. Hören Sie, Mademoiselle? Ich will mich von Ihren vielgerühmten Qualitäten als Innenarchitektin überzeugen. Ich will endlich Ihre Wohnung sehen. C'est tout!« Sofort begann mein Herz wie rasend zu schlagen.

Sein Blick, seine Nähe, die Berührung seiner Hand –

fast wurde ich schwach. Doch ich nahm seine Finger weg, wandte den Kopf ab und seufzte.

»Zum Essen gern. Sonst verspreche ich nichts.«

»Natürlich nicht, Sie Eisblume! Mich interessieren Ihre Tapeten. Was dachten Sie, Mademoiselle? Daß ich Ihren süßen Mund küssen will?«

Ich schwieg. Das Konzert war zu Ende, nur der Regen trommelte fleißig weiter auf das Dach.

»Sie können mir Arme und Beine fesseln«, insistierte Fausto, »d'accord, Mademoiselle?«

»D'accord! Aber ich warne Sie. Ich koche kein Fleisch.«

»Fisch auch nicht?«

»Nein.«

»Auch nicht für mich?«

»Auch nicht für Sie.«

»Kein Fleisch, kein Fisch, was bleibt übrig?«

»Nichts! Ich schlage vor, wir gehen ins Restaurant, da können Sie bestellen, was Ihr Herz begehrt.«

»Auf keinen Fall! Mein Herz begehrt ein Stück Käse und einen Schluck Wein in Ihrer charmanten Gegenwart. Also, abgemacht! Heute abend um acht. Hier, bei Ihnen, Mademoiselle. Ich werde ganz, ganz pünktlich sein!«

Was soll ich sagen! Noch nie verging ein Tag so schnell. Ich verbrachte ihn in absoluter Hektik, kochte, putzte, kaufte ein, ich badete, wusch mein Haar, lackierte meine Zehennägel pink, und obwohl Fausto es versprochen hatte – pünktlich war er nicht.

Fausto kam eine halbe Stunde zu früh! Und ich stand noch am Herd und passierte die Suppe. Ich war ungeschminkt, meine dichten blonden Locken hingen wirr ins Gesicht, ich war halbnackt, denn ich koche am liebsten in einem alten schwarzen Trägerrock, mit nichts darunter.

Als es klingelte, klemmte ich ein Geschirrtuch vor die bloße Brust und öffnete nichtsahnend die Tür. Gäste kommen in Frankreich immer zu spät. Der Hausmeister, die Nachbarin, wer sonst konnte es sein?

Mich traf fast der Schlag, als Fausto vor mir stand.

»Sehr malerisch, was Sie da tragen«, er reichte mir zwei Flaschen Champagner. »Bonsoir, Tizia! Empfangen Sie Ihre Freunde immer so?«

»Nur, wenn sie zu früh sind . . .«, stotterte ich los.

»Ich weiß, ich weiß. Es tut mir leid. Aber die Sehnsucht hat mich getrieben. Ich hoffe, Sie verzeihen, schönes Kind.«

Er trat ein, und ehe ich es verhindern konnte, küßte er mich auf den nackten Oberarm. Dann legte er seinen edlen grauen Wollmantel ab.

»Er tropft«, klärte er mich auf, »falls Sie es nicht bemerkt haben sollten, liebste Tizia, draußen tobt der April. Es schüttet, hagelt, schneit . . .« Er ließ seine Augen über meinen Körper gleiten. »Würde mich nicht wundern . . . wenn . . . wenn es heute . . . noch ziemlich stürmisch würde.«

Er stand vor mir, groß, blond, der perfekte Pariser Gentleman, in einem perfekt sitzenden grauen Maßanzug mit Weste und hellblauem Stecktuch, und ich fühlte mich wie die Küchenmagd. Am liebsten wäre ich in ein Loch gekrochen.

Fausto entging das nicht.

»Bitte, bleiben Sie, wie Sie sind«, sagte er schnell, »nur kein Theater, Mademoiselle. Setzen Sie sich nur nicht in Szene. Ich mag Frauen au naturel!«

Naturbelassen hin oder her – ich hatte nicht vor, den Abend im Geschirrtuch zu verbringen. Also entschuldigte ich mich und zog mich um. Das Kleid lag bereits auf meinem Bett: blau, bodenlang und glitzernd. Mit silbernen Sternen bestickt. Es stammte aus Indien, hatte weite Ärmel und winzige Silberglöckchen an Ausschnitt und Saum.

Ich liebte dieses Kleid. Fausto aber auch!

»Wirklich hübsch, was Sie da tragen«, meinte er und musterte mich ausgiebig von Kopf bis Fuß, »wenn ich nicht irre, Mademoiselle, der Stoff ist ziemlich dünn. Fast durchsichtig, wie? Gestehen Sie, Tizia! Sie ändern doch nicht Ihre Meinung und verführen mich?«

»Keine Angst«, sagte ich und verschwand in der Küche. Er eilte mir nach, griff nach meiner Hand und küßte sie.

»Schade«, sagte er lächelnd, »ich hätte mich nicht beklagt. Sagen Sie – darf ich mich umsehen? In Ihrem Reich?«

Meine Wohnung war aufgeräumt. Da hatte ich nichts zu fürchten. Und sie war gut gelungen! Ich hatte in allen Zimmern helle Spannteppiche legen lassen und darüber schöne alte Kelims plaziert.

Ich besaß nur wenige Möbel, doch was ich hatte, war edel. Schöne Stücke, die ich nach und nach bei Auktionen und Antiquitätenhändlern erstanden hatte, dazu Spiegel und Lampen, taktisch plaziert, um alles größer, freundlicher und heller zu machen. Dazwischen Bilder meines Vaters. Zwei Akte, ein Stilleben, groß, üppig und bunt. Und das Schlafzimmer, nun, das Schlafzimmer war ein Kapitel für sich.

»Oh, là, là!« hörte ich Faustos Stimme. Aha! Er hatte es entdeckt. »Was ist das? Ein Liebesnest? Tizia! Kommen Sie schnell! Klären Sie mich auf!«

Ich besaß nämlich ein Himmelbett, ehe es in Paris große Mode wurde. Ein Hepplewhite, mit geschwungenem Dach und geschnitzten Säulen aus dunklem Holz. Und das ganze Zimmer hatte ich darauf abgestimmt: die Bettbespannung, den Überwurf, die Vorhänge, die Tapeten. Alles war aus bestem Chintz, handbedruckt mit grünen Blättern, Blüten und Ranken. Mein Schlafzimmer war ein üppiger Garten. Hier zu erwachen war ein sinnlicher Genuß.

Fausto lehnte an der Tür.

»Hat man das so in Wien?«

Ich antwortete nicht. Er sah mich seltsam an. Großer Gott! Was tut er nun? Wortlos, ohne mich aus den Augen zu lassen, schlüpfte Fausto aus seinen Schuhen, lockerte die Krawatte, zog seinen eleganten Rock aus und ließ ihn achtlos zu Boden gleiten. Dann tat er fünf große Schritte und warf sich auf mein Bett.

»Ich möchte nur die Matratze probieren«, erklärte er und

breitete die Arme aus, »ausgezeichnete Qualität. Nicht zu hart. Gerade recht. Tizia! Wissen Sie was? Heute schlafe ich hier. Das heißt ... wenn Sie niemand anderen erwarten. Vielleicht ist dieser Platz ... schon reserviert?«

Ich schwieg.

»Tizia! Sie Eisblume! Kommt heute nacht noch Besuch? Außer mir?«

»Nein!«

Er richtete sich auf. »Warum sind Sie plötzlich stumm? Sie werden mich doch nicht verstoßen? Hinaus in den Sturm? Hören Sie, wie der Wind heult? Setzen Sie sich zu mir, meine Schneerose. Kommen Sie endlich! Seien Sie nicht so furchtbar kühl!«

Er streckte die Arme nach mir aus. Die Geste war unwiderstehlich. Doch ich rührte mich nicht. Ich zitterte plötzlich am ganzen Leib.

»Sie wollten mir erzählen, wie Sie zu Ihrem Namen kamen. Erinnern Sie sich? Das haben Sie versprochen!«

»Später«, sagte ich schwach.

Fausto richtete seine blauen Augen auf mich. Sah mich lange eindringlich an.

»Du weißt genau«, sagte er leise, »daß wir es versuchen müssen. Das Spiel dauert schon zu lang. Drei Monate Quälerei! Das macht einen Mann verrückt. Komm, Chérie. Komm! Wir haben keine andere Wahl.«

Ich schwieg.

»Ich gehöre Dir. Das habe ich in meinem Brief geschrieben!«

»Sie gehören ganz Paris! Außerdem habe ich gekocht!«

»Oh, pardon«, er sprang auf, »ich habe ganz vergessen, du bist stundenlang am heißen Herd gestanden! Wie unhöflich von mir. Ich darf doch du sagen, meine Tizia? Und du sagst du zu mir.«

Schweigend gingen wir ins Eßzimmer.

Setzten uns zu Tisch. Aßen passierte Tomatensuppe mit Crème fraîche und Sherry. Salat mit Roquefort und Nüssen. Risotto mit Trüffeln. Käse. Tiramisu. Die Luft war erotisch geladen. Ich brachte kaum einen Bissen über die Lippen. Fausto dagegen langte zu. Nahm nach. Und beteuerte, wie wunderbar es schmecke. Auch ohne Fisch und ohne Fleisch.

Ich machte mühsam Konversation. Sprach über Häuser, Wohnungen, Raumeinteilung, Pläne, über Möbel, Stoffe, Teppiche, Preise, schließlich fiel mir nichts mehr ein, und ich hielt den Mund.

»Also«, meinte Fausto nach einer längeren Pause, »wie kommst du zu deinem Namen? Ich lausche gespannt.«

»Muß das sein?« seufzte ich gequält.

»Versprochen ist versprochen«, sagte Fausto und schenkte uns beiden Champagner nach. Nun gut!

Ich entstand im Atelier meines Vaters, auf einem antiken Sofa unter einer Tizian-Kopie. Das Bild hieß »Jupiter und Antiope«, das Original hängt im Louvre. Und da meine Eltern Tizian verehrten, gaben sie mir seinen Namen als gutes Omen und zur Erinnerung an einen herrlichen Nachmittag auf dem roten Sofa aus Samt, damals in Wien.

Ich erklärte es in möglichst knappen Sätzen. Vermied Worte wie »Leidenschaft« und »Genuß«. Doch es nützte nichts. Faustos Augen leuchteten auf, er hatte denselben Zug um den Mund wie vorhin auf meinem Himmelbett, und er lächelte auf seine gewisse Art, die mir Schauer über den Rücken jagte.

»Schöne Geschichte«, meinte er, »und da wir schon beim Thema sind, wie nennen wir unsere Kinder? Sturm im April?«

Unsere Kinder? Wir hatten uns noch nicht einmal geküßt.

»Sieh mich nicht so an«, sagte Fausto ernst, »sonst verliere ich die Beherrschung. Dann heißt das erste Viol!«

Viol? Vergewaltigung? Ich riß die Augen auf. Sofort sank Fausto auf die Knie. Robbte über den Teppich zu mir und legte sein Löwenhaupt in meinen Schoß.

»Verzeih! Das war ein dummer Scherz«, er umfing mich mit starken Armen, »es werden sicher Zwillinge. Die Antiope hat nämlich Zwillinge gekriegt, da staunst du, daß ich das weiß. Tizia, mon amour. Wir nennen unsere Kinder Ja und Nein. Denn jetzt gleich sagst du nein. Und dann ja! Ja, ja . . .« Er begann mich zu küssen, und was soll's! Ich küßte ihn zurück. Wir sanken beide zu Boden, eng umschlungen, eingehüllt in mein blaues Glitzerkleid, und küßten uns, als hätten wir ein Leben darauf gewartet.

Es war himmlisch! Doch plötzlich glitt seine Hand in meine Ausschnitt, umfing meine Brust, Fausto begann zu stöhnen, das ging mir zu schnell, und ich setzte mich auf.

»Was ist, ma chérie?« fragte Fausto mit halbgeschlossenen Augen.

»Ich brauche dringend . . . einen Schluck Wasser.«

»Ich nicht«, sagte Fausto, »ich bin wunschlos glücklich. Ich will nur dich.«

»Ich bin gleich wieder da.«

Ich lief ins Bad und verriegelte die Tür. Dann sank ich schwer atmend auf einen roten Hocker vor dem großen Spiegel. Das ist die Stunde der Wahrheit! Will ich ihn, oder will ich ihn nicht? Seit Februar rätsle ich herum, denn eigentlich ist diesmal alles verkehrt.

Liebe geht bei mir durch den Kopf. Eine neue Liebe beginnt immer mit Gesprächen, die nächtelang dauern. Wenn der Abend verfliegt, die Zeit verrinnt, wenn es plötzlich drei Uhr früh ist, und man redet immer noch, wenn man sich am Morgen nicht trennen will, weil man sich noch so viel zu sagen hat, dann könnte das eventuell ein Mann für mich sein.

Bei Fausto war das nie der Fall. Onkel Kronos spricht, Fausto hört zu. Er sagt nie, was er denkt. Nie haben wir uns ernsthaft unterhalten. Fausto erzählt mir nichts. Doch er ist der schönste Mann, der mir je unterkam.

Mein Blick fällt in den Spiegel.

Bin das wirklich ich? So hübsch war ich noch nie. Meine

Wangen sind rot, meine Augen glänzen. Und was ist das? Ich neige mich vor. Die Luft um mich herum flimmert! Tatsächlich! Ich strahle Hitze aus wie im Sommer ein heißer Stein!

So kann ich unmöglich hinaus! Wie gewinne ich meine Fassung zurück? Soll ich kalt duschen, die Wäsche wechseln, mich mit Parfüm besprühen?

»Wo bleibst du so lange?« beschwerte sich Fausto vom Salon. »Versteckst du dich vor mir?«

Ich drückte auf den Spülknopf. Das Wasser rauschte. Es brauste in meinen Schläfen, ich öffnete die Tür – der Salon war leer! Wo war Fausto? Dreimal darfst du raten, Tizia. In deinem Bett. Wo sonst?!

»Hier bin ich«, kam Faustos Stimme aus dem Schlafzimmer. Plötzlich war alles klar. Plötzlich überfiel mich Sehnsucht nach diesem blonden Riesen, daß es schmerzte. Eine heiße Welle überflutete mich von Kopf bis Fuß. Wie konnte ich ihm so lange widerstehen? Nur weil ich mit ihm nicht reden kann? War ich verrückt? Liebe besteht nicht nur aus Worten. Gespräche haben Zeit. Stürz dich ins Abenteuer, Tizia! Wer weiß, wie lange die Welt noch steht.

Ich löschte die Lichter. Streifte die Schuhe ab. Sandte ein Stoßgebet zum Himmel . . . und ging auf Zehenspitzen hin zu meinem Schicksal.

4

DER GRUND, WARUM ich Fausto Saint-Apoll für die große Liebe hielt, ist schnell erklärt: Fausto ändert sich im Liegen! Auf zwei Beinen ist er zynisch, wortkarg, unzuverlässig, arrogant. Doch kaum liegt er flach, ist er sanft wie ein Kater, zärtlich wie ein Kind, leidenschaftlich, ausdauernd, rührend und kühn.

Er war der fünfzehnte Mann in meinem Leben und mein vierter Franzose. Nach den kühlen Jahren in London brach er über mich herein wie eine heiße Sturmflut, und die Frau muß erst geboren werden, die da nicht ihren Kopf verliert.

Fausto war der größte und stärkste Mann, der mich je in die Arme nahm. Um genau zu sein: Er ist äußerst gut bestückt. Er ist überwältigend gebaut, und er füllte mich aus bis zum Rand, nahm jeden Millimeter in Besitz, drang tief genug in mich ein, um mein Hirn zu lähmen, mein Herz zu öffnen und mich mühelos an sich zu ketten. Fausto war meine erste große Leidenschaft.

Bisher hatte ich das zu verhindern gewußt.

Ich wollte keinem Mann verfallen. Ich war ein gebranntes Kind. Ich wuchs nämlich auf im Wiener Künstlerkreis, das genügt, um einen fürs Leben zu prägen. Ein Wunder, daß ich nicht frigide bin!

Der erste Mann, mit dem ich eine Nacht verbrachte (ich war siebzehn, er vierundzwanzig), grüßte mich am nächsten Tag nicht mehr. Er saß im Café Hawelka in der Dorotheergasse und erzählte seinen Freunden mit lauter Stimme Details über meinen Körperbau! Ich stand in der Tür, halb ohnmächtig vor Scham. Er bat mich *nicht* an seinen Tisch.

Der zweite war nicht besser. Er galt als vielversprechendes Jungtalent, ging im Atelier meines Vaters aus und ein und strafte mich nach der zweiten Nacht mit Schweigen (ich war achtzehn, er zwanzig). Kein Wort. Kein Satz! Er ignorierte mich, als hätten wir uns nie gekannt.

»Warum sprichst du nicht mit mir?« wagte ich nach einer Woche endlich zu fragen. »Sprechen?« kam es zurück. »Mit einer Frau? Mit Frauen geht man ins Bett. Alles andere können die Freunde besser!«

In Wien habe ich meine Sünden abgebüßt.

Ich weiß, was es heißt, tagelang umsonst auf einen Anruf zu warten, auf ein Lebenszeichen, einen Brief.

Ich weiß, was es heißt, nächtelang durch Lokale zu streifen in der Hoffnung, »ihn« zu sehen. Ich kenne den Schmerz, wenn man ihn endlich trifft, Kopf an Kopf mit einer andern an der Bar. Und überall die Freunde, denen nichts entgeht, die alles wissen, die dich laut begrüßen, hämisch grinsen, und dann flüstern: »Läuft sie ihm noch immer nach?« Und dann schänden sie die nächste.

Das war der Grund, warum ich Wien so jung verließ. Warum ich nach dem Abitur sofort die Flucht ergriff. Nach zwei Männern hatte ich meine Lektion gelernt. Und die heißt: Wer liebt, wird öffentlich verlacht! Wer schmachtet, wird verachtet.

Seither war ich auf der Hut. Und obwohl ich im Ausland bessere Erfahrungen machte, behielt ich einen kühlen Kopf. Auch Lucifer Heyes hatte ich nicht geliebt. Auf keinen Fall hatte ich vor, mir von Fausto Saint-Apoll, dem verwöhntesten Junggesellen der Pariser Gesellschaft, das Herz brechen zu lassen. Mit diesem Entschluß kam ich aus dem Bad.

Geräuschlos ging ich über die weichen Teppiche ins Schlafzimmer. Fausto hatte alle Lichter gelöscht. Doch die Vorzimmerlampe brannte, und ich sah genug.

Fausto lag nackt auf meinem Bett. Seine Augen waren

zu, seine Arme ausgestreckt. Er war ganz entspannt, offen, gelöst. Er hatte einen herrlichen, glatten Körper.

Ich setzte mich zu ihm. Sofort drehte er sich um. Lächelte mich an, berührte mich aber nicht. Das gefiel mir. Ich mag nicht, wenn ein Mann sich auf mich wirft. Ich brauche Zeit. Lange blickten wir uns an. Dann nahm ich allen Mut zusammen und streichelte seinen Arm.

Konnte das sein? Seine Haut war seidig, fast so weich wie meine eigene. Seine Haut war zart, wie die Haut einer Frau. Das war bis jetzt bei keinem Mann der Fall. Und was war das? Die Spitzen seiner Brust und sein Geschlecht waren dunkel, viel zu dunkel, fast, als seien sie gefärbt. Der Kontrast zu seinem hellen Haar war wild. Das hatte ich noch nie gesehen.

»Ich bin ein falscher Blonder«, Fausto hatte meinen Blick bemerkt, »eigentlich müßte ich schwarze Haare haben. Und bei dir? Alles echt? Nichts gebleicht?« Er streichelte meine Locken, strich sanft über meine Wangen. Plötzlich atmete er schwer, und seine Stimme begann zu zittern: »Komm zu mir, Tizia, meine Schneeflocke. Komm an mein Herz!«

Er richtete sich auf, umfing mich mit heißen Armen, drückte mich an seine Brust. Ich versank in diesem mächtigen Leib. Jeder Widerstand schmolz. Ich war verloren für die Welt. Es war unbeschreiblich! Wie erkläre ich das?

Fausto war weich und stark zugleich. Ich fühlte seine Kraft, und doch war sein Körper nicht hart, nein, ich schmiegte mich an ihn wie in einen Berg weicher Kissen. Und war geborgen! Daheim! Wortlos hielten wir uns umschlungen. Dann hob er seinen Kopf und legte langsam, ganz langsam seinen Mund auf meinen. Und dann, nach einer süßen Ewigkeit, seine Zunge! Sie war rund und rauh wie die einer Katze. Noch nie hatte ich eine derart erotische Zunge gefühlt. Diese Zunge hatte mich vorhin im Salon schon fast um den Verstand gebracht!

Wir küßten uns, bis ich keinen eigenen Willen mehr hatte. Dann ließ er mich los.

»Bitte, Chérie, zieh dein Kleid aus.«

Er half mir, es über den Kopf zu ziehen. Darunter war ich nackt. In der Aufregung, da Fausto zu früh gekommen war, hatte ich die Wäsche vergessen!

Fausto zog hörbar die Luft ein.

»Du bist schön! Meine schöne Tizia! Mon amour. Mon bébé!« Er riß mich an sich. Wir lagen Haut an Haut. Kein Stoff zwischen uns, kein Hemd, kein Kleid. Nackte, weiche, heiße Haut. Ich vermochte kaum zu atmen. Der Druck auf meiner Brust war tonnenschwer, mein Herz klopfte zum Zerspringen. Ich begehrte Fausto plötzlich, daß es schmerzte. Ich wollte ihn jetzt! Sofort!

Ich gehöre nämlich nicht zu den Frauen, die man stundenlang liebkosen muß, da unten, um sie in Schwung zu bringen.

Mein Aussehen täuscht!

Ich bin zwar blond und zart, mich zu verführen ist nicht leicht. Doch wenn ich mich zu einem Mann bekenne, brenne ich! Wenn ich einen begehre, dann will ich ihn gleich. Ohne Umweg, ohne Vorspiel, ohne Her und Hin. Ich will ihn fühlen! Basta! In mir! Stundenlang! Ich will ihn lieben, die ganze Nacht! Ich will seine Lippen, seine Arme, seine Zähne, sein Haar, seine Seele, sein Herz, ich will mit ihm verschmelzen, will Wahnsinn und Raserei – und dann kann die Welt untergehen!

Fausto merkte es sofort. Er seufzte auf. Seine Hand wanderte über meinen Körper, liebkoste meine Brust, sein Mund war auf meinem Hals. Er preßte seine Hüften an meine, drehte mich um. Plötzlich war er über mir.

»Willst du mich?« stammelte er.

»Ja! Komm zu mir!«

Dann öffnete ich die Augen. Sein Glied! Zu groß! Dunkel! Fremd!

»Keine Angst. Ich tu dir nicht weh!« Er begann mich leidenschaftlich zu küssen. Schon suchte er den Weg. Fand ihn schnell, drang ein kleines Stück in mich ein.

»Oh, mon Dieu!« stöhnte Fausto und hielt still. Wir wagten kaum zu atmen. Dann schob er sich vorsichtig in meinen Körper. Jetzt war er ganz in mir. Füllte mich aus zum Zerspringen. Ich verging fast vor Wonne. Drei Monate Sehnsucht hatten sich gelohnt. Fausto und ich!

Vierzig Jahre meines Lebens hatte ich auf ihn gewartet.

Fausto und ich! Wir waren losgelöst von dieser Welt. Dann begann er mich zu lieben. Viermal kurz, einmal lang, mit einer kleinen Pause nach dem stärksten Stoß. Das hatte ich noch nie erlebt. Viermal kurz, einmal lang. Das war mir neu. Viermal kurz, einmal lang. Das ist zu schön. Das ertrage ich nicht! Viermal kurz, einmal lang. Gleich schreie ich vor Glück.

»Leidest du sehr?« fragte Fausto plötzlich und riß mich zur Erde zurück. »Ich tu dir doch nicht weh?«

»Du tust mir weh, wenn du aufhörst«, rief ich in Panik.

»Ah bon? Es ist schön? Wirklich schön?« Er schloß die Augen. Viermal kurz, einmal lang, und eine Pause nach dem tiefsten Stoß. Viermal kurz, einmal lang. Ich hörte auf zu denken.

Wir liebten uns die halbe Nacht. Es war phantastisch! Fausto war echt! Kein Theater wie bei gewissen Franzosen, die das Schwierige lieben und das Einfache verschmähen. Keine Befehle – um eine wackelige Potenz zu verschleiern – wie: Nimm mich in den Mund! Beiß mich in die Brust! Steck mir den Finger in den Po! Kneif mich! Kratz mich! Ja! Ja! Ja!! Keine peinlichen Positionen! Keine Akrobatik, keine Gymnastik, die die Lust zerstört. Und keine Hektik wie bei Lucifer Heyes.

Denn Lucifer Heyes dachte immer ans Geschäft, auch im Bett. Nur anfangs hatte er mir Sternstunden beschert. Später aber war in zwei Minuten alles vorbei. Fausto aber konnte ewig!

»Chérie, ist es gefährlich?« stöhnte er, ich weiß nicht mehr, wann. »Muß ich aufpassen? Sag!«

»Nein, nein, keine Angst!«

»Ich kann nicht länger warten.«

»Warte nicht auf mich.«

»Kannst du nicht kommen?« keuchte er und hielt still.

»Ich komme später.«

Höhepunkte nämlich sind mir ganz egal. Orgasmen kriegen kann ich auch allein. Was ich will von einem Mann, ist, daß er mich begehrt. Ich will Leidenschaft, und davon bekam ich in den letzten Stunden genug.

»Oh, Chérie, c'est bon!« Fausto bewegte sich schneller, stöhnte bei jedem Stoß. Jetzt wurde es erst richtig schön! Ich fühlte, wie er höher und höher stieg. Alles rundum begann zu glühen. Hilfe! Feuer! Die Erde bebt!

Oder war es nur das Bett? Jetzt! Fausto ließ sich vom Gipfel schleudern.

»Tizia! Non! Non! Non!« Er schluchzte, zuckte, drückte mich, daß ich fast erstickte. Küßte mich wie von Sinnen. Und von Sinnen war auch ich. Ich dachte tatsächlich, ich verliere den Verstand. Ich hatte keinen Höhepunkt gehabt, und doch genoß ich seinen, als ob es meiner gewesen wäre.

»Oh, das war schööööön«, sagte Fausto erschöpft, löste sich von mir und ließ sich seitlich neben mich fallen, »das hätten wir schon früher tun sollen, meinst du nicht auch?« Dann schmiegte er sich an mich, legte seine Hand auf meine linke Brust und schlummerte ein. Er atmete sanft, bewegte sich kaum, seine blonde Mähne bedeckte meine Wange, und ich bewachte seinen Schlaf, bis ich selbst zu träumen begann.

Plötzlich aber, mitten in der Nacht, schrie er auf.

»Nein!! Bitte nicht!« Panik lag in seiner Stimme.

Ich schreckte hoch. »Was ist passiert?«

»Tizia! Mon bébé! Wo bist du?« Er griff nach mir. Seine Hände waren hektisch und heiß. Sie tasteten mich ab, vergewisserten sich, daß ich neben ihm lag. »Oh, ich hatte Angst.«

»Wovor?« fragte ich erschrocken.

»Vor der bösen Hexe«, versuchte er zu scherzen. Dann

setzte er sich auf, rieb seine Augen und gähnte laut. »Nein. Ich habe schlecht geträumt. Du bist durch diese Tür gegangen, und ich habe dich nicht mehr wiedergefunden.«

»Wieso träumst du so einen Unsinn?«

»Ich weiß nicht«, sagte Fausto versonnen, »zu viele Diagonalen.«

»Welche Diagonalen?« fragte ich erstaunt.

Fausto antwortete nicht. Starrte in den grünen Himmel meines Bettes wie in eine andere Welt und rührte sich nicht.

»Ich habe dich geweckt«, sagte er nach einer Weile, »es tut mir leid.«

»Das macht nichts. Geht's dir wieder gut?«

»Ich bin wunschlos glücklich. Und du?«

»Ich auch.«

»Aber du hast keinen Höhepunkt gehabt.«

»Das stört mich nicht.«

»Aber mich!« Fausto ließ sich neben mich fallen, streichelte mein Haar. »Uns Franzosen gefällt das nicht. Leg dich auf den Rücken, Chérie. Und bleib, wie du bist.«

»Warum?«

»Das wirst du gleich sehen.«

Sein Kopf mit den wilden Haaren glitt nach unten. Er küßte die Spitzen meiner Brust. Seine Zunge liebkoste meinen Nabel. Ich fühlte seinen heißen Atem auf meinem Bauch.

»Was tust du?« Ich begann zu kichern.

»Öffne die Beine, Chérie.«

Ich preßte die Schenkel zusammen. Er schob seine Hände dazwischen.

»Komm sofort hoch«, sagte ich lachend, »du fehlst mir. Ich mag das nicht.«

»Was magst du dann? Mich magst du auch nicht.«

»Wie bitte?« wiederholte ich. »Ich mag dich nicht?? Soll ich dir was sagen? So schön war es noch nie!«

»Warum hast du dann keinen Höhepunkt gehabt?«

Ich seufzte. Ich sah schon, Fausto gab nie auf.
»Mußt du das unbedingt wissen?« sagte ich matt.
»Jawohl.« Er bohrte sein Kinn in meinen Bauch.
»Also gut. Ich habe keinen gehabt, weil ich auf dem Rükken keinen kriegen kann.« Bin ich verrückt? Wieso gebe ich Geheimnisse preis?
»Ah bon?« sagte Fausto überrascht. »Das ist ja ganz neu!«
»Das ist ein alter Hut! Da kannst du mich nämlich nicht streicheln, da unten, an der gewissen Stelle. Und das brauche ich, bevor es dazu kommt!«
»Das holen wir nach«, sagte Fausto bestimmt und rutschte hoch. Meine Hand berührte sein Glied. Es war hart wie Stein. »Das haben wir gleich. Du bist so weich, mon amour, du fühlst dich so gut an. Du hast so eine zarte Haut. Du regst mich furchtbar auf. Ich muß dich dringend spüren. Und ich will, daß es für dich genauso schön ist wie für mich.«
Er legte sich hinter mich. Schmiegte sich eng an meinen Rücken, probierte herum und bohrte sich nach einigen Versuchen geschickt in meinen Leib. Es war himmlisch! Noch schöner als das erste Mal. Tiefer. Wilder. Wie immer in dieser Position. Jetzt berührte er innen meine empfindlichste Stelle. Ich hätte schreien können vor Lust.
»C'est bon?« keuchte Fausto, ich verstand ihn kaum.
»Es ist phantastisch!«
»Ah, mon amour, verlaß dich ganz auf mich.« Er begann sich zu bewegen. Viermal kurz, einmal lang, mit einer Pause nach dem tiefsten Stoß. Viermal kurz, einmal lang. Der Rhythmus war perfekt. Viermal kurz, einmal lang.
»Das ist zu heiß«, stöhnte Fausto plötzlich, »das ist zu schön, das wollte ich nicht. Ah, mon trésor, c'est merveilleux!«
Als die Wonne kaum noch erträglich schien, begann er mich zu streicheln. An der richtigen Stelle, nicht zu fest, nicht zu schnell, ich seufzte laut auf. Noch nie hatte ich soviel empfunden. Mit keinem Mann. Nie hätte ich gedacht, daß Fausto soviel Kunstsinn zeigt. Daß er, der Verwöhnte,

Schöne, mich berührt, als hätte er mich jahrelang gekannt. Daß er um meine geheimsten Stellen weiß.

Plötzlich fühlte ich, wie ich unten enger wurde.

»Kommst du?« stöhnte Fausto, dem das nicht entging.

Ich aber stand vor einem Dilemma. Ich habe nämlich eine fixe Idee, und ich werde sie nicht los: Schenkt mir ein Mann einen Höhepunkt, gewinnt er Macht über mich. Das glaube ich steif und fest. Und wer will das schon? Ich nicht. Ich will nicht mehr aus Liebe leiden. Non, merci!

Da streichle ich mich lieber selbst, in einer stillen Nacht, und behalte die Oberhand. Ein Höhepunkt ist zu intim. Das ist zwischen mir und mir! Teilt man ihn mit einem Mann, kann man ihm verfallen! Hilfe! Ich bin doch nicht verrückt! Ich stehe jetzt auf. Wie komme ich aus diesem Bett?

»Kommst du, mein Engel?« Faustos heißer Atem war an meinem Ohr. »Ich warte auf dich. Komm! Komm!«

Nein! Ich komme nicht! Das kann er nicht von mir verlangen! Das tue ich nicht, und es bleibt dabei!

Und doch! Und doch! Seit der ersten Berührung war ich wie betrunken. Seit Stunden summte es in meinem Blut, rasten Hitzestürme durch alle Adern, sprühten Funken von der Körpermitte bis in die Fingerspitzen, viermal kurz, einmal lang. Mehr! Mehr!

»Tizia! Mon amour! Je t'aime! Je t'aime!«

Da gab ich nach. Öffnete mich ganz, und plötzlich verschwand die Angst. Plötzlich war ich voll wilder Freude! Ich werde vor Wonne vergehen! Nach langem wieder einmal mit einem Mann! Jetzt! Jetzt! Im tiefsten Innern ballte sich die Lust. Ein Energiestoß hob mich hoch. Ein ungeheures Glücksgefühl schleuderte mich ins Licht. Großer Gott! Das kann nicht wahr sein!

»Ja! Ja!« Fausto umklammerte mich mit ganzer Kraft. Ein erstickter Schrei! Ich fühlte, wie er in mir zu zucken begann. Er kam mir nach. Wir hatten uns gefunden. Er hatte gesiegt. Und es war mir recht.

Dann lagen wir lange still, noch miteinander verbunden, und hielten uns fest. In mir war Friede! Absolute Seligkeit! Ich war verliebt. Nichts würde je so sein wie früher.

Fausto drückte seine Nase in mein Haar, ich fühlte seinen Atem in meinem Nacken. »Liebst du mich?«

»Ich liebe dich.«

»Nie hätte ich gedacht, daß es so schön wird«, murmelte Fausto, »das macht mir direkt angst.«

»Warum hast du gefragt, ob ich leide?« sagte ich nach einer Weile. Fausto gähnte. »Weil die meisten Frauen das tun, ma chérie!«

»Wie kommst du darauf?«

»Erfahrung! Die meisten wollen ausgehen und küssen, und man soll sie bewundern und ihnen Kleider kaufen. Aber ins Bett gehen sie nicht wirklich gern.«

»Nur wenn sie zu jung sind. Später ändert sich das.«

»Woher weißt du das?«

»Von mir selbst.«

Fausto küßte mein Ohr. Dann spielte er mit meiner Goldkette. »Von wem ist die?« fragte er, »von einem Verehrer?«

»Nein. Von meinem Vater.«

»Nimm sie ab.«

Ich tat ihm den Gefallen. Schon fühlte ich seine Zunge, die auf meinen bloßen Schultern hin- und herwanderte. Es war heiß und kalt zugleich.

»Was tust du?« fragte ich amüsiert.

»Ich habe dir was auf den Rücken geschrieben. Eine Besitzerklärung.«

Ich löste mich von ihm, drehte mich um, schmiegte mein Gesicht an seins.

»Wir kennen uns jetzt drei Monate«, sagte Fausto, »und noch nie hast du mich um ein Geschenk gebeten. Du hast nie gesagt ›kauf mir ein neues Seidentuch‹ oder ›Cartier hat schöne goldene Uhren im Geschäft in der Rue de la Paix‹...«

»Sagen das die anderen?«

»Und ob! Die Freundinnen fragen immer: Macht er dir Geschenke? Was hast du zum Geburtstag gekriegt? Zu Weihnachten? Zum neuen Jahr? Wenn du keine Geschenke aufzählen kannst, bist du blamiert.«

Fausto küßte meine Stirn. »Weißt du was? Du bist die größte Überraschung meines Lebens. Du siehst aus wie ein kühler blonder Engel, und du bist in Wahrheit, wie soll ich sagen? Du bist leidenschaftlich. Von Natur aus.«

»Das hast du sicher oft erlebt.«

»Nein. Ich sagte dir schon: Frauen spielen Theater. Wenn du mich fragst, sie sind beeindruckt von meinem Namen. Vom Geld meiner Eltern. Apollo-Kaffee. Deswegen schlafen sie mit mir. Aber du, Tizia, mein Engel, bei dir merkt man, du genießt es wirklich. Du willst *mich*!«

Er drückte mich fest an sich. Begann mich zu küssen, und ich fühlte, er war schon wieder bereit.

»Ich kann dir nicht widerstehen«, sagte er leise.

»Ich dir auch nicht.«

Wir glitten ineinander. Begannen uns zu lieben. Zuerst langsam und zärtlich, dann immer wilder. Wir konnten nicht voneinander lassen. Wir liebten uns, bis es zu dämmern begann.

»Tizia, hör mir jetzt gut zu«, sagte Fausto, als es vorüber war und wir wohlig ermattet nebeneinander lagen, »was ich dir sage, habe ich noch keiner Frau gesagt. Ich habe mein Leben lang auf dich gewartet. Ich will, daß du bei mir bleibst, und wir heiraten im Mai!«

So war das! Ja, so war das, vor zwei Jahren in der Rue Valadon. Wir liebten uns fünfmal, damals in der ersten Nacht, während es draußen stürmte, als wollte die Welt untergehen. Wir kamen kaum aus dem Bett am nächsten Tag, wir waren bleich und erschöpft, auf wankenden Beinen, doch glücklich und strahlend wie Kinder. Meine Wohnung wirkte wie verzaubert. Mein Schlafzimmer war tatsächlich ein blühender Garten. Die Farben der alten Kelims strahlten, die schönen antiken Möbel wirkten edler als je zuvor. Alles schien wärmer, fröhlicher, gemütlicher, wir waren geborgen in meinem süßen Nest.

Wir frühstückten um drei Uhr nachmittags. Hielten Siesta ab vier. Liebten uns ab sechs. Und als mich Fausto Montag früh verließ, war er wie verwandelt.

»Wer hätte das gedacht«, meinte er zärtlich und drückte mich an sich, »zwei weiße Nächte. Das hab' ich lang nicht mehr erlebt!«

»Wieso weiß?«

»So heißt das, wenn man nicht schläft, weil man Schöneres zu tun hat.« Er zog seinen Mantel an. »Am liebsten würde ich dableiben und noch einmal von vorne anfangen. Du auch?«

Ich nickte, und wir umarmten uns lange. Am nächsten Tag kam er zurück. Brachte mir eine schöne goldene Kette, legte sie mir um. »Ab jetzt trägst du nur noch Schmuck, den ich dir schenke!« Dann nahm er mein Gesicht in seine Hände. Sah mich lange an. »Vergiß nicht, was ich dir gesagt habe, gestern«, meinte er eindringlich, »das war ernst. Wenn du willst, gehöre ich dir. Für immer!«

Ja, so war das! Er wollte mich unbedingt. Ich war anfangs gar nicht sicher. Er drängte auf Heirat.

Schließlich gab ich nach. Bei der Verlobung kam der erste Schock. Wir feierten in La Cascade. Dem feudalen Landsitz seiner Eltern. Mein Vater gab Anzeigen in die größten europäischen Zeitungen, und zehn Tage später kam ein Brief von Faustos Braut!!! – Fausto war bereits vergeben! An eine reiche Amerikanerin aus San Diego. Und nebenher liefen noch zwei Damen unter »kurz und süß«! Er hatte nur vergessen, uns das mitzuteilen.

Die Ernüchterung war groß.

Ich war verliebt. Doch ich brach den Kontakt ab, weigerte mich, ihn zu sehen. Erwähnte seinen Namen nicht mehr. Für mich war er tot.

Fausto aber gab nicht auf. Belagerte mich Tag und Nacht.

Schickte Briefe, Blumen, Geschenke, stand weinend vor meiner Tür.

Onkel Kronos sprach mir ins Gewissen. Kindereien seien das, nichts Ernstes. Keiner hätte die »Verlobte« je gesehen. Fausto hätte sie der Familie nie vorgestellt. Eine kluge Frau sehe darüber hinweg. Fausto liebe nur mich. Mich allein.

Also gab ich nach. Wir heirateten ein Jahr später mit dem Segen aller Verwandten, zogen zu Onkel Kronos in das große Appartement, und eine schöne Zeit begann.

Wann kam der Umschwung?

Es war, als Onkel Kronos starb. Vor einem halben Jahr. Nach einem Sturz in der Bibliothek. Er hatte ein Buch geholt. Von ganz oben. Und war von der Leiter gefallen. Ich trauerte sehr um den eleganten alten Herrn. Auch jetzt denke ich oft an ihn und wünsche, er wäre da. Nach dem Begräbnis ging es los: »Monsieur kommt heute später!« Und jetzt habe ich nur noch Fehler. Mein Mund ist zu schmal. Mein Busen zu klein. Mein Po zu flach, mein Haar zu kraus, »direkt frisé, wie der Salat!«

Hat er das früher nicht bemerkt?

Doch am ärgsten schmerzt die Verachtung im Bett. Wo uns früher das Bett versöhnte nach jedem Streit.

Ich sehe auf die Uhr. Was?! Fast halb elf! Über eine Stunde habe ich hier gegrübelt. Ich muß mich beeilen. Um elf habe ich einen Termin. Auf der Île Saint-Louis. Dort wird eine Wohnung renoviert, nach meinem Plan. Ein süßes kleines Appartement, das mir viel Freude macht. Fausto wollte nachkommen. Um eins, war ausgemacht, würden wir im Flore en l'Île zu Mittag essen.

Das Telefon reißt mich aus meinen Gedanken. Ich springe auf, laufe in den gelben Salon, hebe ab. Das ist Fausto! Endlich! Er entschuldigt sich für gestern nacht.

»Hallo?« frage ich erwartungsvoll.

»Hallo, blondes Gift«, sagt die atemlose Stimme, »deine Zeit ist um. Zieh die Nagelschuhe an! Zwölf Monate große

Dame spielen genügt. Laß dich scheiden, und verschwinde aus Paris, sonst passiert dir ein Mißgeschick!«

Ich lasse den Hörer sinken. Mir ist, als hätte mich ein Keulenschlag gestreift. Wir lange ertrage ich das noch? Gleich breche ich in Tränen aus! Nein! Ich weine nicht! War das Bibi, die angerufen hat? Mit verstellter Stimme? Unsinn! Bibi hätte ich erkannt. Und was ziehe ich an? Draußen ist es warm. Der erste schöne Frühlingstag. Der Tag, an dem, laut Lollo, noch ein Wunder geschieht. Warum aber friert mich so?

Ich wähle ein hübsches Kleid. Rot mit weißen Tupfen. Halblanger, schwingender Rock. Perlenkette. Und das neue Armband? Nein. Das ist zu elegant. Das Armband! Fausto hat mir ein Armband gekauft. Also war das Spitzennachthemd nie für mich bestimmt! Er macht immer nur ein Geschenk, niemals zwei.

Ich beginne zu zittern. Wo sind die weißen Schuhe? Ich finde meine Schuhe nicht! Und das Haar ist wirklich kraus. Fällt wild um mein Gesicht, läßt sich nicht zähmen. Doch zum Haarewaschen fehlt die Zeit.

Und zum Schminken fehlt die Lust.

Ich rufe ein Taxi. Alle Nummern sind besetzt. Endlich komme ich durch, sage, was ich will. Man läßt mich warten, warten, hört das niemals auf? Jetzt kommt das Tonband: »Wir bedauern, in Ihrer Gegend ist kein Wagen frei.«

Was mache ich jetzt? Mein Auto ist kaputt. Ein Lieferwagen rammte mich vor ein paar Tagen unten am Quai Branly. Ich brauche eine neue Kühlerhaube. Das dauert Tage, bis es fertig wird. Ohne Auto fühle ich mich schutzlos. Doch ich muß auf die Île. Und da heute die Metro streikt, bleibt nur der Bus!

»Auf Wiedersehen, Lollo!«

»Au revoir, Madame.«

Ich werfe die Tür ins Schloß.

Betrete den Lift. Ein Blick in den Spiegel. Sie ist weg, die sonnige Wienerin. Ich sehe aus wie meine eigene Leiche. Vielleicht wird es besser, wenn ich lächle? Ich verziehe den Mund. Nützt nichts. Dafür entdecke ich dunkle Ringe unter meinen Augen.

Ringe? Seit wann habe ich die?! Plötzlich fühle ich mich so häßlich, daß ich kaum wage, aus dem Haus zu gehen. Ausgerechnet heute muß ich unter Leute. Wo bleibt meine vielgerühmte Kraft?

Ich trete hinaus in die Avenue du Président Wilson, in den brausenden Verkehr. Ist das die anonyme Anruferin? Die dünne Person dort drüben in dem weißen Kleid? In der Telefonzelle? Warum starrt sie mich so an? Panik ergreift mich! Ich kehre um! Ich bleibe daheim! Doch dann schließe ich die Augen und atme tief durch.

Ich habe eine Lawine überlebt.

Und ich werde überstehen, was der Tag noch bringt!

5

ICH GEHE ZU Fuß hinunter zur Place de l'Alma und warte auf den Bus, der mich zur Île Saint-Louis bringen soll. Er kommt und kommt nicht.

Also! Mit wem betrügt mich Fausto?

Es muß jemand sein, dessen Namen er öfter erwähnt. Das habe ich gelernt mit meinen zweiundvierzig Jahren. Ist man verliebt, redet man gern von seinem Lustobjekt. Allein den Namen auszusprechen bringt die Gefühle in Schwung! Also: Von wem hat Fausto öfter erzählt in letzter Zeit? Niemand fällt mir ein.

Beginnen wir die Sache anders. Meist ist es jemand in unmittelbarer Nähe. Im Unterschied zu Frauen, die ihre Liebsten meist in weiter Ferne suchen, jagen Männer nicht gern in unbekannten Gründen. Ja, das habe ich auch gelernt, aus bitterer Erfahrung, daß das engste Umfeld die meisten Mätressen stellt: die Sekretärin, die beste Freundin, die eigene Schwester, die Nachbarin, die Cousine, die Schwiegermama (ist in Frankreich sehr gefragt), die Tante, die Frau des besten Freundes, das Dienstpersonal. Köchinnen sind sehr beliebt. Lollo? Nein! Lollo ist belegt genug. Und Freundinnen kommen auch nicht mehr in Frage. Die beste Freundin nämlich habe ich schon hinter mir. Deshalb will mir Bibi nicht aus dem Sinn. War es doch ihre Stimme? Oder hat sie eine Bekannte eingeweiht, die mich mit Anrufen quält? Sähe ihr ähnlich! Bibi traue ich alles zu. Sie hat mein Weltbild zerstört. Sie ist der Grund, warum ich in Paris außer Gloria keiner Frau mehr vertraue.

Vor einem Jahr noch war Bibi meine beste Freundin.

Wir trafen einander mehrmals die Woche, im Kino, im Theater, in der Oper, im Grand Palais. Wir gingen in Restaurants und Cafés. Doch kaum stellte ich ihr Fausto vor, änderte sich das.

Bibi setzte uns auf ihre Gästeliste. Plötzlich regnete es Einladungen nach Hause. Naiv, wie ich war, freute ich mich sogar!

Fast jede Woche speisten wir nun bei ihr und Ken. Die Tür ihres dreistöckigen Penthouse in der vornehmen Avenue Foch stand immer für uns offen. Und jedesmal war es ein Fest, mit vielen Gängen, bestem Wein, Kerzenlicht, sanfter Musik und Blick auf den beleuchteten Triumphbogen.

Bald rief Bibi täglich bei mir an. Und täglich wurden die Gespräche intimer. Sie wollte alles wissen über Fausto und mich, wie es im Bett um uns stand und was mir an ihm mißfiel. Dann erzählte sie von Kens Potenzproblemen, um mich nachher wieder über Fausto auszufragen.

Bald trafen wir uns auch zu Mittag. Gingen schwimmen in den Polo-Club oder essen ins Hotel Kléber, gleich bei uns um die Ecke. Manchmal kam Fausto mit. Und es dauerte nicht lang, da hatte sie etwas entdeckt.

»Am Donnerstag hat dein Mann nie Zeit«, stellte sie fest, »sagst du mir, warum?«

Ich erinnere mich genau.

Wir standen vor der neuen Pyramide aus Glas, im granitgepflasterten Hof des Louvre (hier hatten früher Rosen geblüht und Vögel gezwitschert), und eine innere Stimme sagte: »Das geht sie gar nichts an!« Schon aber platzte es aus mir heraus: »Am Donnerstag studiert er Wohnungsannoncen im Café Kléber und will nicht gestört werden.« Donnerstags nämlich erscheint »Privat an Privat«, ein Immobilienblatt, in dem man besonders günstige Wohnungen findet.

»Aha!« sagte Bibi, und von dem Moment an hatte auch sie donnerstags nie mehr Zeit.

Und als wir samstags bei ihr speisten, war sie zerstreut,

errötete ohne Grund, und zum ersten Mal saß Fausto nicht an ihrer Seite. Ja, sie sah ihn gar nicht an. Die beiden ignorierten einander gekonnt.

Die folgende Woche ging Fausto auf Reisen. Bibi meldete sich kein einziges Mal. Ich rief bei ihr an. »Madame ist nicht in Paris«, sagte die Bonne. Ich sah sie erst wieder zehn Tage später, im Café de la Paix zum Tee, und sie wirkte wie eine andere Frau. Bibi war völlig verwandelt, strahlend schön, hatte sich bei einem Juwelier auf der Place Vendôme die Ohren stechen lassen und trug große goldene Ringe, die bei jeder Kopfbewegung glitzerten und ihr etwas Wildes, Verwegenes gaben. Sie wirkte wie eine satte Katze, die sich faul in der Sonne dehnt.

»Bist du verliebt?« hörte ich mich sagen.

Bibi wurde dunkelrot. Dann nickte sie, ohne mich anzusehen.

»In wen?« fragte ich neugierig.

»In einen Bekannten von Ken. Aber du schwörst, du hältst den Mund! Kein Wort zu Fausto. Ich verlasse mich auf dich.«

»Wie sieht er aus?«

»Wie ein Gott! Er ist unglücklich verheiratet. Mit einer kühlen Blonden. Ich gebe ihm die Wärme, die er braucht.«

»Wo trefft ihr euch?«

»In einem Hotel. Beim ersten Mal war ich so nervös, ich habe das Zimmer verfehlt. Er hat mich am Gang abgefangen, und dann, ja, dann ... dann sind wir aufs Bett gesunken ...«

»War's schön?«

Bibi riß ihre schmalen Katzenaugen auf. »Es ... war ... phantastisch!!« Sie fixierte mich dabei mit starrem Blick, daß mir anders wurde. »Übrigens, zum Essen am Freitag muß ich euch ausladen. Es kommen nur Amerikaner, und dein Mann kann nicht gut genug Englisch.«

»Hast du was gegen Fausto?« fragte ich. »Hat er dich beleidigt?«

»Nein! Aber wenn du die Wahrheit wissen willst, ich finde ihn manchmal mühsam. Er erzählt immer dieselben Witze!« Sie erhob sich, griff nach ihrer winzigen schwarzen Lacktasche und küßte mich auf beide Wagen. »Ich muß leider gehn! Salut, ma cocotte! Ich ruf' dich an!«

Bibi hat nie mehr angerufen.

Sie war wie vom Erdboden verschluckt. Ken meldete sich einmal bei mir. »Was ist los? Man sieht euch nicht mehr? Habt ihr mit Bibi gestritten?« Wir beschlossen ein Treffen. Doch Fausto fehlte die Lust.

»Bibi kann mir gestohlen bleiben«, meinte er gähnend, »ich mag keine Society-Hyänen. Das Penthouse ist zu neureich. Die Stühle im Eßzimmer sind unbequem, sie haben einen schlechten Koch, außerdem, immer muß *ich* die ganze Gesellschaft unterhalten. Langsam gehen mir die Witze aus. Bibi ist kein Umgang für dich. Glaube mir, meine kleine Tizia, es ist besser, wir ziehen uns zurück.«

Dabei wäre es geblieben.

Hätte ich die zwei nicht zufällig am nächsten Tag (einem Donnerstag!) aus dem Hotel Kléber treten sehen, eng umschlungen, versunken vor Glück!

Ich dachte, der Boden öffnet sich unter mir. Mit letzter Kraft drückte ich mich in einen Torbogen. Sie gingen direkt an mir vorbei. Sahen mich nicht. Wie ich nach Hause kam, ist mir heute noch ein Rätsel.

An die Szenen, später, daheim, will ich nicht mehr denken.

Jedenfalls stritt Fausto alles ab. Nie sei er im Hotel Kléber gewesen. Ich sei reif für die Nervenheilanstalt! Litte an Halluzinationen! Er hätte den ganzen Tag Wohnungen besichtigt. Bibi sei zwar rund und rassig, aber ehrlich: viel zu dumm.

Was sollte ich tun?

Ich stufte sie ein unter »kurz und süß« und ließ die Sache ruhen. Ich bin bereit, alles zu vergessen. Fausto aber quält mich mit sadistischem Genuß. Ist Bibi immer noch seine Freundin? Ich weiß es nicht. Ich weiß nur eines: Ich bin unglücklich wie nie zuvor.

Hier stehe ich, auf der wunderschönen Place de l'Alma, in der herrlichsten Stadt der Welt, und sehe weder die Seine noch den Eiffelturm, nein, ich habe das Gefühl, ich stecke bis zum Hals im Sand und rundum ist Wüste. Wo soll ich hin? Zurück nach Wien? Nach London? Zurück zu Lucifer Heyes?

Doch jetzt kommt der Bus, und er ist ziemlich voll. Seufzend steige ich ein. Gehe den Gang entlang. Hinten auf der Bank ist noch ein Platz frei. Seufzend setze ich mich zwischen einen japanischen Touristen und eine mollige Dame mit einem grauen, wolligen Hund auf dem Schoß.

Aber was ist das?

Gegenüber sitzt ein junger Mann. Dichtes, dunkles, lokkiges Haar, das bis zu seinen Schultern fällt. Braune Augen, schöner, großer Mund. Er trägt ein weißes Hemd aus luftiger Baumwolle und liest in einem Kochbuch: »Food from a Japanese Temple«.

Und plötzlich geschieht ein Wunder. Heiße Freude wallt in mir hoch. Ich kenne ihn. Das ist er.

»Bonjour!« rufe ich laut. Er läßt das Buch sinken, und ich sehe, daß es sich um einen völlig Fremden handelt!

»Entschuldigen Sie! Bitte! Ich habe gedacht, Sie sind ein Bekannter!«

Er lächelt, sagt aber nichts.

Ich geniere mich entsetzlich und sehe gezielt aus dem Fenster. Dann setze ich meine neue rote Sonnenbrille auf, um mich dahinter zu verbergen. Es nützt aber nichts.

Der junge Mann klappt das Buch zu und starrt mich an. Ich fühle seine Augen auf meinem Mund, meinem Körper, meinen Händen. Sein Blick dringt durch die Sonnenbrille, streift meine Brauen, meine Wangen, meine Stirn, mein Ohr, ich fühle es so stark, als ob er mich liebkosen würde. Ich wage nicht, mich zu bewegen.

Und plötzlich ist sie weg, die Wüste.

Plötzlich ist da draußen wieder Paris, meine geliebte, wunderbare Stadt, plötzlich sind die Bäume wieder voll praller Knospen, Tische und Stühle stehen vor den Cafés am Quai, die Sonne strahlt in den Bus, Ferienstimmung breitet sich aus. Plötzlich durchströmt mich ein heißes Glücksgefühl. Das ist das Wunder, von dem Lollo sprach!

Ich schlage die Beine übereinander, wende den Kopf und lächle ihn an. Er lächelt zurück. Etwas Sanftes, Liebes geht von ihm aus. In seinem Lächeln bin ich daheim. Ich nehme die Sonnenbrille ab. Wir sitzen ganz stumm, wie verzaubert. Unsere Blicke kreuzen sich ab und zu, und die Fahrt, die Seine entlang, vergeht wie im Flug: Grand Palais – Châtelet – Notre-Dame, schon sind wir am Pont Marie. Ich steige aus.

»Au revoir«, sage ich zum Abschied. Er nickt und sieht mir nach, wie ich den Bus verlasse. Seine Augen folgen mir auf die Straße. Ich wende mich noch einmal um, hebe die Hand, und er winkt zurück. Dann hält er schnell das Buch an die Scheibe. Zeigt auf die Titelseite. Ich sehe es gerade noch, ehe der Bus im Verkehr verschwindet. Weg ist er.

Wer war das? Und was meinte er? Ich stehe da und grüble. Soll ich ihn in einem japanischen Tempel wiedertreffen? Gibt es das überhaupt in Paris? Oder in einem japanischen Restaurant? Warum habe ich ihm nicht meine Telefonnummer aufgeschrieben? Wäre einfacher gewesen. Doch wer wagt das schon? Im Autobus? Also doch kein Wunder! Aber trotzdem war es schön.

Langsam gehe ich über die alte Brücke, blicke ins Wasser und freue mich wie ein Kind. Die Schwermut ist weg, die Sonne wärmt mein Haar. Mein Kleid sitzt perfekt, ich fühle mich leicht und schlank und gewappnet für den Tag. Angenehm still ist es auf der Île. Genußvoll schlendere ich die prächtigen alten Gebäude entlang. Louis XIV., der Sonnenkönig, ließ sie errichten. Seit fast dreihundert Jahren stehen sie da, und mit jedem Tag werden sie schöner.

Voilà, hier ist die Rue Budé. Ich bin am Ziel, vor einem herrlichen alten Haus, tippe ein paar Zahlen ein, drücke auf einen Knopf, und das mächtige dunkelblaue Tor springt auf.

Welche Pracht!

Die Wohnung, die wir vor zwei Monaten kauften, liegt bezaubernd. In einem sonnigen, grünen Hof, im ersten Stock. Man sieht zwar nicht auf die Seine, dafür aber auf satten Efeu, Rosenbäumchen, Lorbeerhecken. Der Lärm der Stadt ist weit weg, man hört Bienen summen und Vögel zwitschern.

Philippe, unser Mann für alles, winkt mir zu. Er streicht gerade die Fenster und pfeift laut und falsch vor sich hin. Er ist klein, dunkel, stiernackig, mit schwarzer runder Brille, und stammt aus der Auvergne. Er ist Elektriker, Fliesenleger, Tapezierer, ja, selbst Mauern stellt er auf. Er ist der verläßlichste Mann, den man sich wünschen kann. Seit zehn Monaten arbeitet er für uns.

»Bonjour, Madame Saint-Apoll«, begrüßt er mich, ohne sich beim Malen stören zu lassen, »der Frühling ist da.«

»Bonjour, Philippe, war auch höchste Zeit.«

»Eine Dame kam vorbei. Vor einer Stunde.«

»Hat mein Mann die Wohnung schon annonciert?« frage ich erstaunt. »Was hat die Dame gesagt? Hat sie ein Angebot gemacht?«

»Sie kommt am Abend noch einmal. Wenn's geht.«

Nun gut. Ob sie kommt oder nicht, das Appartement wird leicht zu verkaufen sein. Jeder will auf die Île, die Adresse ist fabelhaft. Hier gibt es süße kleine Restaurants und das beste Eis der Stadt. Aber nicht nur die Lage stimmt. Ich verkaufe alle Wohnungen sofort.

Ich bin nämlich ehrlich, und das spricht sich herum. Ich kaufe nur, was mir gefällt, wo ich selbst leben könnte. Nie nehme ich dunkle Löcher ohne Sonne. Meine Wohnungen haben Stil. Nie schummle ich, wie gewisse Kollegen, die nasse Wände schnell mit Stoff verkleiden, Toiletten und

Badewannen einfach auf den Boden stellen, ohne Anschluß, weil es keinen Abfluß gibt. Nein, ich nicht. Ich will zufriedene Kunden. Nicht nur Profit!

Die Wohnung besteht aus zwei Einzimmerappartments, die ich zusammengelegt habe. Die Küche der einen Garçonnière wurde zum Bad, die Diele der anderen zum Schrankraum. Der Plan ist perfekt. Ich stelle meine Tasche auf den Boden. Die Vorhänge mache ich gelb. Zwischen Senf und Limoni, das wirkt sonnig und warm. Ich gehe durch die frisch gestrichenen Räume und summe vor mich hin. Im Bad liegen Rohre und zwei Heizkörper.

»Philippe, ist der Installateur noch immer nicht fertig?«

»Nein! Er braucht noch bis Ende der Woche, hat er gesagt.«

»Hat meine Freundin die Wandlampen geschickt?«

Philippe lacht. »Sie hat angerufen, sie schickt sie morgen früh.«

»Sie hat angerufen?« frage ich beglückt. »Seit wann gibt es hier ein Telefon?«

»Seit heute um acht. Dort drüben steht es. Sehen Sie? Da!« Hurra! Ein roter Apparat thront neben dem Fenster, funkelnagelneu, und blitzt mich an. Selig lächle ich zurück. Das ist der Durchbruch! Das ist der große Moment, wenn die Baustelle zur Wohnung wird. Das Telefon gibt den Ausschlag. Schon werde ich von einem Hochgefühl durchzuckt, ich sehe das Ende aller Mühen vor mir, schon rufe ich Fausto an, damit er meine Begeisterung teilt.

Das Wunder geschieht, ich erreiche ihn per Autotelefon im Rolls. »Ach, *du* bist es!« Er klingt nicht erfreut. »Seit sieben Uhr früh stecke ich im Stau. Seit Stunden rufe ich zu Hause an. Du bist nie da. Wo warst du die ganze Zeit?«

»Auf der Île Saint-Louis. Die Wohnung wird superb. Und wir haben bereits ein Telefon.«

»Ach ja?« sagt Fausto, als ginge ihn das gar nichts an.

»Freust du dich nicht?«

»Nein.«

»Warum nicht?«

»Ich bin schlecht gelaunt.«

»Kommst du um eins ins Flore? Das war ausgemacht.«

»Wenn ich einen Parkplatz finde.«

Plötzlich sehe ich rot. »Vielleicht bemühst du dich und findest!« sage ich scharf.

»Moment«, ruft Fausto gereizt, »du klingst so hektisch! Ich bin nervös genug, nach dem Horrortrip aufs Land. Entweder du beruhigst dich bis Mittag, oder wir sehen uns nicht.«

»Tu was du willst!« Ich knalle den Hörer auf die Gabel. Dieses Ekel! Die schönste Laune macht er mir kaputt. Unterkriegen aber lasse ich mich nicht.

Und jetzt der Teppich. Ich krame die Farbkarte hervor. Die Wohnung ist nicht sehr groß, ich werde alle Räume gleich auslegen, das gibt die Illusion von Weite. Irgendein Braun. Nicht zu dunkel. Eher hell. Was nehmen wir da? Gefunden! Marron Glacé, Edelkastanie mit leichtem Silberstich. Das wirkt sehr elegant.

»Philippe. Ich fahre zum Glasermeister. Dann kaufe ich die Handtuchwärmer, und nachmittags bestelle ich den Teppich. Heute komme ich wahrscheinlich nicht mehr her. Aber morgen bin ich wieder da. Und noch was: Falls die Dame wiederkommt, lassen Sie sich ihre Telefonnummer geben. Ich rufe sie dann zurück. Adieu, Philippe!«

»Adieu, Madame Tizia!«

Den Rest des Vormittags bin ich fleißig. Und Punkt eins bin ich im Flore en l'Île. Ich mag das Lokal. Es ist sonnig und hell, mit großen Spiegeln und viel Holz, und der Blick aus den breiten Fenstern gehört zum Schönsten, was diese Welt zu bieten hat. Man sieht die Rückseite der Nôtre-Dame mit den freistehenden Pfeilern inmitten blühender Gärten. Man sieht die Seine zwischen efeubewachsenen Ufern, und den süßen kleinen Pont Saint-Louis.

Diese Brücke ist etwas Besonderes. Sie ist durch dicke Ketten für Autos gesperrt und von Liebespaaren belagert, denn wer sich hier küßt, hat drei Wünsche frei. Immer wimmelt es hier von Sängern, Schauspielern, Akrobaten, Touristen, ständig werden irgendwelche Filme gedreht, und das Beste: Man *fühlt* sich nicht nur am Nabel der Welt, auf dem Pont Saint-Louis ist man es auch!

Ich betrete das Lokal.

Fausto ist schon da. Sieh an! Er sitzt hinten im Eck und raucht. Er trägt ein türkises Strickhemd, helle Leinenhosen und einen großen Hut. Braun, mit breiter Krempe. Einen Hut? Woher hat er den? Habe ich noch nie gesehen. Der Hut macht ihn mir fremd. Er wirkt verwegen. Wie der Held in einem Western.

Ich trete auf ihn zu, einen Stapel Wohnzeitschriften unterm Arm. »Bonjour, Fausto.«

»Bonjour, Tizia.«

Wir küssen uns auf beide Wangen.

»Hast du einen Parkplatz?«

»Ja, im Halteverbot.«

»Und das Haus? Hast du es gekauft?«

»Das erzähle ich dir später. Du weißt, ich hasse es, wenn man mich mit Fragen überhäuft.«

Sein Ton verspricht nichts Gutes. Ich setze mich zu ihm. Faustos Augen sind rot. Offensichtlich hat er die ganze Nacht nicht geschlafen. Seine Haut ist fahl. Er ist nicht rasiert und stinkt nach Rauch, nein, mehr, er riecht geselcht.

Außerdem hat er zwei blutige Schrammen auf der Stirn. Der Hut verdeckt sie zwar, aber nicht ganz. Schrammen? Hat er sich geprügelt? Auf dem Land? Mit wem? Mit dem Hausverkäufer, oder was? Jedenfalls ist er reichlich ramponiert, gähnt ununterbrochen, und ich wirke neben ihm wie eine frische Rose.

»Ich muß dir etwas zeigen«, sage ich und lege eine Wohnzeitschrift auf den Tisch, »jemand hat unseren Namen gestohlen. Kennst du eine Firma Apoll-Immobil? Die annonciert wie wild. Sieh dir das an.«

Ich halte Fausto eine Doppelseite hin, farbig, ein Vermögen kostet das. Der Name Apoll ist schwarz, in Riesenlettern, darunter ein Schloß, und der Text verspricht Traumhäuser mit Traumdekorationen auf widerlich penetrante Art.

»Kenne ich nicht«, sagt Fausto und sieht gar nicht hin, »das interessiert mich nicht.«

»Aber sie verwenden unseren Namen! Und es ist schlechter Geschmack. Stört dich das nicht?«

Fausto gähnt. Das Essen kommt.

Steak für ihn, Salat und ein Omelett für mich. Dazu der beste Rotwein, der auf der Karte steht.

»Ich habe einen Entschluß gefaßt, heute früh«, sagt Fausto und füllt mein Glas, »die viele Arbeit tut dir nicht gut. Du bist hektisch, lästig, und nichts ist dir recht. Wenn die Wohnung hier fertig ist, wirst du pausieren. Den Kram übernehme ich! Und zwar ganz.«

»Welchen Kram?« frage ich alarmiert.

»Den Wohnungskram, Chérie, was sonst?«

»Und das Appartement in der Avenue du Maine?« Das kaufte ich erst kürzlich, keine Gar̀onnière, kein Deux-pièces, nein, eine schöne Vierzimmerwohnung in einem prachtvollen alten Haus. Mein größtes Projekt bisher in Paris, und ich habe bereits die Pläne gezeichnet und die Farben im Kopf und freue mich auf die Arbeit. Sowie die Île verkauft ist, wollte ich beginnen!

»Die Avenue du Maine läuft genauso gut ohne dich!«

»Das bezweifle ich.«

»Ich nicht. Hältst du mich für einen Trottel, der vom Geschäft nichts versteht?«

Ich antworte nicht. Fausto kaut an seinem Steak. Rund um uns füllen sich die Tische mit bunten, fröhlichen Menschen, die sich für Paris schöngemacht haben. Alle Hautfarben sind präsent. Man hört Englisch, Deutsch, Spanisch, Japanisch, und jede Frau, die durch die Tür tritt, wird von Fausto mit Kennerblick gestreift.

»Hast du die Rue Budé in die Zeitung gegeben?« frage ich, so ruhig ich kann.

Fausto nickt. Ich lege die Gabel weg. »Du weißt, ich will das nicht! Zuerst wird renoviert und dann annonciert. Ich will, daß die Lampen angeschlossen sind, daß alles perfekt ist, mit Teppichen und Vorhängen, sonst zeige ich nichts her.«

»Das wird sich ändern, kleines Schaf«, Fausto nimmt einen tiefen Zug aus seinem Glas, »das sind veraltete Methoden. Es genügt, wenn man Wohnungen kauft, ausmalt und weitergibt. Das geht schneller, und es kommt schneller Geld herein. Paß auf. Ich habe mich erkundigt, wir ändern die Taktik.«

Und er erzählt eine lange Geschichte von einem Kollegen (mit zweifelhaftem Ruf), der zehn Wohnungen im Monat »erledigt« und sich dabei angeblich blödverdient. Ich glaube ihm kein Wort. Ich kenne den Mann. Er ist ein Hochstapler, arbeitet mit Riesenkrediten und ist ständig am Rande des Bankrotts. Ist das sein neuer Freund? Dann gute Nacht!

»Ich höre auf zu arbeiten, wenn ich im achten Monat schwanger bin«, sage ich kühl.

»Ist das Erpressung?« fragt Fausto und starrt mich an. »Du weißt, auf diesem Ohr bin ich taub.«

»Offensichtlich. Und weil wir schon beim Thema sind: Darf ich fragen, mit wem schläfst du momentan?«

Fausto rückt seinen Hut zurecht und grinst.

»Wo warst du heute nacht? Wo bist du hingegangen, um halb drei? Glaubst du, ich habe dich nicht gehört? Und wer hat dir das Gesicht zerkratzt? Die Dame von der Agentur? Du siehst aus, als hätte dich wer verprügelt. Weißt du das?«

Fausto mustert eine große rothaarige Touristin, die suchend beim Eingang steht. Ihr gelbes Kleid ist so eng, daß es wie naß am Körper klebt.

»Außerdem bekomme ich anonyme Anrufe. Ich soll mich scheiden lassen, sonst hilft man mir ins Jenseits. Was sagst du dazu?«

»Siehst du die, die eben hereingekommen ist?« fragt Fausto mit bösem Glitzern im Blick. »Die mit dem gelben Kleid? Sie trägt keine Unterwäsche. Wetten?«

»Kannst du bitte meine Frage beantworten?«

»Hallo, Mademoiselle«, ruft Fausto laut und lüftet den Hut. »Hier bin ich. Bei uns ist noch frei. Sie warten auf jemand? Schade. Vielleicht morgen? Ich komme oft hierher. Morgen Punkt eins bin ich wieder da.«

Ich lächle peinlich berührt, denn das Lokal ist voll, und alle haben mitgehört. Die fremde Frau dreht uns den Rükken zu. Dafür setzt sich eine andere uns gegenüber. Rabenschwarzer Kurzhaarschnitt, rasierter Nacken. Amerikanische Touristin, das sehe ich sofort.

Sie ist rund und rassig, trägt hautenge schwarze Hosen, ein schwarzes, trägerloses Oberteil, rote Ohrringe, und sie wühlt in ihrer übergroßen lila Tasche. Jetzt zieht sie einen Lippenstift hervor und färbt ihren Mund neu ein. Zyklamenfarbe.

Fasziniert sieht Fausto zu.

»Hast du gesehen, Tizia, wie die mich anstarrt?« sagt er aufgeregt. »Was will die von mir? Hast du bemerkt? Sie macht sich schön für mich. Ich spreche von der rassigen Schwarzen mit dem leidenschaftlichen Mund. Sie fixiert mich unentwegt.«

Er schiebt den leeren Teller weg, zündet eine Zigarette an, bläst den Rauch in ihre Richtung und wirft ihr eine Kußhand zu.

Das ist zuviel.

»Wenn du noch ein Wort sagst, stehe ich auf und gehe.«

»Fängst du schon wieder an?« Er starrt auf die Amerikanerin.

Ich verschlucke mich an einer Nuß. Fausto klopft mir auf den Rücken, ohne mich anzusehen, versteht sich, denn er hat die Schwarze im Visier.

»Du kannst die anderen bewundern, wenn du alleine bist«, sage ich so ruhig wie möglich, obwohl ich kaum atmen kann, »ich ändere auch die Taktik. Ich lasse mich nicht mehr schänden vor ganz Paris. Du kommst die halbe Nacht nicht heim, du entschuldigst dich nicht, erklärst nichts, wenn das so weitergeht, müssen wir uns trennen.«

»Aber nein«, sagt Fausto und lächelt nach links. Dort sitzt eine goldbraune Inderin in einem roten Sari, mit dikken Silberketten an Armen und Hals.

»Zum letzten Mal. Wo warst du? Und mit wem?«

Fausto senkt den Blick auf die grazilen Schultern. Gleich greift er sie an. Ich stehe auf. Das genügt.

»Ich wünsche dir einen schönen Nachmittag. Adieu, Fausto, amüsiere dich gut.«

»Wenn du so keifst«, sagt Fausto ganz ruhig, »hast du einen richtigen Sparkassenmund.«

Ich laufe aus dem Lokal, so schnell ich in meinen hohen, weißen Schuhen laufen kann. Über den kleinen romantischen Pont Saint-Louis zur Île de la Cité. Viermal sehe ich mich um, kein Fausto. Er kommt mir nicht nach. Ich könnte ins Wasser springen, es wäre ihm egal.

Ich flüchte in die Notre-Dame. Es ist kühl hier und still. Für zehn Francs kaufe ich eine Kerze, zünde sie an, vor der großen Madonna beim Hauptaltar, und starre in die Flamme.

»Warum hast du mich heiraten lassen?« sage ich zur Statue aus Stein. »Warum bist du nicht vor Wut zersprungen? Das hätte ich kapiert.« Doch die Madonna lächelt weiter, und plötzlich weine ich. Tränen laufen über meine Wangen. Das war auch noch nie da. Und was ist das? Magenweh? Kein Wunder, Fausto hat alles lädiert. Würde ich nicht so gesund essen, läge ich sicher schon im Grab! Vielleicht sterbe ich aber auch an gebrochenem Herzen.

Doch das Weinen tut gut. Und als ich mich ausgeschluchzt habe, sehe ich klar. Ich lasse mir von niemandem befehlen. Ich bin zweiundvierzig Jahre alt. Erwachsen! In der glorreichen Mitte meines Lebens. Ich arbeite, solange es mich freut!

Kaum trete ich aus der Kathedrale, finde ich ein Taxi. Das ist ein gutes Omen! Wunderbar! Auf dem Weg zum Teppichgroßmarkt vor der Stadt ertappe ich mich bei einem schrecklichen Gedanken: Ich liebe Fausto. Doch ich könnte ihn verrecken sehen. Seit ich ihn kenne, war ich ihm treu. Ja, ich sah gar keinen anderen Mann. Und das ist der Dank?

Ich blicke hinaus in den hektischen Verkehr. So viele Autos und so viele Männer am Steuer. Behandeln die ihre Frauen auch so schlecht?

Plötzlich durchzuckt mich ein Gedanke: »Kurz und süß«, gilt das nur für die anderen? Ehrlich: Wüßte ich die Adresse des schwarzhaarigen Mannes vom Autobus, ich riefe ihn an. Aber so?

Da fällt mir Tommy Kalman ein.

Seine warme Hand auf meinem Knie in Versailles. Sein bewundernder Blick. Seine großen, schönen Augen. Wir treffen uns ständig in Gesellschaft.

Zweimal war ich schon in seiner Galerie. Und jedesmal, wie Amen im Gebet, warb er um meine Gunst. Es ist zum Spiel geworden zwischen uns.

Aber jetzt wird es vielleicht ernst!

»Tommy«, sagte ich ihm letztes Mal, es ist gar nicht lange her, wir waren allein in seinem Büro, »bei mir geht das nicht so schnell. Ich komme aus Wien. Dort tobt man sich aus, solange man ledig ist. Ist man verheiratet, bleibt man treu.«

Das verstand er nicht!

Nein, er fand das furchtbar dumm, denn die Französin, klärte er mich auf, macht das umgekehrt: Sie ist keusch bis zum Hochzeitstag. Doch mit dem Ring am Finger ist alles erlaubt. Der erste Streit – schon nimmt sie einen Geliebten. Oder zwei. Schließlich hat sie Nachholbedarf.

Laut Tommy ist das gesund. Solange es niemand erfährt, solange es diskret geschieht und niemals, niemals eingestanden wird.

Tommy belehrt mich, wie das hier läuft. Regel Nummer Eins in Paris heißt Leugnen. Leugnen bis aufs Blut!

»Passen Sie auf«, erklärt Tommy mit Elan, »es ist ganz leicht. Sie streiten immer alles ab. Selbst im äußersten Notfall bleiben Sie kühl. Und erwischt uns Ihr Mann im Bett, nur die Ruhe! Kaltes Blut! Sie sagen: Liebling, reg dich ab! Wir tun nicht, was du denkst. Der Herr bekam einen Schüttelfrost. Und ich wärme ihn auf. Dienst am Nächsten. Das ist dir ein Begriff, oder nicht?«

Er sah mich herausfordernd an. »Was halten Sie davon, Madame?«

»Wenig.«

»Wieso?« fragte Tommy und lächelte verführerisch.

»Das glaubt nur ein Vollidiot!«

»Das glaubt, wer es glauben will.« Er versuchte mich zu küssen, doch ich wich zurück. »Monsieur Kalman, ganz im Ernst. So blöd sind die Männer nicht!«

»Ah bon? Wissen Sie, wie ungern sich Männer scheiden lassen?«

»Mein Mann frißt das nie!«

»Das wird sich zeigen«, Tommy kam in Fahrt, »außerdem, schönste, bezauberndste Madame Saint-Apoll, er erwischt uns nicht. Haben Sie nicht gesagt, mittwochs sind Sie immer allein? Ich besuche Sie am Nachmittag. Sie brauchen nur zu sagen, wann.« Er nahm meine Hand und legte sie in seinen Schoß, genauer gesagt, auf sein Zizi, das sich schubweise verdickte, und das hasse ich!

Ich mag nicht, wenn man meine Hand auf intime Körperteile zwingt! Schon gar nicht auf fremde! Doch Fausto schändet mich vor der ganzen Stadt. In Zeiten akuter Krisen wie diesen ist Not am Mann! Aug um Aug, Zahn um Zahn! Voilà, ich rufe Tommy an.

Nächsten Mittwoch mache ich, was Tausende Pariserinnen tun: Am Nachmittag treffe ich meinen Seitensprung, und abends gehe ich mit meinem Mann ins Bett. Was die Französin kann, kann ich auch. Mein Entschluß ist gefaßt:

Ich weine nicht, ich frage nicht, und ich gräme mich keine Sekunde länger.

Ich passe mich an, an diese lebensfrohe Stadt.

Und dann sehen wir weiter.

6

TOMMY KALMAN IST mittelgroß, stämmig, mit dichtem, leicht ergrautem Haar. Er hat feurige, dunkle, intelligente Augen. Und er ist ein berühmter Mann.

Ursprünglich kam er aus Deutschland. Er ist Galerist, Verleger, Kunstmäzen. Er quält seine Bildhauer und Maler bis aufs Blut, doch er verkauft ihre Werke für viel Geld in die ganze Welt.

Tommy ist ständig in allen Medien präsent. Seine Feste sind das Ereignis der Saison. Auf seiner Gästeliste stehen die erlesensten Namen. Hat er eine Freundin? Ich weiß es nicht. Wenn ja, hält er sie geheim. Teresa, seine Frau, eine schwarze Amerikanerin, lebt den größten Teil des Jahres in New York. Aus einer früheren Ehe stammen zwei erwachsene Kinder. Tommy kaufte die erste Wohnung, die ich in Paris renovierte, für seine Tochter Alla. Seither sind wir in Kontakt.

Tommy gibt auch eine Kunstzeitschrift heraus. In einem Appartement in der Rue Royale, schräg gegenüber von Maxim's. Dort treffen wir uns. Um sechzehn Uhr. Es ist der erste Mittwoch im Mai.

Fausto ist ständig auf Reisen. Gott weiß wo. Seit unserem Streit im Flore en l'Île haben wir uns kaum gesehen. Jedesmal, wenn ich nach Hause kam, hatte Lollo dieselbe Nachricht parat: »Monsieur kommt heute später.«

Soll er bleiben, wo der Pfeffer wächst! Die Sonne scheint, die Kastanien blühn, ich bin jung und frisch, die Boulevards sind grün, und das Leben lacht mir zu. Ich bin gebadet und geölt, hübsch frisiert, parfümiert, ich trage wunderschöne Wäsche aus heller Seide und feinen Spitzen und ein kurzes lila Kleid von Courrèges, das meine langen Beine zur Geltung bringt.

Eine Stunde habe ich mich schöngemacht. Silberglanz auf meine Lider getupft, Glitzerflitter auf meine dichten blonden Locken gesprüht. Mit hellem Puder die Sommersprossen verdeckt. Nur ein Hauch rosa Lippenstift. Kein Rouge. Ich bin blaß, zart und schön, und ich gehe zu einem Mann, der das zu schätzen weiß. Der mich begehrt, der keine andere sieht, wenn ich in seiner Nähe bin.

Und obwohl ich ihn nicht liebe, freue ich mich auf ihn. Wir verstehen uns gut. Lachen über dieselben Witze, finden dieselben Bilder schön. Außerdem: Was die anderen können, kann ich auch. Ich muß etwas erleben. Sonst halte ich nicht durch!

»Madame kommt heute später«, sagt Lollo meinem Gatten, falls er in Erscheinung tritt. Heute wartet einmal er! Ich bin heute im Mittelpunkt! Auf der Straße drehen sich die Leute nach mir um. Und um nichts zu verschweigen: Ich bin selig beschwipst! Ich habe ein ganzes Glas Armagnac geleert und meinen Ehering mit den dreizehn Brillanten abgelegt!

Hier ist das Haus!

Sehr elegant! Ich fahre hoch in den letzten Stock. Mein Herz klopft wie verrückt. Ich läute an einer mächtigen grünen Tür. Tommy Kalman öffnet sofort. Er ist kaum größer als ich, dafür aber doppelt so breit. Er trägt einen dunkelblauen Anzug und ein rotes Stecktuch aus Seide. Er reißt seine feurigen Augen auf. Starrt mich an. Was ist? Kennt er mich nicht mehr?

»Chère Madame Saint-Apoll«, sagte er dann und küßt meine Hand. »Sie sehen aus wie ein Rauschgoldengel. Haben Sie sich für mich so schöngemacht?«

Ich nicke, lächle ihn an.

»Das ist ein großes Kompliment«, sagte er erfreut, »bitte, treten Sie ein.«

Er schließt hinter mir ab. Geht langsam um mich herum, bewundert mich von allen Seiten.

»Ich hätte Sie gerne als Statue«, scherzt er dann, »diese schönen Beine verkaufe ich sofort. Nach Amerika. Oder Tokio. Dort zahlt man glänzende Preise. Wissen Sie das?«

»Kann sein«, sage ich, »aber ich bleibe in Paris.«

Dann umarmen wir uns. Die erste Umarmung seit Wochen! Das tut gut!

»Sehen Sie sich um«, sagte er dann, »fühlen Sie sich wie daheim. Und . . .«, er drückt mich fest an sich, »ich bin sehr glücklich, daß Sie gekommen sind!«

Tommy riecht gut. Nach Rasiercreme, gemischt mit Tabak. Und mit seinem Duft in der Nase gehe ich durch die Wohnung: Aha!

Drei große Zimmer führen auf die Rue Royale, mit herrlichem Blick über die Dächer von Paris. Überall liegt Papier. Ordner, Akten, Kopien, Fotos, Stapel von Zeitschriften, Manuskripte, Notizen.

Hier herrscht schöpferisches Chaos, und sofort fühle ich mich wohl. Chaos ist mir von Kindheit an vertraut. Es ist wie daheim, im Atelier meines Vaters, nur ohne Farben und Staffelei. Aber ebenso interessant!

Im hintersten Raum, zwischen Bergen von Büchern, steht ein breites Sofabett, mit rotem Rips bezogen und großen bunten Kissen aus Cotton. Der Teppich ist blau. Die Farben passen gut zusammen. Gott sei Dank! Denn hier werde ich den Nachmittag verbringen, wenn mich nicht alles täuscht, und hätten sich die Muster bekriegt, wäre ich nicht geblieben. Ich bin sehr empfindlich, was Farben betrifft. Bei grellen Nuancen wird mir regelrecht schlecht. So aber ist hier gut sein.

Überhaupt läuft alles wunderbar!

Offiziell bin ich gekommen, um eine Annonce in Tommys Zeitschrift zu besprechen. Zu diesem Zweck gab er der

Sekretärin frei, füllte den Kühlschrank mit Champagner und kaufte frische Seife für das Bad. Und Petits fours. Die stehen auf einem schönen, alten Teller aus Sèvres neben dem Sofa auf einem niedrigen Tischchen aus Glas und duften wunderbar.

Drei Erdbeertörtchen sind dabei. Die mag ich besonders gern.

»Bitte, bedienen Sie sich«, ruft Tommy aus der Küche, wo er Champagner öffnet und Gläser füllt, »ziehen Sie die Schuhe aus, legen Sie die Beine hoch, machen Sie es sich gemütlich, chère madame. Gleich bin ich da!«

Ich setze mich.

Das Sofa ist angenehm. Nicht zu hart, nicht zu weich, wie man es gerne hat. Ein wohliger Seufzer entringt sich meiner Brust. Ich kenne viele Frauen, die vor Neid zerspringen würden, könnten sie mich sehen: Die den kleinen Finger opfern würden, um an meiner Stelle hier zu sein, auf dem roten Sofa des großen Mäzens. Sämtliche Künstlerinnen von Paris, wenn mich nicht alles täuscht.

Doch was ist das?

Werde ich wieder nüchtern? Mein Instinkt sagt plötzlich klar und deutlich, daß ich mir die Sache sparen kann. Daß Tommy Fausto nicht das Wasser reichen wird, daß er sich nicht ändert im Liegen, und wenn, dann zu seinem Nachteil. »Heimgehen!« sagt die innere Stimme. Was soll ich tun? Schuhe anziehen und fliehen?

Zu spät!

Jetzt kommt der Hausherr mit Champagner. Er strahlt über das ganze Gesicht, und seine schönen dunklen Augen blitzen.

»Voilà, meine süße Freundin. Das ist für Sie.« Er reicht mir ein volles Glas. Setzt sich neben mich. Er hat seinen Rock ausgezogen. Jetzt öffnet er sein Hemd. Ein bißchen früh, wie mir scheint. Diese Eile kommt mir verdächtig vor. Außerdem hat er schwarze Haare auf der Brust. Einen wahren Wust! Fast wie ein Fell. Das mag ich zwar nicht, doch behaarte Männer, heißt es, sind potent. Genau was ich brauche. Nach fünf Wochen ohne einen einzigen Kuß!

Wir stoßen nicht an. Das schickt sich nicht in feinen Kreisen. Wir heben die Gläser, sehen uns tief in die Augen.

»Auf uns zwei, chère madame. Liebste Tizia! Darf ich Sie so nennen? Sie haben mir einen großen Wunsch erfüllt. Wissen Sie das?«

Er neigt sich vor und küßt mich auf den Mund. Nicht schlecht. Seine Nähe verwirrt meine Sinne. Erst jetzt wird mir klar, wie hungrig ich bin.

»Warten Sie. Ich schließe schnell die Fenster!«

Tommy erhebt sich. Ohne zu zögern, schließt er auch gleich die Jalousien. Schon ist es angenehm dämmrig. Goldene Sonnenfinger dringen durch die Ritzen auf den blauen Teppich, zeichnen ein Muster auf meine nackten Zehen. Der Raum wirkt vertraut. Der Champagner prickelt angenehm. Doch ich kann mich nicht entspannen. Irgend etwas stimmt nicht. Aber was?

»Ich muß Ihnen ein Geständnis machen«, Tommy zieht seine Schuhe aus, »wir haben nicht den ganzen Nachmittag Zeit. Ich muß heute noch nach Chicago. Es geht um eine große Sache. Um den Nachlaß eines berühmten Malers. Ich fliege um acht. Vorher muß ich noch packen und ein paar Anrufe machen.«

»Soll ich wieder gehn?« frage ich. »Ich komme ein andermal. Wenn Sie zurück sind.«

Tommy hebt die Hände. »Auf keinen Fall! Wir haben eine Stunde Zeit! Bis fünf! Ich will Sie glücklich machen, Tizia! Ich lasse Sie nicht wieder weg!«

Ich stelle mein Glas zu Boden. Eine Stunde? Ist das ein Witz? Das ist sogar zu kurz für »kurz und süß«. Für eine kleine Stunde hat er mich herbestellt? Hätte ich das geahnt, ich hätte abgesagt. In einer Stunde nämlich macht mich keiner glücklich. Schon gar nicht beim ersten Mal! Eine Stunde interessiert mich nicht. Nein! Ich fahre heim!

Während ich noch überlege, geht Tommy ans Werk. Er zieht mich aus, mit flinken Fingern. »Oh, die schöne Wäsche«, ruft er erfreut und gibt mir ein Kuß nach jedem Stück. Eins-zwei-drei – schon bin ich nackt. Der hat Übung! Allerhand! Seufzend füge ich mich in mein Schicksal. Nun ja! Kommt man aus einer Künstlerfamilie, sieht man die Welt gelassen. Ich bleibe und mache jetzt das Beste draus!

»Oh! Tizia, ma chérie!« Tommy starrt mich an. Ich liege hingegossen auf dem roten Rips, die Arme ausgestreckt auf den bunten Kissen. »Sie sind eine zarte, weiße Orchidee. Genauso habe ich Sie mir vorgestellt. Warum haben Sie mich so lange warten lassen? Um mich zu quälen?«

»Fausto ist eifersüchtig«, murmle ich.

»Mit Recht. Wäre ich auch.« Er beginnt mich zu streicheln, sanft, den ganzen Körper entlang. Meine Schultern, meine Arme, Brüste, Hüften, meinen glatten, flachen Bauch. Seine Hände sind weich und gepflegt, die Berührung tut gut. Tommy regt mich auf. Wer hätte das gedacht?

»Sie sind perfekt«, sagte er dann, hehre Bewunderung im Blick, »ich habe es geahnt. Ich werde Sie in Stein meißeln lassen, von einem großen Künstler. Wenn ich zurückkomme, besprechen wir das. Außerdem, Sie machen mich wahnsinnig, Tizia! Ich begehre Sie wie selten jemand auf der Welt!«

Tommy steht auf. Und dann geht alles rasend schnell.

Er läßt seine Hose fallen und entblößt einen gewaltigen Leib. Es ist ein Schock. Erstens ist auch sein Bauch schwarz behaart. Zweitens ist er noch üppiger, als er angezogen wirkt. Er muß einen exzellenten Schneider haben. Drittens ist sein bestes Stück zu kurz. Zwar dick und fest, aber nicht mein Format. Außerdem ist er nicht beschnitten. Was mich überrascht. Ist Kalman kein jüdischer Name?

Nun, man lernt nie aus.

»Ma chérie, mon amour! Kommen Sie an mein Herz!« Tommy wirft sich neben mich. Das Sofa ächzt. Die vielen schwarzen Bauchhaare jucken auf meiner Haut. Er umarmt mich mit ganzer Kraft. »Ah, das tut gut! Monatelang habe ich auf diesen Moment gewartet!«

Er küßt mich auf den Mund, kurz, weich, viele kleine Küßchen, sanft wie ein Kind. Seine Zärtlichkeit ist rührend. Doch die Paßform ist ganz falsch! Eines ist sicher: Wir sind nicht füreinander bestimmt.

Tommy drückt mich, und es schmerzt. Er liebkost meine Brust, und es sticht. Überall sind Ecken. So ein Pech! Immer ist ein Knie im Weg, ein Arm, ein Bein! Doch der Alkohol in meinem Blut verhindert, daß ich die Sache tragisch finde. Was soll's! Ich bin nicht zum Vergnügen hier. Ein Racheakt braucht keine Sternstunde zu sein! Tommy herzt mich, bis ich nicht mehr kann. Bohrt seine Zunge in meinen Schlund, sein Zizi in meinen Nabel. Soll ich ihn erinnern, daß er nach Chicago muß?

Zu spät! Der große Mann tritt in Aktion.

Überraschend schnell, wie man einen Motor anwirft, wälzt er sich auf mich. Drückt mir die Luft ab. Saugt sich fest an meinem Mund. Dann zwängt er mit germanischer Akribie sein Knie zwischen meine Beine. Es geht rasend schnell.

Dafür braucht er ewig, bis er in meinen Körper findet. Sieh an! Er hat Probleme, der berühmte Mann? Das kann nicht sein. Ich hebe den Kopf. Sein Zizi stellt sich auf und fällt wieder um.

Das sind die Nerven! Das kriegt er hin!

Er reibt sich an meinem Bauch. Kein Glück. Jetzt hat er genug und nimmt die Sache in die Hand. Wird's was, oder wird es nichts?

Benebelt von Armagnac und Champagner, sehe ich alles wie aus weiter Ferne. Wissenschaftliches Interesse regt sich. Wenn es nichts wird, gehe ich hinterher ins Trois Quartiers und kaufe mir ein süßes Kleid. Tommy fummelt an sich herum. Ich schließe die Augen und seufze. Ich lasse alles über mich ergehen. Hauptsache, es tut nicht weh und ich darf dann wieder heim.

»Hilf mir, Tizia!«

Er hält sein widerspenstiges Ding vor meine Lippen. Ergeben mache ich den Mund auf. Sauge ein bißchen herum. Tommy zittert und bebt. Jetzt wird es ernst. Er kriegt eine gewaltige Erektion. Sein Schmuckstück stößt an meinen Gaumen. Ganz schön gewachsen, das gute Kind.

»Du machst mich wahnsinnig! Verrückt!« Tommy verläßt meinen Mund, robbt nach unten und dringt schnaufend in mich ein. Geschafft! Endlich! Wer weiß! Vielleicht wird es doch noch schön? Er fühlt sich ganz gut an. Doch meine innere Stimme hatte recht. Was jetzt kommt, hätte ich nie gedacht. Es ist die größte Überraschung meines Lebens.

Tommy Kalman, der große Mäzen, dringt in mich ein und schabt! In der Tat! Er liebt mich nicht, er schabt! Er stößt nicht, gleitet nicht, rammelt nicht, nein, er schabt! Und zwar mit Elan!!

Was soll das? Ich bin perplex! Hat er das in Deutschland gelernt? In Frankreich wurde ich noch nie mit Schaben konfrontiert! Daß es sowas gibt! Wirklich wahr, man lernt nie aus! Tommy ist ein SCHABER!! Davon habe ich weder gehört noch gelesen, in *keinem* Buch! Angenehm ist es nicht.

Doch ich habe Schlimmeres erlebt. Vor Jahren in Vaduz, als ich mir den Knöchel brach.

Tommy schabt und schabt!

Wie macht er das? Es ist mir rätselhaft. Au! Jetzt tut es weh! Was zum Teufel macht er falsch? Na klar! Sein Bauch ist im Weg. Er ist nicht tief genug in mir drin. Am besten wäre, er läge hinter mir. Da ist der Weg gerade, man gewinnt vier Zentimeter, und alles wäre wunderbar. Außerdem könnte ich leichter atmen.

Tommy nämlich lastet auf mir wie ein Fels. Gott sei Dank habe ich vorher nichts gegessen, sonst käme es jetzt hoch. Ich versuche mich zu drehen. Umsonst! Tommy umklammert mich wie ein Schraubstock und begreift nicht, was ich will! Er ist in mir drin und will nicht mehr heraus.

Verständlich! Einen neuen Flop riskiert er nicht! Er ist ganz bei der Sache, stöhnt im Stakkato, schabt in kleinen, scharfen Rucken, und da unten fängt's wie Feuer zu brennen an!

Es ist zum Verzweifeln!

Halt! Jetzt sehe ich klar! Es ist nicht nur der Bauch. Tommy dringt schief in mich ein. Nicht gerade. Nein! Schräg nach rechts, um genau zu sein, und er sticht mir ins Fleisch! Das habe ich auch noch nie erlebt. Ich habe fünfzehn Männer gehabt, *keiner* hat bis jetzt diagonal geschabt!

Das Zizi muß schief gewachsen sein!

So gesehen hat Tommy ein Sammlerstück! Sein Zizi hat Seltenheitswert! Hochinteressant!

Faszinierend, was es alles gibt! Wenn er es an jemand *anderem* ausprobieren würde. Langsam reißt mir die Geduld!

»C'est bon??!« stöhnt Tommy und schnappt nach Luft. »Tizia! Ist es schön für Sie?«

»Sehr!« stoße ich hervor. Weiter komme ich nicht, weil Tommy seinen Mund wieder über meinen stülpt. Schab! Schab! Schab! Schab! Schab! Schab! Ich begreife das nicht! Tut es ihm nicht weh?

Nein, ich *kann* nicht mehr! Ich kralle meine Nägel in den roten Rips. Wie entfliehe ich diesem Koloß? Sein Mund ist auf meiner Nase, sein Bauch mit den schwarzen Haaren bedeckt mich ganz, ich liege wie unter einer Riesenmatratze, mit Blei gefüllt, Panik erfaßt mich. Hilfe! Gleich werde ich zermalmt!!! Ich sende ein Stoßgebet zum Himmel. »Lieber Gott«, sage ich mit Inbrunst, »gib ihm einen Orgasmus! Sonst bin ich in Kürze tot!«

Auf den Himmel ist Verlaß!

Nach ein paar qualvollen Minuten geht plötzlich ein Ruck durch den schweren Leib. Schweiß bricht aus allen Poren. Schon bin ich naß. »Muß ich aufpassen?« stöhnt Tommy, ohne im Schaben innezuhalten.

»Nein! Komm! Bitte! Schnell!«

»Oh! Wunderbar!« Er röchelt, gurgelt, zittert, bebt – und ich fühle, wie er in mir zu zucken beginnt. Das ist die Erlösung! Halleluja!!

Das ist der schönste Höhepunkt meines Lebens! Ahhh, diese balsamische Stille! Ich atme tief auf. Ich bin in Schweiß gebadet! Das war knapp! Der untalentierteste Mann, der mir je in die Nähe kam, löst sich von mir und sinkt seitlich aufs Sofa.

»Das war stark«, sagt er und gähnt herzzerreißend. »Tizia, mon amour, so wild war es schon lang' nicht mehr! Sie sind ein kleiner Teufel! Ich nehme an, ich habe Sie glücklich gemacht?!«

»Absolut«, sage ich ohne zu lügen, denn ich schwebe in Seligkeit, daß die Sache vorbei ist und ich sie lebend überstand.

Tommy geht kurz ins Bad, dann legt er sich wieder zu mir. Schließt die Augen, hält sich an mir fest. Seine Brust hebt und senkt sich. Er röchelt seltsam. Setzt sein Herz aus? Was tut man in dem Fall? Doch er fällt nur in Tiefschlaf. Aha!

Ich richte mich auf, stütze mich auf ein buntes Kissen und betrachte die schlummernde Berühmtheit. Zwanzig Kilo weniger, dann könnte man darüber reden. Soll ich ihm zum Fasten raten? Nein! Verlorene Müh'! Dick oder dünn, ein zweiter Fausto wird er nie! Ich klemme ein Taschentuch zwischen meine Beine.

Tommy schläft tief und fest. Plötzlich aber ist er wach, öffnet die Augen, blickt auf die Uhr, dann auf mich.

»Habe ich geschnarcht?« will er wissen.

»Nein, gar nicht.«

Er setzt sich auf, fährt durch sein dichtes Haar. »Es tut mir leid! Ich habe keine Zeit! Ich muß mich beeilen! Aber machen Sie sich in Ruhe fertig, Tizia! Sie stören mich nicht!«

Er springt hoch, öffnet schwungvoll die Jalousien. Die

Sonne flutet herein. Dann verschwindet er aus dem Zimmer. Als er zurückkommt, in erstaunlich kurzer Zeit, ist er reisebereit. Dunkelblauer eleganter Anzug, rotes Stecktuch aus Seide, hellblaues Hemd, rotgestreifte Krawatte, tipptopp, als hätte er die letzte Stunde beim Diktat verbracht! Geschäftig geht er in den Nebenraum. Beginnt zu telefonieren. Auf englisch! Im Befehlston!

Aha! So macht man das. So spielen sie sich ab, die Amouren am Nachmittag in Paris. Zehn Minuten Liebe, eine Dreiviertelstunde Schlaf. Eigentlich hätte ich mir das toller vorgestellt!

Ich esse zwei Erdbeertörtchen, trinke mein Glas Champagner leer. Gehe ins Bad. Unten bin ich aufgewetzt, stelle ich fest. Doch die Frisur hat nicht gelitten. Meine Wangen sind rot, meine Augen glänzen. Seltsam! Ich sehe aus, als hätte mir die Sache gutgetan.

»Ich begleite Sie zur Tür«, Tommy wartet, daß ich gehe. »Was ich sagen wollte, wir sehen uns bald.« Er richtet seine Krawatte, lächelt mich an. »Ich bin am nächsten Freitag zurück. Nehmen Sie sich den Abend frei. Um acht ist Vernissage in meiner Galerie. Bilder von Christine Ljuba. Anschließend soupieren wir bei Maxim's. Lassen Sie sich von Ihrem Mann begleiten, dann fällt es nicht auf. Das Motto heißt: Abend in Weiß. Und zum Dank für heute nachmittag gibt es noch eine Überraschung für Sie.«

»Eine Überraschung?« frage ich erstaunt.

»Ich werde Sie jemandem vorstellen. Er könnte Ihnen von Nutzen sein.«

»Von Nutzen? Wofür?«

»Abwarten!« sagt Tommy. »Neugier macht das Leben süß!« Dann küßt er mich auf beide Wangen und umarmt mich fest. »Au revoir, Tizia. Vergessen Sie mich nicht. Wünschen Sie mir Glück für Chicago! Und am Freitag besprechen wir, wann wir zwei uns *alleine* wiedersehen!«

Ich gehe zu Fuß nach Hause. Ich bin halbwegs nüchtern, der Tag ist warm, der Weg nicht weit.

Tauben gurren verliebt auf dem Gehsteig, die Männchen drehen sich im Kreis, aufgeplustert, voll Elan, und starten dann den Weibchen nach. Die Sonne scheint mir aufs Haar, ein frischer Wind weht von der Seine herauf.

Das also war die Feuertaufe. Mein erster Seitensprung. Wieder um eine Erfahrung reicher. Es war zwar nicht kurz und süß, eher kurz und scharf, denn da unten brennt es immer noch, doch ich bereue nichts!

Nach fünf Wochen Verachtung tut es wohl, »perfekt« genannt zu werden, »eine weiße Orchidee«. Fausto nörgelt an mir herum, der berühmteste Galerist der Stadt findet mich schön genug, um mich in Stein schlagen zu lassen. Nicht, daß ich das will. Doch es schmeichelt sehr!

Ich spaziere die Rue Royale entlang. Sehe mein Spiegelbild in den Scheiben der Auslagen. Das kurze Kleid sitzt wie eine zweite Haut. Meine Beine sind lang und schlank. Ich ernte bewundernde Blicke von den Terrassen der Cafés.

Eines ist klar: Nächsten Freitag bleibe ich daheim. Gott sei Dank bin ich nicht mehr zwanzig, sondern zweiundvierzig, und weiß, was wichtig ist – und Tommy ist es nicht! Ich verschwende keine Zeit mehr an den falschen Mann. Tommy ist einer, den man nicht ändern kann. Geschäftsleute haben nämlich Zahlen im Kopf, das weiß ich von Lucifer Heyes. Die Liebe ist ihnen im Grunde egal!

»Bonjour, Madame«, begrüßt mich Lollo, als ich nach Hause komme. »Sie sind schon da? Monsieur hat angerufen. Er kommt heute später!«

Schade! Doch was soll's! Dank Tommy habe ich anderes zu denken als immer nur: Wann kommt er heim, mein Herr Gemahl? Wir schlafen ohnehin getrennt. Seit unserem Hochzeitstag. Und heute, zum erstenmal, ist es mir recht. Ich verbringe eine ruhige Nacht. Und am nächsten Morgen stürze ich mich in die Arbeit.

Seltsamerweise bin ich voll Energie, als hätte ich einen Monat Urlaub hinter mir. Wer hätte gedacht, daß ein Seitensprung derart erfrischt?

Dabei ist die Lage ernst.

Fausto versteckt seit neuestem die Post vor mir. Vor allem die Kontoauszüge. Doch ich war auf der Bank und weiß, er hat wieder Schulden gemacht. Genug, um mir den Frühling zu verdüstern. In Zeiten akuter Krisen wie diesen aber wachse ich über mich hinaus. Oft arbeite ich bis Mitternacht. Und die Wohnung in der Rue Budé ist in Rekordzeit renoviert. Am Wochenende hängen Spiegel und Lampen. Die Wände sind tapeziert. Alles in Küche und Bad funktioniert. Am Montag werden die Spannteppiche gelegt. Am Dienstag – endlich! – kommen die Vorhänge, mit fünf Tagen Verspätung! Doch die Länge stimmt und die Farbe auch.

Ich atme auf. Es ist geschafft!

Am Mittwoch wird die Wohnung geputzt. Alles blitzt. Ich habe ein gemütliches Nest geschaffen, auf der heißbegehrten Île Saint-Louis, und das Wunder geschieht: Am Donnerstag habe ich verkauft. Bereits am Freitag sind wir beim Notar.

Hurra! Die ärgsten Schulden sind getilgt. Mit der Avenue du Maine sind wir dann über den Berg. Trotz Rolls-Royce. Trotz der hohen Summen, die Fausto, ohne mich zu fragen, Gott weiß wofür, von unserem gemeinsamen Konto nahm! Und das nächste Geld, das ich verdiene, spare ich für die Bastide in der Provence!

Ich arbeite so viel in der kurzen Zeit, daß ich Tommy Kalman völlig vergesse. Als ich nach Hause komme, Freitag mittag, zufrieden mit mir und der Welt, steht Fausto im Entrée, mit düsterer Miene, sportlich gekleidet ganz in Blau, und hält eine Einladung in der Hand. Ich habe ihn zwei Wochen nicht gesehen. Seine Gegenwart ist ein Schock!

»Das hat ein Bote gebracht«, sagt er und zeigt mir eine silberne Karte mit goldener Kordel. Seine Stimme klingt belegt.

»Ich weiß, was das ist«, sage ich unvorsichtigerweise, »ich

gehe nicht hin. Ich habe keine Zeit. Aber ich habe die Île Saint-Louis verkauft. Ich komme gerade vom Notar.«

»Für wieviel?« fragt Fausto interessiert.

Ich nenne die Summe.

»Aha!« Er lächelt nicht, lobt mich nicht, er studiert die Einladung weiter, als wäre es das wichtigste auf der Welt.

»Seltsam«, meint er dann, »Tommy Kalman. Wir gehören nicht zu seinem Freundeskreis. Wieso kommt er plötzlich auf uns?«

Ich kann mir nicht helfen, ich werde rot. »Vielleicht sucht er neue Kunden? Für seine Bilder?« sage ich schnell.

Fausto hört gar nicht zu. »Wieso weißt du von dem Fest?« will er wissen. »Klärst du mich auf?«

»Er hat mir davon erzählt«, sage ich mit abgewandtem Kopf, »letztes Mal. In Versailles. Vor drei Wochen. Da saß er neben mir. Erinnerst du dich?«

Fausto starrt mich an. Dann legt er die Einladung auf die barocke Kommode neben dem hohen goldenen Spiegel.

»Ich gehe hin«, sagt er dann, und sein Ton duldet keinen Widerspruch, »und du, ma chérie, kommst mit. Ich mag die Bilder von der Ljuba. Sie ist sicher eine tolle Frau, ich lerne sie mit Freude kennen! Und, wie du dir denken kannst, esse ich gerne bei Maxim's, wenn andere zahlen.«

Er wendet sich zum Gehen. An der Tür dreht er sich noch einmal um. »Außerdem habe ich sonst nichts vor, heute abend. Und ich habe das Gefühl, daß es ein äußerst interessantes Treffen werden wird.«

7

GEGEN MEINEN WILLEN gehe ich nun doch zu Tommy Kalmans Fest. Und ich bereue es nicht. Der Abend beginnt zwar eisig, endet aber mit einer großen Überraschung. Nein – in Paris langweilt man sich nie. Doch ich greife vor. Alles zu seiner Zeit!

Fausto wartet auf mich im Rolls. Während des ganzen Nachmittags haben wir uns kaum gesehen. Er ist schön, daß es schmerzt, in einem weißen Anzug aus Leinen, frisch rasiert, die Löwenmähne leicht gestutzt, und er zieht die Brauen hoch, als er mich sieht.

Ich habe es schon erwähnt: Fausto mag mich nicht geschmückt. Er will glänzen vor der Welt. Sein Licht verdüstert man nicht ungestraft. Heute aber schlage ich zurück!

Ich trage ein gewagtes Minikleid, aus gezogenem Moiré, hauteng, schneeweiß, schulterfrei, mit einem breiten Gürtel aus Gold. Dazu griechische Goldsandalen, geschnürt bis unters Knie.

Am linken Handgelenk ein antikes Schlangenarmband. Am rechten Oberarm ein zweites. Die Schlangen haben Augen aus kleinen Brillanten und einen Rubin auf der Stirn. Ich habe sie vor langer Zeit von einer Reise mitgebracht. Es sind Einzelstücke! Seltenheitswert! Und mein Haar, das ich wieder wachsen lasse, ist frisch gewaschen, gebürstet und geföhnt, fällt in dichten, kleinen, glänzenden Locken auf meine Schultern und umrahmt mein Gesicht wie ein Heiligenschein.

Um ehrlich zu sein: Ich wirke wie von einem anderen

Stern. Ich strahle ganz in Weiß und Gold – und Fausto straft mich mit Verachtung. Das war vorauszusehen.

Um halb neun sind wir in der Rue du Faubourg Saint-Honoré. Eine lange Menschenschlange steht bereits vor Tommys Tempel der modernen Kunst. Alle in Weiß. Ein schönes Bild! Viel Prominenz, Schauspieler, Sänger, Künstler, Sammler. Und ist das nicht der Kulturminister? In der Tat. Mit einem Klüngel Journalisten um sich herum.

Wir stellen uns an. Hinter uns wird die Schlange länger. Der Abend ist lau. Verheißung liegt in der Luft. Und ich bin so erregt, ich kann kaum atmen. Wie soll ich Tommy in die Augen sehen? Mit Fausto neben mir? Ich bin ungeübt in Situationen wie diesen. Das lernt man nicht in Wien.

Und was ist das? Neben Tommy, der am Eingang steht und die Gäste einzeln begrüßt, entdecke ich Teresa. Seine schöne schwarze Frau! Er hat sie aus den Staaten mitgebracht. Was alles noch viel schlimmer macht.

Teresa ist größer als Tommy und gertenschlank. Früher war sie Mannequin. Sie trägt ein langes, weißes afrikanisches Kleid und einen weißen Kopfputz aus Federn, der ihre dunklen Augen riesig erscheinen läßt. Sie wirkt wie ein exotischer Vogel, und sie sieht mich forschend an. Weiß sie alles über mich? Oder bilde ich mir das nur ein?

Noch ein Schritt. Ich stehe vor meinem Seitensprung. Was geschieht jetzt? Natürlich nichts. Wir sind in Paris, es läuft alles ganz normal.

»Madame Saint-Apoll«, sagt Tommy, ohne die geringste Schwankung in der Stimme, »lang nicht mehr die Ehre gehabt. Monsieur Saint-Apoll! Ich freue mich *besonders,* Sie zu sehen!« Dann küßt er meine Finger, lächelt mich an, ohne die geringste Verlegenheit, und wendet sich den nächsten zu.

Erleichtert betrete ich das Heiligtum. Eine moderne Galerie aus Holz, Chrom und Glas, ein riesiges Triplex voll exzentrisch gekleideter Menschen und sündteurer Bilder.

Inder in weißen Turbanen servieren Champagner, und zu Faustos Entsetzen richten sich viele bewundernde Blicke auf mich – nicht nur auf ihn! Das ist zuviel! Schon läßt er mich stehen, stürzt sich ins Gewühl und ist weg!

Hurra! Ich habe gesiegt! Ich kann meine Freude kaum verbergen. Zum erstenmal bin ich neben Fausto nicht verblaßt! Zum erstenmal stand ich nicht leidend neben meinem blonden Halbgott, während er im Geiste mit allen Frauen schlief. Nein! Ich lächle süß nach allen Seiten, und mit vier Männern im Schlepptau wende ich mich den Bildern zu.

Sie sind grandios!

Nie habe ich Ähnliches gesehen. Ausgestellt sind Impressionen einer Chinareise. Winzige Details aus Palastfassaden, Gittertoren, Straßen, die im täglichen Leben dem Auge entgehen. Die Künstlerin hat sie vergrößert und ihre Eigenart zur Geltung gebracht.

Drei Etagen Gemälde, die mich faszinieren.

Doch das Beste ist die Malerin selbst: Eine interessante Blondine mit Pagenkopf, kornblumenblauen Augen und sehr schönem Mund. In der glorreichen Mitte des Lebens und trotzdem mädchenhaft. Im Unterschied zu uns trägt sie Schwarz. Sie hält hof, mitten im Gewühl, und Fausto nahm sie bereits in Beschlag. Er steht neben ihr, eine Hand in der Hosentasche, und sie erklärt ihm ein Bild. Für mich ist er verloren, das sehe ich sofort, doch es stört mich kaum.

Ich habe vier Verehrer um mich herum, zwei Maler, einen bildschönen blonden amerikanischen Journalisten namens Bob, und einen Museumsdirektor aus London. Es geht mir wunderbar!

Bob bringt mir ein neues Glas Champagner und prostet mir zu. Er ist erst kurz in Paris, sucht eine Wohnung und lebt noch im Hotel. Er sagt nicht viel. Doch er findet mich unwiderstehlich, das verrät sein Blick.

Um zehn sind alle Gäste eingetroffen. Tommy hält eine schwungvolle Rede, die Künstlerin wird beklatscht, und in

Kürze sind fünf Bilder verkauft und mit roten Punkten markiert. Eine Leistung bei den Preisen!

Dann mache ich mich mit meinen Verehrern auf den Weg, hinüber zu Maxim's, dem berühmten Jugendstilrestaurant. Wir sind zu einem feinen Souper geladen, mit Musik und Tanz. Die Nacht ist warm, wir lachen viel – da eilt uns plötzlich Tommy Kalman nach, gerade als wir in die Rue Royale einbiegen.

»Madame Saint-Apoll! Pardon! Pardon!« Er klingt außer Atem. »Entschuldigen die Herren! Liebste Tizia, ich stelle Sie jetzt Ihrer Überraschung vor.« Und er kommt zurück mit einem schlanken älteren Mann. Er hat ein feines Gesicht. Dichtes weißes Haar. Dunkle Augen. Und er erinnert mich stark an Großonkel Kronos!

Tommy Kalman nimmt meine Hand.

»Das ist die begabteste Innenarchitektin von Paris«, sagt er stolz, als wäre er mein Herr Papa, »und das ist Monsieur le Président Valentin. Der Herr Präsident stattet gerade sein Haus in der Normandie neu aus. Er ist sehr unzufrieden mit dem Resultat.«

»Bonsoir, Madame«, sagt der fremde Herr und lächelt.

»Bonsoir, Monsieur. Es tut mir leid, daß Sie enttäuscht worden sind. Kann ich vielleicht helfen? Wo liegt das Problem?«

Der Herr Präsident räuspert sich. »Wenn ich das wüßte, chère madame, hätte ich es längst behoben. Die Sache ist sehr kompliziert. Jedes Detail stimmt, es ist wie auf dem Plan, aber das Resultat ist grundfalsch. Ich habe ein Vermögen ausgegeben und ertrage mein eigenes Haus nicht mehr!«

»Ist es ein altes Haus?«

»Aus dem achtzehnten Jahrhundert«, sagt er stolz.

»Haben Sie Mauern umgelegt oder Räume verkleinert?«

»Nie im Leben! Was denken Sie, Madame!«

»Dann sind es die Farben!«

»Glauben Sie? Ich habe vorige Woche eine Farbberaterin kommen lassen. Aber sie hat alles nur noch schlechter gemacht.«

»Es ist sicher nur eine Kleinigkeit, Monsieur le Président. Der Tupfen auf dem i.«

»Zu dem Sie, chère madame, mir verhelfen werden?«

»Wenn ich darf? Mit Vergnügen! Ja!«

»Sie dürfen. Wann fahren Sie mit mir aufs Land? Ich kann Sie auch von meinem Chauffeur abholen lassen.«

»Nächste Woche? Am besten, Sie rufen mich an.« Ich gebe ihm meine Karte. Er studiert sie lange.

»Saint-Apoll?« sagt er dann. »Die Farbberaterin, die ich erwähnte, war von der Firma Apoll-Immobil. Hat das was mit Ihnen zu tun?«

»Nein! Keinesfalls! Die Firma kenne ich nicht. Das heißt, ich weiß, daß es sie gibt. Doch zu uns gehört sie nicht.«

»Um so besser«, Monsieur Valentin lächelt mich an, »die Dame war nämlich gar nicht sympathisch. Chère madame, Sie hören von mir.«

Tommy Kalman sieht auf die Uhr.

»Schön, daß Sie sich einig sind. Ich muß voraus ins Restaurant. Tizia, Sie und Ihr Mann, Sie sitzen an meinem Tisch. Im großen Saal, neben dem Orchester an der linken Wand.«

An der linken Wand? Das höre ich gern. Jedes Lokal hat seine Zuckerseite. Und bei Maxim's sind es die Tische an der linken Wand, im großen Saal neben der Musik. Auch die anderen Plätze sind nicht zu verachten. Das Restaurant ist eine Pracht! Doch an den anderen Tischen sitzt man, während man links neben dem Orchester thront!

Bob, der Journalist, hat auf mich gewartet. Angeregt plaudernd, schlendern wir zu unserem nächtlichen Fest.

Wo ist Fausto? Nirgends zu sehen.

Auch die Malerin ist spurlos verschwunden. Doch kaum habe ich Platz genommen, schräg gegenüber von Tommys Frau, tauchen die beiden auf, in trauter Zweisamkeit, in ein spannendes Gespräch vertieft, und setzen sich neben mich, ohne Gruß, ohne ein einziges Wort.

Seltsame Situation! Fausto dreht mir den Rücken zu!

Die Ljuba kennt mich nicht. Weiß nicht, daß ich die Ehefrau bin. Fausto stellt mich nicht vor! Er will als unbeschwerter Junggeselle gelten. Der erste Gang wird serviert: Pastetchen in Trüffelsauce. Die Ljuba kostet kaum. Sie stochert herum, die Augen verklärt. Aha! Den Appetit hat er ihr bereits ruiniert. Wenn die wüßte, die Arme, was er sonst noch alles demoliert! Nach dem Essen holt mich Tommy Kalman zum Tanz.

»Haben Sie mit Ihrem Mann gestritten?« fragt er sofort.

»Jawohl!«

»Wegen mir?«

Ich zucke mit den Schultern.

Tommy legt seine Wange an meine. Nur ganz kurz. Den Bruchteil einer Sekunde, es könnte auch Zufall sein.

»Sie sind wunderschön heute«, flüstert er, »wissen Sie das?« Dann drückt er mich kurz an sich. Ich höre sein Herz klopfen.

»Ich habe viel an Sie gedacht«, murmelt er mir ins Ohr, »und Sie? Haben Sie unseren gemeinsamen Nachmittag vergessen?«

»Den vergesse ich nie«, sage ich mit Überzeugung.

Tommy lacht. »Was ich sagen wollte: Der Herr Präsident Valentin ist ein großzügiger Mann. Das Haus in der Normandie ist ein Manoir, fast schon ein Schloß. Ein wunderschöner Besitz. Jedenfalls, wenn ihm Ihre Arbeit gefällt, gibt er Ihnen sicher den Auftrag für den ganzen obersten Stock. Der ist nämlich noch nicht gemacht.«

Er sieht mich an, mit seinen schönen, feurigen Augen. Schade, daß er so ein schrecklicher Liebhaber ist. Auch der weiße Anzug paßt ihm nicht. Macht ihn dicker, trotz des exzellenten Schnittes.

»Was bekomme ich für die Vermittlung?« will er wissen.

Ich lächle geheimnisvoll. »Darüber reden wir, wenn die Sache läuft! Sagen Sie, wie war Chicago?«

»Sehr erfolgreich!«

»Gratuliere! Ich bin stolz auf Sie!«

»Danke! Wann sehen wir uns? Mittwoch nachmittag?« Er gibt nicht auf.

»Vielleicht. Aber sicherheitshalber rufen Sie vorher an. Oder ich melde mich. D'accord?«

Tommy führt mich zurück an den Tisch. Küßt meine Hand. Fausto und die Malerin sind verschwunden. Wieder einmal. Und das ist einmal zuviel! Plötzlich freut mich der Abend nicht mehr! Mir fehlt die Ruhe, die man für diese Spiele braucht. Ich sehe mich um. Wo sind die zwei? Im Jardin des Tuilleries? Auf einer Bank? Auf den Rücksitzen im Rolls? Heiße Eifersucht steigt in mir hoch. Ich erwürge Fausto, wenn er kommt! Trotzdem harre ich aus, tanze mit Bob, der sich Hoffnungen macht, lächle, flirte, doch um eins reißt meine Geduld! Ich gehe ihn suchen, und zwar sofort! Vielleicht sind sie oben? In der Bar? Schon laufe ich die Treppe hoch. Doch die Bar mit den Spiegeln, den herrlichen Wandgemälden, den polierten Stühlen, den hübschen rosa Tischlampen ist leer. Nein, nicht ganz!

Ein Mann kommt mir entgegen. Wie wir alle ganz in Weiß. Er hat schulterlange dunkle Locken. Jetzt hebt er den Kopf. Wir erstarren beide.

Kann das sein? In der Millionenstadt Paris? Kein Zweifel! Es ist der Mann, der mir neulich im Autobus gegenübersaß. Der mit dem Kochbuch: »Food from a Japanese Temple«.

Einen Augenblick sind wir beide sprachlos.

Dann reißt er seine großen braunen Augen auf.

»Sind das wirklich Sie?« Er strahlt mich an.

»So ein Zufall«, sage ich und danke Gott, daß ich mich so hübsch gemacht habe.

»Wir haben uns im Autobus gesehen. Erinnern Sie sich?«

»Natürlich. Was tun Sie hier?«

»Ich bin eingeladen.«

»Sind Sie Künstler?«

»Nein. Mein Vater ist Sammler. Er hat mich mitgenommen. Aber ich kenne hier niemand. Ich wollte gerade gehen.«

»Ich auch!«

Wie auf Kommando beginnen wir zu lachen.

»Gehn wir tanzen?« fragt er dann.

»Gern.«

Schweigend steige ich neben ihm die Treppe hinab. Wir sind beide leicht verlegen. Doch unten im großen Saal ändert sich das. Die letzten Teller sind abserviert, die Deckenlichter gelöscht, nur die rosa Tischlampen brennen. Alles wirkt romantischer, intimer. Unsere Hemmungen lösen sich in Luft auf. Ich sehe Fausto. Er tanzt mit der Malerin. Sein weißer Anzug ist nicht verdrückt. Seine Hose hat keine Flecken. Er sieht nicht aus, als hätte er ein Intermezzo auf einer Parkbank hinter sich. Neben ihm tanzt Tommy mit einer Fremden, weiter hinten Bob mit Tommys Frau. Sieh an! Sie tanzen gut zusammen! Kennen sich die zwei? Die Tanzfläche ist voll. Doch wir finden noch ein leeres Eck und hüpfen herum, ohne uns zu berühren. Jetzt kommt ein Samba.

»Wie heißen Sie?!« schreit mein Gegenüber.

»Tizia! Und Sie?«

»Paul!«

»Waren Sie schon oft hier?«

»Noch nie!«

Dann wird die Musik zu laut, um sich zu unterhalten. Paul ist einen Kopf größer als ich. Er lächelt mich an. Ich senke verwirrt den Blick. Warum finde ich ihn so schön? Ich könnte ihn stundenlang betrachten. Zum erstenmal, seit ich Fausto kenne, gefällt mir ein anderer Mann. Plötzlich kommt uns Bob in die Quere. »Oh, pardon!« ruft er, doch es ist zu spät. Ich strauchle, Paul aber fängt mich auf, und einen süßen Moment lang liege ich in seinen Armen.

Es ist ein unbeschreibliches Gefühl. Fremder Körper. Neu! Zarter als Fausto und trotzdem stark. Ich bin absolut geborgen! Er soll mich immer so halten. Jetzt kommt ein langsames Lied. Wir bleiben, wie wir sind. Es ist herrlich.

Plötzlich fühle ich Faustos Blick in meinem Rücken. Bei der nächsten Drehung erspähe ich ihn aus den Augenwinkeln. Er sitzt allein am Tisch, starrt uns an. Was er sieht, behagt ihm nicht. Doch mir ist das egal. Das ist die moderne Ehe, die Fausto gefällt: Jeder tut, was er will. Und diesmal tut es auch die Frau!

Wir tanzen bis zwei Uhr früh. Die Kalmans, Fausto und die Künstlerin sind nicht mehr da, als wir zum Tisch zurückkehren. Nur Bob wartet auf mich. Doch er hat kein Glück.

»Müssen Sie nach Hause?« fragt Paul. »Oder gehen wir noch wohin? Wo es ruhiger ist? Und wo wir reden können?«

»Liebend gerne«, sage ich sofort, »blendende Idee!«

Dann stehen wir in der Rue Royale, eingehängt, zufrieden mit uns und der Welt. Wir haben uns wiedergefunden, jetzt erzählen wir uns unser Leben. Wir wissen nichts voneinander, doch das wird sich in Kürze ändern. Denke ich.

Das Schicksal aber hat anderes im Sinn.

Plötzlich höre ich ein bekanntes Geräusch. Das ist unser Wagen. Fausto fährt vor, in seinem weißen Rolls-Royce, und stößt die Tür auf.

»Steig ein!«

»Nein danke! Wir trinken noch was auf den Champs Elysées.«

»Oui, Monsieur«, sagt Paul provokant, »wir sind nicht müde. Wir feiern weiter.« Er drückt mich enger an sich, und wir setzen uns in Bewegung, in Richtung Concorde. Die Nacht ist warm, der Himmel voll glitzernder Sterne. Ich könnte ewig so dahinmarschieren. Schon lange ging es mir nicht mehr so gut!

Fausto antwortet nicht. Im Schrittempo fährt er neben uns her, die Tür sperrangelweit offen. An der Ecke vor dem

Hotel Crillon aber versperrt er uns den Weg. Zieht die Handbremse an, läßt den Motor laufen und steigt aus. Er ist einen halben Kopf größer als Paul und doppelt so breit.

»Du hast zwei Sekunden Zeit«, sagt er ganz ruhig, »entweder du steigst ein, oder es gibt einen Toten!«

Schon sitze ich neben ihm. Paul lehnt blaß an der Hauswand. Doch er winkt zum Abschied und wirft mir eine Kußhand zu. Und als Fausto davonbraust wie der heulende Derwisch, daß es mich zurückwirft in den Sitz, wird mir klar, daß ich nichts von Paul weiß. Keinen Nachnamen, keine Adresse, keinen Beruf. Und er weiß nichts von mir.

»Wo ist deine Malerin?!« schreie ich wütend. »Aufs Eis gelegt? Bis du mich zu Hause verstaut hast?!«

»Ich weiß nicht, von wem du sprichst.«

»Von deinem neuen Schwarm. Christine Ljuba.«

»Liebes Kind, du leidest unter Halluzinationen! Du bist diesem Schönling in den Hintern gekrochen. Glaubst du, ich bin blind? *Du* hast dich benommen, das ist ein Skandal! *Du* hast mich blamiert. Vor allen Leuten! Bist du wahnsinnig geworden?!«

»Bleib stehen!« schreie ich. »Ich steige aus!!«

Ich rüttle an der Tür. Sie ist versperrt. »Hörst du nicht?! Ich lasse mich scheiden! Du hast mich nur unglücklich gemacht. Vom ersten Tag an. Ich hasse dich!«

Fausto grinst und fährt wie ein Wahnsinniger. Wir brausen den leeren Quai entlang, hinauf zum Trocadero. In den Kurven quietschen die Reifen. Daß wir lebend ankommen, ist ein Wunder!

Kaum steht der Wagen, springe ich auf die Straße. Laufe nach Hause, ohne auf Fausto zu warten, schließe auf, stürze ins Schlafzimmer und werfe mich auf mein Bett. Ich will diesen Menschen nie wiedersehen! Mein Entschluß ist gefaßt. Ich trenne mich von ihm!

Doch wie so oft kommt alles anders.

Irgendwann, ehe es hell wird, kommt Fausto leise durch die Tür geschlichen. Legt sich neben mich. Nimmt mich in die Arme. Er trägt sein Pyjama-Oberteil. Sonst ist er nackt. Ich gebe vor, zu schlafen. Was will er noch? Es ist alles zu spät.

Plötzlich fühle ich etwas Nasses auf meiner Wange. Was ist das? Fausto weint! Träume ich? Fausto und Tränen?? Ich hebe den Kopf. Fausto beginnt zu schluchzen. Es schüttelt ihn. Seine Schultern zucken. Er weint wie ein kleines Kind. Ich bin fassungslos. Seit ich ihn kenne, war das noch nie der Fall.

»Tizia. Bist du wach?«

Ich antworte nicht.

»Tizia! Ich habe solche Sorgen. Ich weiß nicht mehr, was ich tue. Mein Leben ist ein Alptraum! Du hast keine Ahnung, wie schlecht es mir geht!«

Die Worte kommen stoßweise. Ich verstehe ihn kaum. Er bohrt sein Löwenhaupt in meine Achselhöhle, schluchzt zum Erbarmen.

Mein Widerstand schmilzt.

»Welche Sorgen?« frage ich erstaunt. »Die Rue Budé ist verkauft, die Bank kriegt ihr Geld.«

»Das ist ein Tropfen auf den heißen Stein«, schluchzt Fausto, »ich bin verzweifelt.«

»Dann verkaufen wir den Rolls«, sage ich tröstend, »wir brauchen ihn nicht wirklich, und du zahlst deine Schulden ab.«

Fausto schluchzt weiter.

»Hast du ein Bild gekauft? Heute abend? Für einen Irrsinnspreis?«

»Nein, nein«, sagt Fausto schwach, »es ist ganz was anderes.«

»Paß auf«, beruhige ich ihn, »was kann dir denn geschehen? Im äußersten Notfall hast du dein Erbteil von Onkel Kronos. Das ist deine Sicherheit. Das steckt felsenfest in der Firma und wartet auf dich!«

Fausto starrt mich an, als verstünde er kein Wort.

»Oder? Gibt es noch was? Das ich nicht weiß?«

»Alle sind hinter mir her«, stöhnt Fausto und drückt mich enger an sich.

»Wer alle?« frage ich erstaunt. »Wen meinst du? Ich kann mir nicht vorstellen, wer das ist!«

»Ich kann nicht überall gleichzeitig sein! Es wird mir zuviel! Aber du hältst zu mir. Versprichst du das?«

»Natürlich«, ich streichle seine wilden Locken, »aber erkläre mir bitte endlich ... du mußt mir alles sagen!«

Fausto antwortet nicht. Dann hebt er den Kopf. »Wenn man alles sagt«, kommt es mit Grabesstimme, »verliert man alles. Die Freunde, die Bekannten, die eigene Frau!«

»Das ist nicht wahr!«

Fausto richtet sich auf, stützt sich auf den Ellbogen. Tränen fallen auf meine Stirn.

»Du mußt mir verzeihen«, seine Stimme bebt, »ich kränke dich ohne Grund. Ich weiß es, mon enfant. Ich tu dir ständig weh. Das hast du nicht verdient.« Er streichelt sanft meine Wangen. »Du warst so schön heute abend. Ich war stolz auf dich. Ich ertrage nicht, wenn du mit einem anderen tanzt. Tizia! Sag die Wahrheit: Magst du mich noch?«

Er beginnt mich zu küssen.

Schon lang war ich ihm nicht mehr so nah.

»Du liebst nur mich? Mon amour! Mein Herz! Mein kostbarer goldener Vogel! Tizia! Bin ich der einzige für dich?«

Er küßt meine bloßen Schultern, liebkost meinen Arm. »Du bist die einzige Frau für mich. Vergiß das nie! Die anderen, die sind Spielerei. Das bestätigt mir, daß ich lebe. Das ist gut für die Eitelkeit. Aber ich liebe nur dich! Je t'aime, mon amour. Je t'aime! Und du? Liebst du mich auch??«

»Vielleicht.«

»Warum nur vielleicht? Sag! Warum nur vielleicht?«

Ich antworte nicht. Fausto beginnt wieder zu weinen.

»Ich war unausstehlich. Ich bin an allem schuld! Aber ich mache es gut!« Er küßt meine Brust, streichelt meine

Beine, sein heißer Atem ist an meinem Ohr. Er legt sich hinter mich, schmiegt sich an meinen Rücken, dringt langsam in meinen Leib.

»Oh, non«, stöhnt Fausto, »das ist zu gut!« Langsam beginnt er mich zu lieben. Es ist phantastisch! Nach sechs Wochen Pause (oder fast) ist er für mich wie ein neuer Mann. Verglichen mit Tommy ist er ein Gott. Ich habe vergessen, wie groß er gebaut ist und wie fabelhaft er in meinen Körper paßt! Viermal kurz, einmal lang. Selten habe ich ihn so genossen. Viermal kurz, einmal lang, mit einer Pause nach dem tiefsten Stoß. Er ist zärtlich, ungestüm, ausdauernd, kühn.

»Tizia! Es ist so schön mit dir!«

Ich werde fast ohnmächtig vor Lust. Dieser große, starke Mann ist in mir und um mich herum. Er ist mein Mann!! Die ganze Welt besteht nur aus uns.

»Tizia! Ich kann nicht ohne dich sein! Sag, daß du mich liebst! Sag, daß du mich liebst! Ich will es hören! Von dir! Jetzt!«

»Je t'aime!« Gleich komme ich zum Höhepunkt!

»Ah, oui!«

Ein bißchen Streicheln, und ich bin soweit!

»Vergiß alles, ma chérie, mon amour«, stöhnt Fausto, »vergiß die Sorgen, vergiß . . . ohhhh . . .«, und er läßt sich gehen, ohne auf mich zu warten. Jetzt! Jetzt ist er ganz oben! Jetzt ist es vorbei.

»Oh, non!« Er wimmert wie ein kleines Kind. Ich aber verstehe die Welt nicht mehr. Sechs Wochen Enthaltsamkeit – und dann das? Das hat er bis jetzt noch nie getan. Er hat immer zuerst an mich gedacht. Er muß wirklich in einer gewaltigen Krise sein!

»Verzeih! Das war zu kurz!« Fausto streichelt matt meinen Arm. »Ich bin todmüde! Ich bin erschöpft! Ich bin ein kranker Mann! Ich habe keine Kraft mehr. Tizia, mon bébé, wir schlafen jetzt ein wenig. Ich kann die Augen nicht mehr offen halten.«

Er dreht sich auf den Rücken, breitet die Arme aus und schlummert sofort ein.

Im Unterschied zu mir! Ich wälze mich im Bett herum. Ich versuche mich zu streicheln, aber ohne Fausto ist die Lust nur halb so groß. Außerdem mache ich mir Sorgen! »Alle sind hinter mir her!« Wer? Wo? Wann? Warum?! Wird er erpreßt? War er deshalb so unausstehlich die letzte Zeit? Ach, es ist schrecklich, wenn ein Mann nicht reden kann.

Langsam werde ich müde. Schließe die Augen. Als ich sie wieder öffne, ist hellichter Tag. Lautes Klopfen hat mich geweckt. Es ist Lollo in einem rosa Kleid. Sie steckt den Kopf durch die Tür.

»Excusez moi, Madame! Ihre Schwiegermutter hat angerufen. Man erwartet Sie und Monsieur um drei Uhr in Chantilly. Es ist sehr wichtig, hat sie gesagt. Es gibt viel zu besprechen. Sie sollen übers Wochenende bleiben. Smoking und Abendkleid mitnehmen.«

»Danke, Lollo.« Ich gähne. Fausto liegt neben mir und schlummert wie ein Kind.

»Ich habe das weiße Kostüm herausgelegt. Und das bestickte blaue Abendkleid von Ungaro. Ist das recht?«

»Wunderbar! Merci!«

»Kann ich schon das Frühstück richten?«

Ich sehe auf den Wecker. Es ist zwölf Uhr mittags.

»Ja, gerne.«

Lollo zieht die Vorhänge auf. Sie zögert an der Tür.

»Gibt's noch was?«

»Ja!« sagt Lollo verheißungsvoll, »Petit hat eine Arbeit! Heute abend fängt er an. Als Hilfskoch in einem afrikanischen Restaurant. An der Goutte d'Or.«

»Gratuliere! Das ist endlich einmal eine gute Nachricht. Er soll sich nur nicht erwischen lassen. Von der Polizei.«

»Nein. Nein. Er paßt schon auf. Aber mit dem Geld, das er verdient, können wir vielleicht was machen, wegen seiner Carte de séjour!«

Die Carte de séjour ist die Aufenthaltsbewilligung.

»Ich habe eine Adresse«, sagt Lollo geheimnisvoll, »von einem Anwalt aus Mauritius. Er wohnt im 16. Bezirk. Grand sagt, er hat schon vielen geholfen. Wissen Sie, Madame, er hat die besten Beziehungen zur Präfektur, vielleicht kann er auch für uns was tun!«

Dann verschwindet sie in die Küche, und ich springe aus dem Bett. Nie fühlte ich mich leichter. Beschwingt gehe ich in mein Bad. Mein fröhliches Gesicht ist wieder da. Die Augen sind klar, die Wangen rot. Kinder, das Leben ist schön!

Ich wollte mich von Fausto trennen. Doch ein kleiner Flirt – schon wird man wieder geschätzt. Ein paar Tänze mit einem anderen Mann, schon wird man geherzt und geküßt, geliebt und begehrt. Und war es auch nicht perfekt, es war ein neuer Anfang. Immerhin!

Ich werfe mich zu Boden und mache zehn Liegestützen. Das ist gut für die Brust. Dann putze ich die Zähne und küsse Fausto wach, mit meinem frischen, duftenden Mund.

»Bonjour, mon amour.«

Er murmelt etwas, schlingt die Arme um mich, hält mich fest.

»Deine Mutter hat angerufen. Sie will uns heute sehen!«

Mit einem Ruck ist er wach. »Das geht nicht«, sagt er schnell, »ich bleibe hier!«

»Nein! Wir müssen hin. Größere Familienkonferenz. Und abends ein Diner.«

Fausto seufzt. »Ohne mich, ma chérie. Ich bin unfähig aufzustehen.«

Neues Klopfen an der Tür.

»Monsieur«, ruft Lollo aus dem Gang, »Ihr Herr Papa am Apparat! Darf ich durchstellen?«

Schon klingelt das Telefon neben unserem Bett. Automatisch hebt Fausto ab.

»Oui, Papa?«

Ich vernehme die aufgeregte Stimme meines Schwiegervaters, verstehe jedoch nicht, was er sagt. Nur, daß es schrecklich wichtig ist.

»Wie? Was??« Fausto setzt sich ruckartig auf. »Ich nicht, Papa! Keinesfalls! Das hätte ich dir längst gesagt! Das war Helios. Ja, Papa. Wir besprechen es. Ganz wie du willst. Jawohl! Wir kommen! Du kannst mit uns rechnen. Um drei sind wir da!«

»Mon Dieu!« Fausto legt den Hörer hin und stützt den Kopf in seine Hände. »Ausgerechnet jetzt!«

»Was ist los?« frage ich aufgeregt.

»Mir bleibt nichts erspart.« Er hat denselben Blick wie gestern nacht.

»Ich will dir helfen. Kann ich nicht was tun?«

»Doch«, sagt Fausto plötzlich ernst, »du kannst was tun. Wenn mein Vater etwas sagt, was dir ... äh ... seltsam erscheint, glaube ihm kein Wort! Keine Silbe! Bis du mit mir allein, hörst du, allein darüber gesprochen hast. Ich erkläre dir dann, was es ist!«

»Was sollte er Seltsames sagen?«

Fausto schweigt. Starrt durch mich hindurch, schüttelt sein Löwenhaupt.

»Das wird heute eine kleine Katastrophe«, sagt er dann.

Er hat keine Ahnung, wie recht er hat.

8

FAUSTO IST SCHWEIGSAM wie das Grab.

Die ganze Fahrt nach Chantilly spricht er kein Wort. Er sitzt gebeugt am Steuer, die Brauen gerunzelt, die Stirn gefurcht. Vormittags muß es geregnet haben, denn die Autobahn ist naß. Langsam aber kommt die Sonne durch, und laut Wetterdienst wird es nachmittags schön.

Rund um uns ist viel Verkehr: Lastwagen, Sonntagsfahrer, Touristenbusse, Motorräder. Konzentration ist erwünscht. Fausto fährt knapp siebzig. Im Schneckentempo. Wie immer, wenn es zu den Eltern geht. Es zieht ihn nicht nach Chantilly. Er haßt »Göttertreffen auf dem Olymp«, wie er Familienfeste zu nennen pflegt. Je langsamer, desto besser. Am liebsten wäre er zu Fuß unterwegs!

»Tu mir einen Gefallen«, sagt er plötzlich todernst, »vergiß bitte heute nacht. Du kennst mich. Wenn ich zuviel trinke, sehe ich Gespenster. Vom Alkohol kriege ich Verfolgungswahn. Du hast völlig recht. Alles ist wunderbar. Wir haben keine Sorgen. Niemand ist hinter uns her. Wenn dich die Eltern fragen: Wir lieben uns, und bei uns ist alles in Butter. Sagst du das, Chérie?«

»Klar! Und was wollen sie so dringend? Klärst du mich auf?«

»Immer dasselbe«, sagt Fausto resigniert, »zeigen, daß sie die Herren sind!«

Um dreiviertel drei kommen wir an. Als letzte. Das sehen wir an den Wagen. Theas roter Jaguar steht an der Auffahrt. Melinas schwarzer Mercedes-Sportwagen vor einer der Garagen. Ganymed ist in seinem neuen lila Lamborghini da, ganz hinten an der Fliederhecke steht Helios' neuer weißer Porsche. Alles kleine scharfe Flitzer. Nur wir erscheinen in dieser Staatskarosse. Und obwohl der Rolls alles überstrahlt, er ist mir einfach zu groß! Ich mag nicht, wenn man mehr zeigt, als man hat!

Wir stehen vor La Cascade, dem märchenhaften Besitz, den Stammvater Saint-Apoll mit seiner ersten selbstverdienten Million erworben hat. Er liegt in der Nähe des Schlosses und grenzt an den berühmten Park von Chantilly.

Gleich neben den hohen schmiedeeisernen Toren mit den vergoldeten Pfeilspitzen beginnen die Familiengründe mit See, Wäldchen und Wasserfall, mit Tennisplatz, Koppel und Ställen, mit Rosengarten, Orangerie und Palmenhaus (in dem sich das Schwimmbad befindet). Auch der Helikopterlandeplatz ist dem Auge verborgen – durch ein hohes Pappelspalier und wellig gestutzte Hecken aus Buchsbaum.

Helios Saint-Apoll, Faustos älterer Bruder, wird alles erben. Auch die Meierei, die Jagd, die Obst-, Gemüse- und Blumenzucht. Und er benimmt sich, als wäre er bereits der Herr. Seine Geschwister dürfen zwar auf Lebenszeit ihr Zimmer behalten, sie sind jederzeit willkommen in La Cascade, so will es das Familienrecht, doch zu sagen haben sie nichts. Sie versuchen es auch kaum. Hier weht antiker Wind. Wer zuerst zur Welt kam, befiehlt. Die Jüngeren halten den Mund!

»Bonjour, meine Kinder!« Der Schwiegervater höchstpersönlich nimmt uns in Empfang. Er trägt einen hellblauen Maßanzug mit weißem Stecktuch und einem Tuff weißer Veilchen am linken Revers. Er ist umwerfend elegant. Fausto gleicht ihm sehr. Was nicht heißt, daß die zwei ein Herz und eine Seele sind. Im Gegenteil.

Gleich und Gleich bekämpft sich am meisten, sagte der berühmte Hahnemann. Und in diesem Fall hat er wieder einmal recht gehabt! Die Szenen zwischen Vater und Sohn sind filmreif. Ich bin gespannt, was uns diesmal blüht!

Wir begrüßen einander vorsichtig und folgen der hohen, schlanken weißhaarigen Gestalt durch die Halle, hinter das Haus, auf die Terrasse. Dort stehen die anderen, fein herausgeputzt, etwas steif, mit vollen Gläsern in der Hand.

»Na endlich«, sagt meine Schwiegermama, »wir haben schon auf euch gewartet. Müßt ihr immer die letzten sein?«

Maman sitzt in einem weißen Korbstuhl, neben einer niedrigen Balustrade aus grauem Stein, unter einem riesigen, blau-weiß gestreiften Sonnenschirm. Hinter ihr, stramm wie ein Leibgardist, Helios der Erste, der ihr bringt, was sie begehrt. Maman hat es nicht mehr nötig aufzustehen. Sie thront auf ihrem Stuhl und schickt ihre Söhne aus. Auch das ist Sitte auf dem Olymp.

»Bonjour, Maman!« Wir küssen ihre große, knochige Hand, an der wuchtige Brillanten funkeln.

»Bonjour, mes enfants!«

Helena Saint-Apoll ist eine herbe Blonde aus Athen. Das hellblaue Seidenkleid macht sie auch nicht hübscher. Doch ihre berühmten Perlen stehen ihr gut: Fünf Schnüre um den Hals, fünf um jedes Handgelenk, große Tropfen in den Ohren. Sie wirkt dadurch weniger verhärmt und fröhlicher, als sie in Wirklichkeit ist.

Maman ist ungeschminkt, genau wie ich, was sie wohlwollend zur Kenntnis nimmt. Außerdem trage ich ihr zuliebe ein weißes Kostüm aus Rips mit blauen Knöpfen, das sie gerne mag. Dazu eine Brosche in Blumenform, aus hellen Saphiren und kleinen Brillanten, ein Geschenk von ihr zu unserem ersten Hochzeitstag. Und um das Ganze abzurunden, einen hübschen weißen Strohhut mit durchbrochener Krempe und hellblauem Band. Blau und Weiß sind die griechischen Farben. Das schätzt man hier in La Cascade.

»Frisch siehst du aus«, kommentiert Maman und schenkt mir ein Lächeln. Doch dem Kompliment folgt ein scharfer

Blick auf meinen flachen Bauch. Ach, ich weiß! Wir denken beide dasselbe. Doch wir sind zu höflich, um es auszusprechen.

Dimitri, der Butler, versorgt uns mit Champagner. Ich nehme ein Glas und begrüße meine Belle famille. Wenn ich die Besuche in La Cascade schon nicht genieße, der Champagner ist immer köstlich und die Umgebung eine Pracht.

Das Herrenhaus ist aus grauem Stein, von zwei runden Türmen mit grauen Spitzdächern flankiert. Satter Efeu rankt sich hoch bis in den zweiten Stock. An den Türmen aber reichen die glänzenden grünen Blätter bis zum Dach. Die Residenz ist der Kaffeekönige würdig: Zimmerfluchten auf drei Etagen, große Salons, ein Ballsaal, genug Platz für einen wuchernden Familienclan, der jedoch in dieser Generation Wachstumsprobleme hat.

Helios, der Erste, hat nur eine Tochter, Kosma. Sie ist sieben. Seither kam kein Kind mehr.

Meine Schwägerinnen Thea und Melina bewegen sich in schlechter Gesellschaft, waren mehrmals katastrophal verlobt, und geheiratet hat bis jetzt noch keine.

Ganymed, der Jüngste, benannt nach dem Mundschenk der Götter, liebt zwar guten Wein, Frauen aber ist er abhold, was niemals, unter keinen Umständen ausgesprochen werden darf. Er ist ja erst dreißig, der süße Boy. Wer weiß? Vielleicht ändert sich das noch?

Ja, der Himmel über La Cascade ist leicht getrübt. Anstelle wilder Kinderscharen bevölkern hadernde Erwachsene das große Haus, der Hauptgrund, warum ich diese Wochenenden fürchte. Ich hasse Streit. Ich bin das von zu Hause nicht gewohnt. Doch hier kommt man nicht daran vorbei.

»Bonjour, Melina. Bonjour, Thea«, ich küsse meine Schwägerinnen auf beide Wangen. Neben mir wirken sie wie große, knochige Pferde! Seltsam! Was bei den Brüdern schön ist, wirkt bei den Schwestern grob und ungeschlacht: die Haare drahtig, die Augen wässrig blau. Thea ist wenigstens schlank. Doch Melina hat zwanzig Kilo zuviel um Oberschenkel und Bauch. Ihre Figur erinnert an eine Birne, was sie unter weiten, bestickten Roben und wallenden Schals zu verstecken sucht.

Beide sind mir abhold. Sie vergöttern ihre Brüder und dulden keine Konkurrenz. Sie waren gegen unsere Heirat. Ja, Melina wollte Fausto partout mit einer Freundin verkuppeln. Daß es nicht gelang, verzeiht sie mir nie. Bis heute kann sie mir nicht in die Augen sehen.

»Bonjour, Tizia!« Kosma küßt mir die Hand. Auch sie ist eher häßlich, mit Brille und mausgrauem Haar, obwohl Flore, ihre Mutter, als große Schönheit gilt.

Ja, es stimmt.

Das Saint-Apoll-Erbgut bekommt den Frauen nicht. Dafür strahlen die Männer in unübersehbarer Pracht. Hermès, Helios, Ganymed und Fausto sind goldene Menschen, wie man sie selten sieht: groß und heldenhaft gebaut, mit wildwuchernden Locken und strahlend blauen Augen, jede Geste, jeder Schritt voll Kraft und Eleganz. Edle Raubtiere mit muskulösen Schultern, langen, starken Beinen, stets bereit, die Krallen zu zeigen.

Nur Ganymed ist überreizt. Trinkt zuviel, errötet schnell, ist immer gleich gekränkt. Doch auch er ein Bild von einem Mann. Die vier Männer stehen jetzt im Klüngel um Maman herum, sprechen eifrig auf sie ein. Irgend etwas ist im Gang. Aber was?!

»Weißt du, warum wir hier sind?« frage ich Flore, die derzeit gar nicht glücklich wirkt. Angeblich wackelt die Ehe. Genaueres ist nicht bekannt. Sie ist heute ganz in Gelb. Hut, Handschuhe, Kostüm, in zartem Pastell. Auch ihr langes rotes Haar wird im Nacken von einer gelben Spange gezähmt.

»Ich weiß es«, ruft Melina wichtigtuerisch, »Papa wird es beim Essen besprechen.«

»Was Geschäftliches?« fragt Flore nervös und leert ihr Glas, das Dimitri sofort wieder füllt.

Melina lächelt überlegen. »Ich sage nur eins: Ihr könnt euch auf was gefaßt machen.«

»Wer ›ihr‹?« frage ich, denn ich bin mir keiner Schuld bewußt.

»Ihr zwei. Flore und du. Wer sonst?« Melina genießt ihre Macht über uns. »Am besten, ihr verliert keine Zeit und reicht die Scheidung ein.«

»Vielleicht gestattest du, daß wir zum Essen bleiben«, sagt Flore patzig, und ich bewundere ihren Mut, »weißt du, Melina, was ich dir schon lange sagen wollte . . .« Weiter kommt sie nicht, denn Dimitri bittet zu Tisch, und die Prozession in den großen Speisesaal beginnt.

Vorne, allein, voll Autorität, schreitet Papa. Dahinter Maman, am Arm ihres Erstlings. Anschließend Fausto und Ganymed, gefolgt von Thea und Melina, und wir am Schluß.

Kosma, das arme Kind, darf heute nicht mit. Sie wird in der Küche verköstigt. Was tief blicken läßt und die gespannte Stimmung noch erhöht.

Schweigend marschieren wir in den holzgetäfelten Prachtsaal, der groß genug ist, um einen Staatsbesuch unterzubringen. Schweigend nehmen wir Platz an der riesigen, hufeisenförmigen Tafel, die Stammvater Saint-Apoll zimmern ließ, als er La Cascade erwarb.

Auch dieser Tisch hat lebhaftere Zeiten gesehen. Verlobungen und Taufen, Geburtstage und Hochzeitsessen, Bälle und Sommerfeste, bis zu zweihundert Leute haben hier Platz. Wir füllen kaum die Krümmung. Der Rest bleibt leer. Schweigend warten wir, daß Papa Hermès zu sprechen beginnt. Doch er läßt sich Zeit.

Es wird serviert.

Ich seufze. Essen in La Cascade ist für mich eine Qual. Nichts auf den schweren Silbertabletts sagt mir zu: fette Leber kranker Gänse. Ich esse nur die Petersilie vom Rand.

Räucherlachs mariniert, mit Dill. Ich nehme die Zitrone und den Toast.

Schweinebraten mit Pflaumen. Ich halte mich an die Beilagen. Davon wird man kaum satt.

Endlich der Salat. Köstlich! Und nun ein Riesentablett herrlichster Käse. Meine Rettung. Sofort fülle ich den Teller. Gleich beim ersten Mal. Denn zweimal Käse zu nehmen ist verpönt. Zweimal Käse heißt in feinen Kreisen, die Hausfrau hat versagt. Hier kriegt man nichts zu essen und muß sich den Magen mit Brie und Chèvres füllen. Nein, das wage ich nicht! Auch wenn es in meinem Fall stimmt!

Also, was hat Papa Hermès auf dem Herzen? Das Dessert wird gereicht, Eistorte mit Marzipansauce, und wir wissen es noch immer nicht. Endlich, als der Kaffee serviert wird mit kleinen, süßen, bunten Petits fours, hebt er die Hand.

»Mes enfants«, er blickt sinnend in die Runde, »ich habe euch hierhergeholt, weil ich etwas zu sagen habe, das euch alle betrifft. Ich komme sofort zur Sache. Wie ihr wißt, werde ich im Oktober fünfundsiebzig Jahre alt. Ich gedenke noch zwei Jahrzehnte zu leben und die Firma zu führen. In diesen zwanzig Jahren, die mir noch bleiben, so Gott, der Allmächtige, will, habe ich vor, einen Nachfolger heranzuziehen.«

Staunen ringsum. Einen Nachfolger? Was meint der Herr Papa? Helios ist der Nachfolger, der Kronprinz, der erstgeborene Sohn, den alle beneiden und keiner mag. Was tut sich da im Untergrund? Flore spielt besorgt mit ihrem riesigen Solitär.

Helios räuspert sich.

»Liebster Papa«, beginnt er mit gewollt forschem Ton, »ich verstehe nicht ganz. Was meinst du mit . . .«

»Mit Nachfolger?« unterbricht ihn sein Erzeuger laut, »das wundert mich nicht. Du verstehst mich *nie*! Du bist taub, blind, verblödet, ein Ochse ist ein Genie, verglichen mit dir. Du bist unser Ruin, wenn du es genau wissen willst. Alles, was du anfaßt in der Firma, geht kaputt. Du machst Fehler . . . nicht einmal als Anfänger habe ich so versagt!«

Er macht eine kleine Pause, holt tief Luft. »Sollte ich heute sterben, sind wir in Kürze bankrott. In einem Jahr ist das alles hier verschleudert, vertan, verkauft. Ich habe an Ganymed gedacht und an Fausto, aber irgendwie fehlt mir die Lust. Langer Rede kurzer Sinn, ich setze mein Geld auf einen Enkel! Und deshalb seid ihr heute alle hier. Bringt eure müden Lenden in Schwung. Nächstes Jahr um diese Zeit will ich Babys schreien hören!«

Grabesstille ringsum. Ganymed räuspert sich verlegen. Helios atmet schwer. Flore beißt sich in die Lippen. Nur Melina kaut mit vollen Backen und schiebt ein Petit four nach dem anderen in den Mund.

»Habt ihr verstanden?« fragt Hermès lauter. »Wir brauchen Nachwuchs! Männlichen Geschlechts. Euch kann man alle vergessen. Die ganze Generation ist verwöhnt, verweichlicht, kein Rückgrat, kein Esprit, ihr seid schlechter Wein. Bleibt zu hoffen, daß der nächste Jahrgang besser wird.«

Ich blicke heimlich zu Fausto. Er greift nach seinem Cognac und trinkt ihn in einem Zug leer.

Dann starrt er auf den Tisch.

»Fausto!«

»Ja, Papa!«

»Was hast du zu sagen?«

»Ich werde mich bemühen!«

»Flore!«

»Ja, Papa?«

»Bring deinen Mann auf Trab. Tizia! Ich muß ein ernstes Wort mit dir reden. Es geht um unser Imperium. Du bist eine schöne Frau. Und was erwartet man von einer schönen Frau in unseren Kreis?! Antworte, mein Kind!«

Ich schweige.

»Daß sie schöne Kinder kriegt«, donnert Hermès, »hast du verstanden? Daß sie uns schöne Kinder schenkt. Sonst nichts! Nicht, daß sie Wohnungen umbaut und Häuser verkauft oder Stoffe entwirft und Möbel, die keiner braucht.

Wir brauchen Enkel! Tüchtige Enkel, da die Söhne versagen! Habe ich mich deutlich ausgedrückt?«

»Ja, Papa.«

Hermès räuspert sich. »Du bist ein ganzes Jahr verheiratet. Wir warten und warten. Sieh mir in die Augen. Bist du unfruchtbar?«

Fausto hebt das Haupt. »Papa! Das geht zu weit!«

»Halt den Mund!« schreit Hermès, es klingt wie eine Explosion. »Ich rede mit meiner Schwiegertochter. Also, mein Kind. Du ißt kein Fleisch. Du ißt keinen Fisch. Du ernährst dich wie ein indischer Guru, bist du krank?«

»Nein, Papa.«

»Was hat Doktor Faucard gesagt, zu dem ich dich geschickt habe?«

»Er hat gesagt, bei mir ist alles in Ordnung. Wirklich, Papa. Es tut mir leid, aber . . .«

»Was heißt, es tut dir leid? Willst du keine Kinder? Aus Prinzip?«

»Ich will! Liebend gerne! Aber Fausto . . . du mußt mit Fausto reden. Alleine geht das nicht.«

»Fausto?« fragt Hermès überrascht. »Wieso Fausto? Kümmert er sich nicht genug um dich?«

Thea kichert und stößt Ganymed in die Seite, der sich am liebsten unter dem Tisch verkrochen hätte. Intimgespräche sind ihm ein Greuel. Er fürchtet sie wie den Teufel. Noch nie war er so verlegen. Er wechselt ständig die Farbe, wird rot und blaß, die Augen hebt er überhaupt nicht mehr.

»Schwanger sein ist schlecht für die Linie«, sagt Melina wie zu sich selbst, »wenn ich so eine süße Figur hätte, also ehrlich, ich würde sie auch nicht ruinieren für ein Kind.«

»Sei nicht boshaft«, weist ihre Mutter sie zurecht, »also, Tizia, meine Tochter, wie ist das mit Fausto? Ist er impotent?«

»Mama, ich bitte dich!« Fausto springt hoch.

»Setz dich!« donnert Hermès außer sich. »Wir sind unter

uns, man wird noch offen mit seinen Kindern reden dürfen. Also? Was ist? Ich warte auf Antwort! Aber schnell!«

Fausto läßt sich zurück auf seinen Stuhl fallen und fixiert mich mit Argusaugen. Halt den Mund, sagt dieser Blick. Was zum Teufel soll ich tun?

»Also, was macht er falsch, mein Herr Sohn?« Hermès wird immer lauter. »Säuft er? Schnarcht er? Oder wandelt er im Schlaf? Hat er gewisse Vorlieben, die du nicht willst? Was tut er, oder tut er nicht?«

Dieser Ton duldet keinen Widerspruch. »Fausto ... er ... äh ... zählt die Tage.«

»Was tut er?« fragt Hermès perplex, darauf war er nicht gefaßt. »Tage zählen? Im Bett? Vorher? Oder nachher? Und warum, wenn ich fragen darf?«

»Nicht im Bett! Im Bad! Er zählt im Bad, Papa!«

»Im Bad?« wiederholt Hermès verständnislos. »Wieso im Bad? Was hat mein Sohn im Bad zu zählen, anstatt dir im Bett ein hübsches Kind zu machen? Ich platze vor Neugier! Klärst du mich auf?«

Helios grinst entzückt und neigt sich vor, um besser zu hören.

»Er zählt meine fruchtbaren Tage, Papa!«

»Ich verstehe kein Wort.« Hermès blickt hilfesuchend zu seiner Frau.

»Wieso weiß er, wann deine fruchtbaren Tage sind?« fragt Maman interessiert und zieht die Brauen hoch.

»Er sieht im Bad in meinem Kalender nach!«

Fausto seufzt und schüttelt resigniert sein Löwenhaupt. Helios ist selig und schenkt sich begeistert Cognac nach.

»Das ist kriminell«, schreit Hermès los, »er verkriecht sich im Bad und zählt Kalendertage, anstatt sich im Bett um seine hübsche Frau zu kümmern? Und dann?! Was ist dann? Er wird nicht die ganze Nacht zählen, wie? Was ist, wenn er fertig ist, mein Herr Sohn, mit seiner Rechnerei? Tizia! Sprich! Kann er dann nicht mehr?!«

»Wenn ... wenn es gefährlich ist und ich schwanger werden könnte«, stammle ich verlegen, »wird er furchtbar müde und schläft ein.«

»Du meinst . . . ich fasse es nicht! Er zählt deine fruchtbaren Tage und rührt dich nicht an? Fausto, bist du übergeschnappt? Du betreibst mathematische Übungen, damit deine Frau nicht empfängt? Absichtlich liegt sie brach? Du bist schuld? Du verhinderst die Kinder? Du zählst nächtelang Tage im Bad, damit du nicht Vater wirst? Ich schäme mich für dich! Du bist ein Kretin!«

»Das ist Verrat«, ruft Maman, »Fausto, sieh mich an. Du weißt, wie sehr wir uns Enkel wünschen. Das hätte ich nie von dir gedacht!«

»Und warum?« tobt Hermès. »Erklärst du uns, warum?«

»Kinder kosten Geld«, sagt Fausto, kaum hörbar.

Hermès ist sprachlos. Sein Kopf wird rot.

»Ich glaube, ich höre schlecht«, brüllt er dann, »was hast du gesagt?!«

»Kinder kosten Geld«, wiederholt Fausto abwehrend.

»Ach ja?« schreit Hermès. »Du kannst dir keine Kinder leisten, weil dir Onkel Kronos alles vermacht hat, wie? Du steckst bis zum Hals im Gold und knauserst wie der letzte Bettler. Du tust alles, damit die Familie ausstirbt. Soll ich dir was sagen? Du hast den Verstand verloren. Du gehörst ins Irrenhaus!«

»Ab sofort verbiete ich dir zu zählen«, empört sich Maman. »Tizia! Du verbrennst deinen Kalender!«

»Jawohl«, schreit Hermès, »Gott sei Dank haben wir gefragt, jetzt schaffen wir klare Fronten. Fausto! Ab sofort zählst du nur mehr bis zwei! Hörst du?! Jeden zweiten Tag beehrst du deine Frau! Das ist ein Befehl! Und wenn sie im Herbst nicht schwanger ist, kannst du was erleben!«

Hermès sieht kämpferisch in die Runde.

»Und jetzt zu dir«, er wendet sich zu Helios, der sofort erbleicht, »bist du auch so ein scharfer Zähler? Was hast du kalkuliert, unter den Decken, sieben ganze Jahre lang? Antworte! Ich warte gespannt!«

Helios schweigt.

»Also, was ist? Mich frißt die Neugier! Sprich!«

»Papa, ich . . .«

»Papa, ich«, äfft ihn Hermès nach, »ich weiß, was du gezählt hast. Die roten Zahlen, mein Sohn! Die roten Zahlen, die du uns eingebrockt hast, mit deinem idiotischen neuen Verkaufskonzept. Die zweihundert Millionen Umsatzverlust. Daran zählen manche ein Leben lang. Das ist vorbei, Monsieur! Kapiert? Du ziehst dich zurück aus dem Vorstand und widmest dich deiner Frau. Zuerst produziert ihr ein paar Enkel, dann reden wir weiter. Ist das klar?«

»Und meine Zukunft?« stottert Helios.

»Deine Kinder sind deine Zukunft! Idiot!«

»Die arme Flore muß wieder ins gemeinsame Schlafzimmer einziehen«, sagt Melina im Selbstgespräch, doch so laut, daß es jeder hört.

»Was?!« brüllt Hermès und schlägt mit der Faust auf den Tisch, daß Tassen und Gläser klirren. »Das wird ja immer schöner. Du schläfst nicht mehr mit deiner Frau?!«

»Ab und zu schlafe ich allein, Papa. Wenn ich sehr müde bin«, verteidigt sich Helios, »du weißt, wie das ist, wenn man spät nach Hause kommt vom Büro, zu Tode erschöpft, ich will Flore nicht wecken, mitten in der Nacht, da ist es besser . . .«

»Halt den Mund! Flore, ihr habt getrennte Schlafzimmer?«

Flore nickt verlegen, ohne ihn anzusehen.

»Seit wann? Antworte, mein Kind.«

»Seit zwei Jahren, Papa!«

»Seit zwei Jahren?!« brüllt Hermès wie ein wütender Stier. »Seit zwei Jahren? Da können wir warten, bis wir schwarz werden!«

Helios beißt sich auf die Lippen. Dafür ist jetzt Fausto in seinem Element. Er hat die Daumen in den Westentaschen und sieht vergnügt von einem zum anderen. Dann zündet er eine Zigarre an und bläst genießerisch den Rauch zur Decke.

»Ihr alle hört mir jetzt gut zu«, sagt Hermès, bebend vor Wut, »mit meiner Geduld ist es jetzt aus! Ab sofort ist Schluß mit langen Sitzungen im Büro und ganzen Nächten auf einer Baustelle. Fausto! Helios! Drücke ich mich klar genug aus? Oder soll ich deutlicher werden?«

»Ja, bitte«, sagt Melina schnippisch, »nichts ist schöner als Klatsch und Tratsch!«

Hermès hört gar nicht hin. »Ab sofort erfüllt ihr eure Pflicht zu Hause! Verstehen wir einander? Ihr widmet euch euren angetrauten Frauen, klar?«

»Pflicht?« sagt Fausto zynisch. »Liebster Vater . . .«

»Jawohl, Pflicht! Es gibt eine eheliche Pflicht. Noch nie davon gehört? Das Produktionsziel für nächstes Jahr sind Kinder. Kleine, talentierte Saint-Apolls! Ganymed! Das betrifft auch dich! Paß auf: Wenn du in einem halben Jahr keine Frau hast, suche ich dir eine!«

Ganymed verschluckt sich an seinem Wein, wird blutrot bis zum Haaransatz, dann rafft er sich auf.

»Fausto hat auch erst mit vierzig geheiratet.«

»Das war ein Fehler, wie man sieht. Wir brauchen Nachwuchs. Begreifst du das nicht? Ich gebe dir sechs Monate. Keinen Tag mehr! Spätestens zu Silvester feierst du Verlobung!«

»Papa, ich wollte es dir schon lange sagen. Ich habe . . . ich bin . . . ich habe Probleme mit Frauen.«

Um den Tisch wird es totenstill.

Keiner wagt zu atmen.

»Na und?!« schreit Hermès. »Jeder hat Probleme mit Frauen. Es gibt keine Frau, die keine Probleme macht. Merk dir das, Idiot! Probleme! Probleme! So ein blödes Wort. Millionen Frauen gibt es in Frankreich. Mit einer wirst du wohl keine Probleme haben. Mit einer wirst du wohl können, oder?«

Ganymed nimmt seinen ganzen Mut zusammen.

»Ich bin kein Zuchtstier, Papa.«

»Zum Teufel! Widersprich mir nicht! Auf dein Problem können wir jetzt keine Rücksicht nehmen. Es geht ums Überleben! Willst du, daß es keine Saint-Apolls mehr gibt? Kapierst du überhaupt nichts mehr? Du hast dich zu überwinden! Das verlange ich von dir!«

Hermès verschluckt sich, beginnt zu husten, schnappt nach Luft.

»Reg dich nicht auf«, warnt meine Schwiegermutter, »er hat schon begriffen. Er tut schon, was du sagst. Nicht wahr, Gany?«

»Jawohl, Maman!«

»Er sucht sich eine hübsche kleine Frau, die keine Probleme macht und ihm schöne Kinder schenkt. Gany wünscht sich nichts sehnlicher als eine große Familie. Möglichst groß. Nicht wahr, Gany? Das tust du doch?«

»Jawohl, Maman!«

»Gany liebt Kinder«, fährt meine Schwiegermutter fort, »er will mindestens fünf. Das hat er neulich erst gesagt. Erinnerst du dich? Nicht wahr, Gany?«

»Jawohl, Maman!«

»Ich erinnere mich nicht«, sagt Hermès scharf, »und ich bitte dich, sprich nicht so mit mir. Ich bin kein seniler Trottel. Ich weiß, was er treibt, mein Herr Sohn. Aber das ist Spielerei, und mit Kindereien ist jetzt Schluß! Du lebst von meinem Geld. Du hast nie einen Centime verdient, Ganymed. Sieh mich an, und hör gut zu: Du suchst dir eine Frau, sonst kürze ich dir dein Budget. Aber drastisch! Dann ist es aus mit den Lamborghinis und den Strandfesten in Cannes. Ab sofort gehst du auf Brautschau! Ist das klar?!«

»Jawohl, Papa!«

»Ich verlasse mich auf dich!«

»Jawohl, Papa!«

»Wunderbar«, ruft Maman mit erzwungener Fröhlichkeit, »dann hebe ich die Tafel auf. Die Sache ist geklärt. Und nun noch das Programm: Ich habe für heute abend unsere neuen Nachbarn eingeladen. Pferdezüchter aus England. Sie heißen Williamson, ihr kennt sie noch nicht. Reizende Menschen. Sehr kultiviert. Sie haben zwei bildhübsche unverheiratete Töchter. Die bringen sie mit. Und Hausgäste aus London, die habe ich ebenfalls gebeten. Einer davon ist ein ganz großer Mann, ein berühmter Architekt, der wird das Haus erweitern und Ställe umbauen. Er hat großartige Pläne gemacht, angeblich ist er ein Genie!«

»Weißt du, wie er heißt?« frage ich interessiert. Wer weiß, vielleicht kenne ich ihn von früher.

»Ja, Moment! Ludwig Hemps. Glaube ich. Er baut Häuser für die ganze Haute Volée in England, Schottland und Amerika. Jedenfalls, wir sind zwanzig zum Diner. Smoking. Langes Abendkleid, wenn ich bitten darf. Und Schmuck. Tizia! Du darfst mein Brillantcollier tragen und den großen Solitär.«

»Den Solitär hast du mir versprochen«, protestiert Thea.

»Du kriegst was anderes, mein Schatz. Was ich noch sagen wollte: Es kommt das Vivaldi-Streichquartett aus Paris, die geben zwischen Aperitif und Essen ein Konzert. Und für später habe ich einen Zauberkünstler engagiert und einen berühmten Jongleur. Die zeigen euch ein paar Tricks, das wird euch gefallen. Wir stellen Fackeln auf im Park und werden uns königlich amüsieren. Und jetzt vertragt euch!« Sie erhebt sich, faltet die Serviette, legt sie auf den Tisch. »Kein böses Wort mehr! Ich will strahlende Gesichter um mich sehen.«

»Jawohl, Maman!« rufen alle im Chor und stehen ebenfalls auf.

»Du kümmerst dich um die englischen Töchter, Ganymed«, ruft Hermès im Befehlston, »vielleicht ist eine dabei, die dir keine Probleme macht?«

»Jawohl, Papa!«

Damit ziehen wir uns zurück.

Der Rest des Nachmittags verläuft in steifer Harmonie. Das heißt, jeder geht jedem aus dem Weg. Flore und Helios entfliehen in ihr Appartement im ersten Stock. Fausto verschwindet mit seiner Badetasche im Palmenhaus. Ganymed sitzt im Rauchsalon und führt lange Gespräche mit seinem Freund in Paris. Seine Stimme klingt höher als sonst, er ist sichtlich echauffiert.

Doch am Abend hat er sich wieder gefaßt. Und als die Gäste kommen, kurz nach acht, tritt er souverän auf die Terrasse, hochelegant im Smoking, lächelnd und charmant, als sei er der glücklichste Mann der Welt! Wie gibt's das? Hat er Pillen geschluckt?

Überhaupt spielen alle wunderbar Theater, als gäbe es in La Cascade nie Streit. Kaum wird es dunkel, kaum sind die Nachbarn da, beginnen sie zu strahlen, Hermès, Helios, Fausto und Maman, in edler Eintracht, süßer Harmonie. Wir sind die schönen, erfolgreichen Saint-Apolls, hier herrscht die Heile Welt. Und wir Frauen in unseren langen, bunten Roben mit glitzerndem echtem Schmuck sind der Inbegriff der Pariser Eleganz.

Maman stellt uns die Gäste vor: Mister und Mrs. Williamson. Die beiden blonden Töchter Molly und Pam. Ein Ehepaar Taylor, ein Ehepaar Westing-Rees und ihr Sohn Owen, der Musik studiert. Und dann ein hochgewachsener, interessanter Mann. Der Architekt!

Großer Gott! Mich trifft der Schlag!

»Das ist Mister Ludwig Hemps«, sagt meine Schwiegermutter süß, »und das ist unsere Tizia. Faustos Frau.« Doch es ist kein Mister Hemps, der meine Hand küßt und mir forschend in die Augen blickt. Es ist mein Ex-Freund aus London: Lucifer Heyes! Lieber Gott. Ausgerechnet jetzt! Daß er irgendwann auftauchen würde, war klar. Aber heute? Nach einem Familienkrach?

Ich habe Lucifer zwei Jahre nicht gesehen. Er ist schlanker geworden und an den Schläfen stark ergraut. Doch es paßt ihm wunderbar. Er trägt einen eleganten weinroten Smoking mit cremefarbenem Bund, strahlt Erfolg aus – und Zynismus. Und er mustert mich von Kopf bis Fuß.

Nun, äußerlich findet er nichts. Ich wirke hübsch, frisch und teuer in meinem langen blauen Kleid, Mamans gleißendes Brillantcollier um den Hals, die Haare offen, sorgsam onduliert. Ich wirke gut, das ist mir klar! Nur, wie soll ich die glückselige Ehefrau spielen? Vor diesen durchdringenden, grünen, prüfenden Augen? Ich seufze tief auf – und gebe dann mein Bestes.

»Pleased to meet you«, sage ich wie die perfekte Gastgeberin, »sprechen Sie Französisch?«

»Ganz gut«, sagt Lucifer amüsiert, »aber vielleicht kann Madame etwas Englisch?«

»Das kann sie in der Tat«, sagt meine Schwiegermutter stolz. »Tizia hat vor ihrer Ehe in London praktiziert, in einer großen Firma, bei einem angesehenen Architekten. Nicht so berühmt wie Sie, Mister Hemps, aber immerhin, ein gutes Haus. Tizia, sprich ruhig Englisch mit dem Herrn Architekten. Ihr seid vom gleichen Fach. Vielleicht entdeckt ihr gemeinsame Bekannte?«

Aperitifs werden serviert, und Maman schwirrt davon, denn die Musiker sind da. Wir sprechen zwei steife Sätze, da drängt sich Thea zwischen uns und nimmt Lucifer in Beschlag.

»Englisch sprechen kann er auch in London. Nicht wahr, Mister Hemps?« meint sie kokett. »Wir sind in Frankreich, und Sie hören sicher viel lieber ausgezeichnetes Französisch. Was Tizia nicht kann«, fährt sie fort, mit einem Seitenhieb auf mich, »sie kommt nämlich aus Wien. Ihre Muttersprache ist Deutsch. Sie macht noch viel zu viele Fehler!«

Schon entführt sie ihn aus meiner Nähe, und ich bin erleichtert. Den ganzen Abend nimmt sie ihn in Beschlag. Was ihn nicht hindert, mich mit Blicken zu verfolgen.

Während des Konzertes läßt mich Lucifer nicht aus den Augen. Auch beim Essen sieht er immer wieder verstohlen zu mir hin. Er sitzt mir schräg gegenüber, zwischen Thea und Melina, die sich sichtlich um ihn bemühen, und versucht sogar, mich ins Gespräch zu ziehen.

»Sie essen gar kein Fleisch?« fragt er gespielt überrascht, »seit wann, Madame Saint-Apoll, wenn man fragen darf?«

»Seit zehn Jahren, Herr Architekt«, antworte ich steif. Als ob er es nicht wüßte. Es ist wie im Kabarett.

Endlich ist das Essen vorbei.

Die Nacht ist warm. Wir nehmen den Kaffee auf der Terrasse. Der Zauberkünstler ist mäßig, er reißt uns nicht mit. Doch dann kommt der Jongleur, ein dunkler Inder mit goldenem Turban, und rettet den Abend. Plötzlich wird es gemütlich. Plötzlich, nach dem Cognac, ziehen die Herren ihre Smokingjacken aus und versuchen unter seiner Anleitung zu jonglieren. Zuerst mit kleinen Bällen. Dann mit bunten, seidenen Tüchern. Dann mit silberglitzernden Keulen. Auf einmal herrscht heiterste Stimmung wie auf einem Kinderspielplatz. Alle lachen, jauchzen, hüpfen herum.

Und im allgemeinen Trubel steht plötzlich Lucifer neben mir.

»Du kommst jetzt mit«, sagt er auf englisch, mit verhaltener Stimme, »und bitte, laß dein Getue! Das ertrage ich nicht. Wir gehen irgendwohin, wo wir reden können. In Ruhe! Ich bitte dich darum!«

»Wenn Sie möchten, Mister Heyes, zeige ich Ihnen den Park«, sage ich laut auf französisch und hoffe, daß es harmlos klingt.

»Liebend gern, Madame Saint-Apoll«, antwortet Lucifer noch lauter und bietet mir den Arm. Ich sehe mich um. Die Lage ist günstig. Meine Schwägerinnen jonglieren mit Gläsern, Fausto, Helios und mein Schwiegervater haben sich schon vorher abgesetzt, in Richtung Wasserfall. Ganymed macht Molly und Pam auffälligst den Hof. Die anderen, Maman inbegriffen, hüpfen um den Jongleur herum. Niemand wird uns vermissen!

Schweigend steigen wir die breiten Steinstufen der Terrasse hinab in den Garten. Unten angekommen, befreie ich mich von Lucifers Arm. »Abstand halten!« sagt mein Instinkt. »Gleich tut er dir weh!«

Lucifer nämlich hat eine giftige Zunge. Er kann mich in Grund und Boden reden, wenn er will. In zwei Minuten ist mein Selbstbewußtsein demoliert, es geht auch schneller, wenn er sich bemüht, und das will ich verhindern. Schweigend marschieren wir nebeneinander her. Vorbei an duftenden Büschen, seltenen Gewächsen, die erst abends, nach Sonnenuntergang, ihre rotgelb gestreiften Blüten öffnen und betörenden Duft verströmen.

Ein Gärtner hat sie aus Griechenland mitgebracht. Angeblich gedeihen sie nur am Mittelmeer. Doch sie behaupten sich gut in La Cascade. Ach, diese laue, parfümierte Luft. Und es ist warm, wie im Sommer.

Lucifer räuspert sich. Jetzt wird es ernst. Wir sind weit genug vom Haus entfernt, hören kann uns hier keiner.

»Gefällt es dir wirklich bei diesen Angebern?« ist sein erster Satz. »Diese Leute passen nicht zu dir. Das wirkt zwar alles grandios, aber das bist nicht du!«

»Ach ja? Und warum nicht?«

Er holt tief Atem und legt los: »Du bist eine Künstlerin, Tizia! Diese Leute denken nur ans Geschäft. Deine Schwägerinnen sind von erlesener Dummheit. Außerdem mögen sie dich nicht.«

»Das bildest du dir ein«, protestiere ich sofort, »es geht mir blendend. Besser als mit dir.«

»So? Sehr glücklich wirkst du aber nicht. Du hast dich verändert. Du wirkst gehemmt, geziert, affektiert. So warst du früher nie!« Er sieht mich prüfend an. »Soll ich dir was sagen? Du hast zu wenig zu tun. Du brauchst Arbeit. Gute, interessante Arbeit. Paß auf! Ich mache dir einen Vorschlag. Der Williamson-Auftrag ist fix. Wir machen ihn zusammen. Du hilfst mir dabei. Was meinst du dazu?«

»Ich kann nicht. Ich ziehe mich zurück vom Geschäft.«

»Das ist nicht dein Ernst!«

»Doch! Mein Schwiegervater verlangt das. Und Fausto ist es recht.«

Lucifer sieht mich entgeistert an. »Das kann nicht wahr sein! Du phantasierst!«

»Nein! Das ist wahr! Nächstes Jahr um diese Zeit bin ich wahrscheinlich nicht mehr allein.«

»Du kriegst ein Kind?!« ruft Lucifer entsetzt. »Warum tust du dir das an?!«

»Warum nicht? Das ist mal was anderes.«

»Bist du verrückt? Und dein Talent? Deine Begabung? Kinder kriegen kann jeder. Aber so gute Leute wie dich gibt es selten. Ich habe dich sehr vermißt, Tizia. Ich habe noch niemanden, der dich ersetzt ... weder geschäftlich noch privat, wenn du es genau wissen willst.«

Lucifer schweigt.

»So genau will ich es nicht wissen«, sagte ich nach einer Weile, »du hast sechs Jahre Zeit gehabt. Du hast mich immer nur gequält ...«

»Und dein Fausto?« unterbricht mich Lucifer sofort. »Der quält dich nicht? Wart nur ab, bis die erste Liebe vorbei ist. Dann kannst du vergleichen. Und ich schneide besser ab als er. Außerdem, kannst du mir sagen, Tizia, was hat er je geleistet, dein Mann? Geld hat er geerbt, nehme ich an. Ich bin schwierig. Das gebe ich zu. Aber ich habe eine Riesenfirma aufgebaut. Ganz allein! Ich bin der begehrteste Architekt von England. Alles, was ich besitze, habe ich mir selbst erkämpft!«

»Fausto ist ...«

»... nicht der intelligenteste, wenn du mich fragst. Weißt du, wie er auf mich wirkt? Wie ein notorischer Frauenheld!«

»Das ist gemein! Fausto hat ...«

»... einen starken Hang zur Sucht, würde ich sagen. Trinkt große Mengen, aber so, daß es keiner merkt. Nimmt er Drogen?«

»Fausto? Niemals! Ich schwöre dir, er hat ...«

»... überhaupt nichts zu sagen! Keine einzige geistreiche Bemerkung den ganzen Abend! Was redest du mit dem, wenn ihr alleine seid? Ich nehme an, er ist gut im Bett. Aber ohne Geist wird das auf die Dauer lähmend. Tizia! Sei ehrlich! Wir zwei waren das bessere Gespann!«

»Laß mich in Frieden. Das ist vorbei! Ich gehe nicht wieder nach England.«

Er greift nach meinem Arm. »Tizia! Ich liebe dich. Ich mache alles gut. Du kannst auch das Kind kriegen. Ich habe nur wegen dir den Auftrag bei den Williamsons angenommen. Ich habe gewußt, daß sie Nachbarn sind von den Saint-Apolls. Ich habe gewußt, daß wir uns sehen werden. Bitte, verzeih mir, und komm zurück!«

»Ich mag aber nicht!«

»Du bist noch schöner geworden. Weißt du das?«

Schon legt er seine Arme um mich, preßt mich an sich und versucht mich zu küssen. Ich stehe wie gelähmt. Doch dann reiße ich mich los und laufe davon, hinein in die Finsternis. Lucifer hinter mir her. Er ist größer als ich, hat längere Beine. Doch ich kenne das Terrain: Hier beginnt der Irrgarten aus Buchsbaum. Er führt zum Wasserfall, der am Ende des Parks über künstlich aufgetürmte Felsen schäumt.

Es ist ein Irrgarten nach altem Muster, und die Hecken sind drei Meter hoch. Er ist nicht beleuchtet. Schon bin ich drin. Zwei, drei Ecken, eine Krümmung, und ich bin in Sicherheit. Hier findet er mich nie!

Lucifer sucht prompt in der falschen Richtung.

»Tizia!«

Ich rühre mich nicht. Atme kaum.

»Madame Saint-Apoll. Wo sind Sie?«

Ich höre ihn rascheln. Er ist gar nicht weit von mir entfernt. Tappt im Kreis herum, knapp an mir vorbei, geht noch eine Runde, ruft, sucht, endlich gibt er auf. Klopft seinen Smoking ab. Springt zurück auf den Weg. Ich höre den Kies unter seinen Schuhen knirschen. Dann seine Schritte. Resolut hin zum Haus. Jetzt verklingen sie. Es wird still.

Ich stehe zwischen den grünen Hecken. Mein Herz klopft bis zum Hals! Jetzt auf einmal gibt Lucifer nach. Wie immer zu spät! Jetzt auf einmal will er mich samt Kind! Früher durfte davon nie die Rede sein. Deshalb habe ich jahrelang die Pille geschluckt, in London, und sie hat mir gar nicht gutgetan! Lucifer wollte nie ein Kind von mir. Das war auch ein Grund, warum ich ihn verließ.

Was tue ich nun? Ich bin so aufgewühlt, ich kann jetzt nicht zurück ins Haus. Ich warte – wie mir scheint eine Ewigkeit. Dann setze ich mich in Bewegung. In Richtung Wasserfall. Warum, weiß ich nicht. Doch ich will alleine sein. Ich kann noch nicht zurück zu den anderen und so tun, als wäre nichts geschehen.

Ich kenne den Irrgarten auswendig.

Und ich habe keine Angst. Mir gefällt es hier. Es duftet nach Blättern und Holz, und der Boden unter meinen Füßen ist moosig. Lautlos komme ich voran. Schon bin ich ziemlich weit vom Haus entfernt, höre bereits das Wasser rauschen. Noch lauter aber klingt die Stimme meines Schwiegervaters durch die Nacht.

»Achtunddreißig anonyme Briefe«, vernehme ich erstaunt, »Postkarten, bekritzelte Zettel. Im Büro. Am Auto. In den Scheibenwischern. Anrufe. Tag und Nacht. Jetzt ist es genug!«

Abrupt bleibe ich stehen. Was ist das schon wieder? Hört das heute niemals auf? Oder leide ich wirklich unter Halluzinationen?

»Wenn das so weitergeht, zeige ich sie an!«

Nein! Die Stimme ist echt. Und den Tonfall kenne ich. Hermès ist außer sich, gleich verliert er die Fassung. »Ihr hört mir jetzt gut zu: Zu wem von euch beiden gehört diese Irre?«

»Keine Ahnung, Papa!« Das ist Helios. »Ich kenne niemanden, der so was tut.«

»Ich auch nicht!« Das ist Fausto.

»Einer von euch ist immer noch in Kontakt mit ihr. Sie

weiß, daß ihr heute hier seid. Von wem hat sie das? Vom Heiligen Geist? Sie hat viermal angerufen. Sie hat mit eurer Mutter gesprochen. Sie wollte unbedingt vorbeikommen! Zu einem klärenden Gespräch, wie sie sich ausdrückte. Ich habe gedacht, es ist alles geklärt! Die Person ist abgefunden worden. Oder nicht? Was will sie noch von uns?«

»Keine Ahnung, Papa«, sagt Fausto forsch.

»Ihr hört mir jetzt gut zu. Ihr klärt eure Schweinereien, bevor eure Frauen dahinterkommen. Fausto! Du weißt, was du Tizia verdankst! Helios! Du hast geschworen, die Sache ist aus und vorbei! Ich will keine Scheidungen. Wir Saint-Apolls haben immer dauerhafte Ehen geführt. Wenn es ab und zu etwas gab, dann kurz und süß, wir verstehen einander. Aber so was nicht. Und schon gar nicht mit dieser Furie! Die Frau ist abnormal! Vor drei Jahren hat der Familienrat beschlossen, daß wir mit ihr nichts mehr zu tun haben wollen. Erinnert euch gefälligst! Diese Frau hat Hausverbot! Erpressen lasse ich mich nicht! Jeder Kontakt ist mir zuwider! Das habe ich auch Melina gesagt.«

»Melina hat sie jahrelang nicht mehr gesehen!« Das ist Helios' Stimme.

»Vielleicht! Aber die Person ist verrückt! Sie ist wie eine Klette. Ich sage euch zum letzten Mal: Wer immer für sie zuständig ist, bringt ihr Manieren bei. Aber gründlichst! Noch eine einzige Belästigung, und es gibt einen Weltuntergang!«

»Ja, Papa!« sagen Fausto und Helios gleichzeitig.

»Und weil wir schon bei heiklen Themen sind, Fausto, das verzeihe ich dir nie, daß du dein Erbteil von Onkel Kronos aus unserer Firma gezogen hast. Das war gegen meinen Willen und wird es immer sein! Du hast die Firma empfindlich geschwächt! Was tust du mit dem vielen Geld?«

»Ich wollte meine eigene Firma«, sagt Fausto trotzig wie ein Kind, »und die habe ich jetzt, und das gefällt mir!«

»Was für eine Firma, wenn ich fragen darf?«

»Apoll-Immobil! Guter Name, was?«

»Eine Immobilienfirma? Bist du verrückt? Jeder weiß, daß der Wohnungsmarkt wackelt. Die Preise sind viel zu sehr gestiegen, du wirst sehen, in Kürze kauft kein Mensch mehr. Dann kommt ein gewaltiger Krach. Wie viele Leute hast du angestellt?«

»Ich bin noch alleine, Papa.«

»Warum hast du dann die Aktien verkauft? Da brauchst du doch kein Vermögen!«

»Weil ich groß anfangen will, Papa! Ich will nicht jeden Franc umdrehen, ich will kaufen, was mir gefällt, denn wenn man groß genug einsteigt, rennt die Karre von selbst!«

»So was Blödes habe ich überhaupt noch nie gehört«, tobt Hermès, »nichts läuft von selbst auf dieser Welt, außer hinunter in den Abgrund! Das geht von allein, da kannst du sicher sein! Womit habe ich diese hirnverbrannten Kinder verdient? Fausto! Ich gebe dir jetzt einen Rat fürs Leben . . .«

Was er sonst noch sagt, entgeht mir.

Ich schleiche zurück mit zitternden Knien. Also ist tatsächlich eine Frau im Spiel. Ich habe es geahnt. Faustos heimliche Geliebte, die meinem Schwiegervater anonyme Briefe schreibt und ihn mit Anrufen bombardiert. Also ist es nicht Bibi, die mich am Telefon bedroht, sondern dieselbe gräßliche Person. Es ist Melinas Freundin. Die, die sie mit Fausto verkuppeln wollte. War sie vorher mit Helios liiert? Ich weiß es nicht. Ich weiß nur eins: Meine schlimmsten Befürchtungen werden wahr. Alle sind im Bilde: Melina, Thea, die Schwiegermama, Helios, Hermès, alle wissen von ihr – und ich, die Ehefrau, erfahre es als letzte. Das schmerzt!

Ich grüble, bis es sticht in meinem Kopf. Was sind das für ›Schweinereien‹, die mein Schwiegervater meint? Sie wurde ›abgefunden‹, wofür? Offensichtlich hat sie nicht genug bekommen. Sie will mehr! Mehr Geld! Und meinen Platz in Faustos Bett. Sie will Madame Fausto Saint-Apoll werden. Statt mir. Weiß er das auch, mein Schwiegerpapa?

Und die Firma! ›Apoll-Immobil!‹ Das ist ein Schlag ins Gesicht! Wie kann man nur so kaltblütig lügen? Er hat diese Firma gegründet, ohne mir ein einziges Wort zu sagen. Und die Aktien hat er verkauft. Sein Erbteil von Großonkel Kronos. Der dreht sich im Grab um vor Gram!

Wo ist das Geld? Ich habe nichts davon gesehen. Keinen einzigen Franc! Und wenn er soviel flüssig hat, warum plündert er dann unser gemeinsames Konto leer? Das begreife ich nicht. Lügen, nichts als Lügen! Auch den Vater log er an. Denn Fausto hat Angestellte. Zumindest eine! Die Farbberaterin, die Monsieur le Président Valentin so unmöglich fand! Die kam von der Firma Apoll-Immobil! Sowie ich den Präsidenten wiedertreffe, frage ich, wer das war!

Großer Gott! Vielleicht ist es die Frau, mit der Fausto vor unserer Ehe zusammengearbeitet hat? Die Walküre? Die sich selbst lobt, daß einem übel wird? Die, die den Stuck abschlägt, die Marmorkamine herausreißt und überall graue Fliesen legt? Entsetzlich! Dann hat die Firma keine Chance. Dann geht sie in Kürze bankrott. Nein! Das kann nicht sein! Warum sollte sich Fausto mit jemandem verbinden, der ihn in den Abgrund reißt? So dumm ist er nicht!

Oder doch? Hat Lucifer recht, und Fausto ist . . . wie soll ich sagen, nicht wirklich intelligent? Bis jetzt wollte ich mir das nie eingestehen. Als ich Fausto kennenlernte, war mein Französisch alles andere als perfekt. Und kennt man die Feinheiten einer Sprache nicht, versteht man vieles falsch! Vor allem den menschlichen Charakter! Lucifer hat recht. Sind wir allein, sprechen wir nie über Wichtiges. Alles endet sofort in Blödelei. Und wenn ich ehrlich bin, ich verliebte mich in Faustos Körper und in Onkel Kronos' Geist!

Endlich! Hier ist das Haus. Immer noch herrscht Bombenstimmung. Alle Lichter brennen, und die Gäste, meine Schwägerinnen und Maman führen einen Fackeltanz auf, unter Leitung des Inders. Ganymed hält die beiden englischen Töchter im Arm. Lucifer ist nirgends zu sehen.

Ich setze mich auf einen Stuhl auf der Terrasse und starre auf die hüpfenden Gestalten, bis vor meinen Augen alles verschwimmt. Ich habe Fausto nie gefragt, was aus seiner Decoratrice geworden ist. Vielleicht war sie nicht nur seine Angestellte, sondern auch seine Geliebte? Mit großen Hoffnungen, ehe ich ihr in die Quere kam? Fausto hat nie von ihr erzählt. Die Frau war kein Thema. Sehr verdächtig im nachhinein. Und was tue ich nun?

Soll ich Flore ins Vertrauen ziehen? Ich starre auf die zierliche, gelb gekleidete Gestalt mit dem langen roten Haar, die an Mister Williamsons Arm um den Inder hüpft. Vielleicht weiß sie mehr als ich? Vielleicht kennt sie ihren Namen? Oder weiß, wo sie wohnt? Nein! Flore ist zu geschwätzig. Sie meint es zwar gut, doch im nächsten Moment hätte sie ausgeplaudert, daß ich die Männer am Wasserfall belauscht habe. Ich muß mir etwas anderes einfallen lassen. Aber was?

Um zwei gehe ich ins Bett, grüble die ganze Nacht.

Fausto kommt um vier, dreht mir den Rücken zu und schläft sofort ein. Kein Kuß, keine Umarmung, nichts. Am Sonntag ist er überhaupt stumm. Wir sind bei den Williamsons zum Tee geladen, werden durch das Haus geführt. Lucifer erklärt seine Pläne, sieht mich ständig verstohlen an und sitzt bei Tisch neben mir. Wir machen höflich Konversation. Fausto hört uns zu, gähnt verhalten, spricht kein Wort und ist in Gedanken weit fort. Dafür sind die Schwiegereltern reizend zu mir. Maman schenkt mir eine schöne Kette aus Amethysten, Papa umarmt mich zum Abschied und küßt mich auf die Stirn. Beide beschwören mich, gut zu essen, nicht zu arbeiten, fröhliche Bücher zu lesen und Freundinnen mit kleinen Kindern einzuladen.

Fausto nimmt es mißtrauisch zur Kenntnis. Und schweigt auf dem Weg nach Paris. Doch vor der Porte Maillot, in einem kurzen Stau, wird er plötzlich wieder normal.

»Liebste Tizia«, sagt er und lächelt mich an, »du hast gehört, was mein Vater sagt. Mit Freuden mache ich dir ein Kind. Ein süßes Mädchen. Das nehme ich mit aufs Land, in ein Forsthaus, und mache eine kleine Wilde aus ihr. Ich kleide sie wie eine Indianerin. Fransen aus Leder. Und bringe ihr bei, wie man Fallen stellt, Tiere häutet und blutig frißt.«

Er sieht mich an und wartet auf meinen Protest.

»Und wenn sie achtzehn ist«, fährt er fort, da ich schweige, »weihe ich sie in die Liebe ein, wie es sich für einen treusorgenden Vater gehört.«

»Kannst du nicht einmal im Leben ernst sein?« sage ich matt.

»Ich bin ernst. Völlig ernst. Ich könnte nicht ernster sein. In Frankreich lieben die Väter ihre Kinder wirklich! Deshalb sind wir die Grande Nation!«

»Lieben sie auch ihre Söhne?« frage ich spöttisch.

»Die erst recht!«

»Dein Vater hat dich sicher vergewaltigt.«

»Genau! Mit zehn! Und mit zwölf hat mich meine Mutter verführt. Das waren unvergeßliche Nächte.«

Ich halte mir die Ohren zu.

»Ich kann diesen Unsinn nicht mehr hören. Mit dir zu reden hat keinen Sinn!«

Fausto biegt ab in die Rue de Brunel. Rollt auf einen leeren Parkplatz. Nimmt mich in die Arme.

»Meine süße Tizia! Nicht böse sein.« Er küßt mich auf die Nase. »Was unsere Tochter betrifft: Ich verführe sie nur ein einziges Mal. Dann überlasse ich sie den andern!«

Ich gebe ihm eine Ohrfeige, daß es knallt. Das habe ich noch nie getan. Ich kenne mich selbst nicht mehr.

Fausto lacht. Startet den Wagen. Die Abendsonne scheint auf sein helles Löwenhaupt, bringt die Locken zum Strahlen. »Du entwickelst dich, Tizia, kleiner Schatz. Du prügelst dich mit mir? Das ist ja ganz neu! Das kenne ich gar nicht an dir. Aber das bringt mich auf eine gute Idee.«

»Ah bon?« ringe ich mir ab.

Fausto gibt Gas und braust in Richtung Triumphbogen. Er überholt rechts und links. Alles hupt, bremst, kreischt, und als wir endlich im sechsspurigen Chaos um die Place de l'Etoile kurven, läßt er sich zu einer Antwort herab.

»Wir gehen ins Bett. Trinken den Wein, den uns mein Vater mitgegeben hat, und besprechen das Kinderproblem im Liegen. Was meinst du, Tizia, süßes Lamm? Vielleicht finden wir eine Lösung, die allen gefällt?«

9

WIR BLEIBEN ZWEI Tage im Bett.

Den ganzen Montag, den ganzen Dienstag. Schade nur, daß es nicht gefährlich ist. Und obwohl ich gekränkt bin, voll Zweifel und Wut, wenn sich Fausto bemüht, kann ich ihm nicht widerstehen.

Wie gesagt, er ändert sich im Liegen. Plötzlich ist er wieder wie in unserer ersten Nacht: glücklich verliebt, zärtlich verspielt, er geht auf mich ein, denkt nicht nur an sich, wartet auf mich. Und langsam fühle ich mich wieder als Frau.

Wir kleiden uns nicht an, trinken herrlichen griechischen Wein. Stellen das Telefon ab. Hören Opernkonzerte im Radio, lesen, baden, essen und lieben uns, bis wohlige Mattigkeit uns in Tiefschlaf sinken läßt. Nach sechs Wochen Dürre ist das fabelhaft! Ich habe drei Orgasmen. Fausto hat sieben.

Was mich wundert.

Fausto nämlich folgt nicht gern aufs Wort. Nach der Ansprache seines Vaters, nach dem Hinweis auf die eheliche Pflicht, sank meine Hoffnung auf ein Kind auf Null. Doch das Leben ist voll Überraschungen: Fausto liebt mich, als hätten es die Eltern verboten!

Kaum aber ist Mittwoch – Mittwoch! –, kaum sitzen wir beim Kaffee in unserem sonnigen, holzgetäfelten Frühstückszimmer, ist wieder alles beim alten: Plötzlich schlägt die Stimmung um, Fausto verschließt sich, hört auf zu lächeln, und ich bin nicht mehr ›wirklich gut‹ im Bett.

»Das war alles recht nett«, sagt er trocken und schlürft seinen frischgepreßten Orangensaft, »aber was dir fehlt, mein Lämmchen, ist ein handfestes Hinterteil und ein ordentlicher Busen. Was ich sagen will, versteh mich recht, mit dir ist es immer schön, obwohl – du bist nicht wirklich gut im Bett. Es ist angenehm. Sehr angenehm. Aber zu wenig handfest! Voilà!«

»Ist das eine Krankheit?« frage ich und hämmere auf mein Frühstücksei.

Fausto seufzt. »Ich kritisiere nicht«, er beißt in ein frisches, warmes Croissant au beurre, »ich stelle nur fest. Man wird doch noch sagen dürfen, was man denkt. Oder nicht?«

»Man darf. Und morgen beginne ich eine Mastkur, nehme dreißig Kilo zu und höre erst auf, bis ich in das schwarze Spitzennachthemd passe, das du angeblich für mich gekauft hast. Bin ich dir dann handfest genug?«

»Du verstehst keinen Spaß!« Fausto streicht Butter auf ein Stück heißen Toast und beißt hinein, daß es kracht, »das Ganze war ein Witz!«

»Beantworte mir bitte eine Frage«, sage ich nach einer Weile, »was ist eigentlich aus der Innenarchitektin geworden? Die mit dir gearbeitet hat. Vor unserer Ehe. Wo ist die jetzt?«

Fausto erstarrt. Läßt den Toast sinken.

»Wieso willst du das wissen?« fragt er dann. »Du kennst sie doch gar nicht.«

»Nur so. Mit wem arbeitet sie jetzt?«

»Keine Ahnung. Sie ist nicht mehr in Paris.«

»Wo ist sie denn?«

»Ausgewandert. Nach Abu Dhabi! Schenkst du mir bitte Tee nach, Chérie?« Er hält mir seine Tasse hin. Seine Hand zittert.

»Gern. Milch und Zucker?«

»Nur Milch. Merci.«

»Und wie heißt sie?« frage ich nach.

»Wer?«

»Deine ehemalige Mitarbeiterin.«

Fausto seufzt. »Keine Ahnung. Das habe ich vergessen. Sie hat geheiratet. Einen Herrn Martin. Nein. Moment. Dupont. Nein! Wie hieß der Kerl? Wenn du mich erschlägst, ich weiß ihren Namen nicht mehr!«

»Und ihr Vorname?«

»Brigitte«, sagt Fausto unwirsch.

»Du bist nicht mehr in Verbindung mit ihr?«

»Nein, wieso? Kriegst du wieder Halluzinationen? Wie damals bei Bibi?«

»Ich habe euch gehört«, sage ich, so ruhig wie möglich, »am Samstag in der Nacht. Beim Wasserfall. Dich, deinen Vater und Helios. Es ist nicht zufällig diese Brigitte, die Melina so gern als Schwägerin gehabt hätte? Statt mir?«

»Liebes Kind, ich weiß nicht, was du meinst! Ich war nie am Wasserfall. Du hast Helios gehört und Ganymed. Mein Vater hat gesagt, er muß ihnen den Kopf zurechtrücken. Offensichtlich hat er das getan. Ich war oben in unserem Zimmer. Ich habe mich nach dem Essen hingelegt. Mir war nicht gut. Du kannst meine Mutter fragen, wenn du mir nicht glaubst!«

Er sieht mich arglos an, mit großen blauen Augen. Ein armes Unschuldslamm.

»Du hast keine Freundin von früher, die abgefunden worden ist?«

»Abgefunden?« fragt Fausto, als höre er das Wort zum ersten Mal. »Abgefunden? Wofür?«

»Es ist nicht diese Brigitte, die mich ständig anruft und sagt, ich soll verschwinden?«

»Natürlich nicht.«

»Wieso bist du so sicher?«

»Weil sie nicht mehr in Paris ist. Sie wird nicht vom tiefsten Arabien aus nach Europa telefonieren. Oder nimmst du das an?«

»Und wer quält mich ständig am Telefon?«

»Keine Ahnung! Woher soll ich das wissen?«

»Und wer bombardiert deinen Vater mit anonymen Briefen?«

»Ich weiß es nicht!«

»Du schwörst?«

»Ich schwöre!« sagt Fausto und trinkt in einem Zug seine Tasse leer. »Übrigens, was ich schon die längste Zeit sagen wollte, du riechst komisch. Weißt du das?«

Er rümpft die Nase und schnuppert in der Luft herum.

»Hast du ein neues Parfüm?«

»Nein!«

Fausto läßt sich nicht beirren. »Irgendwie riechst du nicht gut.«

»Wonach sollte ich deiner Meinung nach riechen?« frage ich irritiert.

Er steht auf, beugt sich über mich. »Nach ... nach ... nach Anis! Du stinkst nach Anis. Voilà!«

Ich schüttle stumm den Kopf. Fausto aber kommt in Schwung.

»Vielleicht ist es der Haarlack.«

»Ich habe seit Tagen kein Haarspray benützt.«

Fausto geht unbeirrt zum Fenster und öffnet es weit. Schwenkt die Flügel hin und her, als verbreitete ich Giftwolken.

»Wenn du jemand beleidigen willst, such dir eine andere, ja?« Ich stehe auf.

»Oh, là, là! Mit dir kann man nie reden! Außerdem, mein Schatz, jetzt, wo ich dich so sehe, im Profil, weißt du, was mir auffällt? Du hast zugenommen. Aber an der falschen Stelle. In der Mitte. Du hast tatsächlich einen süßen kleinen Kugelbauch!«

Ich seufze. »Sonst noch irgendwelche Beschwerden?«

»Nein! Außer, daß du mich mit deinem Kreuzverhör nicht zu Wort hast kommen lassen. Was ich schon den ganzen Morgen sagen wollte: Heute kaufe ich das Haus! Ich fahre jetzt weg. Wenn alles gutgeht, bin ich am Nachmittag zurück. Oder früher. Halte mir deine kleinen Daumen, ja?«

»Von welchem Geld kaufst du das Haus? Ich frage nur, weil auf unserem gemeinsamen Konto nichts mehr ist.«

Fausto zögert. »Mach dir keine Sorgen. Ich arrangiere mich mit der Bank«, sagt er dann.

»Oder hast du die Avenue du Maine schon verkauft?«

Fausto streckt sich, steht auf, zieht seinen blauen Morgenmantel enger. »Liebe macht müde«, meint er, »zwei ganze Tage im Bett. Ich habe sicher drei Kilo abgenommen. Was meinst du, Chérie? Bin ich dünner geworden?«

»Können wir nicht zusammen fahren, zu dem Haus?«

Fausto zieht die Brauen hoch. »Nein, das können wir nicht! *Ich* kümmere mich ab jetzt um die Geschäfte. Eine Madame Saint-Apoll arbeitet nicht. Das schickt sich nicht in unseren Kreisen! Du hast gehört, was mein Vater sagt. Meine Mutter macht mir Vorwürfe. Meine Freunde denken, ich kann dich nicht ernähren. Wenn du mich liebst, überläßt du mir die Verantwortung. Und wenn alles läuft, wie ich will, mache ich dir ein Kind!«

Fausto fährt um elf von dannen. Den ganzen Tag höre ich nichts von ihm. Hätte mich auch gewundert. An einem Mittwoch! Abends aber ruft er an. Es ist zehn Uhr vorbei, und ich sitze mit einer Tasse Kräutertee und einem Buch über Palladio im gelben Salon.

»Du kannst mir gratulieren«, sagt Fausto, »ich habe das Haus. Zu einem großartigen Preis! Ich habe den ganzen Tag verhandelt.«

»Hast du es über die Firma gekauft?«

»Welche Firma?« fragt Fausto mißtrauisch.

»Apoll-Immobil! Oder ist das auch eine Halluzination von mir?«

Kurzes Schweigen.

»Fängst du schon wieder an?« sagt Fausto ärgerlich. »Kaum rufe ich an, quälst du mich mit Fragen.«

Ich seufze. »Wie ist der Zustand?«

»Vom Haus? Miserabel! Alles muß neu gemacht werden. Alle Lichtleitungen. Alle Rohre. Küche. Bäder. Es wird eine Teufelsarbeit. Wir fangen morgen gleich an. Ich bleibe ein paar Tage weg. Ist dir das recht, Tizia, schönes Kind?«

»Wenn es sein muß.«

»Es muß sein!«

»Gib mir die Adresse. Wenn ich mein Auto kriege, komme ich kurz hinaus.«

»Auf keinen Fall«, sagt Fausto sofort, »das Haus ist eine Überraschung. Zuerst wird renoviert, dann annonciert. Dein eigener Wahlspruch. Du kannst es sehen, wenn es fertig ist. Früher nicht.«

»Hast du Telefon?« Ich greife nach Papier und Bleistift.

»Die Vorbesitzer haben es abgemeldet.«

Panik erfaßt mich. »Das heißt, du bist tagelang nicht erreichbar?«

»Ich melde mich per Autotelefon. Adieu, Chérie! Genieße deine Muße. Und denk an deinen armen Mann, der sich kaputtschuftet, damit seine schöne Wienerin in Paris im Luxus leben kann!«

Ich werfe den Hörer hin. Der meldet sich so schnell nicht wieder. Doch da habe ich mich getäuscht. Fausto ruft tatsächlich an. Er meldet sich so oft, daß es fast schon verdächtig wird. Er ruft an, drei-, viermal am Tag, und fragt, was ich für den Abend plane. Ich habe das Gefühl, er überwacht mich. Sogar nachts klingelt das Telefon. Er vergewissert sich, daß ich zu Hause bin. Und er schickt mir viele Küsse und liebt nur mich!

Nun, ja!

Ich zeige meinen guten Willen und stelle keine Fragen. Ich frage nicht, wie er in einem Tag einen Bautrupp auftrieb, ein Ding der Unmöglichkeit! Ich frage nicht, wieviel der Umbau kostet, und schon gar nicht, wo er wohnt.

Eine Woche vergeht.

Ich langweile mich krank.

»Kümmere dich um den Haushalt«, sagt Fausto, »im Haushalt ist immer was zu tun!«

Ich soll mich um den Haushalt kümmern? Deshalb habe ich nicht geheiratet. Außerdem ist mein Haushalt perfekt in Schuß.

Lollo kocht, kauft ein, serviert, packt Koffer, bringt das Frühstück ans Bett. Lilja wäscht ab, putzt die Küche, schrubbt Bäder, poliert Fenster, Böden, Möbel. Zweimal die Woche schickt mein Schwiegervater seinen Kammerdiener Stavros, der nach Faustos Garderobe sieht. Er bringt Anzüge zum Reinigen, wäscht und bügelt Hemden, näht sogar Knöpfe an. Ich habe mit den Sachen meines Mannes nichts zu tun (daher auch keinen Grund, sein Zimmer zu betreten). Einmal in der Woche kommt Maria, die sich um meine Garderobe, um Vorhänge, Tisch- und Bettwäsche kümmert.

Geben wir einen Empfang, schicken die Schwiegereltern extra Leute von La Cascade zum Kochen, Abwaschen, Silberputzen und Servieren. Ich habe im Haushalt nichts zu tun, außer Einkaufslisten zu schreiben und zu prüfen, ob alles ordentlich gemacht ist. Davon wird man nicht satt!

»Geh in Gesellschaft«, rät Maman und schickt mir einen Stapel Einladungen. Abends, wenn ich auf Fausto warte, gehe ich sie durch: Vernissagen, Modeschauen, Friseurwettbewerbe, Restauranteröffnungen. Schmuck- und Gemäldeauktionen. Wohltätigkeitsfeste. Präsentationen neuer Parfums und Kosmetika (mit Diner). Vorstellung neuer Stoffe, neuer Tisch- und Bettwäsche, neuer Möbel, neuer Gläser, neuer Küchengeräte, neuer Kindermode (mit Mittagessen oder Buffet).

Man könnte von früh bis abends unterwegs sein, sich von Firmen verköstigen lassen und Champagner trinken. Ja, das ist Paris – wenn man auf den richtigen Listen steht.

Um nichts zu verschweigen: Am Anfang meiner Ehe gefiel mir das sehr. Man schwirrt, kostbar gekleidet und geschmückt, in herrliche Restaurants, Salons, Hotels, man meint, auf dem Gipfel der Welt zu stehen.

Bis man entdeckt, daß man stets dieselben Menschen trifft (und nicht die interessantesten!). Daß man stets in dieselben Gesichter blickt (und nicht die schönsten!). Daß die Berühmtheiten nicht halb so klug, charmant und freundlich sind, wie sie in Film und Fernsehen wirken.

Und geht man allein, in der Hoffnung, Bekanntschaften zu machen: Nie ist die Enttäuschung größer. Die meisten Männer kommen mit ihren Ehefrauen. Die andern halten nichts vom weiblichen Geschlecht. Sie stolzieren herum wie goldene Gockel und flirten mit sich selbst in allen Spiegeln. Interessante Leute trifft man nie! Weshalb man sich den Aufwand sparen kann. Nach einem Jahr in der High Society weiß ich, daß die wirklich gute Gesellschaft ganz woanders ist, nämlich zu Haus! In schönen, alten, gemütlichen Wohnungen zwischen Büchern und Spinett, ohne Firlefanz, Fotografen und Modeklatsch. Die wirklich gute Gesellschaft steht nicht im Rampenlicht, weil sie da nicht stehen will! Man trifft sie in kleinem Kreis, privat, zu einer Dichterlesung, einem Hauskonzert, ohne Pomp und Wichtigtuerei. Damit lege ich den Stapel weg. Ohne den Krempel ist das Leben leichter.

Die Zeit vergeht. Donnerstag. Freitag. Kein Fausto. Er ist seit zehn Tagen weg. Um mich zu zerstreuen, gehe ich zur Astrologin. Zum erstenmal in meinem Leben. Ich will wissen, wann Fausto wiederkommt. Ich habe zwar ein bißchen Angst. Aber sollte mein Horoskop miserabel sein, voll Oppositionen und Quadraten, schwarzen Löchern und roten Zwergen – einen phantastischen Aspekt hat jeder. Und daran kann ich mich dann klammern.

Vergnügt fahre ich in die Rue Frochot am Pigalle. Am Boden zerstört, komme ich zurück. Und kaum habe ich die Schuhe ausgezogen und die Jacke abgelegt, klingelt das Telefon. Das ist Fausto!

»Hallo! Hallo! Störe ich?« Es ist Gloria.

»Ja«, sage ich kurz und bündig.

»Was ist? Du klingst so grün!«

»Grün? Ich bin völlig erschöpft. Ich habe Neptun im Quadrat.«

»Du hast was?« fragt Gloria, die keinen Sinn hat für den Zeitgeist.

»Neptun im Quadrat!«

»Ist das ein Magenleiden?«

»Nein! Eine Planetenstellung. Angeblich gibt es nichts Schlimmeres auf der ganzen Welt!«

»Wer sagt das?«

»Madame Bajard. Das ist die Astrologin, die mir gerade sechshundert Francs abgeknöpft hat.«

»Teurer Spaß für das Vergnügen, sich deprimieren zu lassen.«

»Jedenfalls, laß es dir erklären: Mit Neptun im Quadrat traut man falschen Freunden. Investiert daneben. Verliert Geld. Die falschen Menschen kommen auf einen zu. Die richtigen lehnt man ab. Den Rest habe ich vergessen. Aber alles geht daneben, man kann nichts dagegen tun. Am besten, man bleibt im Bett und wartet, bis der Spuk vorüber ist.«

»Wie lange dauert das?«

»Neptun bleibt zwölf Jahre in einem Sternzeichen.«

»Zwölf Jahre im Bett? Bist du verrückt?«

»Ich habe gedacht, ich fange mit einer Woche an.«

»Ich verbiete dir, nochmals zur Astrologin zu gehen.«

»Keine Angst. Kommt nicht mehr vor.«

»Okay. Der Grund, warum ich anrufe, ist der: Setz dich in ein Taxi, und komm sofort zu mir. Ich habe einen dringenden Auftrag für dich. Ich weiß, du arbeitest nicht mehr. Aber dein Fausto braucht nichts davon zu wissen, und du bist die einzige, die mir helfen kann!«

»Was für einen Auftrag?« frage ich mißtrauisch.

»Ein neuer Kunde. Steinreich, aber schwierig. Weiß nicht, was er will.«

»Ich verstehe. Ein Ekel. Maßgeschneidert für mich. Soll ich dir was sagen? Den hat mir der quadratische Neptun geschickt.«

»Das Risiko nehme ich auf mich.«

»Aber ich nicht. Ich gehe ins Bett.«

»Tizia! Wo bleibt dein vielgerühmter Hausverstand? Glaubst du das wirklich? Diesen haarsträubenden Käse?«

»Natürlich nicht. Aber ich suche einen Vorwand für eine ausgiebige Depression!«

»Warum?«

»Probleme mit Fausto Saint-Apoll.«

»Große Probleme?«

»Gigantische. Irgendwann erzähle ich dir Details.«

»Vergiß nicht. Du hast eine Lawine überlebt.«

Das wirkt. »In einer halben Stunde bin ich bei dir«, sage ich und ziehe meine Schuhe wieder an.

Gloria kichert. »Also, hör zu. Wir haben für den Kunden eine Wohnung gemacht. Acht Zimmer und eine Privatgalerie für seine Sammlung moderner Kunst. Alles tipptopp. Und jetzt zahlt er nicht. Irgendwer hat ihm eingeredet, der Salon ist zu wenig ›dramatisch‹! Es fehlen erhebende Effekte, was immer das ist! Jetzt hat er uns einen Wahnsinnsvorschlag gemacht. Ich sage dir, total verrückt. Da müßte man die Böden stützen oder gleich das ganze Haus neu bauen. Ich appelliere an deine Überzeugungskraft, rede ihm das aus! Weißt du was? Du gehst am besten direkt hin. Avenue George Mandel, gleich bei dir ums Eck. Das vierte Haus rechts. Vorletzter Stock. Code 4711 B. Monsieur Renault.«

»Renault? Wie das Auto?«

»Genau. Aber mit Autos hat er nichts im Sinn.«

»Ah bon? Er läßt sich in Sänften tragen!«

»Er ist Zahnpastafabrikant!«

»Neues Geld?«

»Na klar.«

Ich seufze. Die Neureichen sind die schwierigsten. Alles muß strahlen, glitzern und nach Plastik riechen. Sie haben keinen Geschmack und Angst vor Kritik. Ihnen gefällt unterstes Mittelmaß, aber neu, teuer und steril muß es sein. Viel Marmor und Granit, die Freunde sollen vor Neid erbleichen. Und die Feinde erst recht! Doch mich schrekken die Renaults nicht mehr. Ich bin sie gewöhnt.

»Also gut, ich erledige das.«

Gloria seufzt erleichtert. »Viel Glück! Und ruf sofort an, wenn du fertig bist.«

Ich gehe zu Fuß in die Avenue George Mandel. Es sind nur dreihundert Meter, doch ich nehme Mantel und Schirm, denn eben hat es zu regnen begonnen. Die Sterne sind vergessen. Ich freue mich auf den Fabrikanten. Ich weiß, ich kriege ihn hin. Probleme sind genau mein Fall. Ich weiß nämlich, daß ich sie lösen kann. Probleme faszinieren mich. Je größer die Tragödie, desto größer mein Triumph.

Und was sage ich, wenn mich Fausto sucht? Thea? Melina? Die Schwiegermama? Sie riefen in letzter Zeit ständig an. Was sage ich, wenn sie fragen, wo ich den ganzen Tag war? Nun, dann war ich Kleider kaufen! Kleider kaufen darf eine Frau in unseren Kreisen immer!

Die Avenue George Mandel ist eine der elegantesten von Paris. Und das Gebäude, in dem Glorias reicher Kunde wohnt, eines der schönsten. Gebaut um die Jahrhundertwende, mit Marmorsäulen im Entrée, buntem Bleiglas im Treppenhaus, roten Teppichen auf den Stufen. Man fühlt sich geborgen und reich, sowie man es betritt.

Ich fahre hoch in einem Lift aus Schmiedeeisen und Glas, läute an einer hohen, geschnitzten Wohnungstür, die ziemlich schnell geöffnet wird.

Ein relativ junger, bulliger Mann, etwas größer als ich, steht vor mir. Sein hoher Schädel ist kahl. Seine Augen sind grau. Er hat außergewöhnlich breite Schultern, durchtrainiert, auch die Muskeln seiner Oberarme sieht man durch den Anzugstoff. Er mustert mich kurz und beginnt zu lächeln. Ich gefalle ihm. Wunderbar!

»Monsieur Renault?«

»Oui, Madame. Treten Sie ein. Ich bin froh, daß Sie gekommen sind. Ich bin in einer unangenehmen Lage.«

Er beginnt zu erzählen. Ich höre zu.

Der Wahnsinnsvorschlag entpuppt sich als Thron. Als echter Thron aus der Renaissance. Aus weißem Veroneser Marmor und so kunstvoll gemeißelt, daß er wirkt wie geschnitztes Holz. Herr Renault will diesen Thron für seinen Salon! Stolz zeigt er mir ein Bild. Ein Blick genügt, ich kenne das Stück. Es ist der berühmteste Ladenhüter der Möbelbranche.

Seit Jahren macht er in Paris die Runde. Von einem Antiquitätenhändler zum andern, und keiner kriegt ihn los. Er ist nämlich zu schwer!

»Ein Prachtstück, nicht?« meint Herr Renault voller Entdeckerstolz, »ich habe mich sofort in ihn verliebt. Noch nie habe ich so etwas Herrliches gesehen! Alors, Madame, was meinen Sie? Kriegen wir ihn hier hinein? Ja oder nein?«

Prüfend blicke ich auf Boden und Wände. Gloria hat recht. Man müßte den ganzen Stock verstärken oder riskieren, daß das Trumm irgendwann in die unteren Etagen knallt und unterwegs alles erschlägt. Sinnend sehe ich auf den Fabrikanten. Worauf könnte diese Bulldogge thronen, ohne mitten im Diner vor den entsetzten Gästen durchs Parkett zu brechen und die Nachbarn unten zu zerquetschen? Ich zermartere mein Hirn. Nichts fällt mir ein. Da hilft mir Herr Renault selbst.

»Ich liebe das Erhabene. Das Göttliche! Ich brauche das Dramatische, das sich über den Alltag erhebt. Sie verstehen, chère madame?«

Was war das? Das Göttliche? Gott? Ich hab's! Ein gotisches Chorgestühl! Keinen Thron! Jawohl! Das ist noch imposanter, noch höher und nicht halb so schwer.

»Ich weiß etwas viel Besseres«, sage ich geheimnisvoll, »das paßt besser hier hinein. Der Marmor ist zu schwer, wissen Sie? Sie brauchen Holz. Antikes, geschnitztes Eichenholz. Das wertet die ganze Wohnung auf.«

Herr Renault ist skeptisch. Doch ich schleppe ihn in die

Rue de Rivoli, zu den Antiquaires du Louvre, dort habe ich kürzlich zufällig ein Prachtgestühl entdeckt. Widerwillig fährt er mit. Doch kaum sind wir dort, ändert sich das. Sinnend geht er um das edle Stück herum. »Nicht schlecht«, meint er dann und tritt zwei Schritte zurück, »aber, sagen Sie, Madame. Ist es soviel wert wie der Thron?«

Was er meint, ist: Werden die Freunde vor Neid erbleichen?

»Es ist mehr wert und kostet weniger«, beruhige ich ihn, »als Innenarchitektin kriege ich Rabatt. Ich kaufe es für Sie. Wir offerieren Bargeld. Wie ich den Händler kenne, läßt er uns ein Drittel nach. Glauben Sie mir, Monsieur Renault, das ist ein glänzendes Geschäft!«

Der Fabrikbesitzer spitzt die Lippen. Geht mehrmals um das Trumm herum. Setzt sich schließlich hinein und beginnt selig zu lächeln.

»Ich stelle es mitten in den Salon!«

»An der Wand wirkt es besser!«

»Man wird sehen«, meint er genießerisch.

Schon läuft die Sache.

Und als wir uns einig sind über den Preis, Anzahlung, Lieferung, Transport, lädt mich Herr Renault auf ein Glas Champagner ein, ins vornehme Hotel Meurice.

»Ich bin Ihnen ewig dankbar«, er freut sich wie ein Kind, »und ich hoffe sehr, daß wir uns wiedersehen.« Er gibt mir seine Karte. »Rufen Sie mich an. Jederzeit. Sie haben mich sehr, sehr glücklich gemacht.«

Er mich aber auch.

Ich habe Gloria ein Vermögen erspart. Die Umbauten hätten Wochen gedauert, von der Baubewilligung ganz zu schweigen, und erst der Streit um die Extrakosten! Das Warten auf das Honorar.

Ja, ich fühle mich wie die gute Fee, als ich im Taxi nach Hause brause. Das war endlich wieder einmal ein interessanter Tag!

Kaum bin ich daheim, habe den Mantel abgelegt und die

Hände gewaschen (und eingecremt, das ist Pflicht!), ruft Fausto an.

»Wo warst du die ganze Zeit?« fragt er aufgeregt. »Ich habe viermal angerufen! Du bist nie da!!«

»Kleider kaufen!«

»Dir geht's gut. Mir geht's hundsmiserabel!«

»Tatsächlich? Dann komm heim!«

»Oh, là, là! Das sagst du so. Ich kann nicht weg. Sonst bricht alles nieder.«

»Hast du Sorgen?«

»Nein, nein! Ich habe nur zu wenig Leute. Was bleibt mir übrig? Ich packe zu! Ich schufte wie ein Maultier. Ich stehe im Dreck. Schutt bis zum Knie! Adieu, mon enfant! Ich kann nicht ewig reden. Wir stemmen gerade in der Küche.«

»Wann kommst du heim?«

»Sobald ich kann. Ich zähle die Stunden. Du fehlst mir, ma chérie.« Täusche ich mich? Oder klingt er beschwipst?

»Kommst du morgen? Oder wenigstens am Sonntag?«

»Das ist noch nicht sicher.«

»Aber am Wochenende arbeitet doch keiner.«

»Wir schon! Bei uns geht's Tag und Nacht. Aber ich wäre viel lieber bei dir, mon amour. In Paris. In unserem schönen Bett . . . Adieu, mon enfant. Ich melde mich, sobald es geht!« Er schickt mir viele Küsse durch den Draht und legt auf.

Ich hätte ihm gern noch ein paar Fragen gestellt: Braucht er nichts zum Anziehen? Frische Wäsche? Hosen? Hemden? Socken? Schuhe? Er ist seit zehn Tagen weg. Wo schläft er? Wo ißt er? Wer kümmert sich um ihn? Nun, das kriege ich schon noch heraus.

Jetzt aber rufe ich Gloria an und erzähle von meinem Triumph! Sie ist nicht zu Hause. Das Tonband läuft. Ich hinterlasse die freudige Nachricht, dann nehme ich ein herrliches, ausgiebiges warmes Bad. Mit einem halben Liter Apfelessig als Zusatz, das ist gut für die Haut. Und kaum bin ich fertig, in einen weißen, flauschigen Kimono gehüllt, ruft Gloria zurück und bedankt sich für meine Mühe. Es ist halb elf.

»Was ich noch fragen wollte«, sagt Gloria, »Fausto hat nichts bemerkt, hoffe ich?«

»Nein, nein. Keine Angst.«

»Ist er schon bei dir?«

»Er hat vorhin angerufen. Er ist noch auf dem Land. Er ist ziemlich erschöpft. Sie arbeiten wie wild.«

»Er ist wo?« fragt Gloria überrascht.

»Auf dem Land. Er baut ein Haus um. Sie arbeiten Tag und Nacht.«

»Hat *er* das erzählt?« fragt Gloria mit seltsamem Unterton.

»Natürlich. Warum fragst du?«

»Ich habe ihn vor ein paar Minuten aus der Coupole kommen sehen!«

Der Satz trifft mich wie ein Keulenschlag. Ich bin so entsetzt, ich bringe kein Wort heraus!

»Tizia! Bist du noch da? Hast du gehört? Ich war mit George im Kino, am Boulevard Montparnasse, wir gehen zum Taxistand, Ecke Boulevard Raspail, da kommt dein Mann aus der Coupole, mit einem ganzen Schwarm Leute von unglaublicher Vulgarität. Sie haben was gefeiert und Fausto ständig auf die Schultern geklopft!«

»Waren . . . waren Frauen dabei?«

»Ja, zwei. Ziemliche Kaliber. Vielleicht deine Schwägerinnen?«

Der Hörer in meiner Hand ist plötzlich schwer wie Blei.

»Sie waren alle ziemlich betrunken und haben laut gesungen.«

»Hat dich Fausto gesehen?«

»Ich glaube nicht.«

»Wohin sind sie gegangen?«

»Gegenüber ins Café Seléct.«

»Wann war das?«

»Vor ein paar Minuten.«

»Danke, Gloria. Ich ruf dich morgen an!«

Was soll ich tun? Ich überlege blitzschnell. Es ist jetzt zehn vor elf. Soll ich hinfahren? Fausto zur Rede stellen? Ihn verfluchen? Weinen? Schreien? Ich, die rachsüchtige Ehefrau? Nein, das ist nicht meine Art. Doch ich kann auch nicht zu Bett gehen und so tun, als wäre nichts geschehen.

Schon ziehe ich mich an. Gott sei Dank habe ich das Haar nicht gewaschen. In fünf Minuten bin ich ausgehbereit. Schon rufe ich ein Taxi und fahre ins Seléct. Es ist viel Verkehr. Erst nach zwanzig Minuten komme ich an. Stürze ins Café. Kein Fausto weit und breit. Ich gehe in die Coupole. Kein Fausto. Ich suche in den kleinen Gassen die Lokale ab. Nichts!

Verzweifelt fahre ich wieder heim. Vielleicht ist Fausto da? Vielleicht wollte er mich überraschen mit seinem Besuch? Vielleicht hat er deshalb nichts gesagt?

Doch Fausto kommt nicht. Er ist in Paris, doch die Nacht verbringt er mit einer anderen. Wo? Wie? Nur nicht daran denken, sonst werde ich verrückt.

Nein! Ich nicht! Ich habe eine Lawine überlebt. Ich verkrafte auch das. Doch von Schlafen kann keine Rede sein. Und um ein Uhr früh setze ich mich an meinen Zeichentisch. Arbeit beruhigt.

Ich entwerfe ein neues Besteck. Vielleicht kauft es eine Fluglinie? Das letzte Essen im Flugzeug war eine Qual. Die Gabeln hatten zu kurze Zinken. Die Messer schnitten nicht. Die Löffel wirkten wie Schöpfer. Genieren die sich nicht?

Ich zeichne eine wunderschöne schlanke Gabel. Einen grazilen Löffel. Das hat Stil. Um vier Uhr bin ich fertig. Was tue ich nun? Ich stütze den Kopf in die Hände. Ist das das Telefon? Ich schrecke hoch. Tatsächlich. Es läutet. Gott sei Dank! Das ist sicher Fausto, der mir sagt, er kommt jetzt heim.

»Hallo?« frage ich erfreut.

»Kontrollanruf«, sagt die atemlose Stimme, »das Wandern ist des Müllers Lust. Sind Sie marschbereit, blondes Gift?«

Ich schmettere den Hörer hin. Ich komme mir vor wie verhöhnt. Im Hintergrund nämlich hörte ich Stimmen, Gläserklirren, Singen, Feierstimmung, Fröhlichkeit. Ich habe das Gefühl, ganz Paris lacht über mich.

Ach, ich bin so unglücklich. Ich bin der einsamste Mensch der Welt. Es war ein Fehler, Fausto zu heiraten!

Ich hätte mich nicht hingeben sollen, damals, in der ersten stürmischen Nacht vor zwei Jahren im April. Jetzt hat er Macht über mich. Und Rücksicht kennt er nicht! Ich muß mich von ihm befreien. Wie komme ich von ihm los? Bis es hell wird, grüble ich herum. Meine Augen brennen. Mein Kopf ist schwer.

Endlich beginnt es zu dämmern. Vogelstimmen begrüßen den neuen Tag. Bei Licht ist alles leichter. Jetzt werde ich endlich schlafen können. Und dann werde ich weitersehen.

Ich schlafe bis Mittag. Wache gerädert auf. Fausto meldet sich das ganze Wochenende nicht. Ich sitze neben dem Telefon und warte. Am Sonntag, um zehn Uhr abends, ertrage ich es nicht länger. Ich rufe meine Schwiegermutter an.

»Bonsoir, Maman. Geht's dir gut? Hast du was von Fausto gehört?«

»Ja, er hat sich gestern gemeldet. Von einem Hotel aus. Das Autotelefon ist kaputt. Hat er dich nicht erreicht?«

»Nein. Ich mache mir Sorgen!«

»Beruhige dich, mein Kind. Er meldet sich sicher, sobald es repariert ist.«

Autotelefon? Daß ich nicht lache. Es gibt nicht nur Autotelefone auf der Welt. Es gibt Telefonzellen, Restaurants, Cafés. Von überall kann man sich melden, wenn man sich melden will! Tatsache ist, er will mich nicht sehen. Aber morgen ist Montag. Morgen fängt eine neue Woche an. Morgen kriege ich mein Auto zurück, mit neuer Kühlerhaube, und sobald ich es habe, fahre ich zu Gloria und arbeite den ganzen Tag.

Gesagt, getan. Gloria ist selig. Arbeit gibt's genug. Ich bin so fleißig, ich komme kaum zum Denken. Noch um halb acht Uhr abends liefere ich Vorhänge aus (und montiere sie, bien sûr), und als ich von der Kundin nach Hause fahre, in meinem kleinen, blauen Golf Cabrio, von der Rue Cuvier in die Rue Jussieu, entdecke ich plötzlich in einer Seitengasse der Rue des Écoles einen weißen Rolls-Royce.

Mein Herz setzt aus. Ist das unser Wagen oder nicht? Ist Fausto noch immer in Paris?

Vor Schreck würge ich den Motor ab.

Ich stehe vor einer roten Ampel, und vor mir ist ein Stau. Und als ich endlich ausbreche aus der Autoschlange, einen Parkplatz finde und zurücklaufe zur Rue des Carmes, ist die weiße Luxuskarosse nirgends mehr zu sehen.

Vor Aufregung kriege ich Schluckauf. Die ganze Fahrt bis zum Trocadero hält er an. Meine Seiten stechen, als ich nach Hause komme. Lollo ist noch da. Sie hat auf mich gewartet.

»Monsieur hat zweimal angerufen«, empfängt sie mich freudig, »er hat es versucht, vom Auto aus. Aber das Telefon geht noch nicht richtig. Er ist nicht durchgekommen.«

»Wann war das?« frage ich atemlos.

»Vor einer halben Stunde das letzte Mal.«

Also war es doch unser Wagen! Und Fausto ist auf dem Weg zu mir! Sofort wird der Schluckauf besser. Und meine Laune auch.

»Und wie geht's bei Ihnen? Was machen die Männer? Wie geht's Petit in seinem Restaurant? Macht er sich gut?«

»Und wie«, strahlt Lollo, »er ist schon der Liebling. Von allen! Grand und ich, wir haben gestern dort gegessen. Es war exzellent! Und der Chef persönlich hat uns Komplimente gemacht!«

»Bravo! Das hört man gerne.«

»Brauchen Sie mich noch, Madame? Ich habe in der Küche gedeckt. Ist Ihnen das recht? Das Essen steht im Rohr. Ich habe Couscous gemacht. Nur mit Gemüse. Und als Vorspeise Oeuf mayonnaise. Der Salat ist im Kühlschrank. Sie brauchen nur die Sauce drüberschütten. Wir wollen nämlich ins Kino gehen!«

»Gehen Sie nur. Und viel Spaß! Au revoir, Lollo.«

»Au revoir, Madame.«

Ich warte noch mit dem Essen. Ich will zuerst meinen Schluckauf bekämpfen. Und wer weiß? Vielleicht kommt Fausto heim, dann essen wir zu zweit. Eine halbe Stunde vergeht. Kein Anruf. Endlich klingelt es. Ich reiße den Hörer an mich.

»Hallo?«

Es knackst und rauscht. Dann ist Schluß. Dreimal wiederholt sich das. Beim vierten Mal aber ist die Leitung klar.

»Hallo, Madame?« fragt eine Männerstimme, »Entschuldigen Sie bitte. Kann ich Madame Tizia Saint-Apoll sprechen?«

Es ist nicht Fausto. Schade! Doch die Stimme ist nicht ganz fremd. Irgendwie kommt sie mir bekannt vor. Ich habe sie kürzlich erst gehört. Leider ist die Verbindung nicht gut, einmal leise, einmal laut, ich kann nicht erkennen, wer es ist!

»Hallo, Madame! Madame Saint-Apoll. Erinnern Sie sich an mich? Brice Renault!«

»Monsieur Renault! Das ist eine Überraschung!«

»Eh oui! Endlich erwische ich Sie.«

»Haben Sie heute schon einmal angerufen?«

»Ja, vorhin. Mehrmals sogar. Aber ich kam nie durch.«

Also hat Fausto nie versucht, mich zu erreichen! Sofort wird mein Schluckauf stärker.

»Ich bin im Auto«, sagt Monsieur Renault wichtigtuerisch, »ich spreche von meinem Wagen aus. Können Sie mich verstehen? Hören Sie mich?«

Aha! Auch er hat ein Autotelefon. Und er will, daß ich vor Ehrfurcht schmelze.

»Ich höre Sie so halbwegs. Wie geht es Ihnen?«

»Sie fehlen mir!«

Wie bitte? Höre ich recht? Plötzlich ist der Schluckauf weg.

»Sie fehlen mir«, wiederholt Brice Renault ganz sanft, »das mußte ich Ihnen sagen. Sind Sie allein, Madame? Ja? Ich möchte Sie sehr gerne wiedersehen. Wann gehen wir zusammen aus?«

»Woher haben Sie meine Nummer?« frage ich, um Zeit zu gewinnen.

Er lacht. »Das war eine Kleinigkeit, chère madame.«

»Aber ich stehe auf der roten Liste. Die Nummer ist geheim.«

»Wenn ich mich von roten Listen aufhalten lassen würde, dann wäre ich heute nicht Fabrikbesitzer.«

Ich antworte nicht. Ich denke nach.

»Also, Madame Saint-Apoll, was halten Sie von meinem Vorschlag? Ich weiß. Mein Anruf hat Sie überrascht. Aber vielleicht hätten Sie einmal Zeit für mich? Oder sind Sie die nächsten Wochen völlig ausgebucht?«

»Das nicht«, sage ich wahrheitsgetreu, »aber ich warte auf einen Anruf von meinem Mann. Er ist auf Geschäftsreise, wissen Sie. Ich kann nichts versprechen, bevor ich nicht weiß, wann er zurückkommt.«

»Ich verstehe. Ich rufe morgen wieder an. Wenn ich darf.«

»Sie dürfen!«

»Tausend Dank! Adieu, jolie madame. Und ich hoffe auf bald!«

Ich lege auf. Ich zögere keine Sekunde. Mein Entschluß ist gefaßt! Wenn Fausto nicht in Kürze kommt, gehe ich mit Monsieur Renault fort. Wenn er sich nicht in Bälde meldet und eine Spur von Gefühl zeigt, grase ich nebenan. Morgen ist der erste Juni. Ich gebe ihm drei Tage Zeit. Höre ich bis Donnerstag noch immer nichts, hat Brice Renault freie Hand!

Die Zeit vergeht. Fausto rührt sich nicht. Ich warte und

warte. Dafür ruft mein neuer Verehrer fleißig an. Ich vertröste ihn von Tag zu Tag, was ihm nichts auszumachen scheint. Mit jedem Aufschub kommen wir uns näher, werden die Gespräche länger, die Fragen intimer. Dem Klang seiner Stimme nach ist er unsterblich in mich verliebt. Dieser Mann ist meine Rettung!

Während Fausto mit gezielten Schlägen mein Selbstbewußtsein demoliert, überzeugt mich Brice Renault, daß ich die hübscheste aller Frauen bin, und das vergesse ich ihm nie!

Nach dem zweiten Anruf, am Dienstag, summe ich vergnügt vor mich hin und gehe am Mittwoch früh trällernd zum Friseur. Nach dem dritten Anruf kaufe ich ein paar rote Schuhe, hochhackig, unbequem, aber rasend elegant, und als er sich das vierte Mal meldet, Donnerstag früh, Punkt zehn, ehe ich das Haus verlasse, sind alle Zweifel weg.

Ich habe nicht geheiratet, um allein in Paris zu sein.

Ich bin eine leidenschaftliche Frau. Leidenschaftliche Frauen aber sind wie Geld: Sie gehen dorthin, wo man sie schätzt!

»Hallo, Madame?« sagt Brice aufgeregt. Ich stehe gerade vor dem Spiegel im Entrée und probiere einen neuen rosa Lippenstift. »Tout va bien?«

»Très bien! Merci! Heute höre ich Sie besonders gut.«

»Und Sie sehen besonders reizend aus. Habe ich recht?«

»Woher wissen Sie das?«

»Einem Mann, der liebt, bleibt nichts verborgen. Der kann sogar durch Wände sehen!«

»Sind Sie verliebt? Das glaube ich nicht!«

Brice Renault seufzt.

»Chère madame, spielen Sie nicht mit mir. Seit ich Sie das erste Mal gesehen habe, denke ich nur an Sie.« Seine Stimme klingt sanft und warm.

»Das freut mich!« sage ich süß.

»Mich nicht! Ich kann nicht mehr schlafen. Die ganze Nacht habe ich gestern wach gelegen.«

»Das tut mir entsetzlich leid!«

»Lügnerin! Sie genießen Ihre Macht über mich. Übrigens, es gibt eine große Neuigkeit. Raten Sie, Madame.«

»Keine Ahnung! Ich weiß es nicht.«

»Das Chorgestühl wurde heute früh geliefert!«

»Und? Wie sieht es aus?«

»Superb! Chère madame, Sie haben recht gehabt. Es paßt in den Salon, wie ... wie ... mir fehlt der Vergleich. Ich bin kein Dichter. Leider! Aber es ist himmlisch! Ein Grund zum Feiern. Ich wage kaum zu fragen: Gehen wir heute zusammen essen? Haben Sie für mich Zeit?«

»Ich habe«, sage ich verheißungsvoll.

»Ahhhh, c'est merveilleux!« ruft Brice Renault beglückt. »Ich zeige Ihnen den fertigen Salon. Darf ich Sie abholen? Heute abend? Um acht?«

»Nein. Das ist zu riskant!«

»Sie haben recht. Seien wir diskret. Wissen Sie was? Wir essen in einem kleinen Restaurant, wo uns keiner kennt.«

»Warum gehen wir nicht in die Closerie des Lilas?« schlage ich vor. »Da sind nur Schriftsteller und Künstler und keine Geschäftsleute, dort kennt uns sicher niemand.«

»Nein! Nein!« ruft Brice vehement. »Das ist zu simpel. Das will ich nicht. Lassen Sie sich überraschen! Ich weiß, was Ihnen gefällt.«

»Woher wissen Sie das?« frage ich amüsiert.

Brice lacht selbstsicher. »Ich mag Frauen. Und ich weiß, was Frauen schätzen. Außerdem, chère madame, echte Frauen wollen dominiert werden.« Er macht eine kurze Pause. »Verstehen Sie mich jetzt bitte nicht falsch! Man kann eine Frau lieben bis zum Wahnsinn! Man kann sie verehren wie eine Göttin auf dem Olymp. Man kann ihr zu Füßen liegen. Ja, das soll man sogar! Aber wo man sich das erste Mal trifft, bestimmt der Mann. Und die Frau muß ihm vertrauen!«

»Sehr interessant!«

»Ja. Nicht? Ich schlage vor, wir treffen uns im Safari-

Club. Dort sind viele Amerikaner. Ich glaube, da erkennt man uns nicht. Ich bin um halb neun Uhr dort. Punkt halb. Eine Viertelstunde dürfen Sie Verspätung haben. Mehr nicht. Bis um dreiviertel neun warte ich auf Sie!«

»Und dann?«

»Dann sehen wir weiter, chère madame! Sie wissen nicht, wie glücklich ich bin. Wir werden uns blendend unterhalten. Wir sprechen den ganzen Abend nur über Architektur. Was meinen Sie? Ich will nämlich mein Landhaus renovieren und die Pläne selbst entwerfen. Jetzt ist die Wohnung fertig, jetzt brauche ich ein neues Projekt. Ich bin sehr kreativ, Madame Saint-Apoll, genau wie Sie. Ihr Beruf fasziniert mich. Wir werden diskutieren wie zwei Architekten. Ist Ihnen das recht?«

»Sehr!« sage ich sofort.

Er lacht kurz auf. »Dann bis heute abend, liebste Madame. Im Safari-Club. Ich kann es kaum erwarten. Nur noch ein paar Stunden. Vergessen Sie mich nicht!«

»Keine Angst! Kommt nicht vor.«

»Bis später, chère Tizia!«

»Bis später!«

Ich hänge auf. Lächle vor mich hin. Das war ein fündiges Gespräch.

Der Mann ist ein Tyrann! Kaum sage ich ja, ändert er den Ton und teilt Befehle aus. Das ist ein Egoist in Reinkultur. Er tut nur, was er will, und bis jetzt hat ihn noch keine zurechtgerückt.

Außerdem verliert er keine Zeit. Sagt ein Franzose, es wird viel diskutiert – über Kunst, Musik, Architektur, Literatur –, so versteht man am besten Bett. Er beginnt zwar pro forma bei Kandinsky und Klee, doch in Kürze erklimmt man erotische Höhen, und draußen wartet der Chauffeur, startbereit, der hinbraust zur nächsten Liegestatt (Bett in der leeren Stadtwohnung, Sofa im Büro).

Und dort wird dann wirklich diskutiert:

Über seine Sehnsucht nach Liebe. Über seine kalte Frau.

Die Hektik im Beruf. Seine geheimsten Wünsche. Seine Phantasien. Ich sehe den Abend genau vor mir. Wahrscheinlich will er erhebende Momente auf dem Chorgestühl (zu unbequem für mehr als eine Blitzaktion), dann Wiederholungen im Ehebett (wo sonst!), und anschließend will er, daß ich ihm sein Landhaus entwerfe. Gratis, bien sûr!

Doch das macht alles nichts! Das ist nur das Drumherum! Was zählt, ist der Leib, und der ist gut in Schuß. Brice Renault ist ein Mann mit Armen, Beinen, Muskeln und allem, was dazugehört. Ich werde seine Wärme spüren, seine Kraft. Er wird mich küssen, und sein Herz wird rasend schlagen. Wegen mir allein! Und ich werde dafür dankbar sein (hoffentlich schabt er nicht!).

Ich gehöre nämlich nicht zu denen, die nur schätzen, was sie nie kriegen. Ich gebe denen, die mich lieben, keinen Tritt. Schon gar nicht einem Franzosen, den ich brauche wie einen Bissen Brot.

Fausto hat mich zwar erweckt, kaum aber begann ich zu strahlen, deckte er mich zu mit einem schwarzen Tuch. Kaum tat er mir neue Freudenquellen auf, läßt er sie versiegen! Kaum brauche ich ihn wirklich, kommt er nicht mehr heim! So frustriert war ich vor meiner Ehe nie! Frust jedoch ist sehr, sehr ungesund. Sagen die Ärzte. Die Geschlechtsdrüsen verkümmern, und dann gute Nacht! Von diesen Drüsen nämlich hängt die Schönheit ab. Je gesünder sie sind, desto jünger sieht man aus.

Und wie hält man sie in Form? Durch *Bewegung*! Das weiß jeder Idiot! Indem man sie *aktiviert*! Sie nicht vertrocknen, rosten und verlottern läßt.

Nein! Ich versinke nicht in Abstinenz! Ich riskiere nichts! Fausto war meine erste Leidenschaft, doch er wird nicht meine letzte sein. Ich bin erst zweiundvierzig, jetzt komme ich in Schwung.

Voilà! Den Lippenstift werde ich heute abend tragen. Und die neuen roten hochhackigen Schuhe. Dazu die feinsten

Strümpfe, hauchdünn, ohne Naht, um meine langen Beine zur Geltung zu bringen. Und den engen erbsengrünen Rock, mit Schlitz bis Ende – nie!

Fausto kann sagen, was er will. Mein Bauch ist flach, ich kann mir enge Röcke leisten. Ich habe auch einen hübschen kleinen Busen, der mit zehn Liegestützen täglich stramm gehalten wird und ohne Halfter unter losen Blusen wahre Wunder wirkt. Eh bien! Zum Erbsenrock mit dem geknöpften Schlitz (bis zum Strumpfband, wenn man will) eine süße Bluse aus grüner Seide mit nichts darunter außer Haut. Normalerweise würde man dazu noch einen roten Gürtel tragen. Ich aber stimme meine Farben anders ab. Ich sorge für Überraschungen – im richtigen Moment!

Und die Haare lasse ich lose auf die Schultern fließen. Sie sind ganz schön gewachsen in der letzten Zeit.

Gut sieht das aus!

Um sieben bin ich von Gloria zurück, nach einem angenehmen, ruhigen Tag. Es kamen kaum Kunden, denn das Wetter wird schlechter, und droht es zu regnen, bleiben die Pariser mit Vorliebe daheim.

Punkt acht bin ich fertig, ganz in Rot und Grün, und das Haar wirkt wie ein goldener Wasserfall. Ich bin fast mit mir zufrieden. Nur etwas fehlt. Eine Kleinigkeit. Und immer dieselbe: Ohrringe! Ohrringe wären der Tupfen auf dem I. Doch ich verliere alle Clips. Meine Ohrläppchen sind zu klein. Ich müßte mir Löcher stechen lassen.

Doch dazu fehlt mir immer noch der Mut!

Ein Blick aus dem Fenster: Es regnet in Strömen. Ich bestelle ein Taxi. In fünf Minuten, heißt es, ist es da. Fausto kommt nicht, ruft nicht an, sehnt sich nicht nach mir. Warum sollte ich auch nur einen Gedanken an ihn verschwenden?

»Laß dich lieben«, sagte meine Mutter, die die Männer kannte, »laß dich verehren. Das ist das Beste für eine Frau!«

Genau das habe ich vor! Ich schalte den Anrufbeantworter ein: »Madame kommt heute später«, spreche ich aufs Band. Ach, ich freue mich wie ein Kind auf das Essen mit Brice Renault. Und dann – nach dem Dessert – sehen wir weiter!

10

Es kommt immer anders, als man denkt. Und nirgends ist das wahrer als in Paris. Hätte ich gewußt, was mir an diesem Abend blüht, ich hätte das Haus nicht verlassen. Ich wäre daheim geblieben mit einem netten Buch. Doch ich ahne nichts Schlimmes, und es kommt, wie es kommen muß! Es wird kein amüsantes Rendezvous. Es wird eine Abenteuernacht. Und ging mein erster Seitensprung unter »kurz und scharf« in die Geschichte ein, so schafft es nun mein zweiter unter »lang und naß«!

Doch ich greife vor. Ich erzähle am besten von Anfang an. Das Taxi hat Verspätung. Wie immer in Paris, wenn es regnet. Ich bin erst um neun im Safari-Club. Alle Räume sind überfüllt. Brice Renault jedoch ist nirgends zu sehen. Ich frage den Kellner. Beschreibe den bulligen Zahnpastafabrikanten.

»Ja, ja, Madame«, ist die Antwort, »der Herr war da! Er hat zwei Whisky getrunken. On the rocks. Er hat ununterbrochen auf die Uhr gesehen. Vor einer Viertelstunde ist er gegangen. Es tut mir leid.«

Mir auch!

Ich verlasse den gemütlichen, warmen Club am Rond Point der Champs-Élysées, das Gefühl der Geborgenheit, die dicken Teppiche, in denen man zu versinken scheint, und begebe mich hinaus in Nässe und Kälte – für die ich nicht gekleidet bin. Um die Wirkung meines Auftrittes zu erhöhen, habe ich nämlich auf Jacke und Mantel verzichtet, und nun stehe ich hier und friere.

Der Taxistand gegenüber ist leer. Ich sehe ihn durch graue Regenschleier. Kein Wagen weit und breit. Wie soll ich bei diesem Unwetter nach Hause kommen?

Da hält neben mir ein roter Jaguar. Und wer sitzt drin, gramgebeugt über das edle Volant? Brice Renault. Seine Miene ist vorwurfsvoll. Er winkt mir zu. Ich hüpfe schnell über das nasse Pflaster. Schon sitze ich neben ihm.

»Oh, là, là! Sie haben mir angst gemacht! Ich fahre schon zehnmal um den Rond Point herum. Ich habe gedacht, Sie kommen nicht mehr.« Er trägt einen hellgrauen Anzug und eine rote Weste in der gleichen Farbe wie sein Wagen.

»Das Taxi hatte Verspätung«, entschuldige ich mich, dann küssen wir uns, wie in Paris üblich, auf beide Wangen.

Die Berührung tut gut.

Wir lächeln uns an. Und obwohl mich Brice an eine Bulldogge erinnert, beginnt mein Herz schneller zu schlagen. Er riecht so gut nach Mann. Und Männer waren Mangelware in der letzten Zeit.

»Sie sind noch schöner, als ich Sie in Erinnerung habe«, sagt Brice andächtig, und seine grauen Augen wandern über meine dünne Bluse, die mehr zeigt, als sie verhüllt, über den engen Rock mit dem gewagten Schlitz, an meinen langen Beinen entlang bis zu den neuen Schuhen, die etwas naß geworden sind. »Sie sind *ra-vis-sante,* Madame!«

Dann fährt er los durch den prasselnden Regen, die Avenue Montaigne entlang hinunter zur Seine. Er fährt rasant. Und sieht mich beständig an.

»Wo fahren Sie mich hin?« wage ich zu fragen.

»Lassen Sie sich überraschen! Vertrauen Sie mir!« Er lächelt siegessicher, verschlingt mich mit seinem Blick.

»Sollten Sie nicht ab und zu auf die Fahrbahn sehen?«

»Hauptsache, ich sehe Sie, Madame! Sie sind viel, viel interessanter!«

In dem Moment kracht es ganz entsetzlich.

Metall stößt auf Metall. Bremsen kreischen. Gott sei Dank bin ich angeschnallt. Ruckartig kommen wir zum Stehen.

»Merde!!« schreit Brice und springt aus dem Wagen. Der Regen trommelt aufs Dach, er verschwindet hinaus in die Sintflut. Ein paar Sekunden später ist er wieder da.

»Was ist passiert?«

»Ich habe einen Motorradfahrer umgestoßen.«

»Ist er verletzt?«

»Nein! Er steht schon wieder. Doch er hat mich unflätig beschimpft, und jetzt ruft er die Polizei. Er ist in der Bar des Théatres. Ich gehe wieder zu ihm, sonst ist das Fahrerflucht.«

»Kann ich irgend etwas tun? Soll ich mitkommen?«

»Nein, nein, nein! Sie bleiben ganz ruhig im Wagen sitzen. Warten Sie auf mich!«

Plötzlich ist die leere Avenue Montaigne voll Lärm. Ein Unfallwagen braust herbei. Feuerwehr, Funkstreifen, Sirenen, Blaulicht, Hupen, Scheinwerfer. Ich sehe es nur schemenhaft, da der Regen alles verhüllt.

Das kann ja heiter werden! Ein netter Anfang für ein erstes Rendezvous. Was, wenn einer kommt und mich verhört? Was tat ich, allein, in der Nacht, im Wagen eines Zahnpastafabrikanten? Wie erkläre ich das den Saint-Apolls? Vielleicht ist es besser, ich gehe? Doch ein Blick hinaus in den Wolkenbruch genügt. Ich bleibe im Trockenen.

Außerdem ist es gemütlich hier.

Der Jaguar ist ausgestattet für Langzeitaufenthalte. Er ist zwar kleiner als unser Rolls, doch sehr viel besser bestückt! Telefon! Radio! Fernsehen und Telefax! Kaffeemaschine, Bar, aufklappbarer Schreibtisch, Diktiergerät. Das sehe ich auf einen Blick. Und Liegesitze! Klar! Man soll in diesem rollenden Schloß auch gut schlummern können!

Die Tür wird aufgerissen. Das ist der wütende Motorradfahrer. Nein, es ist Brice. »Ich suche nur meine Papiere.« Er klingt verstört.

»Gibt es Komplikationen?« frage ich voll Anteilnahme.

»Nein, nein! Aber ich hasse solche Sachen!«

»Muß ich aussagen?«

»Gott bewahre! Auf keinen Fall. Sie werden da nicht hineingezogen. Nur keine Angst, Madame!«

Ich seufze erleichtert. Brice ringt sich durch zu einem zärtlichen Blick. »Machen Sie sich keine Sorgen. Ich bin gleich wieder da!«

In einer Viertelstunde ist er tatsächlich zurück. Tropfnaß und sehr irritiert.

»Alles erledigt?« wage ich zu fragen.

»Es geht alles seinen Gang!«

Er zieht seinen nassen Rock aus und legt ihn auf den Rücksitz. Die rote Weste steht ihm gut. Dann wischt er mit einem feinen weißen Taschentuch die Regentropfen von seiner Stirn.

»Wissen Sie was?« sagt er leidend. »Ich kann jetzt nicht essen gehen. Ich bin in schlechter Verfassung für ein Restaurant.« Wie ein geprügeltes Kind sieht er mich an, streckt seine rechte Hand nach mir aus. Ich ergreife sie und streichle sie sanft.

»Was schlagen Sie vor?«

»Wir fahren zu mir. Vorher kaufen wir etwas zu essen in der Brasserie Flo, Avenue de la Grande Armée. Dann fahren wir in meine neue Wohnung und machen es uns gemütlich!«

»Zu trinken haben Sie daheim?«

»Alles, was das Herz begehrt!«

Ich lasse seine Hand los. »Und Ihre Familie?«

Ich frage absichtlich nicht nach seiner Frau. Familie klingt neutraler. »Ist Ihre Familie noch nicht eingezogen?«

»Wir übersiedeln nach Pfingsten. Sie sind noch in meinem Landhaus.«

»Wie viele Kinder haben Sie?« frage ich, um die Sache abzurunden.

»Zwei Töchter, drei Söhne. Der älteste macht bereits sein Abitur. Und Sie, chère madame? Ihre Kinder sind noch klein, nicht wahr?«

»Noch nicht geboren«, sage ich kurz. »Ich bin erst ein Jahr verheiratet.«

»Natürlich. Sie sind ja noch sehr jung. Ich würde sagen, Sie sind zehn, zwölf Jahre jünger als ich. Oder mehr? Sie haben so ein frisches Gesicht! Wahrscheinlich sind Sie erst Ende zwanzig. Habe ich recht?«

»Und Sie?« frage ich statt einer Antwort.

»Nächste Woche werde ich zweiundvierzig!«

Ich verbeiße ein Lachen. Wirklich amüsant! Ich bin sechs Monate älter als er, und er schätzt mich fünfzehn Jahre jünger. Ach, ich segne den Tag, an dem ich aufhörte, Tiere zu essen. Das ist die Belohnung für die vielen Steaks, die ich nicht aß, die fetten Pasteten, die ich verschmähte, Speck, Schmalz, Schinken, Würste, Fische, die ich auf dem Teller liegen ließ.

Deshalb genieße ich die Mitte meines Lebens doppelt: mit den wachen Augen einer reifen Frau, und ohne die Verehrung zu entbehren, mit der man die Jugend überhäuft.

»Sie haben wunderschönes Haar«, sagt Brice Renault wehmütig und streicht sanft über meine Locken, »so dicht und fest. Ich habe meines schon mit dreißig verloren. Und mein Sohn, fürchte ich, hat die Veranlagung geerbt.«

»Trotzdem sehen Sie blendend aus«, muntere ich ihn auf.

»Finden Sie?«

Ich nicke: »Sie haben Muskeln wie ein Mister Universum. Wie machen Sie das?«

»Bodybuilding!« Er spannt seinen rechten Arm an. Das Muskelspiel unter dem weißen Hemd ist gewaltig. Ich reiße die Augen auf. Er lacht.

»Man muß regelmäßig trainieren. Sonst ist alles gleich wieder weg. Man muß dranbleiben. Immer am Ball.«

Er führt meine Hand an seine Lippen: »Es tut mir leid, daß ich Sie in diesen Unfall verwickelt habe. Verzeihen Sie mir?«

»Natürlich. Es ist ja nichts passiert. Das Auto ist in Ordnung?«

»Nur ein kleiner Kratzer. Nicht der Rede wert.«

Brice startet den Jaguar. Um halb elf sind wir in der Avenue George Mandel.

Die Wohnung ist aufgeräumt, warm, sauber, die Betten sind bezogen, die Eisschränke voll.

»Meine Haushälterin war da«, kommentiert Brice. »Sie sehen, es fehlt an nichts. Gehen Sie vor in den Salon, bewundern Sie Ihr Werk. Ich verschwinde kurz in die Küche und mache was Gutes zurecht. Dann essen wir, und dann zeige ich Ihnen meine Bilder!«

Diesmal sehe ich mich genauer um. Gloria hat das fein gemacht. Es ist zwar nicht mein Geschmack (ihrer auch nicht), es ist zu neureich-kühl, doch die Farben sind gut abgestimmt, die Vorhänge superb: kostbar gefüttert, der Faltenwurf perfekt. Es ist erstklassige Arbeit, typisch Gloria, mit einem Hauch Genie, und ich seufze laut auf. Es ist ein Vergnügen, in einer gelungenen, frisch renovierten Wohnung zu sein.

Über dicke, weiche weiße Spannteppiche stolziere ich hin zum Salon. Tatsächlich! Das Chorgestühl ist eine Pracht! Das edle, geschnitzte, glänzende Holz verbreitet Gemütlichkeit. Trotz der kühlen weißen Ledersofas, trotz der Lampen aus Metall, trotz der kleinen Tische aus Glas und Granit. Ein weißer Marmorthron hätte diesen Raum in einen Eisschrank verwandelt. So aber ist hier gut sein.

Außerdem hat Monsieur Renault meinen Rat befolgt und hinter das Chorgestühl Pflanzen gestellt: genauer gesagt, eine wuchernde Wand aus Papyrus, bis zu zwei Metern hoch, und das wirkt phantastisch! Das Chorgestühl steht in einer grünen Oase, man will hier sitzen, und das tue ich auch, bis Brice aus der Küche kommt. Wo bleibt er nur so lange?

Endlich erscheint er. In einem blauen, glänzenden Hausrock und leicht gebückt, denn er schiebt einen gläsernen Servierwagen vor sich her. Darauf türmen sich die Leckerbissen: Trüffelpastetchen, Auberginenpüree, Salat aus Ananas, Sellerie, Äpfeln, Pilzen, Nüssen. Artischocken mit Mayonnaise, russische Eier, rote Paprika, wunderbarer Käse, Butter, Brot, eine Eistorte, Pflaumen in Armagnac. Er hat nur gekauft, was auch ich essen kann. Das nenne ich charmant!

»Eh, voilà!« ruft Brice. »Jetzt halten wir ein Picknick. Das ist die erste Mahlzeit in der Wohnung, wissen Sie?« Er setzt sich neben mich, drückt mir Teller und Gabel in die Hand.

Ach, diese Franzosen. Der Teller ist edelstes blaues Limoges, die Gabel ist antik und verziert, Sterling-Silber, wenn mich nicht alles täuscht. Die Servietten sind aus weißem Batist, reich bestickt mit Monogramm. Wasser ist in einer geschliffenen Karaffe aus Kristall. Ja, die Männer der Grande Nation haben Stil. Selbst wenn sie improvisieren, hat es Format!

Wir bedienen uns ungeniert vom Wagen. Es schmeckt köstlich. Wir reden über alles, nur nicht über Architektur. Dann vertilgen wir die halbe Eistorte und leeren eine Flasche Champagner, Veuve Cliquot, La Grande Dame, Jahrgang 1977. Jeder Schluck ist ein Genuß.

In heiterster Laune zeigt er mir dann die fertige Wohnung. Ja! Ich habe mich geirrt in diesem Mann. Er will keine schnelle Nummer auf dem Chorgestühl. Er will meine Nähe fühlen, will sich unterhalten, vielleicht ist er wirklich verliebt, ab und zu legt er den Arm um mich. Seine Wärme tut gut. Ich muß mich beherrschen, sonst falle ich ihm noch um den Hals.

Die Privatsammlung aber läßt mich kalt. Die Bilder sind zweite Wahl, mäßige Moderne, wahrscheinlich viel zu teuer eingekauft. Die meisten Gemälde werden in fünfzig Jahren wertlos sein. Doch das ist seine Sache. Wozu soll ich ihm die Laune verderben? Hauptsache, ihm gefällt's!

»Möchten Sie . . . auch mein Schlafzimmer sehen?« fragt Brice plötzlich leichthin, so ganz nebenbei, als wäre es ihm völlig egal. »Meine Frau hat es eingerichtet. Alleine! Ohne die Hilfe von unserer gemeinsamen Bekannten Gloria Manet. Wir wollten doch über Architektur sprechen. Erinnern Sie sich? Das hatten wir vor!«

»Gerne«, sage ich und lege meine Hand auf seinen Arm. »Ihr Schlafzimmer interessiert mich sogar sehr!«

Und es stimmt. Erstens will ich sehen, was Madame Renault verbrochen hat, zweitens fasziniert mich, was sich abspielt zwischen Mann und Frau. Nicht, was in den Illustrierten steht, sondern wie es wirklich ist! Ein Blick aufs Bett – und ich bin im Bilde. Mein Beruf hat mich zur Expertin gemacht. In diesem Fall tippe ich auf ein normales Grand lit, einen Meter vierzig breit, und auf ein ganz normales Liebesleben. Zweimal die Woche oder so. Brice scheint mir dafür gemacht. Jetzt legt er die Hand auf die Klinke. Öffnet langsam die Tür, sieht mich bedeutungsschwer an.

Mon Dieu! Was ist denn da passiert? So ein riesiges Bett sah ich noch nie! Es ist fast schon vulgär: breit wie die Wüste Gobi und ebenso flach, es füllt ein Drittel des ganzen Raumes aus. Und überall sind Rosen! Rote, gelbe, rosa, weiße. Kopf- und Fußende, Zierkissen und Überwurf, alles ist aus blumigem, rosenstrotzendem Chintz! Neben dem Bett zwei runde Nachtkästchen. Über und über mit Rosen bemalt. Darauf, in kleinen weißen Rahmen, zwei Fotos. Auf dem Kästchen links das Bild von Brice, auf dem rechten das seiner Frau.

Blendende Idee!

Das Bett ist nämlich derart breit, daß man vergißt, wer am anderen Ende liegt. Was läßt das für Schlüsse zu? Einen einzigen nur! Armer Brice! Auf diesem Lager hält man Distanz.

»Schön?« fragt mein Gastgeber und stellt sich ganz eng neben mich. Ich nicke stumm und mustere die Vorhänge: Gelb mit Rosenmuster. Mein Blick fällt auf den Teppich: Hunderte roter Rosen auf gelbem Grund. Millionen Teerosen auf den Tapeten. Nur der Plafond ist weiß. Dafür hat er einen großen, nassen Fleck. Was?? Ein nasser Fleck? In einer funkelnagelneuen Wohnung? Kann das sein?

»Über mir hat man ein Bad eingebaut«, erklärt Brice, der meinen Blick bemerkt, »wir hatten einen Rohrbruch. Aber heute nachmittag wurde alles gerichtet. Sagt die Concierge!«

Ich nicke wortlos. Irgendwie fühle ich mich benebelt. Mir schwindelt von den vielen Rosen. Ich sinke auf den Bettrand. Schon sitzt Brice neben mir. Er legt den Arm um meine Mitte, drückt mich fest an sich. Ich fühle seine harten Muskeln. Es ist ein fremdes Gefühl. Aber nicht ohne Reiz.

»Tizia!« flüstert er in mein Haar. »Endlich! Gestern habe ich die ganze Nacht an Sie gedacht. Hier in diesem Bett. Jetzt sind Sie wirklich da! Ich fasse es noch nicht!«

Er drückt mich zurück auf die Rosendecke. Sie ist weich und neu und riecht noch nach Fabrik. Dann legt er seinen Mund auf meinen und beginnt mich zu küssen. Es geht! Ich fühle zwar, wie aufgeregt sein Herz klopft, aber seine Zunge ist hart und spitz, auch seine Lippen sind nicht weich. Er ist ein ungeschickter Küsser. Zu hektisch. Hat nicht genug geübt, der gute Mann.

Außerdem läuft alles zu schnell. Ein kurzer Kuß, schon legt sich Brice auf mich. Er ist schwer, und sein steifes Ding drückt hart auf meine Hüfte. Er trägt nur Wäsche unter seinem blauen Hausrock. Nichts von seiner Anatomie bleibt geheim. Er ist größer als Tommy, kleiner als Fausto, aber immerhin recht ordentlich bestückt.

»Brice«, sage ich und versuche mich aufzurichten, was nicht gelingt, »sollten wir nicht lieber in ein Gästezimmer gehen?«

»Warum?« fragt Brice verständnislos und läßt von mir ab.

»Weil Sie in Kürze hier mit Ihrer Frau schlafen werden. Das finde ich nicht fair. Ihr gegenüber! Mein Vater sagt immer: Man beschmutzt nicht das eigene Nest.«

»Beschmutzen?!« ruft Brice empört. »Tizia! Meine Göttin! Was ist das für ein häßliches Wort? Was reden Sie da?« Er küßt wild meinen Hals. »Wir beschmutzen nichts! Sie und ich! Wir weihen ein! Wir holen das Göttliche zu uns herein in dieses Bett, wir holen den Himmel herab und heiligen dieses Lager, und ich will . . .«

»Sie wollen sich daran erinnern, wenn ich weg bin und Ihre Frau wieder neben Ihnen liegt!«

»Genau«, sagt Brice entwaffnend ehrlich, »genau das will ich. Woher wissen Sie das?«

»Nur so! Ich kenne die Männer!« Ich lächle wie eine Sphinx. Brice holt tief Luft.

»Bitte, denken Sie nicht schlecht von mir. Tizia! Urteilen Sie nicht zu früh. Lassen Sie mich etwas erklären: Ich bin eine feurige Natur. Ich liebe das Göttliche. Das Erhabene. Meine Frau aber, Tizia, Sie verstehen – wir sind neunzehn Jahre verheiratet. Da stirbt die Leidenschaft. Es gibt keine Höhenflüge, keine Raserei. Ich sage jetzt die Wahrheit: Es ist nichts mehr da, zwischen ihr und mir. Es ist aus. Vorbei. Unser Liebesleben existiert nicht mehr!«

»Seit wann?« frage ich schockiert.

»Seit der Geburt unseres letzten Kindes. Das ist fünf Jahre her.«

»Fünf Jahre? Und warum?!«

»Weil sie nicht mehr will. Kinder hat sie genug, sagt sie. Sie geht kein Risiko mehr ein.«

»Und die Liebe?«

»Die hat sie hinter sich.«

»Wie haben Sie das ertragen?« frage ich voll Mitgefühl. Der Arme. Fünf Jahre Verachtung. Und ich rege mich auf wegen ein paar Wochen? Brice streichelt mein Haar.

»Schlecht! Am Anfang war es grauenhaft. Das ganze erste Jahr war eine Katastrophe! Jede Nacht habe ich sie gefragt, und sie hat immer nein gesagt. Immer nein! Darf ich dich wenigstens umarmen? Nein! Darf ich mich zu dir legen? Nein! Darf ich dich küssen? Nein! Laß mich in Ruh'!«

»Und dann?«

»Dann habe ich nicht mehr gefragt. Nie mehr! Jedenfalls – Sie brauchen kein schlechtes Gewissen zu haben! Sie zerstören nichts. Dieses Bett ist unser Bett. Es gehört Ihnen, Tizia! Ihnen und mir! Es ist unser Rosenlager. Verstehen Sie mich jetzt?«

Ich verstehe.

Die Frau ist seine Mutter geworden, wie man in Frankreich sagt, und eine Mutter schläft nicht mit ihrem Kind.

Neunzehn Jahre verheiratet! Das ist nicht leicht. Manchmal geht es gut, aber meistens nicht. Meist kommt die Liebe zu kurz, der Körper verkümmert, die Seele erfriert. Die Augen strahlen nicht mehr. Man fühlt sich nicht mehr attraktiv. Und dauert der Zustand an, wird man krank. Oder impotent!

Außer man wehrt sich und liebt außer Haus.

Offensichtlich tut dies auch Madame Renault. Denn auf dem Foto, weit, weit weg, am anderen Ende der rosenbewehrten Liegestatt, wirkt sie frisch und munter. Ja, sie blickt recht flott auf mich herab, mit braunen Augen, die nicht die dümmsten sind. Schönes blondes Haar hat sie und einen sinnlichen roten Mund. Sie ist ein ähnlicher Typ wie ich, sieh an!

Und genau wie ich läßt sie sich nicht unterkriegen.

Die Lage ist geklärt. Brice schreitet zur Tat.

Er setzt sich neben mich und beginnt mich zu entblättern! Langsam! Mit Genuß!

»Ach, die süßen kleinen Füße«, haucht er und zieht mir die Schuhe aus. Dann legt er mich ganz aufs Bett und fährt mit einer Hand unter meinen Rock.

»Ohhhh! Ein Strumpfband!« ruft er beglückt, wie ein

Kind, das im Garten Ostereier findet. »Trägt man wieder Strumpfbänder? Und es ist rot! Dieselbe Farbe wie die Schuhe! C'est charmant. Charmant!« Er beginnt mich wieder zu küssen, mit seiner kleinen, spitzen Zunge, nicht so hektisch wie vorhin. Offensichtlich lernt er schnell. Dann entfernt er meinen Rock. Und schnappt nach Luft!

Ich trage nämlich ein süßes Höschen, im selben Rot wie meine hochhackigen Schuhe. Es ist ein Haute-Couture-Modell, ganz aus Spitze und winzig klein. Es verbirgt da unten die blonden Locken, sonst nichts. Doch es ist hoch geschnitten, und meine Beine wirken dadurch länger, als sie ohnehin schon sind!

Brice starrt mich an.

Es ist klar, daß ihm schon lange nichts mehr so gefiel. Hehre Bewunderung strahlt aus seinen grauen Augen, und ich genieße diesen Blick wie einen Frühlingstag nach einer langen, kalten Winternacht. Dann hebe ich den Kopf.

»Brice, ich muß Ihnen etwas sagen.«

Er schreckt hoch, wie aus einem Traum. »Was?« fragt er verstört. »Was müssen Sie mir sagen? Sie wollen doch nicht nach Hause gehen?«

»Nein. Ich bleibe bei Ihnen. Aber ich habe nicht gewußt, daß wir ... daß wir so schnell ... wie soll ich sagen, uns so nahe kommen werden. Jedenfalls, ich nehme keine Pille. Und heute ist es gefährlich. Können Sie aufpassen?«

Brice seufzt erleichtert. »Natürlich!« Er streichelt meine Hüften. »Natürlich passe ich auf. Das ist kein Problem. Das tue ich sogar gern. Das kann ich gut. Wirklich gut. Das kann ich sogar sehr gut! Machen Sie sich keine Sorgen, jolie madame. Ich mache es gerne! Und ich zeige Ihnen etwas, das wird Ihnen gefallen. Wenn es soweit ist.«

»Was zeigen Sie mir?« frage ich neugierig.

»Den Isiskult«, flüstert er geheimnisvoll. »Sie wissen doch. Ich liebe das Göttliche. Das Erhabene, das mich über den Alltag erhebt. Ich liebe den Dienst an der Frau ...«

»Und was ist der Isiskult?« unterbreche ich ihn mißtrauisch.

»Eine Hymne an den weiblichen Körper«, sagt er theatralisch, »ein Gottesdienst für die, die man liebt. Damit bewahrt man ihre Schönheit und Jugend. Man opfert ihr das Beste, das man hat!«

Oh, nein! Vielleicht gehe ich doch besser heim! Diese Wendung behagt mir nicht! Ich mag keine Kulte, keine Magie, keine rituellen Dienste, keine Hysterie. Ich mag normale Liebe zwischen Mann und Frau, ohne Hexen, Teufel, Beschwörungen und den ganzen Kram. Alles Künstliche tötet die Erotik. Zumindest bei mir. Ein Mann, der diese Dinge braucht, reizt mich nicht.

»Keine Angst, es tut nicht weh«, flüstert Brice. »Sie brauchen gar nichts zu tun. Sie liegen nur da. Es geht ganz leicht! Aber jetzt, meine Göttin, mein Engel, mon amour, jetzt befreie ich Sie von diesen Kleidern.«

Er knöpft meine Seidenbluse auf und schlägt sie zurück. Neuerliches Staunen! Ich bin nackt.

»Sie tragen keine Wäsche??!« stößt Brice hervor und beginnt zu lachen. »Sie gehen halbnackt aus dem Haus? Madame Saint-Apoll? Das finde ich fabelhaft. Machen Sie das immer so?«

»Nur im äußersten Notfall«, sage ich, »nur wenn es sein muß!« (Um mein Selbstbewußtsein nicht ganz zu verlieren – doch das sage ich nicht laut.)

»Und heute mußte es sein?« fragt er geschmeichelt.

Ich nicke.

»Je vous aime! Vraiment! Ich liebe Sie!« Dann streichelt er meine Wangen, meine Stirn, mein Haar. Dann, ganz langsam und zart, meine Brust. Erstaunlich, wie weich die Hände sind an diesen muskelbeschwerten Armen.

Plötzlich aber springt er auf, läßt den Hausrock fallen.

»Gestern in diesem Bett habe ich mir vorgestellt, wie Sie wirklich sind. Aber so schöne Beine habe ich noch nie gesehen. Sie haben einen Körper wie . . . wie . . . wie eine

Elfe! Ganz schmal und zart. Aber trotzdem weiblich. Durch und durch. Sie sind eine echte Frau, Tizia! Sehen Sie mich an!« Er reißt sich blitzschnell die Wäsche vom Leib. »Gefalle ich Ihnen auch?«

Stolz steht er vor dem Bett. In Positur. Hinter ihm die vielen Rosen. Es ist ein eindrucksvolles Bild. Doch vor lauter Muskeln sieht man seinen Körper kaum. Brice wölbt sich an hundert Stellen, die bei anderen Männern gerade sind. Seine Haut ist gebräunt. Und was ist das?!

Sein Zizi steht aufgerichtet bis zum Nabel! Hat er das auch trainiert?!

Ich blicke erstaunt auf den himmelstürmenden Phallus. Schon wieder ein Einzelstück. Mit Seltenheitswert! Ja, in Paris wird man verwöhnt! Faszinierend, was die Natur auf Lager hat, und ihre Tricks errät man nie.

Nie hätte ich mir Brice so vorgestellt! Ich hätte ihn klein geschätzt und drahtig, oben spitz, eher dünn und gekrümmt. Nie hätte ich so ein stattliches Pendant erhofft. Denn die Länge seiner Nase und der Umfang seiner Finger (die angeblich alles verraten) deuteten auf Mittelmaß. Elf Zentimeter. Höchstens zwölf. Brice dreht sich um, und das Zizi dreht sich mit. Jetzt sehe ich es im Profil. Allerhand! Jetzt spannt er irgendwelche Muskeln an, und es wippt im Takt. Das muß nicht sein! Das kann er sich sparen, denn das Ding an sich ist eindrucksvoll genug.

Ergriffen setze ich mich auf, streiche meine langen blonden Locken zurück und mustere das stolze Stück genau. Kommt man aus einer Künstlerfamilie, liebt man Ausgefallenes, und so ein gerades, wie mit einem Lineal entworfenes Zizi habe ich noch nie gesehen. Es ist absolut perfekt, nicht im mindesten gekrümmt. Auch die Spitze steht nicht vor. Es ist ebenmäßig wie ein Rohr, und seidige Haut bedeckt es bis hinauf. Künstlerisch schön ist es nicht. Es fehlt ein gewisser barocker Schwung, vor allem nach oben, dem Ende zu. Doch es paßt zu dem gestählten Körper, und um nichts zu verschweigen, es regt mich auf. Darüber vergesse ich sogar die Muskelstränge auf den Oberschenkeln, die geschwollenen Adern auf den Waden – die sind nämlich nicht mein Fall.

Brice errötet unter meinem Blick, bis hinauf zu seiner hohen Stirn. Das rührt mich zutiefst. Das ist mir auch noch nie passiert. Steckt ein weiches Herz in diesem Muskelberg?

»Findest du mich schön?« fragt er zaghaft und richtet seine grauen Augen ängstlich auf mich (plötzlich sind wir per du).

»Nicht nur schön! Richtig eindrucksvoll!«

Das gefällt ihm. »Komm, du süßes Kind! Wir kriechen unter die Decken!«

Brice hebt mich hoch. Ich schlinge die Arme um seinen Hals. Ich kann kaum atmen. Jetzt wird es ernst! Ach, tut das gut, ein großer, starker, männlicher Körper, der vor Begierde nach mir vergeht. Aber ich will ihn auch. Brice hält mich fest, mühelos, mit einer Hand. Mit der anderen schlägt er die Laken zurück. Sie sind zitronengelb, ohne Rosen, einfarbig dezent. Sofort ist mir leichter. Gemusterte Bettwäsche nämlich ist mir ein Greuel. Wenn ich hier schon mit Rosen erschlagen werde, wenigstens auf Tuchfühlung bleiben sie mir erspart!

»Und nun der letzte Rest«, sagt Brice, legt mich sanft aufs Bett, kniet sich neben mich und entfernt genießerisch, mit spitzen Fingern Höschen und Strümpfe. Dann küßt er mich ausgiebigst am ganzen Körper ab. Mir wird schrecklich heiß, und am schönsten wäre es, er käme jetzt zu mir.

Brice aber geht nach dem Lehrbuch vor.

Schon ist sein Kopf zwischen meinen Beinen.

»Darf ich?« fragt er atemlos. »Ich sage nur bonjour! Zu diesem süßen, kleinen blonden Nest. Bonjour, petit nit! Bonjour.« Ich fühle seinen heißen Atem an meiner intimsten Stelle. Dann seine Zunge. Genau am richtigen Ort. Keinen Millimeter zu hoch oder zu tief, es ist so aufregend, mir entschlüpft ein kleiner Schrei.

Fausto machte das letzthin immer falsch. Küßte mich zu weit oben, oder auf der Seite, wo die Haare sind, jedenfalls nie in der Mitte, wo es hingehört. Brice aber weiß, wo es richtig ist. Was beklage ich mich? Wenn er es so will?! Nur, da unten streicheln kann ich mich allein. Und die Nacht dauert nicht ewig. Wozu Zeit verschwenden? Ohne Grund!

Jetzt hat Brice genug. Robbt hoch zwischen meinen Schenkeln, sucht herum und bohrt endlich, endlich das ebenmäßigste aller Zizis in meinen ungeduldigen Leib. Sekundenlang liegen wir still. Das war es wert: den Unfall, den Wolkenbruch, das ganze Durcheinander des frühen Abends! Dieser erste Kontakt zwischen ihm und mir ist phänomenal. Brice atmet schwer. Sein verhaltenes Stöhnen ist der einzige Laut unter den zigtausend Rosen in diesem Raum.

Dann beginnt er sich zu bewegen: ruckhaft, zögernd, nicht zu tief. Warum nicht tiefer? Hat er Angst? Schweiß bricht aus auf seinem kahlen Haupt. Oder fängt er jetzt an zu schaben? Großer Gott! Erbarmen! Aber nein: Er fühlt sich nur ein! Aha! Jetzt wagt er sich weiter voran. Immer noch tastend, verhalten, aber schneller, und die Lust nimmt dementsprechend zu. Jetzt kommt er in Fahrt.

»Tizia!! Ahhhh! Das ist göttlich! Das ist nicht von dieser Welt! Mit dir ist es ganz anders! Du hast so ein gutes ... kleines ... enges ... Loch!!« Den Rest verstehe ich nicht. Wir versinken in Genuß.

Wir lieben uns ewig. In der Schulbuchposition. Ich flach auf dem Rücken, er auf mir drauf. Es ist die Stellung, die ich am wenigsten mag. Doch ich beschwere mich nicht. Nach wochenlanger Dürre ist mir alles recht. Ich bin so ausgehungert nach einer Liebesnacht, ich lasse es über mich ergehen, Hauptsache, es hört nie auf!

Brice hat die Augen zu. Ich genieße seine Kraft, sein Stöhnen, seinen zitternden Atem, die Lust, die von seinem starken Körper auf mich überspringt. Brice ist einzigartig, in der Tat. Er hat Seltenheitswert! Denn Sportler kann man meist im Bett vergessen. Seine Ausdauer aber rettet die Zunft.

Jetzt wird es langsam Zeit, sich umzudrehen. Ich warte, daß Brice es bemerkt und die Stellung wechselt. Doch das steht nicht im Lehrbuch. Warum sollte er wohl? Er macht weiter. Immer gleich (und für mich etwas zu schnell). Wann wechselt er den Takt? Das ist zu monoton. Irgend etwas fehlt!! Der Mann kann zu lang!

Und plötzlich wird es mir zuviel!

Plötzlich verebbt die Lust. Plötzlich kippt alles um, der Zauber bricht, die Magie verfliegt. Ich will Fausto! Am liebsten hätte ich geweint.

Plötzlich ist mir Brice zu mechanisch, seine Muskeln sind im Weg. Sie sind zu fest. Zu hart. Man stößt sich richtig daran. Habe ich das vorhin nicht bemerkt? War ich blind? Plötzlich stört mich sein kahler Kopf. Ich will Fausto und sein Löwenhaupt! Plötzlich habe ich das Gefühl, ich werde von einem Punching-Ball geliebt: außen Leder, innen Sand! Ich habe genug von diesem harten Leib. Und dieser unbequemen Position. Ich will hier nicht länger liegen, mit gespreizten Beinen, wie ein Säugling auf dem Wickeltisch!

Ich will meinen Mann! Viermal kurz, einmal lang.

Ich will Fausto, der sofort versteht, was mir fehlt, ohne daß ich ein einziges Wort sage. Ich muß hier weg!

Brice merkt es endlich und macht die Augen auf.

»Kannst du nicht kommen?«

»Nein!«

»Ahhh, ma petite femme. Ich weiß, was du brauchst!«

Mühelos kniet er sich auf, ohne sich von mir zu lösen, und hebt mich mit sich hoch. Dann legt er meine Beine über seine Schultern. Jetzt hat er die Hände frei, um mich dort zu streicheln, wo vorhin seine Zunge war.

Laut Lehrbuch ist jetzt alles ideal. Brice wartet, daß ich vergehe vor Genuß. Ich aber fühle mich wie ein armes Huhn auf dem Markt, aufgehängt an den Beinen, Kopf nach unten, und das tötet jede Lust. Jetzt sehe ich das Rosenmeer verkehrt! Sehr bunt! Meine Lage aber bessert das kaum. Ich hasse Verrenkungen im Bett! Und erst der Isiskult! Was wird mir da noch blühn?!

»Komm, meine blonde Göttin! Komm, mon amour!«

Brice bemüht sich wirklich sehr. Schweißperlen sammeln sich auf seiner hohen Stirn, ich muß ihm zuliebe was tun. Und es gibt nur eines: einen falschen Orgasmus! Ich habe keine Wahl! Das ist zwar gegen mein Prinzip, denn ich lüge gar nicht gern im Bett. Doch bei Tommy habe ich begonnen, einmal mehr oder weniger macht das Kraut nicht fett!

»Kommst du?«

»Ja!«

»Ah, mon amour! Komm! Komm!«

Ich beginne spastisch zu zucken und schlage mit den Händen in der Luft herum (besser kann ich es nicht, die Übung fehlt). Wirkt es? Und wie!!

»Ja! Ja! Ja!« schreit Brice, nimmt seine Hand weg, faßt mich um die Hüften, jetzt kommt er erst in Schwung. Hoffentlich vergißt er nicht, daß er aufpassen muß. Er reißt die Augen auf, starrt über mich hinweg auf die Rosentapete hinter dem Bett.

»Das ist über-dimen-sio-nal!!« keucht er, den Blick glasig. »Das ist . . . das ist . . .«

Das sind die letzten Stöße vor einem Orgasmus, wenn mich nicht alles täuscht. Hilfe!! Ich habe Angst! Er wird immer schneller. Gleich ist es soweit!

Jetzt! Brice stöhnt laut auf und zieht sich in letzter Sekunde aus mir zurück. Schon ergießt sich ein weißer Schwall über meinen Leib. Ich liege wie gelähmt und beobachte es mit halb geschlossenen Lidern.

»Ohh, das war himmlisch!« Brice wischt den Schweiß von seiner Stirn. Ich warte, daß er nach einem Taschentuch greift, doch umsonst.

»Bleib, wie du bist«, sagt er und beginnt mich mit seinem Samen einzureiben wie mit einer kostbaren Körpermilch, »das wollte ich dir zeigen, Tizia! Das ist der Isiskult!«

Mit kreisenden Bewegungen, die eigentlich sehr angenehm sind, massiert er meine Brust, meine Mitte, meinen Bauch, bis keine Nässe mehr vorhanden und meine Haut trocken ist. Ich bin so überrascht, ich sage kein Wort.

»Das hält eine Frau jung und schön«, behauptet er dann stolz, »wenn du das jede Woche ein- bis zweimal machst, siehst du mit vierzig keinen Tag älter aus als jetzt. Und weißt du, wie es am besten wirkt? Wenn das Sperma drei Tage alt ist.«

»Woher weißt du das? Wer hat dir das gesagt?!«

»Ich kenne eine Dame«, sagt Brice geheimnisvoll, »eine wunderbare Frau. Die hat drei Männer, die tun das für sie. Sie wechseln sich ab, jeden Tag kommt ein anderer dran. Sie ist älter als ich, genaueres weiß ich nicht, aber sie ist zeitlos schön. Eine wahnsinnig aufregende Person. Ein göttlicher Körper. Alle sind verrückt nach ihr!«

Brice erhebt sich. »Bleib ruhig liegen. Ich bin gleich wieder da.« Mit einem zufriedenen Seufzer geht er ins Bad, um sich zu waschen. Das würde ich auch gerne tun. Schon kommt er zurück.

»Ich glaube, ich muß heim«, sage ich und setze mich auf.

»Nein! Keinesfalls! Das wäre grausam, mon amour. Du bleibst bei mir!« Er kuschelt sich eng an mich, küßt mich zärtlich auf den Mund. »Du bleibst da! Wir schlafen jetzt bis fünf«, er gähnt, »dann stehen wir beide auf, denn um sechs kommt mein Chauffeur. Ich muß nach Cherbourg in die Fabrik. Dort ist Vorstandssitzung. Wie spät ist es jetzt? Was? Halb drei? Dann schlafen wir jetzt zweieinhalb Stunden. Und dann bringe ich dich nach Hause, wenn du magst!«

»Nicht nötig«, sage ich, »ich wohne gleich ums Eck.«

»Stimmt«, sagt Brice schläfrig, »das habe ich ganz vergessen. Wir sind ja Nachbarn! So ein Glück!« Schon schlummert er ein.

Ich liege auf dem Rücken und blicke hinauf zum Plafond. Der nasse Fleck scheint größer geworden zu sein. Vielleicht irre ich mich aber auch.

Ich würde wahnsinnig gern baden. Ich habe das Gefühl, ich klebe auf der Brust. Brice liegt neben mir. Atmet ruhig, wie ein Engel. Und plötzlich bin ich furchtbar müde. Langsam schlafe ich ein.

Ich träume von einem Tropenwald. Palmen, Lianen, Papageien, Orchideen, und mittendrin ein herrlicher Wasserfall. Schon stelle ich mich unter. Ahhhh, das tut gut! Angenehmes, warmes Wasser, das auf mich niederplätschert und meinen ganzen Körper wäscht. Ich genieße es in vollen Zügen, wende mich hin und her, doch was ist das?!

Das Prasseln wird lauter. Das Wasser verliert an Temperatur. Jetzt wird es richtig kalt! Große Tropfen fallen auf meine Nase, meine Stirn, meinen Mund, eiskalte Tropfen, und sie schrecken mich auf.

Platsch! Das traf meine Wange. Und das meinen Hals. Wo bin ich? Mitten in einem Wolkenbruch, wenn mich nicht alles täuscht. Ich reiße die Augen auf, schnelle hoch. Draußen ist es bereits hell. Und hier drinnen ist die Katastrophe los! Wasser strömt durch den Plafond, prasselt mit großem Krach auf den weißen Lederhocker neben dem Bett, die Tropfen prallen ab, spritzen mir mitten ins Gesicht. Plötzlich bin ich wach. Das ist kein Traum. Das ist kalte, nasse Wirklichkeit! Ein Rohrbruch! Großer Gott!

Brice liegt auf dem Bauch, den Kopf in die Kissen vergraben. Ich rüttle ihn an der Schulter. Er murmelt etwas, streckt die Hand nach mir aus.

»Brice!! Schnell! Hörst du mich?!«

Mit einem Ruck ist er wach. Setzt sich kerzengerade auf. Starrt in die Flut.

»Oh! Mon Dieu!« Schon springt er aus dem Bett, rudert hilflos mit den Armen in der Luft herum.

»Einen Eimer!« rufe ich. »Haben Sie irgendwo einen Eimer? Den stellen wir unter!«

Brice verschwindet wie eine Rakete in Richtung Küche. Ich blicke nach oben. Der Fleck bedeckt inzwischen ein großes Eck in der Decke, und aus einer Stelle, genau über dem weißen Hocker, regnet es herab wie aus einer Brause.

Auf diesen Hocker aber hat Brice meine Kleider gelegt! Du lieber Himmel! Schon bin auch ich auf den Beinen, in Rekordzeit, und rette, was zu retten ist. Bluse, Rock und Wäsche, alles ist klitschnaß! Meine Schuhe triefen. Sie sind nicht mehr hell-, sondern dunkelrot. Und innen steht Wasser! Ich gieße es auf den Rosenteppich. Vollgesogen ist er ohnehin, da macht es nichts mehr aus. Dann wringe ich Bluse und Wäsche aus und werfe alles auf eine trockene Fensterbank.

Brice kommt zurück. In einem schwarzen Kimono, mit zwei weißen Eimern. Er wirkt gramgebeugt wie eine Bulldogge, die tagelang nichts zu essen bekam.

»Ich habe der Concierge Bescheid gesagt«, ruft er empört, »sie sucht jetzt den Hauptwasserhahn im Haus!«

Er stellt den Eimer auf den Hocker, das Wasser prasselt hinein.

»Um Gottes willen«, schreit Brice plötzlich außer sich, »ich habe vergessen, den Wecker zu stellen. Es ist dreiviertel sechs! In einer Viertelstunde werde ich abgeholt! Ich muß mich anziehen! Und Sie?? Was machen wir mit Ihnen? Hier können Sie nicht bleiben! Tizia! Verzeihung! Sie müssen gehen!«

»Nackt kann ich nicht auf die Straße«, sage ich betont ruhig, »alle meine Kleider sind naß!«

»Ich werde Ihnen etwas leihen.«

Er kommt zurück mit einem grauen Sakko. Es ist mir viel zu groß. Ich sehe aus wie eine Vogelscheuche mit einem blonden Strohbesen als Kopf.

»Das geht nicht«, sagt er sofort, »warten Sie. Ich werde weitersehen!«

Er bringt mir einen weißen Trainingsanzug, mit einem schwarzen Superman auf der Brust. Das Oberteil reicht mir bis zum Knie. Doch ich kremple die Ärmel auf. Voilà! Es geht!

»Leihen Sie mir auch eine Unterhose?«

Er kommt zurück mit weißen Boxer-Shorts. Sie sind zu weit. Es muß ohne Hosen gehen. Doch das größte Problem sind die Schuhe. In seinen feinen braunen Lederpantoffeln kann ich nicht hinaus, sie sind mindestens zehn Nummern zu groß. Im letzten Moment findet er ein Paar Sandalen aus Holz. In der Mitte, vorne, ist ein Stück Leder, das kann man mit den Zehen umklammern. Wunderbar, mit denen komme ich heim!

Während der ganzen Zeit höre ich Sirenen auf der Straße. Hupen! Tatütata! Jetzt wird Sturm geläutet an der Wohnungstür.

»Hier ist die Feuerwehr!« tönt es aus dem Gang. »Öffnen Sie, die Feuerwehr ist da!«

Brice stürzt zum Eingang. Kommt mit zwei Männern in blauer Uniform zurück. Sie sind jung, schlank und sehr diskret.

»Bonjour, Madame«, sagen sie höflich und blicken sofort wieder weg, »alors, Monsieur, wo rinnt es durch? Aha! Wir sehen schon. Alles klar! Machen Sie sich keine Sorgen, Madame, Monsieur, wir haben das gleich im Griff!«

»Ich gehe«, kündige ich an, kaum, daß sie verschwunden sind.

»Es tut mir ja so leid«, sagt Brice, nimmt meine Hand und begleitet mich zur Tür. Vorher stellt er den zweiten Eimer unter. Der erste ist bereits voll. Da läutet es wieder.

»Das ist mein Chauffeur«, sagt Brice in Panik und guckt durch den Spion. »Um Gottes willen! Nein! Da ist meine Frau!!« Entsetzt sieht er mich an. »Was tun wir jetzt?« flüstert er und erbleicht.

»Ich verstecke mich im Gästeklo«, flüstere ich zurück.

Da läutet es wieder. Sturm! Viermal hintereinander!

»Ich komme«, schreit Brice, »ich bin schon da!!«

Die Gästetoilette ist gleich neben der Eingangstür. Schon

bin ich drin. Doch ich schließe die Tür nur halb und sehe, was sich tut. Brice öffnet. Eine zierliche Frau im rosa Chanel-Kostüm tritt herein. Weißer Hut mit Krempe, weißes Täschchen unterm Arm. Nicht ganz so hübsch wie auf dem Foto, aber immerhin, man erkennt sie gleich.

»Bonjour, Chéri«, sagt sie aufgeregt, »ich wollte dich überraschen. Ich fahre mit dir nach Cherbourg. Carl wartet unten im Wagen. Aber sag! Was tut sich? Was ist passiert??!«

»Rohrbruch!« stößt Brice hervor.

»Wo??«

»Im Schlafzimmer!«

»Nein! Ausgerechnet in meinem wunderschönen ...« Sie läuft den Gang entlang und Brice hinterher. Ehe er entschwindet, dreht er sich kurz um und wirft mir eine Kußhand zu. Das war knapp. Was, wenn sie früher gekommen wäre? Anstatt der Feuerwehr?

Nur nicht daran denken! Voilà, der Lift ist da. Ich schwebe hinab ins Erdgeschoß, mit nackten Beinen, meine nassen Kleider gefaltet über dem Arm, Schuhe in der Hand. Mir ist kalt. Ich fröstle. Die Situation ist bizarr. Doch in Zeiten akuter Krisen wie dieser wachse ich über mich hinaus. Ich bewahre absolute Ruhe. Ich richte mein Haar im Spiegel und trete aus dem Haus, als wäre alles ganz normal, als ginge ich immer im Morgengrauen im Trainingsanzug fremder Männer halbnackt durch Paris.

Die Szene auf der Straße kommt mir bekannt vor. Habe ich erst gestern erlebt! Feuerwehr, Funkstreife, Unfallwagen, Polizei! Die Fahrbahn vor dem Haus ist abgesperrt, und weiter weg steht ein schwarzer Jaguar mit laufendem Motor und einem dunkelhäutigen Chauffeur in Uniform. Das ist Carl, wenn mich nicht alles täuscht. Hübscher Bursche. Kaffeebraun. Tröstet er Madame Renault?

Er mustert mich überrascht durch die Scheibe, reißt die Augen auf. Erkennt er den Trainingsanzug seines Herrn? Ich hoffe nicht. Und wenn, tant pis! Ich leugne alles ab!

Gelassen gehe ich durch den Vorgarten. Marschiere um den Unfallwagen herum, vorbei an der Polizei, und wie ein Magnet ziehe ich alle Blicke auf mich. Ich lächle sie an, die Schnuckis in Uniform, und sie zwinkern amüsiert zurück. Und jetzt immer geradeaus, möglichst schnell.

Ich zwinge mich zu einem kessen Schritt. Was leichter gesagt ist als getan. Die Sandalen nämlich sind wirklich zu groß. Ich kann kaum die Beine heben, ohne sie zu verlieren. Ich habe Schuhnummer siebenunddreißig. Brice hat *zwölf* Nummern mehr. Noch nie bin ich derart beschwert durch Paris marschiert, die Blicke fremder Männer im Rükken. Hoffentlich stolpere ich nicht. Das wäre katastrophal!

Ich klappere dahin, so gut es geht. Hebe den Kopf, betrachte den Himmel, als wäre es das Wichtigste auf der Welt. Aha! Die Regenzeit ist vorbei, heute wird es schön! Seit wann ist die Avenue George Mandel so lang? Sie zieht sich wie ein Brei! Aber alles hat ein Ende. Hier ist die Place du Trocadero, ich schwenke froh nach links – und bin die Blicke im Rücken los!

Merci à Dieu! Jetzt ist mir leichter. Fröhlich summe ich vor mich hin und marschiere um den Platz herum. Vor mir steht der Eiffelturm unter einem Himmel voll kleiner, weißer Wölkchen. Jetzt kommt auch noch die Sonne. Was habe ich gesagt!?

Schon wärmen mich die goldenen Strahlen.

Ich blinzele in das helle Licht. Ich fürchte nicht, Bekannten zu begegnen, denn Paris um sechs Uhr früh ist menschenleer. Hier geht man spät zu Bett und steht spät auf, das ist Kultur. Auch die Cafés sind alle zu. Nur die Müllmänner sind schon unterwegs. In ihren giftgrünen Lastern. Voll Energie! Sie pfeifen mir nach. Grinsen, winken! Ich winke zurück. Sie kennen mich nicht!

Und hier geht's wieder nach links in die Avenue du Président Wilson – ich bin da! Das ist mein Haus! Halleluja!

Ich tippe den Code ein, und das Tor springt auf. Ein letzter Schritt – gerettet! Erleichtert fahre ich zu meiner Wohnung hoch. Und je höher ich schwebe, je heller es um mich wird, desto besser bin ich gelaunt. Ich fühle mich phantastisch. Ich bereue nichts. Ich bin zwar naß wie eine getaufte Maus, meine Schuhe sind ruiniert, doch ich habe was erlebt, und darauf kommt es an.

Brice Renault. Was mache ich mit ihm? Er wird sich wieder melden, hat er gesagt. Ich zweifle nicht an seinem Wort. Doch der Isisdienst ist nicht mein Fall. Ich muß scharf nachdenken, ob ich ihn wiedersehen will.

Der Lift bleibt stehen. Ich bin oben angelangt, hier ist meine Tür. Doch was ist das? Licht scheint aus dem Spalt am Boden, durch den die Concierge zweimal täglich die Post in unsere Wohnung schiebt. Licht im Entrée? Wie gibt es das?! Ich habe alle Lampen gelöscht, gestern abend, ehe ich das Haus verließ. Und Lollo kommt erst um neun! Oder gibt es Probleme? Mit Grand und Petit?

Nun, das haben wir gleich!

Ach, ich freue mich auf ein langes, warmes, köstliches Bad. Und anschließend reibe ich mich mit Nelkenmilch ein, von Kopf bis Fuß, bis ich dufte wie eine Blume! Das wird ein Genuß! Ach, bin ich müde!

Ich gähne lang und ausgiebig und stecke den Schlüssel ins Schloß – und das Schicksal nimmt seinen Lauf!

11

MIT EINEM SEUFZER der Erleichterung trete ich durch die Tür. Und wer steht im hell erleuchteten Entrée? In dem alle Lichter brennen? Mit Mörderblick und wirrem Haar? Fausto Saint-Apoll!

Ich brauche meine ganze Kraft, um nicht vor Schreck umzusinken. Ausgerechnet jetzt! Zum Teufel! Ich habe ihn allzu sehnlichst herbeigewünscht, letzte Nacht!

Fausto hält ein Glas Whisky in der Hand und eine Zigarette in der anderen. Er starrt mich an. Er hat auf mich gewartet. Das ist klar.

Was tue ich nun? Betont keck werfe ich die Tür ins Schloß. Jetzt bleibt nur eines: die Flucht nach vorn.

»Sieh an«, sage ich süß, »ein seltener Gast. Suchen Sie jemanden, Monsieur?«

»Wo – kommst – du – her?« fragt Fausto langsam und betont jedes Wort wie ein Schauspielschüler beim Sprechunterricht.

Gute Frage! Woher komme ich? Ich muß mir etwas einfallen lassen.

»Ich war laufen«, sage ich laut, »weißt du? Joggen!«

»Wo?«

»Im Jardin du Trocadero. Gleich gegenüber. Im Park!«

»Seit – wann – gehst – du – laufen?« fragt Fausto irritiert, es klingt immer noch wie eine Sprachübung.

»Seit du weg bist, mon amour. Ich langweile mich krank! Ich kann mich nicht Tag und Nacht um den Haushalt kümmern!«

»Und – was – ist – das?« Er zeigt auf mein nasses Gewand.

»Ich bin in den großen Springbrunnen gefallen«, sage ich kühn, »ich muß sofort baden. Ich bin durch und durch naß. Laß mich vorbei, mir ist kalt!«

Fausto rührt sich nicht vom Fleck. Er streckt die Hand aus, die die Zigarette hält.

»Superman«, sagt er und zeigt auf meine Brust. Dann verzieht er das Gesicht und trinkt das Glas Whisky leer. »Madame . . . kommt . . . heute . . . später«, äfft er meine Tonbandmeldung nach, »wo warst du die ganze Nacht?!«

Ja, wo war ich? Wo?? Man rennt nicht nächtelang mit viel zu großen Holzsandalen quer durch Paris.

»Schlafwandeln!« Ich lächle süß. »Und wo warst du die letzten *siebzehn Tage*?«

Fausto schweigt. Schwankt leicht hin und her, und plötzlich wird mir klar, daß er völlig betrunken ist und sich nur mit Mühe aufrecht hält. Deshalb spricht er in Zeitlupentempo, deshalb hat er diesen stieren Blick. Jetzt sinkt auch noch sein Kopf auf die Brust. Welch ein Glück! Ich kenne das. Bis er wieder nüchtern ist, hat er alles verschwitzt.

»Warum hast du nicht angerufen?« frage ich nach einer Weile. »Ich hätte mich so gefreut. Dann wäre ich nicht weggegangen!«

»Weil, weil, weil!« sagt Fausto und steckt die Zigarette in den Mund. Sie ist erloschen. Auf dem schönen Teppich liegt ein Häufchen Asche. Fausto kaut an dem Stummel und schließt die Augen.

Ich betrachte ihn wie einen Fremden. Er trägt Kleider, die ich noch nie an ihm sah. Woher stammt dieser häßliche grüne Rock und die hellbraune Hose? Grün paßt Fausto nicht. Grün mag ich nicht an ihm, es macht ihn bleich und farblos. Grün ist für ihn tödlich. Wie Rosa für einen Albino!

Fausto hebt sein Löwenhaupt, versucht ein Lächeln, das nur halb gelingt. Er sieht schrecklich aus! Älter, grau im

Gesicht, mit tiefen Ringen unter den Augen und einem schlaffen Zug um den Mund. Was immer er treibt, es tut ihm nicht gut. Warum tut er es dann? Warum bleibt er nicht bei mir? Was zieht ihn von mir fort?

Doch jetzt nehme ich ein Bad, und dann ruhe ich mich aus!

Ich schlüpfe durch unter seinem Arm, der die Tür zum Korridor versperrt. Und als ich nach einer knappen Stunde ins Schlafzimmer trete, gesäubert, gebadet, geschrubbt und nach Nelken duftend, steht Fausto sinnend vor unserem Bett und sieht mir wortlos zu, wie ich zwischen die Laken schlüpfe.

Ich warte.

»Hast du zugenommen?« frage ich endlich, denn er wirkt wieder dicker.

»Und wie«, stößt Fausto mühsam hervor und sieht schwankend auf mich herab.

»Wovon? Ich denke, du arbeitest wie wild?«

»Von den Sorgen«, sagt Fausto und grinst.

»Von Sorgen nimmt man ab.«

»Ich nicht! Sieh mich an. Ich bin dick und fett, mein Bauch wird immer größer, ich bin häßlich wie die Nacht, das ist dein Werk.« Er zieht an seiner Krawatte.

»Ah bon? Ich habe dich wochenlang nicht gesehen.«

»Ich habe mich wochenlang gefragt, was du tust, wenn ich nicht da bin. Voilà, fünf Kilo Kummerspeck!« Er plumpst auf den Bettrand und versucht seine Schuhe auszuziehen.

»Wo warst du die ganze Zeit?« frage ich eisig.

»Geld verdienen! Für dich, mein kleines blondes Schaf. Damit du im Jardin du Trocadero laufen kannst!«

»Und wo hast du das Geld verdient? Vielleicht hier, in Paris?«

»Ahhh, das würdest du gerne wissen. Aber ich sage nichts!«

Er hat einen Schuh entfernt. Mit dem zweiten hat er Probleme. Automatisch beuge ich mich vor und helfe ihm.

»Ja, das ist schön! Bediene mich, Chérie. Es geht nichts über ein eigenes, kleines, angetrautes blondes Schaf.« Er läßt sich auf den Rücken fallen und versucht vergeblich, sein Hemd aufzumachen.

»Was hast du gefeiert? Am Freitag? Vor einer Woche? In der Coupole?« frage ich und öffne die Knöpfe.

»Wo, Chérie?«

»In der Coupole. Anschließend wart ihr im Séléct.«

»Ah bon? Das habe ich vergessen.«

»Erinnere dich bitte!«

»Zu Befehl! Hilf mir mit dem Gürtel! Le bordel! Ich kriege ihn nicht auf. Ich bin so müde. Ich habe die ganze Nacht nicht geschlafen. Und die Hose! Sie ist zu eng. Ich habe gar nicht gewußt, daß ich so komplizierte Hosen besitze! Hast *du* die gekauft?« Er seufzt aus tiefster Brust und beobachtet interessiert, wie ich mich quäle. Den Gürtel habe ich offen, jetzt kommt der Reißverschluß. Er klemmt. Ich ziehe hin und her.

»Attention au Zizi«, schreit Fausto voll Angst, »nicht so wild! Was tust du? Kastrierst du mich??«

Er sieht mich böse an. Ich seufze.

»Mach dir das selbst! Wenn du es besser kannst!«

Fausto rappelt sich hoch. Die Hose gleitet auf den Teppich. Die Unterwäsche folgt. Schon ist er nackt. Grinst mich an. Das Grinsen kenne ich!

»Schau, wie schön ich bin!«

Er sieht an sich hinab, auf sein bestes Stück, das dunkel und steif in die Höhe ragt. Jetzt stellt er noch das rechte Bein auf den Bettrand und salutiert.

»Vive la France!«

Es ist ein unvergeßliches Bild: Sein Glied, sein Oberschenkel, sein ausgestreckter rechter Arm ragen in perfekter Parallele in die Luft. Leider weiß ich aus Erfahrung: Jetzt wird er lästig. Fausto ändert sich zwar im Liegen – aber nur wenn er nüchtern ist. Trinkt er zuviel, ergreift man am besten die Flucht.

»Vive la France!« wiederholt Fausto lauter. »Das habt ihr nicht in eurem Walzerland, Männer wie mich, auch im Vollrausch hochpotent! Küsse den Stolz de la patrie, Sklavin! Allez! Entrichte Tribut!«

»Befehlen kannst du deinen Maurern«, sage ich und verschränke die Arme hinter meinem Kopf, »du bezahlst mich nicht. Und wenn du jemand demütigen mußt, geh bitte ins Bordell!«

»Ah, mein süßer blonder Engel, ich will aber keine Hure. Ich will mein angetrautes Eheweib! Mach deinen süßen Mund auf, ma belle Viennoise, laß mich hinein!«

Fausto hält mir sein dunkles Riesending vor die Nase.

Ich verdrehe gelangweilt die Augen. Seufze tief und wende den Kopf ab. Fausto greift nach mir, verfehlt mich, beginnt gefährlich zu schwanken.

»Vorsicht!« schreie ich. Doch es ist schon zu spät. Fausto fällt um, kracht zu Boden, liegt schräg vor dem Bett und rührt sich nicht mehr.

Kenne ich! Da liegt er jetzt, bis er wieder nüchtern ist, und ich bin außer Obligo.

Ich stütze mich auf die Ellbogen und betrachte meinen leblosen Mann. Er paßt gut in dieses orientalische Gemach, auf dem dicken, weichen, nachtblauen Teppich. Selbst ohnmächtig betrunken, mit leichtem Übergewicht, ist er immer noch atemberaubend schön. Und Schönheit zählt! Für mich ist sie wichtig. Ich komme aus einer Künstlerfamilie! Das Häßliche bringt mich um! Wehmütig betrachte ich die langen schlanken Beine, die perfekt geschwungenen Arme, die breiten Schultern, das Löwenhaupt und das feine Gesicht: die gerade Nase, die blonden Brauen, den vertrauten Mund. Mein Blick schweift ab zu seinem dunklen Prunkstück, das immer noch hinausragt in den Raum, voll Erwartung, lebensfroh! Warum schrumpft es nicht? Interessant. Hat er erotische Träume? Ach, warum kann er nicht normal sein, nett, verläßlich, ehrlich, treu. Wäre er nur halbwegs gut zu mir, nie würde ich zu einem anderen gehen.

Fausto schläft tief und fest. Aber seltsam, seltsam!

Er riecht nach Rauch. Ganz stark. Das fällt mir jetzt erst auf. Ich neige den Kopf über den Rand des Bettes. Der Geruch nimmt zu. Doch es ist kein Rauch von Pfeifen, Zigarren, Zigaretten, nein, Fausto riecht nicht nach Tabak! Er riecht geselcht! Richtig geselcht! Geräuchert! Schon wieder? Und wovon?!

Ich steige aus dem Bett, setze mich neben ihn auf den Teppich und schnuppere ihn ab: seine Ohren, seine Wange, sein Haar, seinen Hals, seine Hände, seine Knie, seine Fersen, seine Zehen. Alles gleich! Fausto duftet wie ein riesiger Schinken. Er stank schon öfter so, wenn er spät nach Hause kam. Nur weniger stark.

Genau so roch er vor dem Empfang in Versailles, an unserem ersten Hochzeitstag, und am nächsten Mittag, als wir uns auf der Île Saint-Louis zum Essen trafen. Da waren seine Augen rot (und sein Gesicht zerkratzt!). Er wirkte, als ob er direkt aus einer Selchkammer käme!

Rätsel über Rätsel! Doch das haben wir gleich!

Ich springe auf die Beine. Jetzt werden wir sehen, wo er war. Ich steige über den leblosen Mann hinweg, laufe zu seinem Zimmer. Die Tür ist versperrt! Tant pis! Nun zu ihm. Ich durchsuche seine Kleider. Seine Hosen-, Hemden-, Rocktaschen. Nichts! Nicht einmal ein Sacktuch. Oder ein Feuerzeug. Doch das entmutigt mich nicht. Ich weiß, was ich will. Wenn er mir heute nicht die Wahrheit sagt, hetze ich einen Detektiv auf ihn!

Fausto schläft bis vierzehn Uhr.

Ich bin mit dem Essen fertig, als er erscheint: ein Bild des Jammers, verkatert, verstimmt, einen leidenden Zug um den Mund. Ich stehe gerade in der Küche, in meinem hübschen lila afrikanischen Hauskleid, die Haare hochgesteckt, und presse Orangen. Lollo ist bereits nach oben verschwunden. Sie hat Mittagspause bis vier.

»Oh, là, là! Es geht mir miserabel!« Fausto sinkt ächzend auf einen Stuhl. »Ich muß mein Leben ändern. Aber du hilfst mir nicht dabei.« Er sieht mich herausfordernd an. Ich antworte nicht, stelle aber ein Glas Saft vor ihn hin. Er greift danach, trinkt es in einem Zug leer. »Ah, das war gut! Merci, Chérie! Gibst du mir bitte eine Zigarette?«

»Du bist mit einer Nichtraucherin verheiratet. Hast du das vergessen?«

»Muß Tugend schön sein!« Fausto reißt den Rachen auf und gähnt wie ein Raubtier. Er trägt einen roten Bademantel aus Samt, den ich ihm zum Geburtstag schenkte. Die Brusttasche ist mit seinem Monogramm in Gold bestickt.

»Was tut sich auf dem Land?« frage ich harmlos. Fausto zuckt zusammen, als hätte ich ihn mit einer Nadel gestochen.

»Was sich tut? Naive Frage! Diese Baustelle ist mein Ruin! Die Arbeiter saugen mir das Blut aus dem Leib. Die portugiesischen Maurer stehlen das Werkzeug. Keine Wand ist gerade. Ich bin hinter ihnen her wie der Pharao hinter den Juden, es nützt alles nichts! Beschwert man sich, verstehen sie kein Französisch. Und der Polier trinkt wie ein Fisch!« Er macht eine theatralische Pause. »Aber ich halte durch, mon amour, für dich, und damit deine Freundin Gloria gute Geschäfte macht!«

»Wieso Gloria? Du richtest doch nichts mehr ein, hast du gesagt!«

»Du nimmst alles viel zu wörtlich.«

»Hast du Hunger?« frage ich, um Streit zu vermeiden. »Lollo hat für dich gekocht! Ich leiste dir Gesellschaft.«

Wir gehen hinüber ins rote Eßzimmer. Der Tisch ist gedeckt, mit Blumen, Silber, Kristall. Lollo kann das gut.

»Ich habe überhaupt keinen Appetit«, klagt Fausto – und ißt für drei. Melone mit Schinken. Ein halbes Huhn mit Reis. Salat. Käse. Brot. Ein großes Stück frische Erdbeertorte. Dazu eine ganze Flasche Bordeaux, St. Emilion 1987. Zufrieden schlürft er dann eine Tasse Apollos Golden Brazil.

»Besser?« wage ich zu fragen.

»Besser?!« schreit Fausto empört und schleudert die Serviette auf den Tisch. »Das fragst du noch bei einem Umbau von sechshundert Quadratmetern?! Du und deine Gloria! Ihr habt mich auf eine Galeere geschickt.«

»Ich und meine Gloria??! Du phantasierst! Gloria hat mit deinem Haus nicht das geringste . . .«

Doch er hört gar nicht zu. »Noch nie in meinem Leben habe ich so viel geschuftet. Findest du nicht, ich sehe verhärmt aus? Ich habe Ringe unter den Augen. Ich fühle mich wie hundert. Ich bin totenblaß. Die Haare fallen mir aus. Ich kann kaum essen. Ihr Frauen seid alle gleich. Ihr wollt meinen Tod! Vorher gebt ihr keine Ruh'! Und liege ich dann darnieder, steigt ihr über meine Leiche, hin zum nächsten, der euch die Sterne vom Himmel holt, und denkt nicht mehr an mich!«

Er steht auf. Der rote Samtmantel öffnet sich und entblößt seinen prachtvollen Körper.

»Haben wir uns geliebt heute früh?«

»Nein! Du warst zu betrunken.«

Fausto grinst. »A propos Gloria! Ist sie noch zufrieden mit ihrem langweiligen George? Wenn du mich fragst, deine Freundin braucht dringend ein Bonbon! Hat sie dich schon gefragt, wie ich bin, im Bett?« Er greift nach meiner Hand und legt sie auf sein bestes Stück. »Ich rechne mit deiner Empfehlung, süßer Engel. Ich lobe mich nicht gerne selbst!«

Ich reiße mich los und kehre ihm den Rücken.

»Gehen wir ins Bett?« fragt Fausto sanft.

»Nie!«

»Oh doch! Aber vorher muß ich nach Versailles. Granit holen. Die Lieferung aus Italien ist da. Warte am Abend nicht auf mich. Ich fahre dann gleich an die Loire. Was ist los? Tizia? Mein Schaf? Du siehst aus wie der Henker von Sheffield!«

»Morgen ist Pfingsten!«

»Ja und?«

»Du bleibst nicht über Pfingsten in Paris?«

»Nein, Chérie.«

»Weil ihr arbeitet«, sage ich sarkastisch, »am Samstag, am Pfingstsonntag, am Pfingstmontag, Tag und Nacht!«

»Jawohl«, meint Fausto. »Endlich hast du kapiert!«

»Ich gebe dir drei Tage Zeit«, sage ich ganz ruhig. »Wenn du mir bis Montag das Haus nicht zeigst, verlasse ich dich!«

Fausto beißt sich auf die Lippen. Plötzlich ist er ernst.

»Warum diese Eile?«

»Ich habe keine Geduld mehr!«

»Wieso? Du weißt, wie lange das dauert. Ein Umbau. Ein ganzes Haus! Wieso kannst du nicht warten, bis es fertig ist?«

»Weil du lügst wie gedruckt. Es gibt gar kein Haus.«

»So? Es gibt kein Haus? Und wo, meine Liebe, arbeite ich mich kaputt?«

»In Paris! Du warst die ganze Zeit in Paris. Gloria hat dich gesehen. Und ich habe den Rolls gesehen. In der Rue des Carmes. Ich warne dich! Alles hat seine Grenzen. Ich kann nicht mehr!«

»Ich liebe dich! Je t'aime!« Fausto kniet neben mir nieder, bohrt seinen Lockenkopf in meinen Schoß. »Gib mir noch eine Woche. In einer Woche sind wir soweit. Dann zeige ich dir alles, was du willst. Das schwöre ich dir!«

»Unter einer Bedingung. Du schreibst mir jetzt, hier, sofort die Adresse auf!«

Ich gehe zu meinem Zeichentisch, hole Papier und Bleistift und lege sie vor ihn hin.

»Liebend gerne«, sagt Fausto ganz mild, »für dich tue ich alles, Chérie. Ich will nur, daß du glücklich bist!«

Als er weg ist, studiere ich, was er geschrieben hat.

»Tannenhaus« steht auf dem weißen Blatt, daneben der Name eines winzigen Dorfes in der Nähe von Bourges. Irgendwie kommt mir der Name bekannt vor. Doch ich habe vergessen, wieso. Sofort rufe ich die Auskunft an.

Das ist die Stunde der Wahrheit. Gibt es das Haus tatsächlich? Oder ist alles nur Phantasie? Zwei Minuten später weiß ich Bescheid. Das Haus existiert. Die Adresse stimmt. Sogar ein Telefon ist registriert. Doch man gibt mir die Nummer nicht.

»Es tut mir leid, Madame«, sagt die Stimme am anderen Ende, »die Nummer ist geheim. Sie steht auf der roten Liste.«

»Und wie heißen die Besitzer?«

»Darf ich nicht verraten. Kann ich sonst noch etwas für Sie tun?«

»Nein, danke, das genügt.«

Ich lege den Hörer auf und grüble. Eine Woche vergeht schnell. Ich werde warten. Ich gebe Fausto eine letzte Chance. Immerhin, er ist mein Mann. Soll er beweisen, daß er diese Ehe reparieren kann!

Fausto hält sein Versprechen. Er meldet sich jeden Tag. Leider auch die atemlose Stimme: »Letzte Warnung, blondes Gift! Verschwinde aus meiner Wohnung!! Sonst geht sie unter deinem Hintern hoch!!« Das reicht! Kaum legt sie auf, rufe ich die Firma Apoll-Immobil an, die Nummer habe ich aus den Annoncen. Wer weiß? Vielleicht meldet sie sich gleich? Aber nein! Ein Tonband läuft: »Unsere Büros sind derzeit nicht besetzt«, sagt ein fremder Mann, »bitte, sprechen Sie Ihren Namen, Adresse und Wünsche auf Band. Wir rufen Sie zurück.«

Meine Wünsche sind nicht gerade fromm. Ich behalte sie für mich. Ach, ich komme mir so ausgeschlossen vor. Und die Feiertage! Wieder allein! Das ewige Warten macht mich krank.

Doch der Himmel hat Mitleid. Während ich noch grüble, ruft Lucifer an. Er ist über Pfingsten in Frankreich, zu Gast in Chantilly. Ob ich mit ihm essen will? Hätte ich Zeit? Ich habe! Am Pfingstsonntag speisen wir vornehm bei La Serre. Am Pfingstmontag gehen wir zusammen in ein Konzert. Was sich dann noch tat, erzähle ich ein andermal, das paßt jetzt im Moment überhaupt nicht hierher.

Brice Renault treffe ich nicht. Er zieht um!

Tommy Kalman aber lädt mich in die Oper ein, Mittwoch abend, und da will ich hin! Doch wir gehen nicht in das herrliche Palais Garnier, nein, wir fahren in das moderne Trumm an der Bastille. Wir sehen »Elektra«. Und nachher ist mir schlecht. Zuviel Rache, Mord und Blut.

Und das Haus ist viel zu groß, die Bühne zu weit weg, die Stimmen sind elektrisch verstärkt, nein, das gefällt mir nicht. Oper muß intim sein. Wie daheim in Wien. Diese kalten, sterilen Riesentheater sind nicht mein Fall.

Die Woche vergeht.

Und heute ist es soweit. Das Warten hat sich gelohnt. Heute ist der zweite Sonntag im Juni. Es ist kurz vor zwei, wir haben fünfundzwanzig Grad im Schatten, und wir fahren aufs Land und besichtigen das Haus!

Fausto ist wie verwandelt. Der Himmel ist tiefblau. Ich trage kurze weiße Hosen, rote Sandalen, ein weißes Hemd, und ich fühle mich wie neugeboren. Es geht mir so gut, ich könnte schreien vor Glück!

Wir brausen nach Süden, und zum erstenmal habe ich im Rolls keine Angst. NOCH IST JA BLÜHENDE, GOLDENE ZEIT. NOCH SIND DIE TAGE DER ROSEN! Diesen Spruch hat mir Gloria geschickt. Golddruck, auf einer schönen Jugendstilkarte. Ich trage sie heute bei mir, als meine Devise: Ich bin erst zweiundvierzig Jahre, munter, kerngesund, ich habe keine einzige Falte im Gesicht, und vielleicht werde ich noch diesen Monat schwanger. Fausto hat gewisse Andeutungen gemacht. Außerdem kam er schon am Freitag heim. Wir haben uns zwei Nächte lang geliebt. Die schlechte Zeit scheint endgültig vorbei. Jetzt fängt ein neues Leben an!

Nach zwei Stunden verlassen wir die Autobahn und fahren auf der Landstraße weiter. Jetzt wird es schön. Fausto streichelt mein nacktes Knie. Er hat auch noch keine einzige Zigarette geraucht. Das rechne ich ihm hoch an.

Wir überqueren die Loire. Dann biegen wir in einen romantischen Feldweg ein, fahren einen grünen, friedlichen Kanal entlang und über einen sanften Hügel, der voller alter Obstbäume steht. Rechts und links weiden Schafe. Ein großes Gut kommt in Sicht, aus Sandstein, mit runden Türmen, von einer hohen Mauer umgrenzt. Wir überqueren einen Bach. Die Brücke ist aus Holz. An den Ufern stehen alte Weiden, deren Zweige bis ins Wasser reichen. Es ist die idyllischste Landschaft, die ich jemals sah. Hier kommt ein schattiges Wäldchen. Dann eine scharfe Kurve nach rechts. Wir sind da!

Im Schrittempo fahren wir durch einen Torbogen aus Buchsbaum. Halten vor einem schönen, alten, tiefgezogenen Dach, das fast bis zum Boden reicht und Schutz und Geborgenheit verheißt. Absolute Stille. Nur ab und zu rauscht der Wind in den Bäumen. Es riecht nach frischgemähtem Gras. Vögel zwitschern, Bienen summen. Es ist das reinste Paradies.

»Nous voilà«, sagt Fausto feierlich, »das ist das Tannenhaus!«

Er geht um den Wagen, öffnet meine Tür, reicht mir die Hand. »Und was ich noch sagen wollte: Es ist dein Haus, Tizia! Es gehört dir!«

»Wie meinst du das?« frage ich fassungslos.

»Es ist ein Geschenk«, sagt Fausto theatralisch und küßt mir die Hand.

»Das verstehe ich nicht. Du hast gesagt, das Haus ist das ganz große Geschäft.«

»Jetzt nicht mehr. Komm! Steig aus und sieh dich um!«

Was soll ich sagen? Das Haus ist perfekt. Nicht zu groß, nicht zu eng, wie man sich ein Landhaus eben wünscht. Sofort erliege ich seinem Charme. Es ist ein umgebauter alter Bauernhof aus Stein, dessen Dach auf der Wetterseite bis zum Boden reicht. Dafür ist es nach Süden offen: Große Fenstertüren führen hinaus auf einen grünen Rasen, auf Rosenbüsche und einen riesigen Haselnußstrauch, auf eine schattige Laube, bewachsen mit echtem Wein. Darunter stehen ein runder Tisch und bequeme Stühle aus Holz.

Sieben riesige Tannen trennen den Besitz vom Nachbargrund. Tannen sind in dieser Gegend rar. Deshalb fallen sie auf und geben dem Haus etwas Märchenhaftes. Überhaupt wirkt das Ganze wie von einem anderen Stern. Nichts ist zu spüren von der Hektik der Welt. Ein seltsames Gefühl überkommt mich, der Eindruck wird stärker mit jedem Schritt: Ich wage es kaum zu sagen, doch das Haus wirkt auf mich wie ein Liebesnest. Ja, das ist das richtige Wort. Ein Liebesnest, weit weg von Paris, versteckt, perfekt, ein kompaktes Stück Glück – und das gehört jetzt mir?

Ich bin skeptisch. Das ist zu schön!

Ich bin ein gebranntes Kind. Bei Fausto weiß man nie! Oder habe ich ihm Unrecht getan? Liebt er mich wirklich, und die Heimlichtuerei war nur Schein? Um mich zu überraschen? Mein Besitz??

Fausto weiß nämlich, was mir ein Haus bedeutet. Seit ich denken kann, habe ich mir eins gewünscht. Mein Vater aber hatte nie genug Geld. Wir wohnten immer in Ateliers, zwar in hellen, schönen, großen, doch immer zur Miete! In einer Künstlerfamilie gibt es keine Sicherheit. Manchmal war sehr viel Geld da, dann wieder keines. Sparen ist ein unbekanntes Wort. Was man hat, gibt man aus, und zwar möglichst schnell. Man kann sich nichts versagen!

Nie wurde Geld zur Seite gelegt – für ein Haus, ein eigenes Haus, für eigene Wände, ein eigenes Dach, ganz zu schweigen von einem eigenen Garten, eigenen Bäumen, Sträuchern, Blumen, eigenen Spatzen, Amseln, Meisen, Tauben, Schmetterlingen. Deshalb will ich eine Bastide in der Provence! Aber bis es soweit ist, nehme ich gern mit dem Tannenhaus vorlieb – falls die Geschichte stimmt.

»Sehr romantisch«, sage ich zu Fausto, »wirklich entzükkend. Solche Häuser sind heute rar!«

»Deshalb war es auch so teuer«, meint Fausto stolz,

»Charme kostet Geld. Hast du gesehen?« Er zeigt auf eine alte Treppe aus Stein, die an der Ostseite, außen an der Wand, nach oben führt. »Da hinauf ist man früher in den Heuboden gestiegen. Jetzt sind die Schlafzimmer dort.«

Auch die Treppe ist romantisch. Am Geländer rankt sich weißes Geißblatt empor, das betörend duftet, und unter den Stufen wuchern Blumen: roter Mohn, weiße Nelken, Küchenschellen, Vergißmeinnicht.

»Komm her«, sagt Fausto gönnerhaft, »ich will dich über die Schwelle tragen!«

Schon hebt er mich hoch. Ich wehre mich zum Spaß. Er küßt mich auf den Mund. In der Küche stellt er mich wieder auf die Beine. »Sieh dich um«, meint er gut gelaunt, »ich gehe inzwischen in den Keller und hole uns eine gute Flasche Wein!«

Ich wandere durch die Räume: Salon, Eßzimmer, Gästezimmer, Klo, Abstellraum, Dusche, alles spärlich, aber hübsch möbliert. Plötzlich aber weicht die Euphorie. Plötzlich weiß ich: Nein! Die Geschichte stimmt nicht! Nirgends nämlich entdecke ich Spuren größerer Umbauten, die Fausto angeblich durchgeführt hat. Das fiel mir schon draußen auf. Nirgends Flecken von Zement, nirgends ein Loch, wo die Mischmaschine stand, der Rasen perfekt. Nirgends Bretter oder Ziegel, noch *nie* sah ich eine Baustelle derart sauber aufgeräumt. Wenn es je eine Baustelle war!

Drinnen nämlich ist es noch viel krasser. Nirgends neue Wände, neuer Verputz oder neue Schalter, auch die häßlichen Telefonstecker wurden nicht durch moderne flache ersetzt. Und wo ist der Granit, den Fausto kaufte? In Versailles? Die Küche ist aus Holz. Auch Geschirrspüler ist keiner da, und der Dunstabzug fehlt, Modernitäten, ohne die man heute kaum mehr Immobilien verkaufen kann.

Seufzend steige ich hinauf in den ersten Stock, über eine Innentreppe aus Holz. Die ist auch nicht neu, nein! Das ist wunderschöne Handarbeit, gedrechselt, aus Eiche, und sicher hundert Jahre alt. Das sehe ich auf den ersten Blick.

Drei Schlafzimmer, ein Ankleideraum, eine große Diele mit Bücherwand bis zum Plafond und einem gemütlichen maisgelben Sofa. Auch hier genug Möbel, um sofort einzuziehen.

Fausto kann sagen, was er will. Das Haus wirkt gemütlich und bewohnt. Wände und Decken haben Patina, es ist nichts zu spüren von der Frische und Kühle einer Generalsanierung, die doch angeblich durchgeführt wurde.

»Wer hat hier gelebt?« rufe ich hinunter, denn ich höre, daß Fausto zurückgekommen ist.

»Ein altes Ehepaar!«

Ein altes Ehepaar? Das kann nicht sein. Eher eine Familie mit kleinen Kindern. Schon im Erdgeschoß fand ich eine weiße Kinderuhr aus Plastik, die beim Umzug liegengeblieben war, und hier oben geht es weiter: In einer Ecke entdecke ich zwei rosa Haarspangen, wie sie kleine Mädchen tragen, und im Bad neben der Wanne liegt eine Gummiente. In einem Schlafzimmer fand ich eine Trillerpfeife und eine Mundharmonika. Paßt das zu ältlichen Pensionisten? Nur wenn sie reif sind fürs Irrenhaus!

Und was ist das? Ein Bild lehnt an der Wand, neben dem gelben Sofa. Ein Gemälde in geschnitztem, vergoldetem Rahmen. Ich drehe es um und falle vor Schreck fast die Treppe hinab.

Es ist ein Porträt von Großonkel Kronos!

Ich starre auf das Bild. Kein Zweifel! Das ist unser Wohltäter, Faustos Erbonkel in jungen Jahren, wie er leibt und lebt. Plötzlich wird mir schwach in den Knien.

»Ach, *da* bist du!« Fausto kam unbemerkt hoch und guckt mir über die Schulter. Wortlos halte ich ihm das Bild vors Gesicht.

»Das ist der alte Herr, der mir das Haus verkauft hat!« Irre ich mich, oder schwankt seine Stimme? »Der Vorbesitzer. Monsieur Bernardin. Jawohl!«

»Das ist Onkel Kronos«, sage ich scharf, »das sieht selbst ein Blinder!«

»Du hast Halluzinationen, kleines Lamm. Dein Wiener Walzergeist geht mit dir durch. Aber warte. Irgendwie! Ja! So unrecht hast du nicht.« Er nimmt mir das Bild aus der Hand, hält es ans Licht. »Da ist tatsächlich eine Ähnlichkeit!«

Ich schweige.

Fausto stellt das Porträt hinter das Sofa. Für ihn ist die Sache abgetan. Für mich aber nicht.

»Warum habt ihr im Erdgeschoß kein Bad eingebaut?« frage ich dann. »Und die Küche hat keinen Dunstabzug.«

»Weil, weil, weil! Du sagst doch immer, zu viel Modernitäten sind dir ein Greuel!«

»Aber du hast das Haus nicht für mich gekauft. Davon war nie die Rede. Du hast es gekauft, weil du das große Geld . . .«

»Früher war früher, jetzt ist jetzt«, beendet Fausto die Debatte, »jetzt ist das dein Haus, deshalb habe ich alles möglichst alt gelassen. Und falls du es irgendwann einmal loswerden willst, Tizia, hörst du zu? Weil du deine Traumbastide gefunden hast, in der Provence, dann verkauft es sich durch seinen Charme. Jeder Franc, den man noch hineinsteckt, ist verlorenes Geld. Habe ich recht?«

»Kannst du mir sagen, *was* ihr hier umgebaut habt? Seit Mitte Mai?«

»Du bist nie zufrieden«, sagt Fausto ärgerlich, »ewig dieses Kreuzverhör. Wenn dir das Haus nicht gefällt, sag es gleich!«

»Warum hat der Vorbesitzer, dieser Monsieur Bernardin, sein Porträt dagelassen? Deiner Meinung nach?«

»Er hat auch Möbel dagelassen, er hat Bettzeug hiergelassen. Er hat seine Bücher dagelassen. Er ist mit seiner Frau in ein Pensionistenheim gezogen. Dort hat er wenig Platz. Außerdem, mon amour, hör mir zu. Ich schlage vor, du machst es dir hier gemütlich und bleibst ein paar Tage da. Was willst du in der heißen Stadt? Denk an den Lärm. Die Autos. Den ewigen Stau! In Paris kann man nicht mehr atmen, kein normaler Mensch bleibt im Sommer in der Stadt!«

»Und du? Bleibst du auch??«

»Liebend gerne. Glaubst du, ich will in Paris verschmachten? Ich habe mir erlaubt, kleine Tizia, einen Landaufenthalt zu planen. Lollo hat unsere Sachen gepackt. Such dir aus, wo du schlafen willst. Ich hole sie inzwischen herein!«

»Wie lange willst du bleiben?«

»Vielleicht eine Woche? Wir werden sehen, wie es uns gefällt!« Fausto kommt zurück und schleppt zwei schwere Koffer. Die sind für mich. Für sich hat er eine kleine Tasche eingepackt!

Dann fahren wir essen in ein Drei-Sterne-Restaurant, zwanzig Kilometer entfernt, in einem alten Schloß. Fausto trinkt, als hätte man eben erst den Wein erfunden. Zwei Flaschen bewältigt er alleine. Fahren aber kann er immer noch. Um Mitternacht sind wir zurück, und er will sofort ins Bett. Er will nicht reden, nichts erzählen, er braucht seine Ruhe!

»Also, hier lassen wir uns nieder?« Er steht im größten der drei Schlafzimmer und begutachtet das Grand lit, das ich am Nachmittag frisch bezogen habe. »Mir ist es recht!«

In Windeseile kleidet er sich aus. Hemd, Hose, Schuhe, Unterwäsche, alles fliegt durch den Raum, gefolgt von einem zufriedenen Seufzer. Dann läßt er sich splitternackt auf die Decken fallen.

Als ich aus dem Bad trete, liegt er immer noch auf dem Rücken und fixiert das Prunkstück von La France, das pfeilgerade nach oben zeigt.

»Doktor, Doktor«, ruft er mit Kinderstimme und weist darauf hin, als sähe er es zum erstenmal, »hier habe ich eine krankhafte Schwellung. Was meinen Sie? Ist es ernst?«

»Sehr ernst, Monsieur Saint-Apoll!«

»Dann kommen Sie ins Bett, Madame. Dagegen muß man etwas tun!«

Dieser Meinung bin ich auch. Ich lächle ihn an, doch ehe

ich die Kämme aus dem Haar nehmen kann, springt er auf, Hektik im Blick.

»Wo gehst du hin?« frage ich überrascht.

»Waschen!« Schon ist er weg.

Nun gut! Er wird sich schon beruhigen. Voll Vorfreude auf eine dritte Liebesnacht schmiege ich mich in die schneeweißen Laken, die ich am Abend extra noch gebügelt habe. Das Bett riecht nach frischer Luft und Sonne. Es ist ein weiches, duftiges Lager, in dem, so Gott will (und Fausto), mein Kind entstehen wird. Nicht heute, nicht morgen. Doch ab Mitte nächster Woche ist es wieder erfreulich gefährlich!

Fausto kommt zurück, schön wie ein griechischer Gott, und kniet sich über mich. Wasser tropft von seinem Zizi wie von einem Feuerwehrschlauch.

»Ich bin ganz sauber«, er hält es mir vor den Mund. »Baiser, Chérie!«

Ich mache ihm die Freude, obwohl es nicht einfach ist. Fausto ist derart groß gebaut, daß ich ihn kaum unterbringe, ohne ihn mit den Zähnen zu verletzen. Außerdem kriege ich Brechreiz, wenn er zu weit nach hinten stößt. Und irgendwie, irgendwie habe ich mir die Sache anders vorgestellt. Wir waren so viel getrennt in letzter Zeit. Ich sehne mich nach Zärtlichkeit, einem lieben Wort!

Fausto aber stöhnt vor Lust, wie mir scheint stundenlang! Wann will er endlich *mich*?

Aha! Langsam kriegt er genug. Jetzt legt er sich zu mir, beginnt mich zu streicheln, dort, wo es am angenehmsten ist. Er trifft sogar die richtige Stelle. Beim ersten Versuch!

Doch da entschlüpft mir ein wohliger Seufzer, und das war falsch. Sofort zieht er die Hand weg. Macht nichts. Ich will ihn sowieso in mir. Ich umarme ihn zärtlich, schmiege mich an seinen mächtigen Leib. Ich begehre ihn, daß es schmerzt. Ich will ihn fühlen, drücken, küssen! Er ist mein Mann! Und die letzten beiden Nächte waren wunderschön.

Fausto bemerkt es und befreit sich aus meinen Armen. Dann dreht er sich zur Seite.

»Kratz mich am Rücken«, sagt er mit Kinderstimme, »mich hat etwas gebissen. Ein Floh. Ein Landfloh. Kratz mich fester, meine kleine Tizia. In der Mitte. Voilà! Alle Wirbel hinunter und hinauf. Und jetzt am Schulterblatt. Ahhhh . . . c'est bon!!« Seine Stimme wird immer leiser. Plötzlich schläft er ein und rührt sich nicht mehr. Spät in der Nacht aber hantiert er an sich herum, kriegt einen Höhepunkt, schreit »Non! Non! Non!« Wie zum Teufel soll man da schwanger werden?

Ich liege bis zum Morgengrauen wach und grüble.

Zwei schöne Nächte in Paris. Das war offensichtlich schon zuviel! Jetzt folgt wieder eine Zeitlang Dürre. Heiß – kalt. Heiß – kalt. Zuckerbrot und Peitsche. Dieser Mann kann mich nicht lieben.

Warum will das nicht in meinen Kopf?

Plötzlich habe ich rasende Migräne. Es sticht in der linken Schläfe. Es zieht im Bauch, in den Hüften, zwischen den Beinen, von meinem ungeliebten Unterleib bis hinauf ins Herz.

Fausto liegt wie ein Engel neben mir und schlummert süß. (Kein Wunder bei dem vielen Wein!) Ab und zu seufzt er leicht. Sein Löwenhaupt nimmt das ganze Kissen ein. Seine Locken sind an meiner Wange, sein Arm liegt ausgestreckt über meiner Brust. Er ist schwer und drückt mir die Luft ab. Irgend etwas muß geschehen. So kann es nicht weitergehen!

Doch der nächste Tag wird noch viel schlimmer.

Früh am Morgen springt Fausto plötzlich aus dem Bett. Ohne Kuß, ohne ein erklärendes Wort. Als ich endlich wage, ihm ins Bad zu folgen, rasiert er sich schon.

»Liebste Tizia«, beginnt er, als er mich im Spiegel sieht, und hält inne, »ich muß ein ernstes Wort mit dir sprechen! Wie du dich heute Nacht benommen hast, ist ein Skandal! Ich habe dich geheiratet, denn ich dachte, du bist belastbar. Endlich eine fröhliche, kleine Frau, habe ich gesagt, une belle Viennoise, die nicht nörgelt, keine Fragen stellt und dir das Leben nicht zur Hölle macht. Und was passiert? Kaum daß ich eine Firma gründe und wirklich arbeiten muß?«

Er starrt mich an. Ich zucke die Schultern.

»Du denkst nur noch ans Bett!! Du bist nie zufrieden! Nie hast du genug. Du bist liebestoll wie eine Wühlmaus im Frühling. Du wirst eine erotische Bedrohung. Weißt du was? Deine Nerven sind überreizt! Was du brauchst, süßer Schatz, ist Ruhe und frische Luft. Ich habe eine Entscheidung getroffen. Ich fahre allein zurück nach Paris. Und du machst es dir hier gemütlich und bleibst den Sommer über da. Ich habe eben mit meiner Mutter telefoniert, die findet auch, es ist eine blendende Idee!«

»Den ganzen Sommer?«

»Ich komme dich besuchen. An den Wochenenden. Von Freitag bis Montag. Wenn du willst. Du hast dir doch glühend ein Haus gewünscht. Oder nicht? Jetzt hast du eines. Jetzt kannst du es in Ruhe kennenlernen. Keiner stört dich. Du kannst dekorieren, arrangieren, Pläne zeichnen. Du kannst dich entscheiden, welche Möbel du hierherbringen willst. Das machst du doch gern? Dafür lebst du doch, oder?«

»Von deinem Ton zu schließen, fährst du heute schon zurück?«

»Ich kann nicht bleiben. Die Arbeit ruft!«

Wortlos verlasse ich das Bad.

Mit diesem Menschen rede ich nicht mehr!

Am Nachmittag fährt Fausto nach Paris in seinem weißen Rolls-Royce. Vor dem Haus, unter dem Torbogen aus Buchsbaum, verabschiedet er sich schnell. Bei laufendem Motor gibt er mir einen Kuß. Er neigt sich zu mir heraus, sein nackter Arm ragt aus dem Fenster, der Flaum auf seiner Haut leuchtet golden in der Sonne.

Er trägt ein frisches blaues Hemd, blau wie seine Augen, in denen es seltsam glitzert. Dann zündet er eine Zigarette an.

»Adieu, Tizia, süßes Lamm. Ich beneide dich. Du kannst den ganzen Tag in der Sonne liegen. Ach, einmal eine Frau sein! Du weißt nicht, wie gut du es hast.«

Er löst die Handbremse.

»Sowie sich deine Nerven beruhigt haben, hole ich dich«, meint er, ohne mich anzusehen, »ruh dich ordentlich aus. Die Natur ist die beste Kur. Und – ich liebe dich! Vergiß das nicht!«

Ich sehe ihm nach, bis der Rolls in den Feldweg einschwenkt und verschwindet. Er läßt mich zurück, ohne Geld, ohne Wagen. Ich habe es gewußt: Der Mann hat kein Herz. Von so einem Menschen sollte man sich nicht schwängern lassen. Sein Sohn wird sein wie er, und gemeinsam bringen sie mich ins Irrenhaus. Warum will ich überhaupt ein Kind von diesem Ungeheuer?

Weil du ihn deswegen geheiratet hast, Tizia Saint-Apoll. Weil du eine Familie wolltest, dumme Kuh! Und mit teuflischer Sicherheit hast du dir den Falschen gesucht!

Ich gehe langsam zurück ins Haus, werfe mich auf das Bett und weine. Dann rufe ich Gloria an.

»Soll ich kommen und dich holen?« fragt sie sofort.

»Nein, noch nicht.«

»Warum noch nicht?«

»Ich will mir klarwerden – über Verschiedenes.«

»Laß dich scheiden«, sagt Gloria, die Fausto nie leiden konnte, »du brauchst ihn nicht. Dieses Ekel! Du kommst zu mir, wir vergrößern das Geschäft, wir erobern Paris! Was glaubst du, was wir zwei alles auf die Beine stellen können! Übrigens hat mich Lucifer Heyes besucht.«

»Und was wollte er?«

»Wissen, wie's dir geht. Er hat versucht, dich zu erreichen.«

»Sag ihm ja nicht, wo ich bin. Ich bitte dich!«

»Keine Angst«, meint Gloria nach einer ganz kurzen

Pause, »aber der Mann gefällt mir sehr gut. Der hat Substanz!«

»Fausto ist schöner.«

»Dein Fausto ist zwar außen riesengroß. Aber innen ist er winzig klein. Verstehst du, was ich sagen will?«

Ich seufze.

»Du meldest dich, wenn du mich brauchst? Versprochen?«

»Ich melde mich!«

»Adieu, ma grande. Und genieß die gute Luft.«

»Adieu, Gloria. Ich tue mein Bestes.«

Ich hänge auf und bleibe sitzen, auf dem Bett neben dem Telefon. Ich muß mir etwas einfallen lassen!

Ich muß mich entscheiden! So schwer es auch ist!

Ehe ich Beschlüsse fasse, zu Hause, in Paris, sitze ich tagelang stumm in der Wohnung und grüble vor mich hin. Aber dann, kurz bevor sich der Nebel hebt, ziehe ich ein hübsches Kleid an und fahre auf den Eiffelturm. Und dort, dreihundert Meter über Paris, ganz oben auf der Spitze, mit einem Blick über die ganze phantastische Stadt, kommt mir meist die Erleuchtung. Nun, vielleicht kommt sie auch hier auf dem Land. Wir werden sehen.

Langsam erhebe ich mich und gehe in die Diele.

Vielleicht finde ich etwas zu lesen in der Bücherwand. Ich nehme einen Band zur Hand – schlage ihn auf – und was sehe ich? Ein hübsches Schild auf der Innenseite des Deckels. Es ist blau-weiß. Und was steht darauf? Kann das sein? Ich reiße die Augen auf: EX LIBRIS KRONOS SAINT-APOLL. Jawohl! Schon durchsuche ich sämtliche Bände auf dem Regal. Überall dasselbe. Die Bücher gehörten unserem Wohltäter. Und plötzlich weiß ich, wo ich bin!

Auf einmal ist mir alles klar!

Ich bin in Onkel Kronos' legendärem Liebesnest! Im Tannenhaus. Seinem geheimen Zufluchtsort. Warum fiel mir das nicht früher ein? Onkel Kronos nämlich hatte eine große Liebe. Die Frau eines berühmten Politikers, die sich nie scheiden ließ. Ihr ganzes Leben waren sie liiert. Deshalb hat er nie geheiratet. Und hier trafen sie sich, heimlich, um glücklich zu sein.

Flore hat mir die Geschichte zugeflüstert. Als Kronos noch lebte. Und ich vergaß sie prompt. Fausto hat das Haus nie erwähnt. Ich dachte, es sei längst verkauft! Oh, là, là! Das sind Entdeckungen!

Ich sinke auf das maisgelbe Sofa vor der Bücherwand. Das Blut klopft in meinem Kopf. Fausto hat gelogen, von Anfang an! Der Hauskauf. Der Umbau. Alles Erfindungen. Alles nicht wahr. Aber wer hat das Haus bewohnt? War es vermietet? Vielleicht wirklich an Pensionisten? Aber was ist das? Neben dem Sofa? Auf dem Boden?

Ein Stoß Wohnzeitschriften, Architekturhefte, Sonderdrucke über Innendekoration. Ich beginne zu blättern. Seltsam. Seit wann interessieren sich Pensionisten mit dem Altersheim vor Augen für Innenarchitektur? Es sind auch genau dieselben Hefte, die ich in Paris abonniere, und, Wunder über Wunder, bis zum letzten Monat sind die Jahrgänge vollständig, kein Heft fehlt. Seltsame Übereinstimmung der Interessen.

Unter dem Sofa liegt eine amerikanische Illustrierte. Eine Wochenzeitschrift, die Umfragen publiziert. Zerstreut beginne ich zu lesen.

»Fast alle Ledigen halten sich für glücklicher als ihre verheirateten Freunde«, steht da, »in der Tat versichern siebzig Prozent der Befragten, Männer und Frauen, daß es bedeutend leichter sei, alleine zu leben, als eine Ehe zu ertragen!« Wie wahr!

Ich lese den kurzen Absatz, bis ich ihn auswendig kann.

Dann hole ich eine Schere und schneide den Artikel aus.

Jeder wahnsinnig, der sich vermählt!

Ist man ledig, schwebt man auch nicht jeden Tag im Glück. Doch die Türen stehen offen, der Weg ist frei! Von einer Stunde zur anderen kann ich mein Leben ändern, übersiedeln, verreisen, zu studieren beginnen, eine neue Liebe finden.

Ist man verheiratet, sind alle Türen zu. Man wird belogen, betrogen, es gibt nur einen Grund, diesen Krampf zu ertragen: Kinder! Süße Kinder! Aber so?

Ich klebe den Artikel in die Mitte des Schlafzimmerspiegels. Da entdeckt ihn Fausto sofort, falls er überhaupt je wiederkommt.

Dann gehe ich hinunter in den Garten. Atme die frische, duftende Luft, sehe hinauf in den blauen Sommerhimmel. Wie schön wäre es, jetzt nicht allein zu sein. Noch nie in meinem ganzen Leben war ich so einsam wie in dieser Ehe.

Ja! Das ist wirklich paradox: Kaum ist man laut Staat und Kirche zu zweit, ist man erst *richtig* allein, verlassen, vergessen, verschmäht, isoliert von der Welt, angewiesen auf einen Mann, den man nicht begreifen kann!

Mit zwanzig hätte mich das umgebracht.

Jetzt, mit zweiundvierzig, aber habe ich mehr Kraft. Ich bin stärker, als Fausto denkt. Ich bin in der glorreichen Mitte meines Lebens, und ich kann alles – wenn ich *will.*

Wenn ich will, verzichte ich auf ihn. Auf die Saint-Apolls. Auf die große Wohnung. Das Personal. Das Prestige.

Ich breche aus – aus dem goldenen Käfig! Soll er sich einen anderen Vogel halten.

Als Haustier bin ich mir zu gut!

Wenn ich muß, reiße ich mir Fausto aus dem Herzen. Heute? Morgen? Übermorgen? Wann??

Dann sehe ich, was von mir übrigbleibt.

Und dann – fange ich ein neues Leben an.

12

ICH SCHLAFE GUT – die erste Nacht allein in Onkel Kronos' Haus. Ich habe keine Angst, keine bösen Träume, ich habe sein Bild aufgehängt, vis-à-vis von meinem Bett, und unter diesen gütigen Augen fühle ich mich geborgen.

Am nächsten Morgen aber ist die Schonzeit vorbei. Derzeit geht es Schlag auf Schlag, als wollte mich das Schicksal zu einer schnellen Entscheidung zwingen.

Post ist gekommen!

In dem blauen Briefkasten unter dem Tor aus Buchsbaum liegen zwei längliche weiße Kuverts mit Fenster. Sie sehen aus wie Rechnungen, doch das muß ein Irrtum sein! Soweit ich weiß, habe ich alles bezahlt. Außerdem bin ich erst seit Samstag hier. Das kann nicht für mich sein.

Verblüfft starre ich auf den Namen: Madame Fausto Saint-Apoll. Kein Zweifel, das bin ich!

Langsam schlendere ich zurück in den Garten, setze mich in die Laube, an den runden Tisch aus Holz, und reiße das weiße Papier auf.

Mon dieu!! Ich ringe nach Atem. Es ist eine Rechnung vom Möbelstudio Ariadne über dreihunderttausend Francs. Neue Francs! Dafür kriegt man ein halbes Landhaus. Ich starre auf das Blatt. Ich verstehe das nicht. Ich war dort nie Kundin, werde es nie sein. Ich kaufe nur bei Gloria. Ariadne aber handelt mit aufpoliertem Mist. Dort kaufen Neureiche und Touristen, die von Qualität nichts verstehen! Wie kommen die zu mir?

Ein englischer Eßtisch. Zwölf Stühle. Ein Kanapee. Alles in Spezialanfertigung! Cashmere als Bezug. Fünfundzwanzig Polster in verschiedenen Größen, vier bezogene Hocker. Wer hat das bestellt? Und vor allem: Wer hat das bekommen? Für mein Geld!

Der zweite Brief ist ebenso charmant: Ein Haute-Couture-Haus fordert einhundertneunzigtausend Francs! Ein Abendkleid. Zwei Tagesroben. Ein türkisches Cape mit Kapuze. Träume ich? Jetzt glaube ich fast schon selbst, daß ich an Halluzinationen leide. Wer macht so wahnsinnige Schulden? Auf meinen Namen! Will mich jemand ruinieren? Was geht hinter meinem Rücken vor?

Ich rufe Paris an. Lollo ist am Apparat.

»Bonjour, Madame! Gefällt es Ihnen auf dem Land?« Es klingt, als würde sie mich aus tiefster Seele beneiden.

»Danke, es geht. Wir haben strahlendes Wetter. Ist zufällig Monsieur daheim?«

»Ja, aber er schläft noch. Soll ich ihn wecken?«

»Nein! Aber wenn er auf ist, sagen Sie ihm, ich erwarte seinen Rückruf. Sofort! Es ist wirklich dringend! Bitte, vergessen Sie es nicht.«

»Keine Angst, Madame. Ich richte es aus. Ich gehe nicht nach oben, bis ich es ihm gesagt habe.«

»Wie geht es Grand und Petit?«

»Danke, sehr gut. Grand kriegt einen tollen Job. Bei der Müllabfuhr.«

»Wird er angemeldet?«

»Angemeldet und versichert, und eine grüne Uniform kriegt er auch. Und fünf Wochen bezahlten Urlaub.«

»Und Petit?«

»Immer noch Koch. Morgen kaufen wir einen Farbfernseher und einen Kassettenrekorder.«

»Gratuliere, Lollo! Also dann auf bald!«

Fausto meldet sich zu Mittag.

Ich sitze immer noch unter der Laube. Ich habe keinen Bissen gegessen. Ich stehe unter Schock.

»Was ist los?« Er klingt unwirsch.

Ich lese ihm die Briefe vor.

»Was?« schreit Fausto. »Wieviel sagst du?! Vierhundertneunzigtausend Francs?! Das muß ein Irrtum sein!« Er atmet schwer. »Gib mir die Rechnungsnummern durch. Moment! Ich hole was zu schreiben. Also los!«

Er schnauft hörbar, als er notiert.

»Wie kommen die auf mich?« wage ich zu fragen.

»Weiß ich nicht. Schlamperei! Aber das erledige ich sofort. Heute noch. Das sind natürlich Fehler der Rechnungsabteilung. Aber trotzdem. Das ist eine unverschämte Frechheit!«

Ich höre, wie er nach einer Zigarette greift und zum Feuerzeug.

»Und wie geht es dir?« fragt er dann ruhiger. »Gefällt dir das Haus?«

»Sehr!«

»Das war ein guter Kauf. Meinst du nicht auch?«

Ich antworte nicht. Für wie einfältig hält er mich?

»Ich habe dich was gefragt, Chérie!«

»Ich habe dich gehört. Das Haus ist sehr schön. Es erinnert mich an Onkel Kronos. Man spürt noch immer seine Gegenwart.«

»Ach nein«, sagt Fausto sarkastisch, »was du nicht alles spürst.« Ich hole tief Luft. »Wegen mir brauchst du nicht Theater zu spielen. Ich weiß, wo ich bin. Wenn du willst, einen Monat bleibe ich da, länger nicht. Und dann will ich klare Fronten.«

»Oh, là, là! Kriegst du schon wieder Halluzinationen? Dafür habe ich jetzt keine Zeit. Bitte, verschone mich! Also, dann adieu! Ich erledige die Rechnungen. Wir telefonieren später.«

Abends, beim Waschen, entdecke ich auf der Stirn eine Falte. Es ist meine erste. Vorige Woche war sie noch nicht da. Ich habe ein glattes Gesicht. Jetzt steht zwischen den Brauen eine dünne Linie, die steil nach oben führt.

Hallo Falte! Zweiundvierzig Jahre habe ich auf dich gewartet. Eigentlich gefällst du mir! Ich nenne dich F-EINS! Wir werden uns gemeinsam amüsieren, Falte. Wir haben noch das halbe Leben vor uns, vielleicht sogar mehr! Wir werden uns gut vertragen, F-EINS! Du bist der beste Beweis, daß Kummer die Schönheit ruiniert. Danke für die Warnung!

Warnung? Ich stelle mich unter die Dusche. Werde ich verrückt? Ich führe Zwiegespräche mit einer Falte? Ja, so weit bin ich. Doch es ist mir egal!

Die Falte wird eine vertraute Freundin. Sie kommt und geht, wie es ihr gefällt. An manchen Tagen bleibt sie weg. Vor allem, wenn ich Zukunftspläne schmiede. Frohe Visionen nämlich fördern den Kreislauf. Die Haut wird gut durchblutet, das belebt den Teint. Denke ich aber an Fausto, der sich tagelang nicht meldet, der nie erreichbar ist, kommt sie zurück. Tiefer, drohender, ja, ja, ich weiß!

Doch ich stehe nicht lange faltensuchend vor dem Spiegel. Ich muß mich einen Monat lang beschäftigen. Nichts leichter als das! In Zeiten akuter Krisen wie diesen habe ich immer tonnenweise Energie. Ich wachse über mich hinaus. Ich bin fleißig wie eine Biene.

Ich schrubbe, putze, poliere Tag und Nacht. Falls Fausto unvermutet kommt, kann er mich kein faules Luder schelten! Ich wasche alle Wäsche, bügle alle Vorhänge. Die Fenster blitzen. Die Spinnweben sind weg. Im Schlafzimmer lasse ich die Dielen ein. Im Parterre reibe ich den Ziegelboden blank.

Mit österreichischer Gründlichkeit verwandle ich das staubige Haus in ein blitzendes Paradies.

Ich kratze sogar den Dreck aus den Fugen in der Diele, zwischen den alten, sechseckigen, rotbraunen Fliesen. Nach vier Tagen sind meine Hände rissig, meine Nägel abgebrochen. Doch das macht alles nichts. Das Haus ist endlich in Schuß, und jetzt ist der Garten dran.

Ich schneide Hecken, mähe Gras, rupfe Unkraut, grabe, versetze, pflanze, gieße, bis ich nicht mehr gerade stehen kann. Nach vierzehn Tagen ist alles perfekt. Dafür bin ich ein Wrack. Zufällig blicke ich in den Spiegel: Wer ist diese häßliche Kuh? Ich war ohne Hut im Garten. Ich hatte keine Sonnenbrille auf. Meine Sommersprossen sind dunkelbraun. Zwei Wochen habe ich mich nicht gepflegt. Meine Haut fühlt sich an wie Sandpapier. Mein Haar ist wie Stroh. Ich streiche mit dem Finger über die Wange – rauh! Überall sind schuppige Stellen, das hatte ich noch nie! Ich hole den Vergrößerungsspiegel.

Das war ein Fehler! Ich sehe nur Verwüstung. Poren groß wie Krater. Aufgesprungene Lippen. Winzige Fältchen. Die Stirn verkrampft. Mein Mund ist freudlos, blaß und schwer, die Mundwinkel hängen herab! Ich lasse den Spiegel sinken. Großer Gott!

Das kommt davon, wenn man tut, als wäre alles wunderbar, wenn man den Kummer hinunterschluckt, anstatt sein Leben zu ändern. Wenn man sich auf dem Land verkriecht, die Zähne zusammenbeißt und meint, dafür wird man geliebt!

»Nicht davonlaufen – durchbeißen!« Das war der Rat meiner Schwiegermama, nach unserem ersten großen Ehekrach. (Ich erzählte ihr die Sache mit Bibi!) Doch vom Durchbeißen kriegt man ein verbissenes Gesicht. In kürzester Zeit sieht man aus wie seine eigene Leiche, und dann gute Nacht!

Nein! Ich nicht! Das war ein schlechter Rat!

Wie meine Schwiegermutter werde ich nie! Ich kenne Bilder von ihr als Braut. Davon ist nichts mehr da. Sie hat zuviel Kummer geschluckt, zu viele Nächte mit den Zähnen geknirscht. Sie hat sich akribisch durchgebissen – jetzt ist sie eine harte, fremde Frau. Ich will bleiben, wie ich bin! Ich will mir auch mit achtzig noch ähnlich sehen. Und mit neunzig erst recht!

Um mich zu trösten, fresse ich. Zu essen gibt's genug. Fausto hat vorgesorgt, der Kühlschrank ist voll. Es gibt Butter, Rahm, Käse, Eier, Milch, Schinken, Pasteten und

Würste im Überfluß. In den Küchenschränken stehen Konserven: Bohnen, Schoten, Kichererbsen, Mais, Thunfisch, Linsen, Karotten, Spinat. Große Schachteln Kekse entdekke ich in der Speisekammer, Knäckebrot, Lebkuchen, Zwieback, Gebäck. Es gibt Säcke voll Pralinen, viele Kilo Kochschokolade. Es gibt Kandiszucker, Marzipan, Karamellen, Fondant!

Zu Hause hätte ich das Zeug nicht angerührt.

Hier stopfe ich mich voll. Ich trinke große Kannen Kaffee, manchmal frühstücke ich bis mittags. Ich denke an Fausto, und mein Magen knurrt! Literweise schlürfe ich heiße Schokolade, vertilge kiloweise Kekse. *Keiner liebt mich*! Ich gehe mit Trüffelbonbons zu Bett.

In drei Wochen bin ich sechs Kilo schwerer und um zehn Jahre gealtert. Ich sehe furchtbar aus.

Jetzt habe ich ihn, den Kugelbauch. Die Figur ist hin. Weg ist das frische Gesicht. Ich wache auf, und meine Augen sind wie zugeschweißt. Schmale Schlitze zwischen geschwollenen Lidern. Darunter dunkle Ringe, die sich jeden Tag vertiefen. Meine Wangen werden immer voller, jede Kontur ist weg, dafür wächst das Doppelkinn. An den Wochenenden fresse ich am meisten. Da warte ich auf Fausto, der nicht kommt. Nie hätte ich gedacht, daß mein Magen so viel fassen kann!

Heute ist Sonntag, der vierte Juli. Drei Wochen bin ich im Tannenhaus. Seit Freitag warte ich. Vielleicht kommt er noch, mein blonder Held. Es ist der letzte Tag, an dem es noch gefährlich ist. Ich sitze in der blitzblanken Küche. Es ist Abend. Ich habe gekocht. Ich habe gegessen und starre vor mich hin. Auf die bunten Rosen, die ich geschnitten und in schöne tönerne Vasen getan habe. Auf den frisch gebackenen Schokoladekuchen in der Mitte des Tisches. Fausto ißt gerne Süßes. Diesen Kuchen, ein Rezept aus Wien, mag er besonders gern.

Die Zeit vergeht. Mitternacht. Ein Uhr. Zwei. Kein Anruf. Kein Besuch. Mir wird kalt. Ich drehe die Gasflammen auf, um mich zu wärmen. Meine nackten Füße sind auf dem kühlen Steinboden. Ich fröstle. Ich habe eine Lawine überlebt. Aber Fausto bringt mich um.

Womit habe ich das verdient?!

F-Eins! Kannst du das erklären? F-Eins ignoriert mich. Neigt sich nach rechts, denn dort ist F-Zwei aufgetaucht. Jetzt habe ich zwei Kummerfalten auf der Stirn. Na bitte! Ich lege den Spiegel weg. Es hat alles keinen Sinn. Wer will das sehen?

Ich beginne zu schluchzen und höre stundenlang nicht auf. Es schüttelt mich von innen heraus, mein ganzer Körper bebt. Ich kann nichts dagegen tun. Endlich läßt der Weinkrampf nach. Ich raffe mich auf, wanke ins Bad. Jetzt bin ich noch häßlicher als zuvor. Ein nasses, rotes, verquollenes Gesicht blickt mich an, aus einem Spiegel, der mir Böses will, von wirrem, strohigem Haar umsäumt. Eine Fremde! Wer ist dieses Unglückskind?

Ich schaffe es gerade noch in den Salon, mit einer Flasche Armagnac. Ich trinke, bis ich nicht mehr denken kann. Und das geht bei mir schnell. Zwei Gläser – ich bin weg! Als ich erwache, ist Montag nachmittag. Draußen scheint die Sonne. Ich schleppe mich ins Bett. Jeder Knochen schmerzt. Mir ist kalt wie im Winter. Die Laken sind eisig. Ich kann nicht schlafen. Ich brauche eine zweite Decke. Mühsam rapple ich mich wieder hoch, erklimme einen Stuhl, öffne die oberste Tür des Wandschrankes – und was fällt heraus? Mir fast auf den Kopf? Etwas Schwarzes, Weiches, das mir bekannt vorkommt.

Es sticht in meinen Schläfen, als ich mich danach bücke. Was kann das sein? Es riecht nach Parfüm. Ein schwerer, brunftiger Duft, widerlich! Ich mag das nicht! Das ist ... das ist ... Nein! Nein!!

Ich schleudere das Ding von mir! Es ist das schwarze Seidennachthemd, das ich in Faustos Kommode fand, an unserem ersten Hochzeitstag. Mit dem Oberteil aus echter Spitze, das schönste Nachthemd, das ich jemals sah, von roten Bändern eingefaßt. Größe fünfzig! Doch damals war es neu. Jetzt ist es *getragen*!

Alle Kraft verläßt mich.

Ich sinke auf den Stuhl. Jetzt weiß ich, wer hier wohnte. Die handfeste Geliebte, das ist klar. Keine Pensionisten. Die Walküre. Die dicke Person, die Gloria mit Fausto aus der Coupole kommen sah.

Gebrochen stütze ich den Kopf in die Hände. Er ist tonnenschwer. Mein Hals kann ihn nicht mehr halten. Hilfe! Ich habe es geahnt! Seit dem Abend am Wasserfall. Doch ich wollte es nicht wissen. Es ist die Frau, mit der er vor mir zusammengearbeitet hat. Sie war es. Sie hat hier gelebt! Sie ist Decoratrice. Genau wie ich. Die vielen Wohnzeitschriften. Alles paßt zusammen!

Es ist Melinas Freundin, diese Brigitte, wenn sie wirklich so heißt. In diesem Fall weiß ich, wie sie aussieht. Das Bild! In der Illustrierten, vom Reiterfest in Bercy. Als ich Fausto erst ganz kurz kannte.

Die rothaarige Riesin mit den vorstehenden Zähnen. Das war kein Irrtum des Fotografen. Die gehörte tatsächlich zu ihm!

Wahrscheinlich ist Fausto jeden Mittwoch hierhergefahren ins Tannenhaus. Zu ihr! Deshalb erreichte ich ihn nie. Wahrscheinlich war es auch *sein* Liebesnest, nicht nur das von Onkel Kronos. Wahrscheinlich war das ihr Zimmer. Sie hat hier geschlafen! Mit meinem Mann!

Und die Rechnungen! Vierhundertneunzigtausend Francs! Die gingen an sie! *Hier* war *ihre* Adresse. Sie gibt sich aus als Faustos Frau. Nichts Neues in Paris. Jetzt weiß ich, warum so große Summen verschwanden. Beim Ausgeben hat sie eine leichte Hand. Wahrscheinlich hat sie auch ein Kind. Von Fausto? Von Helios? Man wird sehen! Deshalb wurde sie »abgefunden«, nehme ich an.

Und wo ist sie jetzt? In meiner Wohnung? In meinem Bett? Ich muß weg! Zurück nach Paris. Um meine Rechte kämpfen! Ich brauche einen Wagen! Ich muß nach Haus!

Aber wie? Der Landwirt, dem der Grund rundum gehört, fährt nur Traktor. Der Briefträger kommt per Fahrrad. Doch wozu habe ich Beine? Sind die Karthager nicht zu Fuß über die Alpen marschiert? Bei Eis und Schnee? Jetzt ist Sommer. Und bis Paris ist flaches Land. Die Entfernung schreckt mich nicht. Wo ein Wille, da ein Weg!

Ich springe hoch – und setze mich wieder hin.

Nein! Ich kann nicht fort! Ich bin zu dick, zu verhärmt, ich gefalle mir nicht, so wage ich mich nicht nach Paris, schon gar nicht unter Faustos kritischen Blick.

Besser, ich warte und bringe mich auf Trab. Besser, ich wiege ihn in Sicherheit. Dann überrasche ich sie und mache ihnen die Hölle heiß!

Ich krieche zurück ins Bett und schlafe mich aus.

Am nächsten Tag bin ich voller Energie!

Die Lage könnte zwar nicht schlimmer sein. Doch ich weiß jetzt, woran ich bin. Der Nebel lichtet sich. Ich habe einen Plan, ich gehe ans Werk.

Im Keller ist ein altes Fahrrad. Ich pumpe die Reifen auf. Voilà, ça marche! Ich fahre in die nächste Stadt. Zwar ohne Bargeld, doch mit einer Kreditkarte im Sack. Ich lege den weiten grauen Overall ab, den ich die letzte Zeit über ständig trug, und zwänge mich in ein hellblaues Sommerkleid mit weißen Knöpfen. Es paßt gerade noch, doch es kneift unterm Arm. Was soll ich tun? Nichts! Hauptsache, es hält!

Dann radle ich zwanzig Kilometer über kleine Landstraßen nach Bourges. Es ist ein kühler, trüber Tag, doch ich schwitze und komme schlecht voran. Ich habe die letzte Woche kaum Bewegung gehabt. Ich bin gar nicht in Form. Zweieinhalb Stunden brauche ich, und jeder Muskel schmerzt. Kaum aber bin ich am Ziel, ist alles gut!

Was ich nicht wußte, ist nämlich das: Bourges ist eine wunderschöne Stadt! Und voller Leben! Ach, tut das gut, nach drei Wochen Exil wieder unter Menschen zu sein. Glückselig schiebe ich das Rad durch die engen, malerischen, steilen Gassen, bewundere die Fachwerkhäuser, die kleinen exquisiten Läden, die steinernen Stadtpalais, die Cafés. Ich seufze tief auf. Ich fühle mich wohl an diesem alten, magischen Ort, der schon zur Römerzeit reich war und für seine Eleganz berühmt. Eine herrliche Kathedrale gibt es, blühende Gärten und verzauberte kleine Plätze aus Stein.

Eine Stunde wandere ich herum.

Daß es soviel Schönheit gibt, mitten in der Provinz! Wer hätte das gedacht? Dann kaufe ich ein. Das Wichtigste zuerst: einen Entsafter! Und dann die Munition: frisches Obst, Gemüse und Salat, bis der Packkorb überquillt!

Hier ist ein Vie Claire. Ich kaufe Nelkenparfüm, Haselnüsse, Kamillenblüten, Rosen- und Mandelöl. In der Pharmacie erstehe ich Vaseline und eine weiße, weiche Bürste mit Stiel. Und plötzlich bleibe ich wie angewurzelt stehen. In der Auslage eines kleinen Juweliers liegen die schönsten Ohrringe, die ich je in meinem Leben sah. Es sind goldene Sonnen, wunderbare Handarbeit, liebevoll gemacht, nicht billig, doch den Preis sicher wert. Soll ich? Soll ich nicht? Ich betrachte die Ringe genau. Nein! Keine Chance. Ich kann sie nicht tragen. Für die Sonnen braucht man gestochene Ohren. Wieder einmal!

Dafür gehe ich in die nächste Boutique und probiere ein rotes Sommerkleid mit zwei Trägern und schwingendem Rock. Es ist mir zu eng. Es soll nicht sein. Nun, wenigstens habe ich Geld gespart.

Beladen wie der Weihnachtsmann, komme ich am Nachmittag zurück ins Tannenhaus, erhitzt, mit roten Backen, die Haare kleben im Nacken, doch das macht alles nichts. Schwungvoll gehe ich ans Werk.

Drei Wochen habe ich nichts Frisches gegessen. Eine Todsünde! Doch das hole ich jetzt nach. Nicht umsonst habe ich tonnenweise Gesundheits- und Schönheitsbücher studiert, in Amerika, in England, in Frankreich und daheim. Nicht umsonst habe ich alles ausprobiert, am eigenen Leib:

Kuren und Diäten, Heilkräuter-, Blüten-, Obst- und Aromatherapien. Ich weiß, was funktioniert, wie man die Haut regeneriert, es ist kein Geheimnis, es ist gar nicht schwer.

Bis Mittag trinke ich nur Obstsäfte, das entschlackt. Nachmittags und abends trinke ich Säfte von Gemüsen, das baut auf. Ich esse Haselnüsse und Salat, presse Äpfel, Birnen, Kiwis, Trauben, Pflaumen, Karotten, Rüben, Sellerie, es ist eine Lust. Ich hungere keine Sekunde, bin voll Kraft, meine Laune hebt sich merklich, und am dritten Tag schon sehe ich besser aus.

Die Lider schwellen nicht mehr in der Nacht. Die dunklen Ringe unter den Augen verschwinden. Das Kinn wird wieder straff. Der Bauch geht zurück. Hurra!

Ich mache Ölpackungen für mein Haar, verwende mildes Shampoo, gemischt mit Ei, und spüle anschließend mit Wasser und Bier. Und dann mache ich meine berühmte Anti-Faltencreme, die die schlechteste Haut in einer Woche zum Strahlen bringt. Denn nicht ohne Grund habe ich mit zweiundvierzig ein glattes Gesicht. Das wichtigste ist fleischlos essen. Doch die Pflege zählt auch! Deshalb mache ich meine Cremes selbst. Und obwohl ich zwei Jahre brauchte für das perfekte Rezept, gilt auch hier, daß alles Große ganz, ganz einfach ist.

Das Geheimnis meiner schönen Haut ist in drei Worten erklärt: Mayonnaise mit Kamillentee!

Kamille nämlich glättet das Gesicht, als ob man drüberbügeln würde, und Mayonnaise nährt und bringt die Festigkeit zurück! Und ist die Haut ruiniert, so wie jetzt durch Sonne und Wind, oder spricht sie auf kein gekauftes Zeug mehr an, schnell hin zum Herd und fest gerührt. Mayonnaise mit Kamillentee kriegt sie wieder hin.

Um fünf Uhr nachmittags, nach einem Glas Karottensaft, fange ich an. Ich mache Mayonnaise aus Mandelöl und einem halben Dotter, es geht ganz leicht. Nun den Kamillentee dazu, so viel, daß nichts gerinnt. Etwas Meersalz, ein Tropfen Honig. Zwei Kaffeelöffel Vaseline schmelze ich im Wasserbad. Kaum ist sie flüssig und nicht mehr zu heiß, rühre ich mit dem Handmixer die Mayonnaise dazu, fülle alles ab, noch warm, in ein kleines Töpfchen, stelle es ins Gefrierfach, Voilà! In fünf Minuten ist alles vorbei – das war die ganze Hexerei!

Abends wasche ich mein Gesicht mit Kamillentee, kratze etwas Creme aus dem Topf und reibe sie in die noch nasse Haut. Dann klopfe ich sie trocken! Ahh, das erfrischt! Wann immer die Haut spannt, wiederhole ich die Prozedur. Doch nach vier Tagen sind die Schuppen weg, die kleinen Fältchen ebenfalls, die großen Poren sind zu, ich wirke rosig und frisch. Und nun kommt der zweite Streich.

Pardon, F-EINS! Ich brauche dich nicht mehr. Ich habe kapiert, ich entlasse dich. F-ZWEI, adieu! Es hat mich sehr gefreut. Mit Daumen und Zeigefinger knete ich meine Augenbrauen durch, immer in einer Richtung, von der Nasenwurzel hin zur Schläfe, sieben-, achtmal, bis die Haut sich rötet. Dann bürste ich nach, bei geschlossenen Augen. Mhhmm, das tut gut. Das entspannt die kleinen Muskeln, die die Falten bilden. Das entkrampft die Stirn und macht sie wieder glatt.

Das wird jetzt Pflicht, jeden Abend vor dem Schlafengehen. Und immer, wenn ich die Augenbrauen runzle. Falten nämlich macht man sich selbst. Durch falsches Mienenspiel.

Ich habe mich beobachtet, ja, die letzten Tage trug ich immer einen Spiegel bei mir. Das Resultat war niederschmetternd. Nicht nur wachte ich zerknittert auf, weil ich auf der Seite schlief (statt auf dem Rücken), nein, kaum stand ich auf den Beinen, runzelte ich die Stirn, kniff die Augen zu, lief mit grimmigem Gesicht herum. Meine Mundwinkel hingen bis zum Kinn, wenn ich an Fausto dachte. Ich biß die Kiefer zusammen, knirschte im Schlaf mit den Zähnen, so laut, daß ich davon erwachte. Am Morgen schmerzten die Wangen, so sehr hatte ich sie verkrampft.

Ich stellte fest, daß ich tagelang nicht lächelte. Selbst

beim Lesen war meine Miene düster. Unentwegt dachte ich an Fausto und die Riesin und wünschte ihr den Tod.

Bei allen schwarzen Gedanken aber speien die Drüsen Gifte aus, und das sieht man im Gesicht. Wer giftig denkt, sieht giftig aus! *Wer haßt, wird häßlich,* so ist das auf der Welt! Damit ist jetzt Schluß!

Ich bin kein Racheengel. Das ist nicht meine Natur. Ich werde mich zwingen, fröhlich zu sein. Und dazu habe ich allen Grund.

Nach zwei Wochen Saftkur nämlich fühle ich mich fabelhaft. Mein Bauch ist flach, meine Augen sind klar. Die Haut ist wieder weich, die Falten sind weg. Ich habe jede Nacht zehn Stunden geschlafen. Und zur Belohnung fahre ich abermals nach Bourges. Dort gibt es zwar keinen Eiffelturm, dafür aber die berühmte, magische alte Kathedrale, groß wie ein Hochgebirge, und da will ich hin.

Sie hat zwei Türme, unvollendet, ohne spitzes Dach, doch für meine Zwecke gut genug. Heute ist Dienstag, der 20. Juli. Ich will ein paar Entscheidungen treffen. Und dafür muß ich hoch hinauf!

Diesmal paßt das hellblaue Kleid, um die Mitte sitzt es ganz perfekt. Ich brauche auch nur eine Stunde mit dem Rad. Und das Wetter ist besser als letztes Mal.

Dafür ist die Kathedrale geschlossen.

Doch ich läute den Kirchendiener heraus, erkläre, was ich will, gebe Trinkgeld, und er öffnet mir die Tür zum Turm. Dann klettere ich in meinem hübschen Kleid die unregelmäßigen alten Stufen empor.

Erhitzt und glücklich komme ich oben an.

Welche Pracht!

Man hat einen herrlichen Blick über die berühmte alte Stadt und das weite Land dahinter. Minutenlang stehe ich ganz still. Lasse den Wind durch meine dichten blonden Locken wehen, die nicht mehr strohig sind, sondern glänzend und weich, und genieße diesen magischen Moment.

Über mir ist nur der Himmel – und der Heilige Geist,

der dafür sorgt, daß man die richtigen Entschlüsse faßt. Und plötzlich bricht die Sonne durch die Wolken. Schon kommt die Erleuchtung! Heute ist der große Tag! Heute tue ich, wovon ich schon seit Jahren träume:

Ich lasse meine Ohren stechen. Es ist soweit.

Und noch etwas beschließe ich. Etwas Ernsteres. Doch das verrate ich später. Alles zu seiner Zeit!

Aufgeregt verlasse ich den Turm und suche den Juwelier. Ziemlich schnell finde ich ihn wieder. Er ist in der steilsten Straße, die vom Dom nach unten führt. Gar nicht weit. Und die Ohrringe? Schon verkauft? Ängstlich spähe ich ins Schaufenster. Sie sind weg. Nein! Sie liegen nur weiter hinten, auf weißer Seide, und funkeln mich an. Sie haben auf mich gewartet! Hurra!!

Schon öffne ich die Tür und trete ein.

»Bonjour«, rufe ich laut. Der Laden ist winzig. Es riecht gut nach Kaffee. Ein Herr erhebt sich hinter dem Verkaufstisch, Mokkatasse in der Hand. Er ist nicht viel größer als ich und ganz in Schwarz gekleidet. Er hat ein interessantes Gesicht, volles graues Haar und helle Augen unter dunklen Brauen. Er sieht nicht aus wie ein gewöhnlicher Juwelier. Er hat etwas Besonderes: einen Künstlerblick!

»Bonjour, Monsieur«, wiederhole ich, »ich würde gerne ein Paar Ohrringe sehen. Aus dem Schaufenster, wenn ich darf.«

»Bonjour, Madame. Welche meinen Sie?« Er stellt die Mokkatasse ab und lächelt mich an.

»Die goldenen Sonnen, s'il vous plaît!«

»Ah, die Sonnen! Die gefallen Ihnen?«

»Sehr!«

»Mir auch«, meint er entwaffnend ehrlich, »ich habe sie nämlich entworfen und gemacht.«

»Sind Sie Goldschmied?«

»Der beste, Madame. Sie haben zufällig den Richtigen gefunden. Hier wird nichts verkauft, was maschinell erzeugt wird. Alles, was Sie hier sehen, stammt aus meiner Hand!«

Er greift in die Vitrine, hebt vorsichtig die Ringe hoch und legt sie vor mich hin. Oh, là, là! Aus der Nähe sind sie noch viel hübscher. Sofort bin ich bezaubert. Es sind kleine Prunkstücke, und sie strahlen mich an.

Jede Sonne nämlich hat ein Gesicht: fröhlich, mit dikken Backen, wie man sie auf barocken Fresken sieht. Sie sind unwiderstehlich. Ich nehme sie in die Hand.

»Es gibt nur ein Problem«, sage ich zögernd, »meine Ohren sind nicht gestochen.«

»Das habe ich schon bemerkt«, sagt der Goldschmied, »Aber, wenn Sie gestatten, Madame, dafür haben wir die Pistole.«

»Welche Pistole, Monsieur?«

»Diese hier«, er greift in eine Lade, hebt sie heraus und zeigt sie mir, »diese Pistole hier schießt medizinische Ringe in ihre hübschen kleinen Ohren. Es tut nicht weh. Glauben Sie mir, Sie merken es kaum!«

»Medizinische Ringe?« frage ich enttäuscht. »Wie sehen die aus?«

»Kleine Goldknöpfe. Sie lassen sie einen Monat drinnen. Bis der Stich verheilt ist.«

»Einen Monat? Aber ich will die Sonnen tragen.«

»Das können sie trotzdem, Madame«, er lächelt charmant, »ich habe an alles gedacht. Die Sonnen sind an diesem Halter hier montiert. Sie nehmen sie ab und hängen sie an die Stecker. So!« Er zeigt es mir. »Sehen Sie, Madame? Sie sitzen ganz fest.« Dann betrachtet er mich genauer. Meine Ohren, meinen Hals, er läßt sich Zeit.

Ich wage nicht, mich zu bewegen. Was will er von mir? Blitzartig fällt mir mein Optiker ein. Das heißt, mein Ex-Optiker in Paris, denn er hat es sich mit mir verscherzt. Beim Probieren meiner neuen roten Sonnenbrille nämlich rutschte plötzlich seine Hand auf meine Brust. Reiner Zufall, bien sûr! Und ich kenne hundert Geschichten von Ärzten, Dentisten, Gynäkologen und Psychiatern, die forsch aufs Ganze gingen, ohne Scham, während das Wartezimmer draußen voll Patienten war.

Wird mir hier dasselbe blühn? Und wenn? Was soll ich tun? Gebe ich mich hin? Fünf Wochen habe ich keinen Mann berührt. In Stimmung wäre ich. Wie?? Mit einem Fremden? In einem Geschäft? Nie!! Das ist nicht mein Stil. Schweigen breitet sich aus.

»Sie sind Künstlerin«, sagt der Goldschmied plötzlich, »habe ich recht?«

»Woran sehen Sie das?« frage ich überrascht.

»An den Ohrläppchen. Sie sind angewachsen. Das haben viele kreative Menschen. Was machen Sie, wenn ich fragen darf? Musik? Malerei? Oder schreiben Sie Bücher?«

»Ich dekoriere Häuser und Wohnungen. Sie haben ein gutes Auge, Monsieur!«

Er lächelt geschmeichelt. »Das habe ich. Und ich sehe, Sie haben schon einmal Ohrringe getragen. Als Kind vielleicht?«

Ich nicke. Ich bekam die Ohren gestochen, zu Hause in Wien, da war ich sechs. Doch die Löcher blieben wund. Ständig entzündeten sie sich. Und als ich die Ringe herausnahm, nach monatelanger Qual, wuchs alles wieder zu.

»Sie waren schlecht gestochen«, sagt der Goldschmied, »zu weit unten. Das macht Ihr Gesicht zu lang. Das wirkt zu traurig. Wir stechen hier!« Mit Rotstift markiert er einen Punkt. »Wo die Ringe sitzen, ist genauso wichtig wie die Form, die man wählt. Wir setzen sie höher an. Da!«

Er hält die Sonnen an meine Wangen.

Es sieht phantastisch aus! Ich sehe mich in einem Spiegel an der Wand und reiße die Augen auf.

»Ohrringe machen ein Gesicht süßer«, sagt der Goldschmied, »haben Sie das nicht gewußt?« Er streckt die Hand aus und streicht sanft mein Haar zurück. Die Geste ist zärtlich. Ich beginne zu zittern.

»Also?« fragt er milde. »Haben Sie sich entschlossen?

Fangen wir an? Oder haben Sie Angst, Madame?« Es klingt wie eine Liebeserklärung.

»Nein, nein«, sage ich schnell. Dann seufze ich unwillkürlich tief auf. »Ich vertraue Ihnen voll und ganz.«

»Bien! Halten Sie bitte still. Gleich ist es vorbei!«

Ich bin so aufgeregt, meine Hände werden feucht. Gleich wird dieser faszinierende Mann meine Ohren stechen. Das ist fast wie eine Entjungferung. Zu persönlich. Zu intim. Jetzt tritt er ganz nahe an mich heran, steht seitlich hinter mir und befühlt meine Läppchen. Er riecht gut. Hat zarte, weiche Hände, und ich spüre seinen Atem in meinem Haar. Ich brauche meine ganze Kraft, um ruhig stehen zu bleiben. Nur nicht zittern!

Doch ich weiß, ich weiß! Eine kleine Geste meinerseits – ich brauche mich nur umzudrehen –, und wir liegen uns in den Armen. Obwohl er natürlich auch Geschäfte machen will. Das ist sein gutes Recht!

ZACK!! Schon sitzt der erste Stecker. ZACK!! Das war der zweite Schuß. Es zieht ein bißchen. Weh tut es kaum.

»Setzen Sie sich bitte«, sagt der Goldschmied liebevoll und bringt mir seinen Stuhl, »brauchen Sie etwas Stärkendes, Madame? Ein kleines Glas Likör? Oder eine Tasse Kaffee?«

»Nein, danke!« Ich nehme Platz, und meine Beine wakkeln. Es ärgert mich. Doch ich kann nichts dagegen tun.

»Ohne indiskret zu sein, Madame. Sie haben einen kleinen Akzent? Darf ich fragen, woher Sie kommen?«

»Aus Wien. Aber ich lebe in Paris. Mein Mann ist Franzose.«

»Der Glückliche! Eine Wienerin! Ich kenne Ihre Stadt, Madame. Sehr eindrucksvoll! In der Schatzkammer habe ich den herrlichen Schmuck gesehen. Das war vor zwei Jahren. Ich war auch in Tirol. Sie kommen aus einem schönen Land, Madame. Und die Frauen sind . . . reizend. Und fröhlich! Mit Temperament!« Er sieht mich erwartungsvoll an. Lächelt sanft. Ich lächle zurück. Sage aber nichts. Er muß ihn tun, den ersten Schritt. Doch er wagt ihn nicht, wetten? Bewunderung strahlt aus seinen schönen Augen unter den dunklen Brauen. Sind sie blau? Grau? Man erkennt es nicht in diesem Licht.

Jetzt räuspert er sich. »Haben Sie ... haben Sie sich erholt, Madame? Dann montieren wir die Sonnen. Heben Sie bitte den Kopf!«

Er steht ganz nahe bei mir. Neigt sich herunter. Hantiert geschickt herum. »Voilà!« Er tritt zurück, legt seine Hand unter mein Kinn und bewundert sein Werk. »Perfekt«, sagt er dann, »absolut märchenhaft! Die habe ich für Sie entworfen, kommt mir vor!«

Er bringt mir einen großen Spiegel. Ich stehe auf.

Mon Dieu! Bin das wirklich ich? Ein bißchen Gold, und man sieht ganz anders aus?!

»Wer hätte das gedacht!« Er tritt zwei Schritte zurück. »Madame, ich gratuliere! Sie werden allen Männern den Kopf verdrehen, nehme ich an!«

Ich starre auf mein Spiegelbild. Kann das sein? Plötzlich besitze ich, was Fausto an mir vermißt! Das Verspielt-Verwegene. Den Hauch von großer Welt. Mit diesen Sonnen ist es weg, das brave Schaf, das ich so lange war. Das man so selbstverständlich betrügt, daß man gar nicht mehr darüber spricht.

Ich bewege den Kopf. Die Sonnen baumeln, strahlen, glitzern, ich wirke wie eine süße blonde Femme fatale, unschuldig-raffiniert. Ich bin plötzlich der Typ, nach dem sich Fausto den Hals verdreht. Ich bin ein neuer Mensch. Ich könnte schreien vor Glück!

»Haben Sie viele solche Sonnen gemacht?« frage ich dann.

»Nein, Madame! Das sind Einzelstücke!«

Mit Seltenheitswert, setze ich im Geist hinzu. Denn so was Schönes gelingt kein zweites Mal.

»Sie sind ein großer Künstler«, ich lächle ihn an.

»Danke für das Kompliment.«

»Nehmen Sie Kreditkarten?«

»Von Ihnen nehme ich alles, ma petite dame. Und vergessen Sie nicht. Jeden Abend die Stecker drehen. Und wenn es brennt, tupfen Sie Kamillentee drauf.«

»Vielen Dank, Monsieur. Merci.«

»Merci, Madame ... und vielleicht ... auf Wiedersehen?«

»Vielleicht.« Ich gehe zur Tür.

»Hätten Sie heute abend Zeit?« fragt er schnell. Ich habe bereits die Hand auf der Klinke. »Ich lade Sie zum Essen ein?« Ich zögere eine Sekunde. Soll ich? Soll ich nicht? Ich könnte ihn mitnehmen! Ins Tannenhaus. Auf eine wilde Nacht. Doch meine Seitensprünge waren bisher nicht gerade toll. Kurz und scharf. Lang und naß! Und was tue ich, falls er schabt?! Nein, das riskiere ich nicht. Ich fahre heim! Allein!

»Es tut mir leid«, sage ich laut, »ich muß nach Paris zurück. Aber trotzdem vielen Dank.«

»Gerne, Madame. Vielleicht wenn Sie wiederkommen?«

»Vielleicht!«

»Und brechen Sie nicht zu viele Herzen. Ja?«

Selig verlasse ich den Laden. Ach, diese Franzosen! Gott segne sie! Sie wissen, wie man Frauen umwirbt und Sorgen zerstreut. Ja, es stimmt. Nichts hebt das Selbstbewußtsein mehr als Einkaufen in der Grande Nation. Ein Paar hübsche Ohrringe, schon fühlt man sich als Märchenfee, verehrt, begehrt, unwiderstehlich, zauberhaft! Ein paar Francs vertan, doch man ist ein neuer Mensch!

Auf der Straße pfeifen mir die Männer nach. Die Sonne scheint, es ist ein heißer Tag geworden, richtig Sommer. Und jetzt probiere ich es noch einmal, das rote Kleid. Schon stehe ich in der kleinen Boutique.

Was habe ich gesagt? Ich bin nicht mehr zu dick! Das Kleid paßt, wie für mich gemacht. Auch die Farbe stimmt, nicht zu grell und gerade hell genug, um meine blonden Locken zur Geltung zu bringen. Das ist heute mein Glückstag!

Summend und pfeifend radle ich anschließend zurück

ins Tannenhaus. Jeder Autofahrer winkt mir zu. Und die Bauern auf ihren hohen Traktoren starren mich an und drehen sich dreimal nach mir um.

Sehr vergnügt gehe ich abends ins Bett. Und am nächsten Morgen, Mittwoch, den 21. Juli, stehe ich sehr früh auf. Heute ist der längste Tag des Jahres. Und die kürzeste Nacht. Heute ist Sommersonnenwende. Meine Zeit im Exil ist um.

Endlich ist es soweit: Ich fahre zurück nach Paris. Und ich fühle: Etwas Herrliches, Wildes, Unerwartetes, Grandioses wird geschehen. Heiße Freude steigt in mir hoch. Ich weiß nicht warum. Ich könnte jauchzen vor Glück!

Nach dem Frühstück dusche ich mich gründlich. Bürste mein Haar, bis es glänzt, und schminke mich dezent. Dann poliere ich die Ohrringe mit einem weichen Tuch und stekke sie an, ziehe das neue Kleid über den Kopf und stelle mich im Salon vor den großen Spiegel. Oh, là, là! Ich fasse es immer noch nicht. Ich bin eine neue Frau. Ich bin so schön – ich muß mich setzen.

Doch dann springe ich auf, laufe nach oben und beginne meine Koffer zu packen. Mittendrin aber höre ich Motorengeräusche. Das ist unser Wagen, wenn mich nicht alles täuscht.

Ich gucke vorsichtig aus dem Fenster. In der Tat. Neben dem grünen Tor aus Buchsbaum steht der Rolls. Fausto steigt aus. Wunderbar! Er kommt mir gerade recht. Ich ziehe den Kopf zurück und packe weiter.

»Salut«, höre ich kurze Zeit später seine Stimme hinter mir, etwas atemlos, denn er ist die Treppe hochgestürmt, »was machst du da, Chérie?«

Ich wende mich um. Er lehnt in der Tür, sportlich, ganz in Weiß, leicht gebräunt, ein Bild von einem Mann. Ich habe ihn fünf Wochen nicht gesehen. Mein Herz beginnt höher zu schlagen.

»Koffer packen«, sage ich kurz.

»Warum, Chérie?«

»Ich fahre zurück nach Paris.«

»Aber du hast nicht gewußt, daß ich komme«, sagt Fausto verblüfft.

»Gloria hat gesagt, sie holt mich, wann immer ich will.«

Fausto mustert mich sekundenlang schweigend. »Du siehst anders aus«, sagt er dann langsam, »mit wem hast du mich betrogen, süße Tizia?«

»Mit dem Heiligen Geist!«

»Und wo?«

»In der Kathedrale von Bourges.«

Fausto zieht die Augenbrauen hoch.

»Du hast ein neues Kleid. Das kenne ich noch nicht.«

»Gefällt es Dir?« frage ich, ohne im Packen innezuhalten.

»Sehr!« Mit ein paar schnellen Schritten ist er bei mir, faßt mich um die Mitte, küßt meinen Hals. »Ich habe vergessen, wie hübsch du bist. Bonjour, ma petite femme. Gib mir einen Kuß!«

»Nein!«

»Warum nicht, Chérie?« Er wartet auf Antwort, seufzt, dann setzt er sich auf den Bettrand und spielt mit den Autoschlüsseln. Ich ziehe das schwarze Nachthemd hervor, aus dem Schrank, und werfe es ihm hin. Er fängt es auf.

»Was ist das?« fragt er und hält es hoch, als hätte er es nie gesehen.

»Bring das deiner Freundin. Oder wirf es in den Müll!«

Fausto antwortet nicht. Ich drehe mich um.

»Ich weiß alles«, sage ich lächelnd, »ich weiß, mit wem du schläfst, ich weiß, wer jetzt meine Arbeit macht. Ich weiß, daß du ständig mir ihr zusammen bist. Du hast sie in die Firma genommen. Ich weiß, sie hat hier gewohnt. Ich weiß, wie sie aussieht. Ich weiß, warum sie abgefunden worden ist. Ich bin im Bilde, c'est tout!«

»Ach nein«, sagt Fausto unbeeindruckt, »ist das so?«

»Ich mache auch keine Szene. Ich will nur offen darüber sprechen.«

»Über was?« fragt Fausto harmlos.

»Über deine Mätresse.«

»Meine Mätresse?!« Fausto klingt empört. »Ich habe keine Mätresse! Ich habe dich, mon amour. Ich sehe gar keine andere Frau!« Er springt auf, nimmt mein Gesicht in seine Hände.

»Laß mich los«, schreie ich, »es tut mir leid, daß ich dich geheiratet habe!! Ich hätte nicht nach Frankreich kommen sollen.«

»Ah bon?« Fausto küßt mich auf den Mund. »Aber wir lieben die kleinen Österreicherinnen. Wir Franzosen haben eine Schwäche für euch süße Kinder. Das weißt du doch. Nicht wahr?«

»Eine Schwäche für Mord und Brand. Ihr habt uns immer bekriegt. Lies nach in der Geschichte. Genierst du dich nicht?«

»Nein«, sagt Fausto und läßt von mir ab, »ich geniere mich nicht. Obwohl, du hast recht, wir sind die besseren Soldaten. Ihr habt alle Kriege verloren, einen nach dem anderen. Aber du, mein Schatz, bist nach Paris gekommen, um dich zu rächen. Dein Ziel ist Vernichtung! Du willst uns Franzosen quälen bis aufs Blut. Schau mich an. Ich bin in dich verliebt, und du stichst mir ins Herz und drehst auch noch das Messer um in der Wunde. Ich kann nicht mehr schlafen, nicht mehr arbeiten, nicht mehr essen. Ich muß dich anbeten, bis ich ins Grab sinke! Ja, meine kleine Tizia, ich habe dich erkannt: Du bist der Racheengel der Walzerstadt.«

Er sinkt zu Boden und umfaßt meine Knie.

»Ich bitte dich! Sei einmal ernst! Ein einziges Mal. Ist das zuviel verlangt?«

»Ich bin ernst! Todernst! Ich knie nieder vor der schönen Siegerin!«

Er bohrt sein Löwenhaupt zwischen meine Schenkel und beginnt zu stöhnen.

»Hör auf mit dem Theater!!« Ich reiße ihn an den Haaren. Das wirkt. Er erhebt sich, sieht mich leidend an. Dreht sich um und geht zur Tür.

»Ach, ihr Frauen«, ruft er vom Gang und seufzt theatralisch, »ihr seid himmlisches Labsal und höllische Qual. Was wären wir ohne euch? Arme, glückliche Tölpel. Doch die Erde ist kein Paradies. Das Glück liegt auf einem anderen Stern. Nicht wahr, mon amour?«

Dann läuft er die Treppe hinab, und ich sehe ihn erst abends wieder. Gegen fünf treffen wir einander in der Küche.

»Ich fahre jetzt, Chérie«, teilt er mir mit, »ich bin nur gekommen, ein paar Sachen holen. Zeug, das nach dem Umbau liegengeblieben ist.«

»Ich komme mit«, sage ich bestimmt, »wenn du mich liebst, wie du vorhin behauptet hast, müßte dir das ein Anliegen sein!«

»Ist es auch. Aber, wenn du die Wahrheit wissen willst, ich habe in Paris keine Zeit für dich. Die Firma frißt mich auf. Ich bin ständig unterwegs . . .«

»Das macht nichts«, unterbreche ich ihn, »du kannst tun, was du willst, kommen oder gehen, ich beschäftige mich allein. Vielleicht fahre ich auch nach Wien. Aber hier bleibe ich keinen Tag länger!«

»Warum nicht? Das Land tut dir gut! Du siehst blühend aus, Chérie. In Paris warst du nicht so hübsch!«

Ich antworte nicht. Fausto sieht, daß ich es ernst meine, und schleppt wortlos meine schweren Koffer zum Wagen. Anschließend sperrt er alles ab: Strom, Gas, Wasser und sämtliche Türen. Was er mit dem Nachthemd macht, weiß ich nicht. Es ist mir auch egal. Ich nehme Platz im Rolls. Öffne automatisch den Aschenbecher und klappe ihn lächelnd wieder zu. Er ist voll Zigarettenstummel. Mit Lippenstift. Es ist dasselbe gräßliche Orange, das mir auf der Fahrt im April nach Versailles schon aufgefallen ist.

Doch ich schreie nicht, schimpfe nicht, sage kein Wort. Meine neu gefundene Ruhe macht mich souverän. Ich schlage die Beine übereinander, streiche den Rock meines hübschen roten Kleides glatt. Ich lasse alles an mich herankommen. Ich bin bereit.

Fausto steigt ein, startet, wir rollen durch das grüne Tor aus Buchsbaum. Adieu, Tannenhaus! Ich werde dich vielleicht nie wiedersehen. Glücklich war ich hier nicht. Doch ich habe wichtige Entschlüsse gefaßt. Und das war es wert.

Adieu, Großonkel Kronos! Danke für deine schützende Hand. Ich hätte mir fast etwas angetan, in jener Verzweiflungsnacht, als ich auf Fausto wartete, der nicht kam.

Ich blicke hinaus in die grünende Landschaft. Sommersonnenwende. Noch ist ja blühende, goldene Zeit. Noch sind die Tage der Rosen! Der Spruch gilt immer noch. Nur Fausto ist nicht mehr mit im Bild.

Mein Ehemann schweigt, bis wir die kleine Landstraße verlassen. Kaum aber sind wir auf der Autobahn, kommt er in Schwung und fährt seinen bewährten Raketenstil. Plötzlich wird er sehr gesprächig. Er redet in einem fort: über Krankheiten, Konkurse, Ehebruch, Korruption, über Unfälle, Intrigen und einen gemeinsamen Bekannten, einen Immobilienmakler, der mit seiner Mätresse nach Kuba verschwand. Unter Hinterlassung seiner Frau, seiner vier Kinder und eines Schuldenbergs von vierzig Millionen Francs.

»Ich bitte dich, erzähle mir etwas Erfreulicheres«, sage ich nach eineinhalb Stunden Unglücksbericht, »denke scharf nach! Vielleicht fällt dir etwas Heiteres ein?«

»Wieso?« fragt Fausto gekränkt. »Das war doch hochinteressant!«

»Aber deprimierend.«

»Jawohl«, sagt Fausto irritiert, »das Leben besteht nämlich nicht aus Veilchen und Rosen. Die Menschen sind nicht liebevoll, hilfreich und gut. Die Menschen sind Bestien. Es gibt Mord und Totschlag, Lug, Trug, Verrat, jede Minute wird einer umgebracht . . .«

»Genau! Und weil man ununterbrochen von den Medien damit bombardiert wird, will ich jetzt nichts davon hören.

Auf dieser schönen Fahrt nach Paris. Ich brauche ein paar Stunden Schonzeit. Gnade, edler Herr!«

»Du interessierst dich für nichts«, sagt Fausto knapp, »mit dir kann man nie reden.«

»Doch. Über Wohnungen. Über die Geschäfte. Über die Avenue du Maine zum Beispiel. Hast du die schon verkauft?«

»Nein!«

»Wieso?«

»Dumme Frage. Weil sie keiner will.«

»Weil sie keiner will?« sage ich verständnislos. »So eine süße Wohnung? So ein schönes Appartement habe ich überhaupt noch nie gekauft. Allein der Kamin im Wohnzimmer ist unwiderstehlich.«

»Offensichtlich nicht. Diesmal hast du danebengegriffen!«

»Hast du inseriert?« frage ich nach einer Weile.

»Natürlich.«

»Und? Ist jemand gekommen? Waren Leute da?«

»Sechs Personen«, sagt Fausto widerwillig.

»Und kein Angebot?«

Fausto schüttelt den Kopf und zündet eine Zigarette an.

»Das verstehe ich nicht«, sage ich ganz ruhig, obwohl ich innerlich koche, »du weißt, wie man diese schönen alten Häuser schätzt. *Alles* aus der Belle Époque verkaufe ich im Schlaf.«

»Jetzt nicht mehr«, sagt Fausto mißmutig, »die Zeiten sind vorbei.«

»So schnell ändern sich die Zeiten nicht. Was soll in fünf Wochen anders werden?!«

»Alles!« ruft Fausto heftig. »Jetzt mußt du rennen um jeden Sou. Es gibt viele Wohnungen und wenig Käufer. Warum, glaubst du, bin ich so beschäftigt? Ich führe einen beinharten Kampf. Sei froh, daß du aus dem Ganzen draußen bist!«

Schweigend rasen wir weiter durch den schönen Sommerabend in Richtung Paris.

»Was machst du heute noch?« wage ich zu fragen, als wir von der Südautobahn in den Boulevard Périphérique einschwenken. Die Ferien haben begonnen. Es ist erstaunlich wenig Verkehr.

»Geschäfte, Chérie. Ich habe nicht gewußt, daß du mich mit deiner Gegenwart beehrst. Ich habe Termine.«

Er fährt aber nicht in Richtung Eiffelturm wie gewohnt, er bleibt am linken Ufer der Seine und braust die Rue Monge hinauf. Er lacht, als er meinen erstaunten Blick sieht. »Aber vorher, süße Tizia, lade ich dich zum Essen ein. Du bist mit keinem Wilden verheiratet, sondern mit einem Franzosen. Wir sind eine Kulturnation. Ich weiß, was sich gehört.«

»Danke, das freut mich«, sage ich überrascht, »weißt du was? Es ist so warm. Wir trinken ein Glas Champagner auf der Terrasse im Deux Magots, und dann essen wir irgendwo, wo man draußen sitzen kann.«

»Nie im Leben«, sagt Fausto empört, »dort verkehre ich nicht mehr! Das ist für Touristen und die, die vom Essen nichts verstehen. Ich zeige dir was ganz anderes. Das echte Paris. Oder das, was vom echten, alten Paris noch übrig ist. So, wie es früher war, bevor die ganzen Ausländer gekommen sind.«

»Die bösen Österreicher meinst du.«

»Die ganz besonders.«

Fausto parkt in der Rue des Écoles. Dann gehen wir zu Fuß durch den lauen Abend, und ich genieße jeden Schritt. Ach, Paris! Nach fünf Wochen Exil wirkt es doppelt schön. Andere Städte sind andere Städte. Paris ist ein Kunstgenuß! Man spaziert nicht durch gewöhnliche Straßen. Man geht durch ein Theaterdekor. Und jedes Detail stimmt.

Ich freue mich an den liebevoll geschmiedeten Balkonen vor den hohen Fenstern. Den herrlichen Toren, geschnitzt und lackiert. Den kunstvollen Fassaden mit Skulpturen und Girlanden, mit Blumen, Gesichtern, Figuren aus Stein. Ich ergötze mich daran, als sähe ich sie zum ersten Mal.

Und überall ist Leben. Cafés, Restaurants, kleine Läden, Hotels, Clubs, Brasserien, Bistros. An jedem Eck gibt es Schönes zu sehen. Wir wandern die enge, malerische, steile Rue de la Montagne St. Gènèvieve hoch, die zum Pantheon führt. Es wimmelt von Menschen. Die Lokale sind voll. Auf halber Höhe biegen wir in eine kleine Quergasse ein. Dann wieder nach links. Hier war ich noch nie.

Langsam wird mir heiß. Hier ist es wärmer als auf dem Land. In Paris ist der Sommer ausgebrochen. Hoffentlich hat das Lokal einen Garten. Oder eine Terrasse. Oder Tische auf dem Gehsteig. Bei diesen Temperaturen will man einfach draußen sein.

»Wie heißt das Restaurant?« frage ich Fausto, der neben mir herstolziert, mit Siegerblick, Zigarette im Mund. Er wirkt, als hätte er das ganze Viertel gekauft.

»Das hat keinen Namen. Das wird privat geführt.«

»Keinen Namen? Warum?«

»*Darum*, mon amour«, sagt Fausto mit Genuß, »das sind noch Individualisten. Leute vom alten Schlag. Sie machen auch keine Werbung. Sie nehmen nur Stammgäste. Kein Fremder kommt zur Tür herein. In diesen Kreisen muß man eingeführt sein!«

»Kann man im Freien sitzen?«

»Nein.«

»Schade!«

»Beklag dich nicht, bevor du es gesehen hast«, belehrt mich Fausto und wirft die Zigarette weg, »man sitzt zwar drinnen, doch das Ganze hat Charakter! Du sagst doch immer, du liebst das Ausgefallene. Jede Norm ist dir ein Graus! Ich wage zu behaupten, meine kleine Prinzessin, daß mein Lokal alle Normen *sprengt*. Du vergißt es dein Leben nicht! Wetten?«

13

ICH WETTE NICHT. Und das ist mein Glück. Ich gehe stumm neben Fausto her und lasse mich überraschen.

»Voilà«, sagt er plötzlich und bleibt stehen, »wir sind da!« Er öffnet eine kleine eckige Tür in einem hohen, runden, rotlackierten Portal. Dahinter tut sich ein grüner Hof auf. Große Kastanien stehen in der Mitte. Die Hauswände sind mit Efeu bewachsen. Eine grüne Oase im Herzen von Paris.

Wir gehen nach rechts in ein schäbiges kleines Hinterhaus. Durch einen schmutzigen, dunklen Gang. In einen zweiten, steinernen Hof. Lärm dringt uns entgegen. Küchendunst und Rauch. Wir treten durch eine Eisentür.

Was ist das? Eine Alchimistenküche? Ein Piratentreff? Der Raum hat eine niedrige Decke. Sie ist dunkelrot lackiert. Aus einem schäbigen Radio an der Theke klingt Valse musette. Stickig ist es hier und zum Bersten voll. Jeder Stuhl ist besetzt, und die Leute wirken, als kämen sie alle aus der Gosse.

Eine seltsame Mischung bizarrer Gestalten sitzt an groben Tischen aus dunklem Holz, vor vollen Gläsern mit Rotwein und Tellern, aus denen es stinkt. Frauen mit kohlschwarz umrandeten Augen, Männer mit Matrosenmützen, ein paar junge, versoffen und unrasiert. In meinem hübschen roten Kleid, mit den goldenen Sonnen an den Ohren, wirke ich wie eine Erscheinung von einem anderen Stern.

Fausto aber auch. Was will er in diesem Loch?

Ein großer, ungepflegter Mann kommt auf uns zu. Er hat einen blonden Bart, und seine Nase ist rot. Auf Stirn und Wangen schuppt sich die Haut. Er trägt eine braune Hose, eine braune Weste und einen braunen Hut mit breiter Krempe. Dazu ein rotes Hemd. Über seinem rechten Arm hängt ein Geschirrtuch.

»Bonjour, Patron!« Er umarmt Fausto wie den verlorenen Sohn, klopft ihm überschwenglich auf die Schulter, küßt ihn sechsmal auf beide Wangen. Was soll das? Will er mit ihm ins Bett?

»Bonjour, Mademoiselle«, sagt er dann kühl und küßt mir kurz die Hand.

»Kein Platz?« fragt Fausto, ohne mich vorzustellen.

»Doch, doch. Im inneren Sanktum. Du kennst den Weg.«

Unter den staunenden Blicken aller Anwesenden gehen wir die hölzerne Theke entlang, dann links durch einen Vorhang aus bunten Perlen in einen finsteren Gang. Dann ein paar Stufen hoch und durch eine zweite, eisenbeschlagene Tür in einen großen Raum, wie ich ihn selten sah.

Er ist höher als unten das Restaurant, und die ganze linke Wand ist ein einziger riesiger Kamin. Er reicht vom Boden bis zur Decke. Ich habe auch das noch nie gesehen: ein höllisch stinkendes, schwarzes, verrußtes, rauchendes Loch! Davor stehen sechs Tische, weiß gedeckt, und hinten an der Fensterwand ist eine lange Tafel voll mit Rennzeitschriften, »Tiercé«, »Timeform«, Journalen, Papieren, Formularen – was ist das hier? Ein Wettbüro?

Wir setzen uns.

Eine dünne, verhärmte Frau mit wirrem, kurzem schwarzem Haar läuft auf Fausto zu, küßt und herzt ihn. Mich sieht sie gar nicht an. Sie trägt eine weiße, verschmierte Schürze, ihre Augen sind rot, und als sie fertig ist mit der peinlichen Begrüßung, stellt sie eine Flasche Rotwein vor uns hin. Dazu einen Korb mit Brot, Senf, Pfeffer, Salz.

»Was hast du?« fragt Fausto amüsiert. »Bist du eifersüchtig, süßes Kind?« Ich schüttle wortlos den Kopf.

Der Geruch! Die Selchkammer! Die Rauchküche! So hat Fausto gestunken, wenn er nächtelang nicht nach Hause kam. Den Geruch vergesse ich nie! Hier also trieb er sich herum, und anschließend war jedesmal Streit!

Der ganze Raum stinkt wie geselcht, die Tische, die Stühle, die Servietten, die Wände. Dieser Monsterkamin ist wie ein riesiges Teufelsmaul, aus dem übelster Odem weht. Gleich wird mir schlecht.

»Was ist los?« wiederholt Fausto. »Du siehst aus wie ein Kalb auf der Schlachtbank. Gefällt es dir nicht?«

»Machst du bitte ein Fenster auf?« frage ich schwach.

»Das nützt nichts. Hier riecht es immer gleich. Was sagst du zu diesem prachtvollen Kamin? Wie in einem Schloß! Der stammt noch aus der Renaissance!«

»Bist du oft hier?«

»Ab und zu«, sagt Fausto schroff, »hier trifft man das Volk, weißt du? Man muß nicht immer in Drei-Sterne-Lokale gehen. In die Grands Restaurants. Da zahlt man ein Vermögen und geht hungrig wieder weg. Hier kriegst du Berge von Essen für wenig Geld. Gott sei Dank gibt es das noch in Paris!«

Die dünne Frau bringt die Karte. Es ist ein Stück Papier, beschrieben mit der Hand, in einer Folie aus Plastik. Mühsam entziffere ich, was da steht: Kuteln, Leber, Nieren, Hühnermägen, Schweinefüße, Rinderherzen, Schnekken. Ein Horrormenü für jemanden, der keine Tiere essen kann!

»Sagst du mir bitte, was ich hier bestellen soll?«

»Es gibt ausgezeichnete Salate, Chérie. Und Frites. Die sind knusprig und ganz frisch gemacht.«

Frites habe ich gern. Aber hier? Niemals! In Kaschemmen wie diesen fritiert man meist mit Pferdefett. Allein der Gedanke daran macht mich krank! Außerdem – der Appetit ist mir vergangen.

Die Leute hier wirken alle *ungesund*! Ich habe nur einen Wunsch: nichts anfassen. Die Hände mit Seife schrubben. Und schnellstens weg!

Fausto aber ist in Hochform. Thront auf seinem Stuhl wie ein König in seinem Palast. Bestellt Pastete und – mit einem Seitenblick auf mich – etwas, das ich nicht verstehe.

»Ich darf es nicht laut sagen«, meint er hinter vorgehaltener Hand zu der verhärmten Frau, »Madame ißt nämlich ve-ge-*tarisch*! Sie ist ganz zart be-*saitet*, wissen Sie?!«

Die Kellnerin kichert, während sie notiert. Fausto zündet eine lange Zigarre an und bläst den Rauch an mir vorbei. Die Vorspeisen kommen.

Ich habe Radieschen bestellt. Da kann nichts schiefgehen. Denke ich! Doch ein Teil ist wurmig, der Rest holzig und alt. Jetzt kommt das Hauptgericht.

Salat für mich und für Fausto – sehe ich recht? *Das* hat er mir angetan? Wo er doch weiß, daß ich den Anblick nicht ertrage? Bleiche Oberschenkel liegen auf seinem Teller. Nackte Froschbeine, groß wie von Kröten. In einer qualligen Sauce, die Fäden zieht. Schon beginnt es mich zu würgen. Die Gabel fällt aus meiner Hand. Klirrt zu Boden. Fausto grinst.

»Du ißt nicht, Prinzessin?« Er steckt ein Froschbein in den Mund, kaut lustvoll daran herum, spuckt die Knochen in den Kamin. Ich starre auf das Tischtuch.

»Danke, mir graust.«

»Aber wovor, Chérie?«

»Das weißt du ganz genau.«

»Dir wird doch nicht vor diesen kleinen Fröschen grausen.«

»Nein! Vor dir! Du hast das bestellt, weil du mich kränken willst. Du weißt genau, ich kann das nicht sehen!«

»Ich habe sie bestellt, weil ich auf Frösche Appetit habe«, sagt Fausto unbekümmert, »ich esse gerne Frösche, Schnekken, Heuschrecken, ich habe feinere Gelüste als ihr in eurem Walzerland!«

»Du kannst essen, was du willst! Engerlinge, Maden, Bandwürmer, Asseln! Aber nicht, wenn ich zusehen muß!« Tränen treten in meine Augen. Ich beiße mir auf die Lippen, wende den Kopf ab. Er soll mich nicht weinen sehen. Nein! Die Freude mache ich ihm nicht!

»Wie schmeckt's?« fragt die dünne Frau, die eine neue Flasche Rotwein bringt.

»Wunderbar!« Ich stehe auf. »Mir ist nur plötzlich furchtbar heiß. Ich muß kurz an die frische Luft!«

»Du wirst doch keine Szene machen«, sagt Fausto, mit beiden Backen kauend.

»Keine Angst!« Ich greife nach meiner Tasche. »Szenen habe ich hinter mir!«

Ich eile aus dem Lokal, verabschiede mich von dem ungepflegten Mann mit Hut, der mir diesmal nicht die Hand küßt, Gott sei Dank, durchquere die beiden Höfe und stehe schließlich schwer atmend auf der Straße. Es würgt mich im Hals. Mir ist, als hätte Fausto mich geschlagen. Ich brauche ein paar Sekunden, um mich zu fassen. Was tue ich nun?

Es ist kurz vor zehn!

Am liebsten würde ich mich verkriechen. Doch ich kann jetzt nicht nach Hause gehen, allein ins Bett, und warten – worauf? Daß Fausto übermorgen erscheint? Nein! Heute ist Sommersonnenwende. Eine heilige Nacht. Und ich habe Beschlüsse gefaßt, auf dem Turm der Kathedrale von Bourges.

Voilà! Ich feiere allein mein Wiedersehen mit Paris. Ich gehe allein ins Deux Magots, setze mich allein auf die schöne Terrasse, trinke allein ein Glas Champagner und genieße allein den längsten Abend des Jahres und das, was mich am meisten beglückt: die rosafarbene Dämmerung. Und die ersten Sterne im Himmel über Saint-Germain des Prés.

Schon spaziere ich die malerische Rue des Carmes hinab. Und dann den Boulevard Saint-Germain entlang in

Richtung Odeon. Mit der Kreditkarte hole ich Bargeld aus dem Bankomat, Ecke Mabillon. Dem Vergnügen steht nichts mehr im Weg. Ich betrachte mich in den Scheiben der Auslagen. Mein Anblick heitert mich auf. Ich sehe hübsch aus. Und sehr jung. Wie gibt's das? Wo mich doch Fausto ständig quält!

Immer mehr Menschen sind auf dem Boulevard, je näher man zur alten Kirche kommt. Plötzlich ist mir, als steckte ich in einem Bienenschwarm. Das kurze Stück zwischen der Rue de Buci und der Rue Bonaparte sieht aus wie ein orientalischer Bazar. Maler, Musiker, Feuerschlucker! Jongleure, Schmuckverkäufer, Teppichhändler! Touristen! Auf dem Gehsteig ist kein Zoll mehr frei. Pantomimen werden aufgeführt, Leierkästen gespielt, Trommeln geschlagen und süß duftende Jasminblüten aus Afrika offeriert.

Auch vor der alten Kirche drängen sich die Massen. Es ist ein Wunder, daß ich einen Platz finde, auf der Terrasse des Deux Magots. Doch hier bin ich nun, und ein Glas Champagner steht vor mir. Ich beobachte, wie die prickelnden Bläschen nach oben steigen, und danke Gott, daß Fausto, dieses Ekel, nicht neben mir sitzt.

Kaum aber trinke ich den ersten Schluck, überfällt mich tiefste Melancholie. Ich sehe mich um. Nichts als glückliche Paare. Strahlende Gesichter, gelöst, entspannt. Der Mann am Nebentisch füttert seine Freundin mit Oliven. Sie öffnet den Mund, schließt genüßlich die Augen. Jetzt küßt er sie auf die Nasenspitze. Er ist blond. Hat Sommersprossen. Ein Däne? Schwede? Und wer küßt mich?

Wie lange ist es her, daß wir hier saßen, Fausto und ich? Glücklich verliebt. Zwei Jahre sicher. Und fünf Wochen hat er mich nicht berührt.

Ach, ich habe mein Leben verfehlt.

Ich starre auf das Paar am Nachbartisch. Wetten, sie haben noch keine Nacht zusammen verbracht? Sie haben sich auch noch nicht *wirklich* geküßt. Der erste Kuß steht noch aus. Ach, der erste Kuß!

Er muß sanft sein. Zart und rund. Ohne Ecken! Und die erste Umarmung ebenfalls. Weich, geschmeidig, zärtlich, verspielt. Man muß sich aneinanderschmiegen und vor Wonne vergehen. Kein Brustbein, das den Busen quetscht, kein Knie, das sich in den Schenkel bohrt. *Keine Ecken*! Sonst hat das alles keinen Sinn.

Ich hebe den Kopf, blicke hinauf in den Himmel. Die ersten kleinen funkelnden Sterne sind da. Ich sehne mich nach einem Kuß, daß es schmerzt. Tränen rollen über meine Wangen. Ich wische sie nicht weg. Langsam lasse ich den Blick über die vollbesetzten Tische gleiten.

Ist hier irgendwo ein Lustobjekt?

Ein sanfter, zarter, sensibler Mann, der mir tief in die Augen sieht und langsam, ganz langsam seinen Mund auf meinen legt?

Der dunkle Amerikaner neben der Lorbeerhecke? Der mich mit glühenden Blicken verschlingt? Der schlanke Jüngling mit Brille, der mich die ganze Zeit schon verstohlen mustert? Er ist allein, genau wie ich. Doch er ist nicht mein Typ.

Weiter weg sitzt ein Mann, der wirkt wie Paul. Doch ich sehe ihn nur im Halbprofil. Er hat dasselbe schöne schwarzgelockte Haar. Und eine Landkarte liegt vor ihm. Darauf ein Buch. Ein Tourist, wenn mich nicht alles täuscht.

Ich schließe die Augen und stelle mir vor, wie er küßt. Dann geniere ich mich entsetzlich. Mir ist, als hätte ich ihn vergewaltigt. Was kann der arme Kerl dafür?

Blind taste ich nach meinem Champagnerglas und trinke es leer. Schon ist mir besser. Ich habe den ganzen Tag nichts gegessen und bin sofort beschwipst. Jetzt sehe ich alles verschwommen. Aus meinen Augen laufen immer noch Tränen. Ich war so sicher, daß heute etwas Herrliches passiert. Daß die goldenen Sonnen mir Glück bringen in der Liebe. Doch da habe ich mich geirrt!

Der junge Mann, der mich an Paul erinnert, dreht sich plötzlich um und lächelt mir zu. Zieht ein weißes Sacktuch hervor und hält es hoch. Ob ich es will? Ich nicke. Schon steht er auf, kommt an meinen Tisch.

Mein Gott! Er ist es! Das ist Paul! Wie er leibt und lebt, Paul, an den ich wochenlang dachte, ohne die geringste Hoffnung, ihn je wiederzusehen, Paul, den ich verloren glaubte, er steht vor mir!

Ich springe auf. Spontan fallen wir uns um den Hals. Tut das gut! Er drückt mich fest an sich. Wiegt mich hin und her. Wir halten uns ewig. Endlich lassen wir uns los.

»Tizia!« sagt Paul andächtig und nimmt meine beiden Hände. »Da bist du wieder!« Das Du kommt von allein. »Ich habe dich überall gesucht! Ich war fünfmal bei Maxim's. Ich war wochenlang tagtäglich in Monsieur Kalmans Galerie. Du bist nie gekommen. Wo warst du die ganze Zeit?«

»Im Exil. Auf dem Land.«

Wir strahlen uns an. Ein Wunder ist geschehen!

»Wartest du auf jemand?« fragt Paul.

»Nein. Setz dich zu mir.«

Er holt Landkarte und Buch. Dann reicht er mir sein Taschentuch.

»Wie geht es dir?«

Ich wische die Tränen weg. »Schlecht. Und dir?«

»Gut. Jetzt, wo du da bist.« Er mustert mich lange. »Was hast du? Ist jemand gestorben?«

»Nein. Probleme. Daheim.«

Paul wirft seine schwarzen Locken zurück. »Mit dem Supercowboy im weißen Rolls-Royce, nehme ich an.«

Ich nicke.

»Bist du mit dem verheiratet?«

»Verheiratet ja. Kinder nein. Und du? Hast du Familie?«

»Nein. Nur Liebeskummer. Wirst du dich scheiden lassen?«

»Vielleicht. Trinkst du ein Glas Champagner mit mir?«

»Gern. Was ich sagen wollte: Du siehst fabelhaft aus. Ich hätte dich fast nicht erkannt. Du wirkst wie . . . ein Sonnenstrahl!«

»Das sind die Ohrringe. Ich habe sie gestern erst gekauft.«

»Und deine Haare sind länger. Steht dir gut.« Er mustert mich genau, lächelt mich an, und dann, nach einer Weile: »Ich weiß nichts von dir. Bist du Hausfrau? Hast du einen Beruf?«

»Ich bin Decoratrice. Ich richte Wohnungen ein. Und Häuser und Hotelsuiten und Châteaux. Und du?«

»Ich habe Landwirtschaft studiert.«

»Fertig?«

»Ja. Seit einem Jahr. Man hat mir auch gleich eine Stelle angeboten.« Er lacht kurz auf. »In einer Fabrik in Mittelfrankreich. Herstellung von künstlichem Vitamin A. Damit die Kühe mehr Milch geben!«

»Klingt entsetzlich!«

Wir brechen beide in Gelächter aus.

»Ich mache ein Praktikum bei Demeter-Bauern«, sagt Paul, als wir uns beruhigt haben. »Die arbeiten sauber und gut. Ich habe viel gelernt. Ich hätte gerne eine eigene Gärtnerei und eine Baumschule für schöne, alte, seltene Sorten. Und ein Glashaus mit Lilien und Kakteen.«

»Klingt gut. Und wie finanzierst du das? Hast du gespart?«

»Mein Vater hat einen großen Besitz in der Normandie. Vielleicht verpachtet er mir Land. Aber er ist noch nicht ganz überzeugt von dem, was ich will. Er möchte sich noch besser informieren.«

»Versteht ihr euch gut?«

Paul zögert. »Das ist eine lange Geschichte. Meine Mutter ist Engländerin. Sie hat ihn verlassen. Ich bin in Bath aufgewachsen. Aber ich habe in Frankreich studiert, und da sind wir uns wieder nähergekommen.«

»Hat *er* dich mitgenommen zu Maxim's?«

Paul nickt.

»Was macht dein Vater?«

»Er war Präsident von Gaz de France. Jetzt ist er in Pension.«

»Präsident? Heißt er Valentin?«

Paul starrt mich an. »Kennst du ihn?«

»Er hat sein Haus umgebaut. Und dann hat es ihm nicht mehr gefallen. Tommy Kalman hat mich vorgestellt. Ich sollte das wieder in Ordnung bringen.«

»Ach, *du* bist das! Er hat mir von dir erzählt!«

»Warum hat er nie angerufen? Ist der Auftrag schon vergeben?«

»Nein. Er hat alles verschoben. Auf Herbst. Wegen mir.« Paul zeigt auf das Buch und die Landkarte. »Wir reisen ständig herum und sehen uns landwirtschaftliche Betriebe an. Wir fahren auch nach Italien und in die Schweiz und nach Österreich. Morgen gehen wir wieder auf Tour.«

»Wie lange bleibt ihr weg?«

»Bis Anfang September.«

»Den ganzen Sommer«, sage ich enttäuscht.

»Ja, leider. Jetzt, wo ich weiß, daß du da bist, wäre ich lieber in Paris.« Dann neigt er sich vor und sieht mich bedeutungsschwer an. »Ich habe dich gesehen, damals im Autobus, und habe gewußt, du bist etwas Besonderes. Ich habe viel an dich gedacht. Fast jeden Tag.«

Es klingt wie eine Liebeserklärung. »Ausgerechnet jetzt sehen wir uns wieder! Weißt du, was heute für eine Nacht ist?« Er sieht mich forschend an.

Ich nicke.

»Sommersonnenwende. Was ich dich schon lange fragen wollte. Das Buch ›Food from a Japanese Temple‹, warum hast du das ans Fenster gehalten?«

»Das sind Rezepte ohne Fleisch. Ich gehe immer Mittag essen in ein vegetarisches Restaurant in der Rue Daunou bei der Oper. Ich habe gehofft, du verstehst und kommst hin.«

»Du ißt kein Fleisch?«

Paul schüttelt den Kopf.

»Ich auch nicht. Seit zehn Jahren. Und du?«

»Immer schon. Meine Mutter ist Diät-Ärztin. Sie hat das

nie gekocht. Sie ist sehr tierlieb, weißt du? Aber mein Vater geht auf die Jagd. Das war auch der Grund, warum sie ihn verlassen hat.« Er denkt kurz nach. »Er hat ihr nie verziehen! Leider«, sagt er dann, »er hat nie wieder geheiratet. Er hat Freundinnen ab und zu. Nichts von Dauer. Aber er ist ein netter Mann.« Der Kellner kommt, nimmt die Bestellung auf.

»Ich lade dich ein«, sagt Paul. Sein Lächeln ist zum Verlieben. Von Minute zu Minute wird er mir vertrauter. Mit dem Mann kann man essen gehen. Der quält mich nicht mit Fröschen und Schnecken, und ich will gar nicht wissen, was man sonst mit ihm noch alles kann.

Paul erzählt von seiner Kindheit in Bath. Von seiner Schwester Miriam, die Gesang studiert. Aber jetzt ist sie schwanger. Von einem indonesischen Diplomaten. Er ist verheiratet, hat Familie. Sie weiß nicht, ob sie das Kind behält. Paul ist achtundzwanzig. Ich hätte ihn jünger geschätzt. Er ist viel gereist, genau wie ich. War in Indien, Amerika. Er kann Sprachen. Spricht Englisch und Französisch ohne den geringsten Akzent. Er war in eine Studienkollegin verliebt, die einen Deutschen geheiratet hat. Jahrelang gefiel ihm keine andere Frau.

Daß *ich* ihm gefalle, ist sonnenklar.

Der Champagner kommt. Wir heben die Gläser, sehen uns tief in die Augen, prosten uns zu. »Auf uns«, lächelt Paul, »auf dich und mich!«

Was soll ich sagen!?

Es gibt Männer, die trifft man im Autobus – und weiß sofort, der gehört zu mir. Irgendwann, raunt die innere Stimme, schlafe ich mit diesem Goldstück da. Dann vergehen Monate, bis man sich wiedersieht. Plötzlich aber ist sie reif, die Zeit. Zufällig trifft man sich erneut, zufällig hat man gemeinsame Bekannte, zufällig hat keiner am Abend etwas vor – und schon ist alles geklärt: Man wird von oben beschützt, von drüben geführt, man ist füreinander bestimmt. Eh oui!

So habe ich mir die Sache gedacht, mit Paul, vorhin, als ich ihn wiedersah. Aber morgen fährt er weg, also kann dem nicht so sein.

»Du bist so schweigsam«, sagt Paul und hört zu erzählen auf, »gefällt es dir nicht mehr hier? Weißt du was? Wir gehen woanders hin. In einen Jazz-Club gleich ums Eck. Da singt eine schwarze Amerikanerin. Oder ... oder mußt du heim?«

»Nein, nein. Ich gehe mit dir.«

Paul steht auf. Reicht mir die Hand. Hilft mir hoch. Er hat einen wunderschönen Mund. Volle Lippen. Ich würde sie gerne küssen. Aber morgen geht er auf Tour. Er ist einen Kopf größer als ich. Genau richtig, um meinen Arm um seine Mitte zu legen. Es drängt mich danach. Aber morgen ist er Gott weiß wo!

»Du siehst so traurig aus«, meint Paul, »komm, wir gehen! Du wirst sehen. Die Musik heitert dich auf.«

Wir verlassen das Café. Paul legt spontan seinen Arm um meine Schultern. Schon fasse ich ihn um die Mitte, was soll's! Es ist ein herrliches Gefühl. Schweigend wandern wir dahin, im Gleichschritt. Links ums Eck, dann wieder links. Wir sind da.

Der Club heißt Le Bilboquet.

Er ist weltberühmt. Denn hier sangen alle Großen des Jazz, von Louis Armstrong bis Ella Fitzgerald, und von hier aus eroberten sie Europa. Es ist der älteste Jazz-Club von Paris, und es wird eine wunderbare Nacht: roter Samt, verführerisches Licht, freundliche Kellner und phantastische Musik!

Ein Pianist, ein Bassist, ein Schlagzeuger, ich habe sie schon im Rundfunk gehört. Und erst die Sängerin! Kohlschwarz, und sicher wiegt sie dreihundert Pfund. Sie singt auch, daß die Bühne bebt. Ihre Stimme ist tief und voll, sie rollt die Augen und lacht, sie wiegt sich im Takt, das Lokal vibriert. Sie trägt ein weißes Kleid mit langen Fransen, die bei jeder Bewegung zu schwingen beginnen. Sie hat

Glitzerschmuck um Stirn und Hals, jetzt singt sie »Stormy Weather«, gleich fange ich zu weinen an.

»Schön?« fragt Paul erwartungsvoll. Wir sitzen eng nebeneinander auf kleinen Hockern, bezogen mit Samt. Der Club ist zum Bersten voll.

»Unbeschreiblich!« Unsere Hände berühren sich. Unsere Finger schlingen sich ineinander wie von selbst. Ich bin wunschlos glücklich. Wir wiegen uns im Takt.

Und das Beste: Paul sieht nur mich. Die herausgeputzten Geschöpfe rundum lassen ihn kalt. Seine Nachbarin zur Rechten ist rund und rassig, und ihr silbernes Tuch gleitet zu Boden. Fausto hätte sofort reagiert: »Ahhh, Mademoiselle. Sie gestatten, darf ich helfen? Ohhh, das süße Tuch. Darf ich es um Ihre vollkommenen Schultern legen?« Paul riskiert keinen Blick. Es interessiert ihn nicht. Er konzentriert sich ganz auf mich. Ich habe vergessen, wie schön das ist!

Plötzlich ist es drei Uhr früh. Die kürzeste Nacht des Jahres ist fast vorbei. Die Lichter gehen aus. Der Club schließt. Was tun wir nun? Nach Hause gehen wir keinesfalls!

Hand in Hand spazieren wir durch die kleinen Gassen, durch die Rue Monsieur le Prince, und landen in einer dunklen Bar, die offen ist, bis Paris wieder munter wird. Als wir sie Stunden später endlich verlassen, ist es hell, die Sonne scheint, und die Cafés öffnen ihre gläsernen Fronten. Es ist Tag!

Geschäftigkeit bricht aus. Stühle werden von den Tischen gehoben, Mokka-Maschinen beheizt. Orangen gepreßt. Körbe voll Brot und Croissants geliefert. Plötzlich duften die Straßen von Paris nach frischem Espresso. Was tun wir zwei? Wir frühstücken zusammen.

Wir sitzen auf der Terrasse eines schönen Cafés gegenüber der Kirche von Saint-Germain des Prés, und die Stimmung ist wie in einem Dorf. Wir sind die ersten Gäste, der Boulevard ist grün und leer, um diese Zeit ist noch kein

Verkehr, wir hören sie zwitschern, die Spatzen von Paris, und sind selig, daß wir zusammen sind.

Fausto ist vergessen. Wir trinken große Schalen Café crème, essen warme, knusprige Croissants. Unsere Schenkel berühren sich, ansonsten halten wir Distanz. Wir haben uns auch nicht geküßt, in der dunklen Bar in der Rue Monsieur le Prince, obwohl es sehr verlockend war. Auch jetzt küssen wir uns nicht – weil ich es so will. Ich will mich nicht heute verlieben und morgen Abschied nehmen, oder besser jetzt gleich, denn die Zeit läuft wie rasend, und mittags muß er fort.

»Kommst du noch rechtzeitig in die Normandie?« frage ich, als wir fertig sind und gestärkt hinübergehen zum Taxistand. »Schaffst du das noch bis zwölf?«

Paul sieht auf die Uhr.

»Wenn ich jetzt gleich fahre, schon.«

»Fahr vorsichtig. Ich bitte dich.« Ich strecke ihm beide Hände hin. Er nimmt sie, hält sie fest. Dann sieht er mich lange an, aus seinen sanften, dunklen Augen, die alles verraten.

»Das war der schönste Abend in meinem ganzen Leben.« Er spricht langsam und bedächtig.

»Aber zu kurz«, sage ich. Wir brechen in Gelächter aus.

»Das holen wir nach. Wenn ich zurückkomme«, sagt Paul. »Ich melde mich gleich. Darf ich?«

»Du mußt. Und falls du mich nicht erreichst: Gloria Manet weiß immer, wo ich bin.«

Paul zögert. »Ich richte meinem Vater Grüße aus?«

»Die allerbesten. Der Auftrag interessiert mich sehr.«

»Ich tue, was ich kann, damit du ihn kriegst.«

Wir fallen uns in die Arme. Halten uns lang. Dann küssen wir uns keusch auf beide Wangen.

»Adieu, Paul! Und viel, viel Glück. Und gute Reise. Und einen schönen Sommer!«

»Adieu, Tizia! A très bientôt!«

Er dreht sich um und läuft davon, mit wehenden schwarzen Locken. Ich sehe ihm nach, bis er verschwunden ist, die Stufen hinab zur Tiefgarage Saint-Germain.

Dann steige ich in ein Taxi und fahre heim.

Wie erwartet, ist Fausto nicht da. Lollo hat ihn seit Wochen kaum gesehen. Doch es macht mir nichts aus. Ich fühle mich, als ob ich Kraftnahrung zu mir genommen hätte, und tagelang hält die Stimmung an.

Ich schreite durch die Räume, mit federndem Schritt, das gewisse Glitzern im Blick, mache Zukunftspläne, denke an Paul, und für die atemlose Stimme lege ich mir eine gute Antwort zurecht. Jetzt warte ich darauf, daß sie sich meldet, und gleich am nächsten Tag ist es soweit.

Punkt neun Uhr früh klingelt das Telefon.

»Hallo! Blondes Gift! Mach dich auf die Socken, sonst . . .« Doch diesmal schreckt sie mich nicht. »Kommen Sie doch lieber zum Tee vorbei«, unterbreche ich freundlich, »vielleicht heute nachmittag? Um vier?«

»Was??« stammelt sie und schnappt nach Luft. Dann legt sie auf. Darauf war sie nicht gefaßt. Wunderbar, die bin ich eine Zeitlang los. Anonyme Anrufer nämlich sind feige. Sie wollen, daß man vor Angst nicht mehr schlafen kann. Kaum aber wird man wild, werden sie zahm.

Am Nachmittag kommt Fausto heim und bringt meine Koffer. Er ist nicht allein. Melina ist dabei. Sie begrüßt mich, als hätte sie mich jahrelang vermißt. Ich trage meine Ohrringe, sie bemerkt sie sofort.

»Bonjour, Tizia! Wie hübsch du bist. Die Sonnen stehen dir gut. Aber deine Sommersprossen sind dunkler geworden.«

Dann trinken wir zu dritt eisgekühlte Limonade in der Küche und sprechen vom heißen Wetter. Über Paris nämlich ist eine Hitzewelle ausgebrochen. Es sind 35 Grad im Schatten. Tagsüber kann man kaum atmen, nachts wälzt man sich verschwitzt im Bett.

Und als das Thema erschöpft ist, verschwinden die zwei in Faustos Zimmer. Ich bin nicht erwünscht.

Nach einer Stunde sind sie marschbereit.

»Ganymed verlobt sich«, erzählt mir Melina, als ich sie zur Tür begleite, »weißt du es schon? Mit der blonden Schnitte.«

»Mit wem?« frage ich erstaunt. Das Wort ist mir absolut neu.

»Mit der ältesten Tochter. Von unseren Nachbarn in Chantilly.« Sie kichert und stößt mich in die Seite.

»Ist das dein Ernst?«

»Natürlich. Papa will es so.«

»Das arme Kind«, sage ich, »sie tut mir leid.«

»Mir nicht. Die Verlobung ist im September. Die Eltern geben einen großen Empfang. Du mußt aber nicht kommen, wenn du nicht willst.«

Fausto drückt mich zum Abschied, daß es schmerzt: »Adieu, mon amour. Bitte verzeih! Du siehst, ich habe keine Zeit! Ich muß schon wieder weg. Ich bin auf dem Sprung.«

»Wo mußt du hin?«

»Auf Geschäftsreise. Ganz wichtige Verträge. Aber ich melde mich. Vergiß mich nicht. Je t'aime!«

Dann trollt er sich, ohne Koffer, eine halbleere Segeltuchtasche als Gepäck. Eine Stunde später ruft er an.

»Fährst du nach Wien, Chérie?«

»Vielleicht.«

»Wenn du fährst, laß es die Eltern wissen, ja? Ich küsse dich, mon enfant. Ich denke immer an dich.«

»Wann sehen wir uns wieder?«

»So bald als möglich. Je früher, desto besser. Adieu! Adieu!« Fausto legt auf.

Und ich lege ihn ad acta! Für ein paar Tage, und das ist mir recht. Ich fahre natürlich nicht nach Wien. Ich bin doch nicht verrückt! Das wäre derzeit zu riskant. Es gibt nämlich ein dringendes Problem, und das löse ich jetzt, wo ich allein bin. Jetzt oder nie!

Ich laufe zu Faustos Zimmer. Drücke die Klinke herab. Nichts! Die Tür ist versperrt. Nun gut. Ich werde bis morgen warten. Sicherheitshalber. Vielleicht hat er was vergessen. Vielleicht kommt er noch zurück.

Bis morgen ist Schonzeit.

Und dann lege ich los!

14

DAS PROBLEM, DAS mich drückt, ist mit einem Satz erklärt: Ich muß in die Avenue du Maine und sehen, was mit meiner Wohnung ist.

Ich habe es noch nicht erwähnt – doch die Wohnung kaufte ich mit *meinem* Geld. Mit dem Erlös meines Appartements in der Rue Valadon. Deshalb liegt sie mir am Herzen. Deshalb habe ich ständig danach gefragt. Die Avenue du Maine ist mein Eigentum. Und da ich sonst nichts besitze auf dieser Welt als dieses Geld, wird mir langsam darum bang.

Fausto ist weg! Er kam nicht zurück gestern nacht. Ich bin allein in der Avenue du Président Wilson. Ich vermisse ihn nicht. Ich bin voll Energie. Es geht mir blendend seit dem Abend mit Paul. Seit der Nacht der Sommersonnenwende kann mich nichts erschüttern. Und solange die Hochstimmung hält, wird sie konstruktiv genützt.

Faustos Zimmer ist abgeschlossen? Ich kann nicht hinein? Doch ich rufe den Schlüsseldienst, zahle vierhundert Francs, und schon bin ich drin!

Mit österreichischer Gründlichkeit durchsuche ich seinen Schreibtisch. Schon finde ich, was ich will: die Schlüssel zur Avenue du Maine und den Kaufvertrag.

Dann setze ich mich in meinen blauen Golf Cabrio und fahre los: Über die Seine, vorbei am Invalidendom, vorbei an der goldenen Kuppel, unter der Napoleon ruht, vorbei an herrlichen Häusern, Gärten, Restaurants, Cafés, den Boulevard Montparnasse entlang, dann rechts durch den Tunnel, schon bin ich da. Die Fahrt ist ein Genuß. Halb Paris liegt am Meer. Es gibt Parkplätze im Überfluß, keinen Lärm, keinen Stau, ich fahre wie der blaue Blitz, direkt riskant. Doch ich will endlich wissen, was mit meiner Wohnung ist. Irgend etwas stimmt nicht. Aber was?! Hier ist das Haus!

Es ist angenehm kühl. Voll dunkler Gedanken stürme ich die Treppe hoch, in den dritten Stock. Mein Herz klopft zum Zerspringen. Die Stunde der Wahrheit naht. Ich schließe auf. Trete ein. Großer Gott! Was ist da los?

Ich kenne die Wohnung nicht wieder. Habe ich mich in der Adresse geirrt? Ich kaufte vier schöne Zimmer, mit Marmorkaminen und Stuck, mit gläsernen Doppeltüren und hübschen alten Fliesen in Küche und Bad. Das berühmte Pariser Wohlbehagen. Die Ambiance der Belle Époque. Sie sind verschwunden. Weggefegt! Hier wurde gewütet und zerstört. Es tut körperlich weh.

Mit angehaltenem Atem gehe ich durch die Räume. Das schöne, glänzende Eichenparkett – weg! Der wunderbare Stuck – verschwunden! Die eleganten Glastüren mit den geschliffenen Scheiben – nicht mehr da!

Und das Schlimmste: Der prachtvolle Marmorkamin im Salon wurde entfernt. Ein modernes Monstrum aus roten Ziegeln verunziert jetzt die Wand, wo er stand.

Und erst die Küche! Lieber Himmel! Hier also ist er gelandet, der Granit aus Versailles. Spiegelnde graue Fläche, so weit das Auge reicht. Eine Stimmung wie im Spital. Die Lichtschalter neu und scheußlich. Neon am Plafond. Das macht krank!

Und das Bad? Ist das auch ruiniert? Darauf kannst du wetten, Tizia! Das Bad wird keine Ausnahme sein. Zaghaft öffne ich die Tür: Kacheln, Kacheln überall! Das Bad ist grau verfliest, und zwar gründlichst! Hier herrscht die Eiseskälte einer Kühlkammer. Und das Ärgste: Das Tageslicht ist weg. Das einzige Fenster wurde verspiegelt. Man kann es zwar zum Lüften öffnen, doch sonst dringt kein Sonnenstrahl mehr durch.

Mit letzter Kraft schleppe ich mich in den Salon. Lehne mich an die Wand und weine. Fausto und die Walküre! Das haben sie mir angetan! Ich starre auf die Fliesen zu meinen Füßen. Schlampig gelegt. Die Abstände unregelmäßig. Die Zementspritzer nicht abgekratzt. Wer hat diese schlechte Arbeit gemacht?

Nein! Das verzeihe ich Fausto nie!

Er weiß, ich hasse Fliesen. Vor allem in schönen alten Wohnungen in Paris. Fliesen gehören in heiße Länder. Hier haben sie keine Tradition. Fliesen gehören in Kühlkammern, Leichenhallen, Fleisch- und Fischfabriken, öffentliche Toiletten. Aber nicht nach Hause! Wie soll ich diese Fliesenburg verkaufen? Kein Wunder, daß sie keiner will!

Ich gehe zum Telefon. Ich werde Philippe fragen. Unseren Mann aus der Auvergne. Vielleicht klärt er mich auf. Ich wähle die Nummer. Er hebt sofort ab.

»Bonjour, Philippe.«

»Hallo? Wer spricht?«

Früher hat er mich sofort an der Stimme erkannt.

»Madame Saint-Apoll. Kennen Sie mich nicht mehr?«

Lange Sekunden herrscht Schweigen. Dann, sehr überrascht: »Madame Tizia?? Bonjour, Madame. Sind das wirklich Sie?«

»Ja, warum nicht?«

»Ich habe gedacht, das heißt, man hat mir gesagt ... äh ... Sie sind ... äh ... nach Wien gefahren und kommen nicht mehr nach Paris zurück.«

»Wer hat das gesagt?«

»Madame ... Madame ...«

»Die andere Madame Saint-Apoll?«

»Ja, Madame Odile.«

Odile! Das also ist ihr Name. Sie heißt nicht Brigitte. Ich habe es geahnt. Doch wie heißt sie noch? Wenn ich den Nachnamen wüßte und die Adresse, ich führe sofort zu ihr. Jetzt gleich!! Philippe räuspert sich ausgiebig.

»Madame Tizia! Eine indiskrete Frage: Haben Sie sich scheiden lassen?«

»Noch nicht. Warum?«

»Ich wollte nur sagen, ich arbeite nicht mehr für Monsieur Fausto.«

»Warum?«

»Das ist eine lange Geschichte.«

»Haben Sie die Avenue du Maine gemacht? Von dort rufe ich nämlich an.«

»Ja, zum Teil. Aber für Madame Odile war ich zu langsam. Sie wissen, wie ich arbeite, Madame Tizia! Wir haben nie Probleme gehabt, nicht wahr? Ich mache eine Arbeit sorgsam und gründlich, und dann ist sie gut! Ich habe gesagt, ich brauche zehn Tage für die Fliesen. Sie hat gesagt, eine Woche reicht. Dann ist sie jeden Tag gekommen und hat kritisiert, und nichts war ihr recht . . . Da habe ich ihr den Krempel hingeschmissen und bin nicht mehr gekommen.«

»Bravo! Das war gut gemacht!«

»Ich weiß nicht. Ich sitze da und habe nichts zu tun. Momentan ist nichts los in Paris. Sagen Sie. Arbeiten Sie nicht mehr, Madame Tizia?«

»Ich habe mich zurückgezogen vom Geschäft. Aber wahrscheinlich fange ich im Herbst wieder an.«

»Dann denken Sie an mich, nicht wahr?«

»Ganz bestimmt. Wenn ich Glück habe, kriege ich eine große Sache in der Normandie. Ein ganzes Stockwerk in einem prachtvollen alten Haus. Interessiert Sie das?«

»Und wie! Wann würde das sein?«

»Vielleicht schon im September.«

»Mit mir können Sie rechnen.«

»Wunderbar. Also dann auf Wiedersehen, Philippe. Auf bald.«

»Auf bald, Madame Tizia! Und ich wünsche Ihnen einen schönen Sommer!«

Ich lege auf. Jemand läutet an der Wohnungstür. Wenn

sie das ist? Die gräßliche Odile? Um so besser. Sie kommt mir gerade recht.

Doch es ist die Concierge. Eine kleine, dunkle Spanierin, zierlich, adrett, in einer blauen Kleiderschürze, eine rote Masche im Haar.

»Excusez-moi, Madame«, sie hält ein Blatt Papier in der Hand, »ist die Wohnung schon verkauft?«

»Nein, noch nicht. Warum?«

»Gestern war eine Dame da. Sie hat mir ihre Telefonnummer aufgeschrieben. Sie möchte das Appartement sehen. Sie sucht schon lange in dieser Gegend. Ihre Tochter wohnt drüben in der Rue du Moulin Vert.«

Ich greife nach dem Papier wie nach einem Rettungsring.

»Wie sah die Dame aus?«

»Sehr elegant! Graues Haar. Und sie hat einen kleinen roten Hut getragen.«

Ich seufze. Hüte tragen romantische Naturen, und die lieben kein Fliesenparadies. Ich lese die Adresse. Boulevard du Montmorency. Vornehme Gegend. Madame Pauline Loiseau. Ich rufe sie trotzdem an. Vielleicht geschieht ein Wunder, und sie kauft!

»Haben die Arbeiter viel Schmutz gemacht?« frage ich die Hausmeisterin.

»Es ging. Aber ich habe mehrmals am Tag die Treppen waschen müssen. Überall die weißen Trittspuren. Und die Hausparteien beschweren sich gleich.«

Ich gebe ihr zweihundert Francs. »Das ist für Ihre Mühe!«

»Merci beaucoup, Madame«, sagt sie erfreut, »das ist sehr großzügig. Merci!«

Gemeinsam gehen wir nach unten.

»Wann ist das Appartement zum letzten Mal besichtigt worden?«

»Oh, schon lang nicht mehr. Seit einem Monat war niemand mehr da!«

»Und Monsieur Saint-Apoll? War er oft hier?«

»Jeden Tag. Er hat seine Frau abgeholt. Die Architektin. Die große, starke Dame, die alles beaufsichtigt hat.«

Wir sind unten angelangt. Ich gebe ihr meine Karte.

»Falls die Dame von gestern wiederkommt, rufen Sie mich bitte sofort an!«

»Gern, Madame. Und nochmals vielen Dank!«

Eine halbe Stunde später bin ich wieder daheim.

Ich ziehe die durchschwitzte Bluse aus, stelle mich unter die Dusche und spüle ihn weg, den Schreck. Also bin ich schon abgeschrieben. Die Walküre ist bereits Madame Saint-Apoll. Und Fausto war immer in Paris. Gut zu wissen! Ich lasse das Wasser über meinen Körper brausen. Langsam gewinne ich meine Ruhe zurück. Dann wasche ich auch gleich das Haar und trete erfrischt aus dem Bad. Schlüpfe in ein leichtes weißes Baumwollkleid, schlage meine Locken in ein blaues Tuch und gehe barfuß in den Wintergarten.

Hier ist es schön.

Alle Fenster stehen offen, die Hitze tut den Pflanzen gut. Alles blüht und treibt, in dieser grünen Laube ist die Welt noch heil. Ich schalte den Ventilator ein, setze mich in einen schönen Sessel aus Rattan, auf die weichen, weißen Kissen und fühle mich wie auf Urlaub in den Tropen.

In den Tropen? Nein! Besser!

Denn hier gibt es keine Moskitos, keine Skorpione, keine giftigen Spinnen, keine Mord-Ameisen und Riesenschaben, keine stechenden, wühlenden, kneifenden Insekten, keine Würmer, die sich akribisch in Fußsohlen bohren, Typhus und Malaria lauern nicht auf mich, nein, danke, mir genügt Paris. Außerdem: Wo in den Tropen gibt es einen Eiffelturm?

Ich starre auf das stramme Riesen-A, das vor mir, am anderen Ufer der Seine, aus dem Boden wächst, selbstbewußt und stolz, von der Mittagssonne in gleißendes Licht getaucht. Dieser Anblick muntert mich immer auf. Solange der Eiffelturm noch steht, werde ich nicht untergehn!

Bis es dunkel wird, sitze ich im Wintergarten und grüble. Ich starre vor mich hin, esse nichts, trinke nichts, bewege mich kaum.

Wie mache ich aus einer Kühlkammer ein gemütliches Nest?! Wäre keine Eile, würde ich Vorhänge schneidern lassen. Vorhänge wirken Wunder! Doch ich habe nicht viel Zeit. Jeder Tag zählt. Ich muß verkaufen, solange das heiße Wetter hält! Fliesen sind bei Regen hoffnungslos! Aber wenn die Hitze steigt, daß man auf den Boulevards verschmachtet, wenn die hübsche Dame mit Hut rot und verschwitzt in die fliesengekühlte Wohnung tritt, wo sie endlich wieder atmen kann, wo sie auflebt wie in einer kalten Grotte, dann sieht die Sache anders aus. Dann habe ich, wenn der Himmel will, eine kleine Chance!

Endlich, gegen zehn Uhr abends, stehe ich auf. Ich weiß, was ich tue, mein Entschluß ist gefaßt. Dann gehe ich ins Bett, denn ich habe einen schweren Tag vor mir. Am Montag kann Madame Loiseau die Wohnung sehen. Am Montag bin ich bereit. Ich werde Fausto und seiner Walküre das Handwerk legen.

So Gott will – und das heiße Wetter hält!

Am Montag, den 26. Juli, dem Tag der Wohnungsbesichtigung, ist es schwüler denn je. Es ist der heißeste Tag seit hundert Jahren. Die Luft flimmert über dem Asphalt, kein Lüftchen weht in ganz Paris, alles jammert, schwitzt und klagt. Nur ich sitze selig in der Avenue du Maine, duftig und frisch wie eine Blume, und warte auf Madame Pauline Loiseau.

Ich trage ein kühles weißes Baumwollkleid mit rotem Gürtel, rote Sandalen, und die Locken habe ich hochgesteckt. An meinem Finger blitzt mein Ehering mit den dreizehn Brillanten, an meinen Ohren baumeln die goldenen Sonnen.

Ich wirke reich, vergnügt, entspannt, als würde kein Wölkchen meinen Himmel trüben, als wäre dies kein Notverkauf, sondern mein kleines Hobby nebenbei! Ich habe eisgekühltes Mineralwasser mitgebracht und die Flasche in einen silbernen Champagnerkübel getan. Der thront jetzt auf dem roten Ziegelkamin, neben einer gläsernen Vase voll gelber Tulpen.

Überall sind Blumen: bunte Rosen in tönernen Bodenvasen, rote Lilien in der Küche. Auf den Fliesen liegen meine schönen alten Kelims aus der Rue Valadon. Im Salon steht ein riesiger blühender Margeritenstrauch, ausgeliehen von einer Blumenboutique. Zwei kugelrunde Lorbeerbäume in schönen Terracottatöpfen geben dem Eßzimmer südliches Flair. Im Bad steht das Fenster offen, und die Sonne strahlt herein. Ich habe rote Handtücher aufgelegt und Rosenseife gekauft, die bis ins Vorzimmer wunderbar duftet.

Zwei schöne Sessel aus Rattan mit gelben Kissen warten im Salon auf Madame Loiseau, daß sie erschöpft vom langen Weg, der Hitze, dem Durst hineinsinken möge, um sich dem Charme der Blumen, der bunten Kelims und meiner Beredsamkeit zu überlassen.

Für ein Uhr war das Treffen ausgemacht. Um zwei Uhr ist sie noch nicht da. Langsam werde ich ratlos. War alles umsonst? Wieder ein Termin geplatzt?

Darin kriegt man Übung in Paris. Die Menschen sind nicht verläßlich. Sie sagen eins, meinen zwei, sagen ja, meinen nein, nur – um ehrlich zu sein –, die Dame klang mir nicht danach. Viertel drei, halb drei. Meine Laune sinkt ins Bodenlose.

Endlich, ich will gerade gehen, höre ich Schritte auf der Treppe. Es klopft an der Tür, und die Heißersehnte tritt herein. Aha! So habe ich sie mir vorgestellt. Eine typische Französin aus guter Familie, das sehe ich sofort.

Sie ist klein, zierlich, lebhaft und weiß, was sie will. Sie ist adrett bis in die Fingerspitzen, in einem gelben Sommerkleid mit kurzen Ärmeln und eleganten weißen Schuhen, die ihre kleinen Füße zur Geltung bringen. Das Silberhaar ist perfekt gelegt. Hut trägt sie heute keinen. Dafür aber Strümpfe! Und weiße Handschuhe! Wie sie das aushält bei der Hitze, ist mir schleierhaft!

»Booooon-jour, Madame«, sagt sie souverän, »ich habe mich verspätet, es tut mir leid. Ich habe mein Enkelkind zum Flughafen gebracht, und auf dem Rückweg war ein Unfall auf der Autobahn. Wir saßen eine Stunde fest.«

»Bonjour, Madame! War das nicht schrecklich bei der Hitze?«

»Oh, non! Non! Non!« ruft sie beglückt. »Ich liebe dieses Wetter! Mir kann es nicht heiß genug sein. Ich war fünfzehn Jahre in den Kolonien, wissen Sie? Mit meinem Mann. Seit wir zurück sind, friere ich nur. Was glauben Sie, wie heiß es war in Afrika! So wie heute ist es mir gerade recht!«

Oh, Gott! Ich gebe auf! Doch dann fasse ich mich.

»Darf ich Ihnen ein Glas Mineralwasser anbieten?« frage ich und versuche, meine Enttäuschung zu verbergen.

Sie zögert kurz. »Ja, gerne«, sagt sie dann, »das ist eine gute Idee.«

Setzen aber will sie sich nicht. »Machen wir schnell«, meint sie, das Glas in der Hand, »ich habe nicht viel Zeit!«

Ich führe Madame Loiseau durch die Wohnung. Schweigend geht sie neben mir her. Erst am Schluß wird sie gesprächig.

»Es ist sehr sauber«, stellt sie fest, »aber warum haben Sie gar so viele Fliesen gelegt?«

Auf die Frage bin ich vorbereitet. »Weil sie ewig halten«, sage ich schnell, »außerdem, man pflegt sie leicht. Sie wissen, wieviel Arbeit ein Parkettboden macht. Hier wischt man einmal drüber, fertig. Wunderbar!«

Madame Loiseau nickt. Stellt das Glas auf den Kamin und zieht einen Kalender aus ihrer eleganten weißen Ledertasche.

»Wieviel, sagten Sie, kostet das hier?«

Ich wiederhole den Preis.

Sie fragt nicht, handelt nicht. Sie notiert und unterstreicht.

»Es ist eine sehr schöne Wohnung«, sage ich, als sie fertig ist, »man hat den ganzen Tag Sonne. Morgens von der Avenue du Maine her, nachmittags vom Hof. Sie können Sonnenbäder nehmen, ohne aus dem Haus zu gehen!«

»Ja, das Licht ist gut«, pflichtet sie mir bei.

»Und der Hof ist groß. Sie haben praktisch kein Vis-à-vis! Es gibt Sträucher und eine schöne, hohe Kastanie. Der Mann der Concierge ist Gärtner. Er kümmert sich darum.«

Madame Loiseau nickt. Geht zum Fenster, sieht hinaus.

»Schön grün«, sagt sie anerkennend, »aber wo ich wohne, ist vis-à-vis ein Park! Das ist noch besser! Was ich noch fragen wollte: Gibt es einen Keller, der zur Wohnung gehört?«

»Natürlich!«

»Und ein Dienstbotenzimmer?«

»Leider nicht. Die Chambres de bonne sind alle verkauft und zu kleinen Wohnungen umgebaut.«

»Garage ist auch keine da, nehme ich an?«

»In diesen alten Häusern nie. Aber hundert Meter weiter ist ein Neubau. Die vermieten manchmal Plätze.«

»Haben Sie die Telefonnummer?«

»Natürlich, Madame.« Ich sage sie ihr, sie notiert.

»Gut! Ich habe alles, was ich brauche. Ich muß jetzt gehen, Madame!«

Sie reicht mir zum Abschied die Hand. Ich gebe ihr meine Karte und bleibe enttäuscht zurück. Eine Afrikareisende! So ein Pech!

Seufzend lasse ich mich in einen Sessel fallen.

Soll ich nochmals annoncieren? Auf meine Kosten? Nein. Das würde die Walküre sehen. Dann weiß sie, daß ich auf der Fährte bin. Alles, nur das nicht, merci!

Ich trinke das Mineralwasser leer. Wie soll das weitergehen? Was wird aus mir? Plötzlich fühle ich mich von aller Welt verlassen. Ich starre auf den blühenden Margeritenbaum, auf die Rosen, die bunten Kelims. Soll ich Fausto vergessen und hierherziehen? Nein. Die vielen Fliesen brächten mich um. Außerdem, wie verdiene ich Geld? Als kleine Angestellte bei Gloria? Nie! Ich will mein eigenes Geschäft. Doch dazu braucht man Startkapital.

Ach, das Leben ist pervers. Kaum macht man eine gute Partie, kaum glaubt man, fürs Leben versorgt zu sein, besitzt man überhaupt nichts mehr. Kaum steht man vor dem Altar, lüften sich die Schleier, und hinter den berühmtesten Namen tun sich Schuldenberge auf bis zum Horizont. Oder Skandale. Oder Mätressen mit Kindern, die den ganzen Wohlstand zu verschlingen drohen.

Kaum landet man unter der Haube, zerrinnt alles wie Sand. Sorglose Zukunft ade!

Ein Jahr habe ich gearbeitet, gespart, wofür? Für Fausto und seine Geliebte! Sie haben das gemeinsame Konto geleert. Ich kann viertausend Francs überziehen, wurde mir brieflich mitgeteilt, von der Bank, und das ist ein Witz! Ich sitze ohne Bargeld in Paris, denken die zwei. Doch da haben sie sich geirrt!

In weiser Voraussicht nämlich habe ich vor der Hochzeit einen Notpfennig beiseite gelegt. Deshalb besitze ich ein nettes Konto auf einer englischen Bank auf der Place Vendôme, von dem Fausto nichts weiß. Ich komme bis Weihnachten durch. Ich brauche die Avenue du Maine nicht Hals über Kopf zu verkaufen, jetzt im Juli, denn im Sommer gehen die Geschäfte schlecht. Nur wer unbedingt verkaufen muß, ist bei der Hitze in Paris, alle andern liegen faul am Strand. Jeder weiß es. Deshalb wird im Sommer gehandelt auf Teufel komm raus. Und der Käufer macht das beste Geschäft.

Die Vernunft sagt: Warten! Warten bis Schulbeginn. Auch im September gibt es heiße Tage. Und nicht jeder, der eine Wohnung sucht, lebte jahrelang in Afrika.

Ich packe meine Sachen und fahre heim. Die Blumen nehme ich mit, die Pflanzen lasse ich da, falls Madame Loiseau die Wohnung nochmal sehen will. Die Spanierin kommt und gießt, hat sie gesagt!

Um vier Uhr bin ich zu Hause. Fülle drei chinesische Vasen mit Lilien und Rosen und stelle sie in den gelben Salon. Dann sehe ich die Nachmittagspost durch, die die Concierge durch die Tür geschoben hat.

Ein Brief ist für mich da. Fremde Handschrift. Absenderlos. Drinnen ist etwas Steifes. Was kann das sein?

Ich gehe in Faustos Zimmer, denn dort habe ich noch Wichtiges zu tun, setze mich an seinen herrlichen antiken Schreibtisch und öffne das Kuvert.

Ein Foto fällt heraus.

Ein Gruppenbild. Farbig. Was ist das? Fausto mit ... mit ... zwei Kindern auf dem Schoß! Einem hübschen blonden Jungen, zirka drei, und einem kleinen Mädchen etwas über ein Jahr. Darunter, auf dem weißen Bildrand, steht etwas geschrieben. Ich kann es kaum lesen. Die Buchstaben verschwimmen vor meinen Augen. Dann reiße ich mich zusammen. Also! Wie heißt das?! Es ist in Blockschrift. Liest sich leicht.

FAUSTO, HERMÈS UND AMOUR SAINT-APOLL, EINE GLÜCKLICHE FAMILIE! Das Wort »Familie« ist unterstrichen.

Ich lasse das Foto sinken. Atme schwer. Sekundenlang bin ich unfähig, mich zu bewegen. Im Raum ist es geisterhaft still. Endlich stehe ich auf, gehe zum Fenster und sehe hinaus.

Jetzt weiß ich, warum Fausto keine Kinder will. Weil er schon welche hat!

Ich habe es geahnt! Als ich die Haarspangen fand. Im Tannenhaus. Und das Spielzeug. Ich tippte auf ein Kind. Niemals aber auf zwei.

Ich gehe in die Küche und hole ein großes Glas Mineralwasser. Dann vertiefe ich mich in das Bild.

Wenn der Junge drei Jahre ist, kam er zur Welt, ehe wir uns kannten. Und das Mädchen muß kurz vor unserer Hochzeit geboren sein. Gezeugt in dem Jahr, als ich mit Fausto nicht zusammen war.

Warum aber hat er dann mich geheiratet und nicht sie?

Warum belagerte er mich wie die Türken das goldene Wien? Wenn sie doch zwei Kinder hat! Warum bekannte er sich nicht zu ihr? Nur wegen der Eltern? Kann das sein?!

Ich setze mich in den grünen Herrenfauteuil, den ich Fausto zu Weihnachten geschenkt habe, den ich extra für ihn mit feinstem schottischen Tuch beziehen ließ, weil er diese Stoffe liebt, und trinke das Glas in einem Zug leer. Dann vergrabe ich den Kopf in beiden Händen.

Ach, Paris!

Diese Stadt macht mich so glücklich – und im nächsten Moment prügelt sie mich halbtot! Mit zwanzig hätte mich das umgebracht. Jetzt, mit zweiundvierzig, rückt es die Dinge ins rechte Licht:

Ich *kann* mich nicht anpassen an die Vielweiberei, die hier blüht, an der Seine, ich mache mir nichts mehr vor. Ich akzeptiere das nicht: eine Frau auf dem Land, die andere in der Stadt, auch wenn alle finden, das ist normal, und »kurz und süß« ist direkt puritanisch.

Ich starre auf das Foto in meinem Schoß. Die Kinder sind reizend. Was können sie dafür? Fausto hat mich – und er hat Odile. Eine zuviel! Bei Faustos Freunden aber geht es noch viel toller zu: eine Frau, eine Mätresse, eine Geliebte, une petite amie, warum will das nicht in meinen Kopf? Auch in Wien geht man fremd. Nur, in Wien teilt man sich das besser ein! In Wien hat man eine *nach* der anderen, in Paris hat man alle *zugleich*, und meist fürs ganze Leben! Nein! Das ist zu lang!

Ich will keinen halben Mann!

Da habe ich lieber keinen!!

Jawohl! Ich hasse das Theater um Frau und Mätresse, das hier jeder spielt. Und die haarsträubenden Versuche, beide zu halten: die teuren Geschenke, die nicht aus dem Herzen kommen (Rubinarmband am Hochzeitstag), die falschen Schwüre, die kühnen Lügen, die erfundenen Reisen – und die Hunde!

Denn wird eine Geliebte wild, bringt man ihr den Hund

vorbei. Damit sie was zu streicheln hat. Während der Mann den Abend mit der Frau verlebt, mit Kindern, Freunden, Gästen, vergnügt im trauten Heim.

Ach, ich könnte Bücher füllen mit dem, was ich hier sah. Warum, zum Teufel, kränke ich mich so? Warum wächst mir noch immer keine harte Haut? Warum? Warum??

Ich werde nicht mit Hunden abgespeist. *Ich* bin die echte Ehefrau! Ich trage den Namen. Ich lebe in der Luxuswohnung! Ich fahre im Rolls-Royce. Ich gehe mit Fausto in Gesellschaft. Ich werde von den Eltern akzeptiert. Ich bin Nummer Eins! Genug, um eine Geliebte zum Wahnsinn zu treiben! Ich sitze auf dem längeren Ast!

Und die meisten Französinnen, die ich kenne (Gloria ausgenommen), würden ruhig sitzen bleiben. Denn sie denken vernünftig: an Wohnung, Geld und Haus, wie es sich gehört. Doch ich will Liebe und Gefühl!

Ich starre auf das Bild in meiner Hand. Mein Herz klopft zum Zerspringen. Es braust in meinem Kopf. Mein Entschluß ist gefaßt: Ich gebe auf! Was die Pariserinnen können, kann ich noch lange nicht. Mir fehlt die Kraft. Es bringt mich um. Für diese Spiele muß man hier geboren sein.

Ich springe hoch. Wo ist das Telefon?!

Plötzlich habe ich es schrecklich eilig. Ich will sie wissen, die ganze Wahrheit. Jetzt! Sofort! Ich rufe die Walküre an. Wo ich sie finde, weiß ich bereits. Faustos Schreibtisch ist eine Fundgrube. Was entdecke ich in Lade Nummer zwei? Briefpapier. Funkelnagelneu gedruckt. Mit Telefonnummer und Adresse der Firma Apoll-Immobil. Und wo ist das Hauptquartier? Dreimal darf man raten!

In der Kaschemme, wo Fausto die Frösche aß!

Und noch etwas finde ich: einen zweiten Kaufvertrag. Vom Freitag, dem 28. Mai. Das war der Tag, als Gloria ihn aus der Coupole kommen sah, mit dem Schwarm vulgärer Leute, die laut sangen und ihm ununterbrochen auf die Schultern klopften! Das ganze Haus mit dem stinkenden

Riesenkamin ist Faustos Eigentum. Er hat es gekauft. An diesem Tag! Doch das nur nebenbei.

Plötzlich kriege ich Angst. Angst? Schon greife ich zum Hörer, beiße die Zähne zusammen, wähle, warte. Endlich hebt jemand ab.

»Halllooo?« Es ist die Stimme des ungepflegten Blonden mit Hut.

»Bonjour, Monsieur. Kann ich bitte Odile sprechen?«

»Sie ist nicht da.«

»Wo ist sie denn?«

»Wohnungen besichtigen. Nein! Moment! Sie kommt eben zur Tür herein. Odiiiiile!! Telefon!«

Ich höre Schritte. »Hallo?« fragt die atemlose Stimme.

»Hier ist das blonde Gift«, sage ich so ruhig wie möglich, »wann treffen wir uns endlich und reden?«

»Falsch verbunden«, schnappt meine Widersacherin nach einer Schrecksekunde und hängt auf.

Ich sehe, so komme ich nicht weiter. Fassen wir die Sache anders an.

Sie sieht Wohnungen an? Wunderbar, da erwische ich sie. In Faustos Schreibtisch, Lade Nummer drei, fand ich nämlich einen Ordner mit der Aufschrift: »Wohnungen zu besichtigen/kaufen«. Und drinnen sind lose Blätter, herausgerissen aus »Le Figaro« und »Privat an Privat«!

Schon sehe ich die Seiten durch. Was gibt's heute nachmittag?

Im Juli ist nicht viel los. Das haben wir gleich. Nur eine einzige Wohnung, wunderbar!

Ich studiere die Annonce.

HAUS IN DEN WOLKEN

Luxusresidenz. Wohnen im Himmel von Paris. Sieben Zimmer. Marmorkamine. Stuck. Vier Bäder. Ganz umgeben von Gartenterrassen. Achter Stock. Lift. Beste Gegend. Zwei Garagenplätze. Keller. Drei Dienstbotenzimmer. Luxusausführung. Bezugsbereit. 250 Quadratmeter. Höchstpreis gerechtfertigt.

Ich zögere keine Sekunde.

Ich rufe an. Ein Herr hebt ab. Aufgeregte Stimme. Sehr nervös.

»Bonjour, Monsieur. Ich würde gern das Haus in den Wolken sehen.«

»Bonjour, Madame. Jederzeit. Wann ist es Ihnen recht?«

Papier raschelt. Offensichtlich nimmt er eine Liste zur Hand.

»Jetzt sofort, wenn es geht.«

Noch mehr Rascheln.

»Ich fürchte, das ist zu spät, Madame. Für heute sind wir schon ausgebucht.«

»Ich komme nur auf einen Sprung vorbei«, sage ich schnell, »ich habe nicht viel Zeit. Ich heiße Madame Saint-Apoll.«

»Ah, Madame Saint-Apoll! Sie stehen schon da. Sie sind schon eingetragen. Für fünf Uhr. Also, ich gebe Ihnen noch einmal die Adresse durch: Avenue Malakoff, letztes Haus vor der Porte Maillot, Code AF 108, dritter Hof, Stiege D. Auf gleich, chère madame.«

Ich lasse den Hörer sinken. Ich würde diese Wohnung nie besichtigen. Das klingt nämlich nach Betrug. Kein Mensch zahlt Höchstpreise, wenn er durch drei Höfe laufen muß. Luxus-Appartements sind nie im Hinterhaus. Achter Stock? Wahrscheinlich ein aufgemöbeltes Dachgeschoß. Dächer aber haben kein Prestige in Paris. Dort sind nämlich die Dienstbotenzimmer. Ausgebaute Chambres de bonne aber rangieren nicht unter »Luxus«. Das Ganze klingt sehr schief. Deshalb sitzen sie auch im Sommer in Paris. Wahrscheinlich haben sie Schulden bis zum Hals. Sie müssen verkaufen. Und keiner beißt an, weil sie zu teuer sind.

Ich blicke auf die Uhr.

Dreiviertel fünf. Höchste Zeit. Ich hätte gern geduscht, es ist so furchtbar schwül. Doch dazu ist es jetzt zu spät. Schnell hellen Puder auf die Sommersprossen! Rosa Lippenstift. Und die Haare mache ich auf, da fühle ich mich hübscher.

Jetzt noch das Scheckbuch von der englischen Bank. Vielleicht kaufe ich mir nachher zum Trost ein Paar Schuhe. Mit dem Wagen fahre ich nicht. Die Begegnung wird vielleicht stürmisch, mit angeschlagenen Nerven aber setze ich mich nicht ans Steuer!

Ich rufe ein Taxi. Wie immer im Sommer kommt es sofort. Und als ich einsteige in den heißen Wagen, weiß ich mit absoluter Sicherheit: Die nächste Stunde wird mein ganzes Leben ändern! Jawohl! Das weiß ich!

Und es ist mir recht!

15

MIT GLÜHENDEN WANGEN fahre ich durch das menschenleere, grüne 16. Arrondissement. Die Avenue Kléber entlang, die Rue Copernic hinauf und wieder hinunter zur Place Victor Hugo, mit dem großen Springbrunnen in der Mitte, und die Avenue Malakoff nach links in Richtung Neuilly.

Die meisten Läden sind zu, die Hälfte aller Cafés und Restaurants gesperrt, typisch Sommer, die Glasscheiben mit weißer Farbe verschmiert, alle Parkplätze frei. Paris ist wie ausgestorben an diesem heißesten Tag seit hundert Jahren, und ich frage mich: Wie überstehe ich ihn?

Meine Hände sind feucht, mein Herz klopft bis zum Hals, ich habe plötzlich Angst vor der Walküre, vor ihrer atemlosen Stimme. Großer Gott, ich wünschte, es wäre vorbei!

Kurz nach fünf bin ich vor dem angegebenen Haus. Steige aus. Sehe mich um. Nicht schlecht. Doch die Höfe sind weniger schön. Grau, kahl, fast kein Grün. Und man muß an den Mülltonnen vorbei.

Hier ist die Stiege D. Mäßig. Keine Teppiche. Auch der Lift ist zweitklassig, und er rattert, als er mich nach oben bringt. Hierher kann man sie nicht bitten, die vornehme Welt. Weiß Odile das nicht? Wenn sie die Wohnung kauft, macht sie ein schlechtes Geschäft!

Der Lift hält an.

Ich klingle.

Eine große, hagere Dame mit kalten blauen Augen öffnet die Tür. Sie hat kohlschwarzes Haar, im Nacken zu einem Knoten geschlungen, und sie mustert mich nur kurz.

»Ja, bitte?«

»Madame Saint-Apoll«, stelle ich mich vor.

»Ah, Sie wollen zu Madame Saint-Apoll? Sie ist schon da. Gehen Sie geradeaus durch den Gang in den Salon und von dort die Treppe hoch. Mein Mann zeigt Madame gerade die oberen Räume.«

»Vielen Dank«, sage ich und mache mich auf den Weg.

Die Wohnung ist nicht schlecht. Sie geht über zwei Etagen, und der Salon wirkt luftig und groß. Doch ich sehe ihn nur von fern. Ruckartig nämlich bremse ich mich ein. Auf der polierten Eichentreppe, die links an der Wand nach oben führt, steht die Besitzerin der atemlosen Stimme! Sie lauscht einem kleinen drahtigen Herrn, der die Vorzüge der Wohnung preist. Zum erstenmal sehe ich sie in Fleisch und Blut.

Es ist ein Schock!

Sie ist fast so groß wie Fausto und fast so breit. Das türkisfarbene Leinenkleid mit dem engen Gürtel macht sie nicht schlanker. Im Gegenteil. Sie wirkt wie eine geschnürte Wurst. Arme und Beine sind stämmig, und das Hinterteil ist prall! Die Dame ist handfest. Dagegen bin ich ein dürrer Strich. Ihre Füße sind groß und stecken in teuren weißen Pumps. Mehr sehe ich nicht, denn sie dreht mir den Rücken zu.

Doch – das Haar! Das Haar ist schön. Dicht, glänzend, zu einem vollen Knoten aufgesteckt, reinstes, herrlichstes Kupfer, das jedem sofort ins Auge sticht.

»Was sagen Sie zu dieser Höhe«, meint der kleine drahtige Mann mit seiner aufgeregten Stimme, »sechs Meter zwanzig! Wir haben die Zwischendecke entfernt, damit ein Raum entsteht wie in einem Schloß! Bewundern Sie doch diese herrlichen Proportionen. Hierher können Sie die englische Königin bitten. Links ist das Speisezimmer, sozusagen integriert. Wir haben die Zwischenwand entfernt, damit es großzügiger wirkt. Hierher paßt ein Tisch für vierzig Leute. Sie haben sicher viele Gäste, Madame Saint-Apoll, Sie geben doch große Gesellschaften? Wenn jemand Leute einladen muß, dann Sie, nicht wahr?«

Die Walküre nickt.

»Die Schlafzimmer sind zu klein«, sagt sie dann mit ihrer gräßlichen Stimme, »und das erste Bad hat kein Fenster. Der Preis, den Sie verlangen, ist verrückt. Das nimmt keiner ernst.«

»Und der Flur ist zu schmal«, sage ich und trete durch die Tür.

»Moment«, ruft der drahtige Herr irritiert über die Schulter, »ich kümmere mich gleich um Sie. Madame Saint-Apoll war vor Ihnen da. Sie hat wenig Zeit!«

Die Walküre dreht sich um. Mustert mich eine kurze Sekunde. Wird feuerrot, und ihr Mund bleibt offen stehen. Ich sehe sie zum erstenmal von vorn. Sie ist nicht hübscher als auf dem Illustriertenbild. Ihre Wangen sind dick. Die braunen Augen schmal. Sie hat rote Brauen, und der Mund ist zugekleistert mit Orange. Sie hat tatsächlich Zähne wie ein Pferd. Irgendwie wirkt sie gefährlich.

»Die Höfe sind auch nicht berühmt«, fahre ich fort, »ich würde die englische Königin nicht hierherbitten.«

»Wer sind Sie?« fragt der kleine Herr empört. »Sind sie überhaupt angemeldet? Sie sehen, ich bin mit Madame Saint-Apoll beschäftigt. Ich darf Sie bitten, stören Sie uns nicht.«

»*Ich* bin Madame Saint-Apoll«, sage ich ganz ruhig.

»Ah bon?« meint er verwirrt. »Sind die Damen verwandt?«

»Ich glaube kaum.«

In dem Moment kommt Leben in die Walküre. Sie schiebt den Mann beiseite und donnert die Treppe herab.

»Ach so?« Sie pflanzt sich vor mir auf, Hände in die Seiten gestemmt. »*Sie* sind Madame Fausto Saint-Apoll? Da irren Sie, Madame. Ich bin seine Frau! *Ich* bin die Mutter seiner Kinder. Das zählt. Sonst nichts! Verschwinden Sie!«

Ich blicke ihr gefaßt ins Auge.

»Vorher müssen wir ein paar Dinge klären«, sage ich sanft.

»Was wollen Sie klären?« fährt sie mich an. »Was erlauben Sie sich? Wer hat Sie hergeschickt?« Sie holt aus mit ihrer kräftigen Hand, als ob sie mich schlagen wollte. Ich bleibe ganz ruhig stehen. Doch der drahtige Herr verschwindet schleunigst hinaus in den Gang und schließt hinter sich die Tür.

Jetzt sind wir allein.

Die Walküre holt tief Luft.

»Sie haben nichts mehr verloren in Paris«, schreit sie los, »Fausto gehört mir! Er liebt seine Kinder. Und mich! Mich liebt er! Mich! Nicht Sie! Mich! *Mich*!«

»Warum hat er Sie dann nicht geheiratet?« frage ich kühl. Kaum aber sind die Worte gesagt, kriege ich Angst. Diese Frage hätte ich nicht stellen dürfen.

Die Walküre wird ganz ruhig. Beginnt selig zu lächeln. Offensichtlich hat sie darauf gewartet.

»Damit er das Geld erbt«, sagt sie mit Genuß, »das haben Sie nicht gewußt, was? Der alte Onkel hat mich gehaßt. Ich ihn aber auch. Das ewige Gerede über Bildermaler und Vasen. Bla-bla-bla die ganze Zeit und nächtelang Schach. Der war nicht normal, der Typ. Der war bim-bim! Fausto zuliebe habe ich Theater gespielt. Ich habe Schach gelernt und Klavier. Aber dem Grandseigneur war das nicht gut genug. Der war eine harte Nuß. Wenn Fausto weiter mit mir verkehrt, hat er gesagt, dann soll er sehen, wo er bleibt. Wenn er nicht bald eine heimbringt, die ›in unsere Kreise paßt‹, kriegt Helios sein Geld!«

Sie schüttelt den Kopf und starrt mich böse an.

»Der Onkel. Diese Krätze! Ich habe ihm den Tod gewünscht. Keine war ihm recht. Was hat Fausto ihm alles heimgeschleppt! Jede, die er kennengelernt hat. Keine war ihm fein genug. Zu dumm. Keine Bildung. Zu vulgär. Die paßt nicht zu uns. Die hat so eine schrille Stimme. Und immer waren sie zu unreif: ›Alles keine Damen, mit denen man sich unterhalten kann!‹ Fausto und ich, wir waren verzweifelt! Aber dann«, sie blickt mich triumphierend an, »dann sind Sie uns vom Himmel gefallen, Madame. Ich sage zu Fausto: Worauf wartest du? Der Onkel ist verliebt in sie. Du heiratest pro forma. Du kassierst. Dann läßt du dich scheiden. Genau da sind wir jetzt. Voilà!«

Ich stehe da wie vom Schlag gerührt.

Alle Kraft hat mich verlassen. Gleich sinke ich in Ohnmacht. Doch ein Blick in die spöttischen Augen meiner Feindin wirkt Wunder. Darauf wartet sie, daß ich niederbreche. Und diesen Gefallen tue ich ihr nicht.

Ich hebe den Kopf. Ich weiß, wie ich sie treffen kann. Fausto hat sicher gesagt, wir leben wie Bruder und Schwester. Sonst wäre sie nicht so forsch. Nichts aber trifft eine Geliebte mehr als blühendes Liebesleben zwischen Mann und Frau.

»Von einer Ehe pro forma kann keine Rede sein«, sage ich trocken, »Sie werden lachen. Noch nie war ein Mann so leidenschaftlich wie Fausto Saint-Apoll. Er wollte sofort ins Bett. Wir haben uns jede Nacht geliebt, und nicht nur einmal.«

Das sitzt!

Die Walküre starrt mich an. Ihr Mund öffnet sich langsam. Die großen Zähne wirken plötzlich wie Hauer.

»Sie lügen«, sagt sie mit ihrer atemlosen Stimme, »das ist – nicht – wahr!«

»Ich lüge nicht!«

»Fausto hat nie mit Ihnen geschlafen.«

»Viermal kurz, einmal lang. Sagt Ihnen das was?«

Sie erbleicht.

»Es tut mir leid. Ich spreche nicht gern so offen. Noch dazu mit Ihnen. Wir führen eine ganz normale Ehe. Von Scheidung war nie die Rede.«

Sekundenlang steht sie völlig still. Dann wird sie dunkelrot. Sie streckt die rechte Hand aus, ballt sie zur Faust, steckt den linken Zeigefinger hinein und macht eine obszöne Geste direkt vor meinem Gesicht.

»Glauben Sie, *das* zählt?« brüllt sie los. »Das bißchen Hin und Her? Das Ruck-Zuck? Glauben Sie, das ist wichtig? Wie?? Da irren Sie, Madame! Es gibt Wichtigeres zwischen Mann und Frau, nämlich das«, sie reibt Daumen und Zeigefinger aneinander und sieht mich herausfordernd an, »*das* zählt! Verstanden? Das Geld! Das Geld zählt! Darauf kommt es an! Wenn ein Mann in eine Frau Geld investiert, dann liebt er sie. Und in mich investiert er. Ist das klar?«

»Daran zweifle ich keine Sekunde«, sage ich kühl.

»Den Rolls! Den hat er für mich gekauft. Nicht für Sie!« Sie starrt mich herausfordernd an. »Den hat er gekauft, damit wir standesgemäß fahren können. Ich und die Kinder. Und die Wohnung in der Avenue du Président Wilson, die kommt im Herbst auf den Markt. Und das Geld ist für mich! Ich komme ganz groß heraus, ich bin Innenarchitektin, genau wie Sie! Ich kriege meine eigene Firma. Das heißt, ich habe sie schon. Fausto und ich, wir kaufen uns jetzt Paris«, sie lacht, »nur das Beste und Schönste. Wenn ich will, leiste ich mir diese Baracke hier. Ich habe genug Geld. Ich kaufe, was mir gefällt. Fausto läßt mir freie Hand.«

»Wie gehen die Geschäfte?« frage ich ganz nebenbei.

»Das geht Sie gar nichts an«, trumpft sie auf, »Sie sehen, Fausto erzählt Ihnen nichts mehr. Er hat genug von Ihrer Gegenwart. Sie sind uns lästig. Kapiert? Sie sind schwer von Begriff, Madame. Man muß Ihnen alles zehnmal sagen. Zum letzten Mal: Lassen Sie sich scheiden und hauen Sie ab!«

Ich lasse sie reden, ohne eine Miene zu verziehen.

»Seit wann kennen Sie Fausto Saint-Apoll?« frage ich nach einer Weile.

Sie starrt mich an. »Seit der Schulzeit«, sagt sie unwirsch.

»Sie waren in einer Klasse?«

»Mit Melina«, verbessert sie mich, »aber ich habe Fausto immer geliebt. Ich habe schon als Kind gesagt: Wenn ich einmal heirate, dann nur dich. Wir waren unzertrennlich. Bis dieses Kronos-Schwein . . . das verfluchte, der hat alles versaut! Der hat mich schlechtgemacht vor den Eltern. Der hat gesagt, mir geht es nur ums Geld. Der hat mich kreuzverhört wie eine Kriminelle. Ich hasse diese Brut in La Cascade! Die schulden mir Millionen!! Ich habe den einzigen Sohn geboren. Den Sohn, auf den sie seit Jahren warten. Und was passiert? Man erkennt ihn nicht an! Einen Tritt habe ich gekriegt. Einen Tritt in den Hintern! Für die Mutter des Erben von Apollo-Kaffee.« Gleich schäumt sie vor dem Mund!

»Hat man Sie denn nicht abgefunden?« werfe ich ein.

Das ernüchtert sie sofort.

»Woher wissen Sie das?« fragt sie mißtrauisch. »Wer hat Ihnen das geflüstert? Das weiß doch keiner. Das ist geheim.«

»Ich weiß mehr, als Sie glauben.«

»Das sehe ich mir an. Was wissen Sie noch?«

»Sie sind eine Hysterikerin. Sie haben die falsche Taktik. Glauben Sie wirklich, mein Schwiegervater nimmt Sie auf, wenn Sie ihn mit Briefen und Zetteln und Anrufen bombardieren? Sie unterschätzen die Saint-Apolls. Die lassen sich nicht erpressen!«

»Wer hat Ihnen das gesagt?« schreit sie wütend. »Das begreife ich nicht. Sie können keine . . .«

In dem Moment werden Schritte hörbar. Schnelle, feste, selbstbewußte Schritte, ich kenne sie im Schlaf.

»Da kommt mein Fausto«, sagt die Walküre siegessicher, »jetzt werden Sie was erleben! Jetzt wird er Sie zum Teufel schicken. Sie arrogantes Luder, Sie!«

Die Schritte verstummen. Die Tür geht auf.

Fausto tritt herein, mit Schwung – um wie angenagelt stehenzubleiben. Er trägt helle Hosen, ein weißes Strickhemd mit offenem Kragen, und der Hals in diesem Kragen färbt sich dunkelrot! Jetzt steigt die Röte ins Gesicht. Er reißt die Augen auf. Frau und Mätresse im trauten Gespräch – darauf war er nicht gefaßt.

Das Begrüßungslächeln erstirbt auf seinem Mund, seine Brust hebt und senkt sich, er will etwas sagen – doch er kommt nicht dazu.

»Du Schwein!!« Die Walküre stürzt auf ihn zu. »Du hast mit dieser Schnitte da geschlafen! Du hast dir diese Schnalle ins Bett geholt! Du Lügner! Du Verräter! Und ich habe dir vertraut! Aber das zahle ich dir heim!«

Sie schmettert ihre Faust in sein Gesicht, es geht blitzschnell! Fausto schnappt nach Luft. Schon fließt aus seiner Nase Blut. Er greift nach einem Taschentuch, hält es vors Gesicht. Die Walküre prügelt auf ihn ein. Jeder Schlag sitzt. Sie ist, wie gesagt, fast so groß wie er und sicher genauso schwer. Jetzt läßt sie ihre rote Krokotasche fallen, um weiter ausholen zu können.

»Odile, ich bitte dich«, sagt Fausto schwach. Doch sie hört nicht hin.

»Ich mach dich fertig«, zischt sie mit ihrer atemlosen Stimme, »ich ruiniere dich! Ich habe dir immer geglaubt! Aber jetzt ist Schluß! Ich gehe zu deinem Vater. Ich sage alles. Der wird sich wundern, wie du lügst! Der wird sich freuen, daß du schon *zwei* Kinder hast. Der stößt dich aus der Familie aus, du verfluchter Hund!«

Sie stößt ihm ihre Faust ins linke Auge. Es sieht furchtbar aus!

»Hören Sie auf«, schreie ich und falle ihr in den Arm, »wir sind nicht unter den Wilden! Calmez-vous!«

Sie beruhigt sich nicht! Dafür gibt sie mir eine Ohrfeige, daß es knallt. Ich fliege ins nächste Eck, meine Wange brennt. Großer Gott! Ist das ein Alptraum? Oder ist das wahr?

»Ich habe mir gedacht, daß was nicht stimmt«, keucht die Furie außer sich und versucht, Fausto das Gesicht zu zerkratzen, »ich habe gerochen, irgend etwas stinkt! Du hast ihr nichts gesagt, du feiges Schwein. Ich warne dich: Wenn diese Tussi hier ein Kind kriegt, bringe ich dich um!«

Ich glaube ihr aufs Wort.

Fausto offensichtlich auch. Denn plötzlich dreht er sich um und läuft davon. Ich fasse es nicht. Mein Held ergreift die Flucht? Mein großer blonder Riese rennt wie ein kleines Kind? Die Walküre bückt sich nach ihrer Tasche und galoppiert ihm nach. Ihre weißen Pumps donnern über den Flur, dann sind sie beide weg. Unheimliche Ruhe fällt über den Raum.

Ich lehne an der Wand, schweißüberströmt, und zittere am ganzen Leib. Mir ist, als wäre die wilde Jagd über mich hinweggebraust. Ich fühle mich wie gerädert. Mein ganzer Körper schmerzt!

Dann, nach einer Ewigkeit, betaste ich meine Wange. Geschwollen ist sie nicht. Auch der Ohrring ist noch da. Ich richte mich auf und betrachte mich im Spiegel über dem Kamin. Die Wange ist zweifarbig. Die Finger meiner Widersacherin sind deutlich auf der Haut zu sehen, es ist, als hätte jemand eine rotbeschmierte Hand auf mein Gesicht gedrückt.

Ich begreife überhaupt nichts mehr.

Warum hat sich Fausto nicht verteidigt? Warum stand er einfach da und ließ sich prügeln? Hat er keinen Stolz? Sein Benehmen ist mir ein Rätsel. Wie erklärt man das?

Diskretes Räuspern schreckt mich auf.

Großer Gott! Der drahtige kleine Mann, der Wohnungsverkäufer! Ich habe ihn völlig vergessen. Wo war er die ganze Zeit? Vor der Tür? Hat er brühwarm alles mitgehört?

»Entschuldigen Sie, Madame«, sagt er mit französischer Höflichkeit, als wäre nicht das Geringste geschehen, »möchten Madame Saint-Apoll jetzt vielleicht die oberen Räume sehen?«

Ich raffe mich auf und wende ihm die gesunde Wange hin.

»Nein, danke, Monsieur«, sage ich schnell, »es hat keinen Sinn. Die Wohnung ist mir zu laut!«

Dann verlasse ich das Haus, durchquere die drei Höfe

und stehe benommen in der Avenue Malakoff. Sie ist heiß, schwül und leer. Von Fausto und seiner Geliebten keine Spur.

Ich brauche dringend eine Stärkung. Ich habe den ganzen Tag nichts gegessen. Meine Beine zittern, ich kann kaum die Tasche halten. Wo gehe ich hin? Zuerst einmal hoch zur Avenue Victor Hugo. Dort ist eine Filiale von Le Nôtre. Das ist mein Ziel. Falls geöffnet ist. Im Sommer.

Wie ich zu Le Nôtre komme, weiß ich nicht mehr. Ich weiß nur, daß es ewig dauert. Meine Beine sind schwer wie Blei. Jeder Schritt schmerzt. Die Hitze läßt mich kaum atmen. Aber plötzlich bin ich angelangt, es ist geöffnet, ich wanke durch die Tür.

Das Lokal ist leer. Ich bin der einzige Gast. Angenehm kühl ist es hier, und das Bufett strotzt vor köstlichen Dingen.

Wie in Trance wähle ich aus: Tomaten mit Pilzen. Champignon-Mayonnaise. Sellerie-Püree. Kopfsalat mit Sprossen. Dazu helle, weiche, kleine duftende Brötchen, frisch vom Rohr.

Ein großes Glas eisgekühlter Orangensaft. Ich nippe vom Rand. Mhmmmm! Das erfrischt. Ich setze mich auf einen Hocker an einen hohen Tisch und starre auf den vollen Teller.

Ich habe es immer gesagt: Die Starken kriegen die Männer. Nicht die Jungen oder die Schönen oder die Sanften, Braven – nein! Die entschlossenen, egoistischen Walküren, die über alles drüberwalzen wie Kampfpanzer! Sie können häßlich sein wie die Nacht, mit Buckel und nur einem Bein: Ihr Selbstbewußtsein bügelt alles nieder. Und wir andern bleiben auf der Strecke.

Jetzt verstehe ich, was da läuft. Odile *zwingt* Fausto zu seinem Glück. Aus *Angst* bleibt er bei ihr. Ein Blick aus diesen entschlossenen Augen – und er spurt. Spurt er nicht, legt sie Hand an. Er hat sie belogen, genau wie mich. Daher die Suche in meinem Kalender. Die panische Angst vor den gefährlichen Tagen. Hätte er mich geschwängert, wie hätte er ihr das beigebracht? Nur unter Lebensgefahr. Das weiß ich jetzt. Aber sie hat Kinder. Die waren sicher nicht geplant. Wie hat sie das geschafft? Sie muß ihn vergewaltigt haben!

Ich koste von den Pilzen. Esse zwei Gabeln Salat. Und versetze mich an ihre Stelle. Ein paar Sekunden lang tut sie mir leid. Sieht man so aus wie sie, bekommt man im Leben nichts geschenkt. Man muß sich alles erkämpfen, mit Klauen und Zähnen, vor allem die Liebe. Denn kämpft man nicht, laufen die Männer weg, zur nächsten, die hübscher ist. Ein schweres Dasein. Doch das hilft mir auch nicht weiter.

Ich lege die Gabel aus der Hand.

Ich bringe keinen Bissen über die Lippen.

Ich weine in meinen Orangensaft. Ich bin ein Bündel Elend. Hat mich Fausto wirklich nur geheiratet, um zu erben? Des Geldes wegen wollte er mich? Ich denke an unsere erste Nacht. An die Hochzeitsreise. An die herrliche Zeit in der Avenue du Président Wilson, als Onkel Kronos noch am Leben war. Damals war ich restlos glücklich. Und Fausto schien es auch. Alles nur Verstellung? Berechnung ohne Gefühl? Da müßte er ein guter Schauspieler sein. Nein! Das glaube ich nicht.

Was aber hat mein Schwiegervater gesagt? In La Cascade? Am Wasserfall? An dem Tag, als Lucifer Heyes wieder in mein Leben trat? »Du weißt, was du Tizia verdankst!« Das hat er gesagt, mein Schwiegerpapa. Also könnte es so sein!

Tränen laufen über meine Wangen, tropfen in das hohe Glas. Ich schluchze auf, stütze den Kopf in die Hände.

Plötzlich legt jemand den Arm um mich. Fausto! Er kam mir nach. Nein. Es ist die Serviererin. Eine zierliche, hübsche schwarzhaarige Person, in der glorreichen Mitte ihres Lebens. Ihre Augen sind voll Mitgefühl. Sie duftet gut nach Honig-Parfüm.

»Kann ich Ihnen helfen, Madame?« Voll Verständnis blickt sie auf meine rechte Wange. Sicher denkt sie, der Schlag stammt von einem Mann.

»Nein, danke«, stoße ich hervor. Dann kann ich mich nicht mehr halten. Ich lasse den Kopf auf den Tisch sinken und weine wieder los. Meine Selbstbeherrschung ist dahin. Ich zittere und bebe. Die Tränen fließen. Meine Nase rinnt. Ich suche ein Taschentuch, finde keines.

»Da, Madame, bitte nehmen Sie!« Die Serviererin reicht mir eine Serviette aus Papier. Ich benütze sie und schluchze weiter, zwanghaft, obwohl ich nicht will. Ich kann nicht mehr aufhören! Hilfe! Panik erfaßt mich! Ich werde mein Leben lang weinen müssen. Das geht jetzt ewig so dahin . . .

»Warten Sie, Madame. Ich bringe Ihnen was. Das beruhigt.« Der gute Engel kommt zurück mit einem vollen Glas. Ich trinke es in einem Zug. Ich denke, es ist Wasser, doch es ist Eau de Vie. Klarer Pflaumenschnaps.

Der Schock läßt mich in die Höhe schnellen. Der ganze Mund brennt! Eine feurige Spur zieht sich hinab vom Gaumen bis zum Magen. Ich beginne zu husten. Schnappe nach Luft. Doch die Sache hat ein Gutes: Der Weinkrampf ist gestoppt.

»Das war knapp«, keuche ich, als ich wieder sprechen kann, »danke, Madame. Jetzt sehe ich wieder klar.«

»Liebeskummer?« fragt sie. »Oder Probleme mit der Gesundheit?«

»Die Liebe«, würge ich hervor. Von dem Wort kriege ich noch einen Hautausschlag!

»Also, Madame, wenn es nur die Liebe ist, das renkt sich ein. Das überlebt man. Gesundheitsprobleme wären ernster.«

»Ich weiß nicht«, ich stehe auf, »entschuldigen Sie mich, ich muß mir kurz die Hände waschen.«

Ich stolpere auf die Toilette. Ich bin in einem seltsamen Zustand. Einerseits total betrunken, andererseits hellwach. Ich sehe alles glasklar. Ich kann gehen, stehen, sprechen, doch ich beobachte mich, als ob ich eine Fremde wäre. Ich wasche mein Gesicht mit kühlem Wasser. Mein Blick fällt nach unten. Und dann geht alles blitzschnell.

Im Papierkorb steckt eine Zeitung. »Le Figaro«. Vier Tage alt. Automatisch ziehe ich sie heraus und beginne zu blättern. Da sind die Annoncen. Hier ist der Wohnungsteil.

Paris, 16. Bezirk. Drei-Zimmer-Appartement in schönem, altem Haus. Kein Vis-à-vis. Leer. Zu mieten. Sechster Stock, schöne Aussicht. Lift, Sonne, Keller. Der Preis ist günstig. Die Sache klingt gut.

Wie automatisch gehe ich zum Telefon. Werfe drei Francs ein, wähle die Nummer. Sofort hebt jemand ab. Eine Dame. Sympathische Stimme. Privatperson, keine Agentur. Ein Wunder!

»Bonjour, Madame«, sage ich und beobachte mich wie aus weiter Ferne, »Sie haben eine Wohnung annonciert. Ist sie vielleicht noch frei?«

»Sie ist noch nicht vergeben. Möchten Sie sie sehen?«

»Gerne. Sagen Sie mir bitte die Adresse?«

»Rue Copernic, Nummer 32.«

Rue Copernic? Da war ich heute schon. Auf der Hinfahrt. Das ist gleich ums Eck. Zwei Minuten von dort, wo ich bin.

»Könnte ich sofort kommen? Ich bin zufällig ganz in der Nähe.«

»Kommen Sie nur, Madame. Auf gleich. Ich warte auf Sie.«

Ich falte die Zeitung und stecke sie in den Papierkorb zurück. Ein Blick in den Spiegel. Schminken zahlt sich nicht aus. Draußen ist es viel zu heiß. Doch ich nehme etwas rosa Lippenstift und kämme mein verschwitztes Haar, bis es halbwegs lockig auf die Schultern fällt. Gott sei Dank habe ich mein weißes Kleid nicht angepatzt. Bis auf die roten Augen wirke ich ganz manierlich!

Dann zahle ich, gebe ein großes Trinkgeld und mache mich auf den Weg.

Die Rue Copernic führt von der Place Victor Hugo mit

dem großen Springbrunnen hinauf zur Rue Lauriston und den Berg wieder hinunter zur Avenue Kléber. Es ist eine vielbefahrene Straße, eher schmal, doch mit schönen, eleganten Häusern und – was mich beruhigt – keinem einzigen Neubau weit und breit. Ich mag keine neuen Sachen. Ich wohne ungern in Beton. Ich will den alten Pariser Charme.

Wo ist die Nummer, die ich suche? Aha, auf halber Höhe links. Ein elegantes Gebäude, das sich nach oben zu verjüngt. Das letzte Stockwerk hat Terrassen. Gebaut in den dreißiger Jahren, schätze ich. Das Haus hat Stil.

Ich trete durch eine Tür aus Schmiedeeisen und Glas. Marmorboden in der Eingangshalle. Heller Marmor an den Wänden. Große Spiegel bester Qualität an beiden Seiten. Die Spiegel machen hübsch. Das ist ein gutes Omen. Drei Stufen führen zum Lift. Er ist aus Holz und Glas. Rote Teppiche bedecken die Treppen. Alles ist gediegen, gepflegt; die Stimmung ist gut.

Zwei große Türen aus hellem Holz sind im sechsten Stock. Breit, elegant, wohlproportioniert. Die rechte steht halb offen. Ich läute, warte. Höre leichte Schritte. Eine große schlanke Dame mit graublondem Haar guckt heraus.

»Haben Sie eben angerufen?« fragt sie zur Sicherheit.

»Ja, das war ich.«

»Dann kommen Sie herein, Madame!«

Sie führt mich durch drei helle, sonnendurchflutete Räume. Der Salon ist riesengroß. Davor ein kleiner Balkon. Er geht auf die Straße. Und was sieht man? Damit man nicht vergißt, in welcher Stadt man ist? Den Eiffelturm. Zwar nicht ganz so nahe wie von der Avenue du Président Wilson, aber nah genug! Ein Zimmer geht nach Westen. Ein anders nach hinten, aber nicht auf einen Hof. Nein, auf die berühmten Wasserbecken von Passy.

Also, das ist eine Überraschung! Fast werde ich wieder nüchtern. Drei kleine Seen liegen unter mir, begrenzt von

Rosenbäumchen, Blumenrabatten, blühenden Sträuchern, dazwischen grünes Gras.

Ich atme tief auf. Herrliche frische Luft. Wasserduft. Gibt's das? Mitten in der Stadt? Ich fühle mich wie auf dem Land. Diese Aussicht ist märchenhaft. So eine Wohnung habe ich in Paris noch nie gesehen. Schon bin ich verliebt. Alles wirkt fröhlich, anders als sonst. Das ist eine Wohnung zum Glücklichsein.

Das Schlafzimmer ist reizend. Mit vier großen Fenstern. Das Arbeitszimmer ist halbrund. In der Küche sind die schönen roten Fliesen erhalten. Das Bad ist schwarzweiß und noch aus der Zeit, als das Haus entstand. Auch die hellen Marmorkamine aus den dreißiger Jahren sind unversehrt, ebenso der geradlinige Stuck und die schönen Doppeltüren aus Glas.

Die Wohnung ist ein Juwel!

Nur eines begreife ich nicht. Die Annonce ist vier Tage alt. Der Preis erstaunlich niedrig. Ein Appartement wie dieses, das weiß ich aus Erfahrung, ist meist schon in der ersten Viertelstunde weg. Warum ist es noch frei?

»Gefällt es Ihnen?« fragt die Besitzerin erwartungsvoll.

»Sehr! Aber wieso ist die Wohnung noch nicht vergeben?«

»Weil ich sehr wählerisch bin, was meine Mieter betrifft. Es waren sicher hundert Leute da. Bis jetzt. Aber es hat mir noch keiner zugesagt.«

»Da habe ich auch keine Chance, nehme ich an.«

»Vielleicht. Was sind Sie von Beruf, Madame?«

»Innenarchitektin.«

»Ah! Das klingt interessant.«

»Ist es auch. Ich nehme an, Sie wissen, daß Sie eine ausnehmend schöne Wohnung besitzen.«

Sie nickt. »Es war die Wohnung meiner Mutter. Hier, in diesem halbrunden Raum, hat sie immer Bridge gespielt.«

»Ich würde hier meine Pläne zeichnen. Das Licht ist exzellent.«

»Sind sie selbständig, Madame?«

Ich nicke.

»Darf ich Sie um Ihren Namen bitten?«

Ich nenne ihn.

»Sind Sie eine Tochter von Apollo-Kaffee?« fragt sie interessiert.

»Nein! Ich habe einen der Söhne geheiratet. Wir wohnen ganz in der Nähe. Am Trocadero. Aber ich brauche etwas Eigenes. Zu Hause kann ich nicht arbeiten.«

»Sie würden alleine hier sein, nehme ich an?«

»Ja, allein!«

»Haben Sie Kinder?«

»Nein, Madame.«

»Ich verlange drei Monate Kaution. Und drei Mieten im voraus. Stellen Sie mir einen Scheck aus, dann gebe ich Ihnen einen Vertrag auf drei Jahre. Ist Ihnen das recht, Madame?«

»Sehr, merci!«

Sie kramt ein braunweißes Formular hervor und beginnt es auszufüllen. »Ab wann soll ich den Vertrag ausstellen?«

»Ab morgen, wenn es geht.«

Sie lächelt. »Warum sollte es nicht gehen, Madame? Es macht überhaupt keine Umstände.«

Wie in Trance krame ich meine silberne Füllfeder hervor. Gott sei Dank habe ich das Scheckbuch eingesteckt, von der englischen Bank. Dieser Mietvertrag kostet mich fast alles, was ich habe. Doch wenn Fausto unsere Wohnung verkauft, stehe ich nicht auf der Straße. Und mit dem Auftrag von Pauls Vater im Herbst, so Gott will, kommt auch wieder Geld herein!

Hoffentlich kann ich schreiben. Ich habe noch immer zuviel Alkohol im Blut. Die Feder zittert in meiner Hand. Langsam setze ich die Summe ein.

Unterzeichne.

Adieu, Fausto, denke ich, während ich meinen Namen male, ich gebe auf! Ade, mein Schatz, mein Halbgott, es war schön und schaurig. Ade, mein großer blonder Schütze, deine Macht über mich ist dahin. Werde glücklich mit deiner Odile, mit den Kindern – ich stehe keinem im Weg. Adieu, mon amour!

Ich beginne wieder zu schluchzen.

Jetzt ist es tatsächlich soweit. Wie oft habe ich geschworen wegzugehen! Das letzte Mal auf dem Turm der Kathedrale von Bourges. Jetzt, auf einmal, geht es von allein.

Ich tupfe meine Augen ab. Nur keine falsche Sentimentalität! Ich habe genug geweint.

Dann prüfe ich den Scheck nach. Reiße ihn aus dem Heft. Trage die Summe ein auf dem Coupon.

Adieu, Fausto Saint-Apoll! Ich verlasse dich. Das war die letzte Träne, die ich um dich vergoß.

Ich habe ein Talent, das mich ernährt. Ich brauche mich nicht ein Leben lang treten zu lassen. Ich verdiene meine Brötchen selbst.

Ich stelle mich wieder auf eigene Beine!

Ich weiß, daß ich das kann.

Ich verlasse mich nur noch auf mich!

Und fange ein neues Leben an!

16

ZWEI WOCHEN SIND vergangen. Heute ist Montag, der 9. August. Ich wohne in der Rue Copernic und fühle mich wohl wie nie zuvor. Der Schock ist überwunden, das Schlimmste vorbei. Ich habe, wie gesagt, eine Lawine überlebt. Mich bringt so schnell nichts um.

Viel ist geschehen in letzter Zeit. Philippe hat die Wohnung ausgemalt und im Salon, um den Kamin herum, eine Bücherwand gebaut. Ich habe Lollo eingeweiht und meine Sachen hergebracht: meine schönen antiken Möbel, die Bilder meines Vaters, meine Bücher, meine Sessel, den Teppich aus Tibet. Meine Kelims. Meine Lampen. Meine Messer. Alle Schüsseln, Teller, Gläser, meine Kleider, meine Pflanzen, meine Palmen, meine Wäsche, meine Schuhe, meinen Schmuck.

Die Übersiedlung war eine Blitzaktion. Und das hat seinen Grund.

In Frankreich nämlich gibt es keinen Diebstahl zwischen Mann und Frau. Und in Zeiten akuter Krisen wie dieser räumt der, der zuerst daran denkt, dem anderen die Wohnung leer.

Fälle kenne ich genug: Die Frau kommt nach Hause, es ist nichts mehr da. Kein Schmuckstück, kein Stuhl, kein Bett, alles weg!

Das hätte mir passieren können. Ich bin sicher, die Walküre hat daran gedacht.

Umgekehrt könnte ich dasselbe tun, und Fausto stünde staunend auf dem leeren Parkett. Alles könnte ich stehlen: Onkel Kronos' Gemälde, seine Kunstschätze, seine Silbersammlung, seine schönen Möbel Louis-Seize, alles, was mein Herz begehrt, ohne daß man mich dafür vor Gericht stellen könnte. Doch das habe ich nicht getan.

Nur eines nahm ich mit: die barocke Spieldose, Silber, vergoldet, mit Einlagen aus buntem Email und dem blauen Kolibri, der singt und sich dreht, wenn man ihn aufzieht. Ich betrachte sie als Pfand.

Fausto schuldet mir meinen Anteil am Gewinn vom letzten Jahr. Habe ich ihn sicher auf der Bank, kriegt er die Dose zurück!

Vom ersten Tag an fühlte ich mich hier daheim.

Ich schlafe zwar noch auf einem Futon, doch ich habe bereits in England ein Himmelbett bestellt, und in drei Wochen, heißt es, ist es da.

Auch das Telefon ist angeschlossen und ein Anrufbeantworter, der mir gute Dienste tut. Lollo, der brave Schatz, hält mir die Saint-Apolls vom Leib. Sucht mich jemand, sagt sie: »Madame kommt heute später!« Dann spricht sie mir die Nachricht auf Band, und ich rufe irgendwann zurück, als wäre alles beim alten. Bis jetzt weiß keiner, daß ich ausgezogen bin.

Heute ist ein kühler Tag.

Ich liege vergnügt auf dem Rücken, auf einem Gerüst im Salon, und bemale die Decke mit einem Fries im Stil der dreißiger Jahre: grüne Weinblätter und blaue Trauben, die sich um schwarze, eckige Linien ranken. Es wird superb! In London habe ich einen Kurs für Freskenmalerei besucht. Diese Dinge kann ich gut!

Plötzlich läutet das Telefon! Der Anrufbeantworter schaltet sich nicht ein. Soll ich abheben? Soll ich nicht? Höchstwahrscheinlich ist es Gloria! Ich klettere vorsichtig zu Boden und melde mich. Mein Schwiegervater ist am Apparat. Ausgerechnet! Wer hat ihm meine Nummer verraten?

»Tizia, meine Tochter!« Er klingt verstört. »Ich höre, du

hast dir ein Atelier genommen und man sieht dich nicht mehr daheim? Klärst du mich auf? Was ist passiert?«

Ich zögere eine Sekunde. »Fausto hat eine Geliebte«, sage ich dann, so ruhig ich vermag.

Schweigen am anderen Ende. Dann ein langer, schwerer Seufzer.

»Es ist dieselbe, die dir die Drohbriefe schreibt. Sie hat zwei Kinder! Ich glaube, es ist das Beste, ich lasse mich scheiden!«

»Das verbiete ich dir«, ruft Hermès wie aus der Pistole geschossen, »darauf wartet sie nur! Und wenn sie zehn Kinder hat. Scheidung kommt nicht in Frage. Du hast doch die Oberhand. Du bist eine hübsche Frau. Diese Person ist ein Schlachtroß. Die solltest du sehen. Was ich sagen will: Fausto liebt nur dich! Als Vater weiß man das. Er braucht dich! Geh auf keinen Fall zurück nach Wien. Hör zu, wie man das macht, als intelligente Frau: Du ziehst sofort zurück in die Wohnung. Zu Fausto bist du reizend! Du bist zärtlich und sanft, und vor allem: Du stellst keine Fragen! Du tust, was er will. Ich garantiere dir, in einer Woche hast du ihn um den Finger gewickelt, er gehorcht dir wie ein kleiner Hund, und im Herbst bist du schwanger!«

»Ich weiß nicht«, sage ich zweifelnd.

»Du kennst die Franzosen nicht«, fährt Hermès fort, »was glaubst du, wie viele Männer Mätressen haben! Wenn sich alle Frauen scheiden ließen, gäbe es in Frankreich keine Ehen mehr. Maman und ich, wir haben auch unsere Krisen gehabt. Männer sind schwach, was Verlockungen betrifft. In der Ehe muß die Frau die Starke sein, sonst geht alles kaputt.« Er atmet schwer. »Man rennt nicht einfach weg, mit einem hitzigen Kopf, weil man gekränkt ist. Man bleibt und zieht Bilanz. Willst du der anderen alles schenken? Bist du von der Heilsarmee? Überlasse ihr keinesfalls das Feld. Das wäre sehr, sehr unklug. Überlege dir das, mein Kind!«

»Das habe ich, Papa.«

Er seufzt. »Tizia«, sagt er dann, »du gehörst zu uns. Alle haben dich gern. Mit der Person wollen wir nichts zu tun haben. Die wird nie anerkannt, der geht es nur ums Geld. Onkel Kronos hat sie durchschaut. Die wird nie empfangen in La Cascade. Sie ist jedem von uns verhaßt. Die Frau ist nicht normal. Wenn du gehst, Tizia, dann gehst du gegen unseren ausdrücklichen Wunsch. Paß auf. Das Beste ist, wir sprechen uns aus. Ich bin morgen in der Stadt. Treffen wir uns zu Mittag? Hast du Zeit?«

»Jawohl, Papa!«

»Um eins? Im Hotel Crillon? Im vorderen Restaurant. Im hinteren sitzt man zu eng und kann nicht wirklich reden.«

»Wie du willst, Papa.«

»Also, morgen um eins. Und kein Wort zu irgendwem!«

Am nächsten Tag regnet es. Ich trage ein leichtes weißes Strickkleid, das die Knie bedeckt, einen weiten hellblauen Mantel, hellblaue Schuhe und an den Ohren die goldenen Sonnen. Das Haar habe ich züchtig hochgesteckt. Ich trage auch meinen Ehering mit den dreizehn Brillanten und das Rubinarmband von Fausto, um den eleganten Gästen im vornehmen Hotel Crillon nicht nachzustehen.

Außerdem, mein Schwiegervater sieht mich gern geschmückt. Er ist auch voll des Lobes. Ist reizend zu mir wie nie zuvor. Und fast hätte er mich umgestimmt. Doch als ich wieder zu Hause bin, um vier Uhr nachmittags, mit vollem Magen und leichtem Kopf (ich aß zwei Desserts und trank eine halbe Flasche Taittinger), sieht die Sache anders aus. Ich stehe am Fenster und blicke sinnend auf die schönen Wasserbecken von Passy, auf die Möwen und Enten, auf die Rosen und die blühenden Sträucher und das vom Regen erfrischte Gras, und plötzlich weiß ich: Nein, ich bleibe hier! Außerdem ist ein Brief gekommen, während ich weg war, ein Brief von Fausto. Ich lege den Mantel ab und lese ihn im Stehen.

»Liebste Tizia! Mein einziger Schatz! Mon amour Éternel!« Ich überfliege die Zeilen. Aha! Er hat einen Detektiv auf mich gehetzt. Daher weiß er, wo ich bin. Er hat auch seinen Vater eingeweiht. Er entschuldigt sich für den Auftritt von Ende Juli in der Avenue Malakoff. Die Sache war ein Irrtum, es tut ihm leid. Er will das Mißverständnis klären. Er muß mich sehen. Am besten sofort. Ich soll nichts unternehmen, ehe ich mit ihm gesprochen habe. Er liebt nur mich, kann ohne mich nicht sein. Und so weiter und so fort. Am Schluß steht noch ein Liebesgedicht.

Ich werfe den Brief in den Abfall, ziehe mich um, klettere auf das Gerüst und pinsele an meiner Decke weiter. Den ganzen Abend bin ich fleißig, und um Mitternacht falle ich todmüde ins Bett. Um zwei Uhr nachts schreckt mich das Telefon aus dem Schlaf.

»Hallo?« frage ich, noch halb im Traum.

»Allô – Allôoooo? Hier spricht Fausto! Hast du meinen Brief bekommen?«

Sofort bin ich hellwach.

»Tizia! Hast du gelesen, was ich geschrieben habe?«

»Jawohl. Merci beaucoup.«

Fausto sagt etwas, was ich nicht verstehe. Geräusche übertönen seine Stimme. Hupen, Schreie, etwas Metallisches kracht zu Boden, wie eine Bierdose, die auf die Straße geworfen wird. Es klingt unheimlich, gefährlich.

»Wo bist du?« schreie ich in den Hörer.

»Unter den Wilden! Ganz allein. Auf der Straße. Obdachlos! Die ganze Nacht schon renne ich herum. Ich denke an dich. Ich lieeebe dich! Du bist mein Herzblatt, meine Prinzessin! Tizia! Ich muß dich sehen!«

»Das geht leider nicht!«

Er hat eingehängt. Eine halbe Stunde später läutet es Sturm an der Wohnungstür. Das ist die Höhe! Doch ich rühre mich nicht. Ich vergrabe mich in die Decken. Es läutet und läutet. Jetzt beginnt es zu hämmern. Ich bleibe liegen. Hoffentlich weckt er nicht die Nachbarn auf. Wieder Geläute. Neuerliches Hämmern. Ewig, scheint mir, geht das so dahin. Dann gibt er auf. Ich höre, wie er im Aufzug nach unten fährt.

Zwei Minuten später ist er wieder am Telefon.

»Sogar unter den Wilden macht man einem Sterbenden die Tür auf«, schreit er los. »Tizia! Du hast kein Herz! Genierst du dich nicht? Der Schlag hätte mich treffen können, so habe ich mich aufgeregt.« Er beginnt zu weinen. »Ach, Tizia! Mein Schäfchen. Ich brauche dich! Ich kann nicht sein ohne dich! Nie hätte ich gedacht, daß du so hartherzig bist. Der Himmel bricht über mir nieder. Willst du das? Willst du meinen Tod? Ich bin dein Mann!«

»Nicht mehr lange!«

»Tizia. Sag das nicht!«

»Ich lasse mich scheiden!«

»Du willst mich umbringen!«

»Dich bringt nichts unter die Erde.«

Fausto stöhnt. »Das sieht nur so aus! Weil ich groß bin und stark, glauben alle, ich bin ein zweiter Herkules. Aber das ist falsch. Ich bin verletzlich wie ein Kind. Ich leide wie ein Tier. Ich habe auch ein Herz! Ahhh, meine kleine Tizia, mein süßer blonder Engel! Könntest du mich jetzt sehen. Ich sehe aus wie ein Clochard. Ich bin um zwanzig Jahre gealtert. Ich bin ein Greis. Mein Leben ist vorbei. Der Kummer um dich bringt mich um. Kann ich jetzt zu dir kommen? Machst du mir die Tür auf?«

»Nein! Ich hänge jetzt ein. Gute Nacht!«

»Bitte nicht! Bitte leg nicht auf! Ich muß deine Stimme hören. Tizia! Ich wandere herum wie ein Geist! Ich verliere die Orientierung. Ich stürze mich in die Seine. Diese Nacht überlebe ich nicht. Ich sehe gerade, meine Schuhe haben Löcher. Meine Füße sind wund. Ich muß dringend baden. Kann ich baden kommen? Ich belästige dich nicht. Ich lege mich ganz brav in die Wanne. Ich verlange nicht, daß du mir den Rücken schrubbst . . .«

»Baden kannst du in der Avenue du Président Wilson!«

»Nein! Da bin ich ganz allein! Dort gehe ich nicht hin.«

»Dann bade bei deiner Odile! Ich muß jetzt schlafen. Gute Nacht!«

Schon lege ich den Hörer auf und schalte den Anrufbeantworter ein. Dann stelle ich die Telefonklingel ab. Friede kehrt ein.

Am nächsten Morgen, als ich erwache, sind sieben Faustos auf dem Band. Eine Nachricht herzzerreißender als die andere. Plötzlich kann er sich melden. Nur wenn ich ihn brauche, ist er nie da. Wo war er, als ich im Tannenhaus darbte? Da war wochenlang Ebbe. Mitleid kennt er nicht. Er will nur seinen Willen durchsetzen. Nein, er kriegt mich nicht rum!

Ich sitze auf meinem Futon und höre die letzte Nachricht ab. Er hat sie mit versagender Stimme gesprochen.

»Tizia! Mein Engel! Mein Herz! Hör mir gut zu. Es ist halb neun Uhr früh. Ich bin am Ende. Du gibst mir den Todesstoß! Vor der Tür liegen Blumen. Die sind für dich. Hast du sie gefunden? Wenn du sie findest, lebe ich vielleicht nicht mehr! Adieu, Tizia! Adieu, mon amour! Adieu!«

Ich schalte das Gerät ab.

Blumen? Vor der Tür? Soll ich nachsehen? Man kann die armen Blumen nicht draußen verdursten lassen! Vielleicht nimmt sie auch ein Fremder mit.

Auf Zehenspitzen schleiche ich zum Eingang. Horche hinaus auf den Gang. Alles ist still. Zögernd schließe ich auf. Tatsächlich! Vor der Tür liegen Rosen. Herrliche, große, rote Blüten, ein Riesenstrauß in Zellophan, ein wunderbares Bukett.

Gott sei Dank habe ich meine Vasen hierhergebracht. Ich sehe auf das Etikett. Die Blumen sind vom feinsten Laden in der Avenue Victor Hugo. Und sie duften wunderbar! Plötzlich freue ich mich sehr. Blumen heitern mich immer auf. Außerdem sind es die ersten hier, in der neuen Wohnung.

Ich schneide die Rosen an und stelle sie in eine gläserne Vase, die ich selbst entworfen habe. Schön sieht das aus!

Dann stelle ich sie auf den Boden neben den Futon im Schlafzimmer. Jetzt wirkt der Raum weniger leer. Und kaum bin ich fertig, klingelt es Sturm an der Tür. Fausto!! Das hätte ich mir denken können. Er läutet und läutet. Was zum Teufel soll ich tun?

Schon springe ich auf. Tupfe die Nachtcreme mit einem Papiertaschentuch ab. Glänzt meine Nase noch? Nein, sie ist schön matt. Ich ziehe meinen blauen Morgenrock enger. Zum Frisieren ist keine Zeit. Meine dichten blonden Locken fallen wirr über die Schultern. Schon öffne ich die Tür.

Da steht er. Ein Riese mit unglücklichen Augen. Er spricht kein Wort. Sieht mich nur an.

»Danke für die Blumen«, sage ich nach ein paar Sekunden.

»Tizia! Ich bin ein gebrochener Mann!« Sein Haar ist zerzaust. Er trägt einen zerrissenen, schmutzigen weißen Pullover, das blaue Hemd steht unten vor, die helle Hose ist voll Sand, Grasflecken sind auf seinen weißen Schuhen. Er sieht furchtbar aus, so, als hätte er tatsächlich die Nacht unter den Brücken verbracht.

»Ah, mon amour . . .« Er greift nach meiner Hand. Die gute, vertraute Hand. Ehe ich weiß, was ich tue, schmiege ich mich an diesen mächtigen Körper und fühle mich geborgen. Daheim. Fausto beginnt zu weinen. Er schluchzt wie ein Kind.

»Tizia! Bitte. Du kannst mich nicht verlassen. Ich brauche dich. Jetzt weiß ich es. Mir ist alles klar. Ich habe solche Fehler gemacht. Ich bin ein Idiot! Ich bereue alles. Ich habe nicht gewußt, wie wichtig du mir bist. Verzeih, Chérie! Verzeih, verzeih, verzeih!« Seine Arme umfangen mich, sein Kopf sinkt auf meinen. Seine wirre Löwenmähne streift meine Wange. Eng umschlungen stehen wir in der Tür.

»Komm herein«, sage ich endlich und löse mich von ihm. Hand in Hand treten wir über die Schwelle. »Wo warst du die ganze Nacht? Du siehst furchtbar aus!«

»Überall! Am Pigalle. An der Seine. Bei den Hallen. Das Leben freut mich nicht mehr ohne dich. Ich bin am Ende. Bitte, Chérie, verstoße mich nicht. Du bist mein ein und alles! Mon bébé, mon amour. Ich war blind! Blind!«

»Soll ich dir ein Bad einlassen?«

»Oui, ma chérie!«

Er zieht seine schmutzigen Schuhe aus. Ich lasse heißes Wasser in die Wanne laufen. Während er badet, mache ich Frühstück. Kaffee mit heißer Milch, kernweiche Eier, Toast, Butter, Orangenmarmelade aus England, Haselnußmus, frischgepreßten Traubensaft.

Ich besitze noch keinen Eßtisch. Also breite ich alles auf dem Boden aus, auf einem weißen Tuch, neben dem Futon, und mitten unter die guten Sachen stelle ich die Vase mit dem Rosenstrauß. Das ist ein festliches Gedeck!

Ich schenke die schönen gläsernen Tassen voll. Fausto kommt aus dem Bad, setzt sich neben mich. Er ist nackt. Nur um die Hüften hat er ein weißes Badetuch geschlungen. Er sieht mich an aus seinen großen blauen Augen. Er ist ein Bild von einem Mann.

»Schön ist es hier«, sagt er voll Bewunderung, »du hast so einen guten Geschmack. Tizia, mon ange, du bist so talentiert.«

Dann beginnt er zu essen. »Ahhh, das tut gut«, sagt er nach einer Weile, »langsam fange ich wieder an zu leben. Du bist bei mir, mon bébé. Es ist fast wie daheim!«

»Warum hast du mir nicht die Wahrheit gesagt?« frage ich, als er gestärkt ist und sich zufrieden zurücklehnt auf die weichen Kissen. »Warum hast du mich nicht eingeweiht? Vielleicht hätte ich dich trotzdem geheiratet? Hast du nie daran gedacht?«

»Nein, nie!« sagt Fausto, ehrlich erstaunt. »Das sagt man keiner Frau, die man haben will.« Und dann, nach einer Pause: »Ich habe mich in dich verliebt! Und ich liebe dich immer noch!« Er richtet sich auf, nimmt meine beiden Hände, küßt sie sanft. »Das mußt du mir glauben! Du bist so hübsch und frisch. Du hast so schöne Beine, und immer bist du fröhlich. Das findet man nicht oft. Und dann ...«, er läßt meine Hände los, »keine Frau hat mich so lange abgewiesen. Keine! Ich schwöre! Drei Monate! Das ist mir in meinem Leben noch nie passiert! Ich war verrückt nach dir. Du hast mich wahnsinnig gemacht. Ich war süchtig. Ich wollte dich haben! Dich! Die Erbschaft war nicht mehr wichtig.«

Ich trinke meine Tasse leer, stelle sie auf den Boden.

»Und wie hast du dir das Weitere gedacht?«

»Gar nicht«, sagt Fausto entwaffnend ehrlich, »ich wollte dich endlich besitzen. Und genießen! Und irgendwie renkt sich immer alles ein!«

»Hat sie dir ein Ultimatum gestellt? Bis wann du mich verlassen mußt?«

»Drei Monate!« Fausto senkt den Blick. »Und dann sechs. Und die letzte Frist war unser erster Hochzeitstag. Da hat sie die Geduld verloren. An dem Tag war die Hölle los. Sie hat verlangt, daß ich sie mitnehme, nach Versailles. Ich habe gesagt, das geht nicht, aber ich komme später noch zu dir. Das habe ich getan, und sie hat mir das Gesicht zerkratzt. Ich kann dir gar nicht sagen, wie sie sich aufgeführt hat. Von da an habe ich keine ruhige Minute mehr gehabt.«

»Kannst du mir bitte sagen, was dir an dieser Frau gefällt?«

»Willst du das wirklich wissen?« fragt Fausto überrascht.

»Ja, natürlich. Warum nicht?«

»Das ist hier nicht üblich. In Paris spricht man nie mit der einen Frau über die andere. Jede will die einzige sein und von der anderen nichts hören. Deshalb muß man lügen, sonst laufen dir beide davon, dann hast du keine mehr!«

»Mich interessiert das aber. Was ist so toll an ihr?«

Fausto seufzt tief auf. Die Antwort fällt ihm sichtlich schwer. Wahrscheinlich sagt er mir jetzt zum erstenmal die Wahrheit, und das ist er nicht gewöhnt.

»Ich kenne sie ewig«, meint er dann ergeben, »und sie hat immer nur mich geliebt. Rückhaltlos. Sie braucht mich. Sie hat keine Eltern mehr. Sie ist ... sie ist wie mit mir verwandt.«

»Wie lange hat sie auf dem Land gewohnt?« frage ich nach einer Pause. »Im Tannenhaus?«

»Ein halbes Jahr. Aber zwischendurch war sie oft in Paris.«

»Warum ist sie nicht länger geblieben?«

»Zu einsam«, sagt Fausto, »sie wollte nicht so weit weg sein von mir.«

»Und Helios? War da nicht was?«

»Höchstens kurz und süß! Nicht der Rede wert.«

Ich schenke zwei Gläser Traubensaft voll, halte Fausto eines hin.

»Merci, Chérie.« Er trinkt und sieht mich unentwegt an. Er stellt das Glas zu Boden, ohne mich aus den Augen zu lassen. Der Blick ist unwiderstehlich.

»Tizia! Küß mich«, sagt er flehend, »komm zu mir, mein Engel! Ich habe mich so nach dir gesehnt. Ich war zehn Tage lang krank. Ich war wie ein Süchtiger ohne seine Droge. Ich liebe dich!«

»Du verkaufst die Wohnung?« frage ich unbeirrt.

Fausto nickt widerwillig.

»Warum? So eine schöne kriegst du nie mehr.«

»Odile will dort nicht hin. Onkel Kronos hat sie gedemütigt. Sie haßt das Appartement. Aber wenn du zurückkommst, Tizia, hörst du? Dann verkaufe ich natürlich nicht!«

»Wo ist sie jetzt, deine Odile?«

»Sie ist nicht mehr ›meine Odile‹«, protestiert Fausto sofort, »zwischen uns ist alles aus!«

Ich glaube ihm kein Wort, doch ich sage es nicht.

»Und wo wohnt sie jetzt?« wiederhole ich ganz ruhig.

»Bei ihrem Bruder, nehme ich an.«

»Der Blonde vom Restaurant?«

Fausto nickt. Dieses Gespräch ist ihm sichtlich peinlich. Doch er kommt nicht darum herum.

»Du hast das ganze Haus gekauft«, sage ich, »und so teuer. Und? Was war der Grund?«

Fausto seufzt. »Er war in Schwierigkeiten. Schulden. Odile wollte ihm helfen, und wenn sie etwas will, du kennst sie ja jetzt! Sie ist so impulsiv! Da gibt es Mord und Totschlag! Sie setzt ihren Willen durch!«

»Habt ihr das Haus in den Wolken gekauft? In der Avenue Malakoff?«

»Natürlich nicht«, sagt Fausto peinlich berührt. »Tizia! Kannst du nicht näherrücken? Zu mir?«

»Eine Frage noch: Wie ist sie zu den Kindern gekommen? Das interessiert mich brennend.«

»Wir haben gedacht, sie wäre unfruchtbar«, sagt Fausto, ohne mich anzusehen, »jahrelang ist nichts passiert. Und dann ist sie plötzlich zweimal schwanger geworden.«

»Magst du die Kinder?«

Fausto nickt.

»Dann heirate sie! Und bekenne dich zu ihnen!«

»Aber ich bin verheiratet«, protestiert er laut, »du bist meine Frau, und ich bin dein Mann! Ich nehme unsere Ehe ernst! Und ich schwöre, Tizia! Bei meinem Leben! Nie wieder kommt jemand zwischen uns! Du mußt mir verzeihen! Ab sofort bin ich dir treu! Tizia! Du glaubst mir? Hoffentlich! Ich liebe dich! Je t'aime, mon amour!« Und er reißt mich in seine Arme und preßt mich an sich. Wir küssen uns. Was soll ich sagen!

Ich bin eine leidenschaftliche Frau. Zwei Monate habe ich keinen Mann berührt. Das war nicht leicht! Ich bin ausgehungert nach Zärtlichkeit und Wärme. Und er ist mir so vertraut. Jahrelang habe ich mit ihm geschlafen. Er ist meine große Leidenschaft. Einmal mehr oder weniger, darauf kommt es nicht an.

Fausto zieht mir den blauen Morgenmantel aus und läßt das Badetuch von seinen Hüften gleiten. Er streichelt mich am ganzen Körper. Er schließt die Augen. Seine Hände zittern.

»Tizia, mon bébé«, murmelt er, »endlich! Du hast mir so gefehlt! Ahhh, du bist so weich, Chérie. Du fühlst dich so gut an. Innen und außen. Du bist so wahnsinnig gut im Bett . . .«

Wir beginnen uns zu lieben. Fausto dringt in mich ein. Es schmerzt!

Viermal kurz, einmal lang – mit einer kleinen Pause nach dem tiefsten Stoß. Es tut weh! Sein Glied ist zu groß. Die kurzen Stöße sind erträglich, doch der lange ist wie ein böser elektrischer Schlag. Ich krümme mich, um zu verhindern, daß er allzu weit in meinen Körper kommt. Fausto merkt es, zieht sich zurück. »Entspanne dich, Chérie. Laß dich gehen.«

Er beginnt mich unten zu küssen. Seine Zunge trifft die richtige Stelle. Er bemüht sich wie nie zuvor. Doch ich fühle keine Lust. Mir ist, als würde sich ein Fremder an mir vergehen.

»Kannst du kommen?«

»Ja, ja!«

Ich täusche einen Höhepunkt vor, zucke in nicht vorhandener Ekstase. Fausto kommt wieder zu mir. Viermal kurz, einmal lang. Es ist eine Qual. Dieses große Glied ist plötzlich mein Feind. Plötzlich sehe ich es losgelöst von Fausto in Odiles dicker Gestalt. NEIN!! Ich will das nicht! Viermal kurz, einmal lang. Viermal kurz, einmal lang mit einer heißersehnten Pause nach dem tiefsten Stoß. Wann hört das endlich auf?

Odiles Gesicht ist über mir. Ihre roten Brauen, ihr oranger Mund. Sie grinst mich an. Ihre großen Zähne machen mir angst. HILFE! Ich kann nicht mehr! Ich muß weg von diesem Mann. Ich muß ihm sagen, daß ich es nicht länger ertrage. In dem Moment beginnt Fausto zu stöhnen. Er wimmert wie ein kleines Kind. »Tizia!!« Er röchelt, zuckt und sinkt auf mich. Dann läßt er sich wie ein Toter zur Seite gleiten und schläft sofort ein.

Ich liege ganz still. So ist das also!

Einmal mehr oder weniger – darauf kommt es an! Das zählt im Leben! Dieses eine Mal war zuviel! Was der Kopf nicht weiß, ist dem Körper sonnenklar: Fausto hat mir zu viel angetan! Derzeit ist er Gift für mich!!

Ich betrachte den schönen blonden Riesen, der neben mir liegt. Also war ich immer »wahnsinnig gut« im Bett. Und zum erstenmal hat er nicht aufgepaßt. Hat nicht gefragt, ob es gefährlich ist, hat mir vertraut. Doch es ist zu spät! Fausto Saint-Apoll – das ist vorbei! Ich will nichts mehr von ihm. Keinen Kuß, keine Umarmung – und schon gar kein Kind. (Gott sei Dank ist es nicht gefährlich!!) Ich will nur eines: meine Ruhe! Ich brauche meine Nerven für Wichtigeres: meine Arbeit, meine Entwürfe, meine Karriere. Ich nehme mein Leben wieder selbst in die Hand!

Vorsichtig stehe ich auf!

Ich wasche mich gründlich, schlüpfe in einen grünen Kittel, binde meine langen blonden Locken hoch, gehe auf Zehenspitzen in den Salon, klettere auf das Gerüst und male weiter an meinem Fries. Bis es dunkel wird, bin ich fleißig. Fausto schläft immer noch. Er schläft auch noch die Nacht lang durch.

Ich liege neben ihm.

Er füllt den halben Futon aus und atmet ruhig wie ein Kind. Seltsam. Er riecht anders als sonst. Nicht so gut wie früher – von den geselchten Tagen abgesehen. Sein wildes Haar ist an meiner Wange. Es ist mir unangenehm. Viel lieber wäre ich allein.

Nein! Ich kann nicht schlafen mit Fausto in meinem Bett.

Lautlos erhebe ich mich – es ist kurz vor elf – und setze mich an meinen Zeichentisch. Ich entwerfe eine Kaffeetasse, die ich schon lange im Geist vor mir sah. Es stört mich nämlich, daß die Getränke so schnell erkalten. Die Chinesen haben das gut gelöst, mit einem Deckel, hübsch bemalt. Doch die Deckel, das weiß ich aus Erfahrung, gehen ziemlich schnell kaputt. Also habe ich mir etwas ausgedacht, das länger hält: eine Schale mit zwei Untertassen.

Einer großen, breiten und einer kleinen mit Seitengriff, die gleichzeitig als Deckel dient (wenn man will).

Die Schale ruht auf beiden. Wie eine Blüte auf zwei Blättern ruht. Schon gehe ich ans Werk. Es ist nicht leicht, doch es wird ein reizender Entwurf. Und als ich fertig bin, probiere ich die Farben aus. Lange tüftle ich herum.

Am besten wirkt es in Eisvogelblau. Mit Goldrand und goldenen Tupfen. Ja, das ist hübsch. Und später, wenn die Erleuchtung kommt, zeichne ich die Kannen und die Zukkerdose. Jetzt habe ich die Form noch nicht genau im Kopf!

Ein Blick auf die Uhr! Was? Dreiviertel drei? Ich muß ins Bett. Mir bleibt keine Wahl.

Sorgsam schlüpfe ich unter die Decken, ganz sacht, damit Fausto nichts merkt. Ich habe den Wecker auf sieben gestellt. Doch ich schlafe schlecht und bin um sechs schon wach. Mühsam öffne ich die Augen. Es ist heller Tag.

Ich besitze noch keine Vorhänge und sehe graue Wolken durch die Scheiben. Dazwischen etwas Blau. Wer weiß, ob es schön wird? Heute noch? Ach, ich vermisse mein Himmelbett. Das Leben hat andere Dimensionen, wenn man beim Erwachen in einen blühenden Garten blickt. Dieser nackte Plafond macht mich bedrückter, als ich ohnehin schon bin mit einem ungeliebten Mann neben mir.

Doch was ist das? Plötzlich wird es strahlend hell. Und über mir, auf der weißen Decke, glitzern tausend kleine Wellen, so, als läge ich am Strand. Entzückt verfolge ich die goldenen Schlangen, vom Bett bis hinüber zur Fensterwand. Über mir ist plötzlich Wasser und Meer, das Zimmer wirkt südlich und warm, Urlaubsstimmung breitet sich aus.

Ich weiß, was das ist. Die Sonne ist hervorgekommen, und die Oberfläche der Teiche spiegelt sich über meinem Kopf. Ich springe auf, öffne ein Fenster, sehe hinaus. Das große Bassin ist randvoll, die Sonne bricht sich in den kleinen Wellen, Amseln singen, Spatzen zwitschern, Schwalben sausen durch die Luft. Es ist das reinste Paradies. Möwen landen auf dem Wasser, Enten schwimmen unter meinem Fenster vorbei. Und plötzlich bin ich voll Zuversicht. Plötzlich weiß ich: Alles wird gut!

»Tizia!« Fausto ist erwacht. Panik liegt in seiner Stimme. »Was ist los? Du gehst weg?«

»Ich muß. Aber du kannst weiterschlafen.«

»Wo gehst du hin?«

»Auf eine Baustelle.«

»Welche Baustelle??«

»Ecke Boulevard Saint-Germain/Solferino. Schönes altes Haus. Ich helfe Gloria aus. Eine wunderbare Wohnung. Um acht kommt der Tapezierer. Ich muß dabeisein, damit nichts passiert. Der Stoff ist eine Kostbarkeit. Alte chinesische Seide, handbemalt. Weißt du, was das wert ist? Wenn das zerreißt, kann man es nicht mehr ersetzen.«

»Wie lange habe ich geschlafen?« fragt Fausto nach einer Weile.

»Einen Tag und eine Nacht.«

»Was!?« Er springt auf. »Ich muß gehen!« In Windeseile zieht er sich an. »Tizia! Wann können wir reden? Ich muß dir so viel sagen!« Er sieht mich an wie ein treuer Haushund. »Es gibt tausend Mißverständnisse, die müssen wir noch klären! Hast du heute abend Zeit?«

»Nein, leider. Ich habe ein Essen mit Gloria und George, und morgen gehe ich in ein Konzert. Aber wenn du willst, Anfang nächster Woche? Ist dir das recht?«

Faustos Blick schweift von mir ab. »Da kann ich nicht. Ich bin nicht in Paris.«

Na klar! Ich habe völlig vergessen. Es ist August. Wahrscheinlich ist Odile mit den Kindern am Meer, und er fährt zu ihnen hin.

»Weißt du was«, sage ich leichthin, »wenn du zurück bist, rufst du an. Hast du eine Ahnung, wann das ist?«

»Im September.«

»Gut! Wenn du da bist, bist du da. Adieu, Fausto. Und gute Reise.« Er küßt mich lang, umarmt mich fest.

»Adieu, mon amour. Und vergiß mich nicht. Ich denke an dich. Je t'aime!« Schon läuft er die Treppe hinab. Ich schließe die Tür. Jetzt ist mir leichter. Ich seufze tief auf.

Noch einmal gut weggekommen, denke ich, als ich in der Küche Kaffee koche. Gott, bin ich froh, daß mich Fausto nicht geschwängert hat, daß nichts passiert ist auf dem Land. Ich will den Kindern nicht den Vater nehmen. Was können die armen Würmer dafür? Aber hätte ich ein Kind, würde das Tauziehen beginnen. Kein Tag ohne Mißtrauen, Eifersucht und Streit. Hätte ich ein Kind, würde ich mich nicht so schnell scheiden lassen. Hätte ich ein Kind, wäre der Harem perfekt, und dann gute Nacht!

Nach ein paar Jahren wird man krank, die Männer trinken zuviel, die Kinder kriegen Neurosen, non, merci! Ich habe Schöneres vor mit meiner kostbaren Lebenszeit! Ich werde berühmt! Und vorher amüsiere ich mich.

Morgen fange ich damit an.

Ich werde leben wie vor meiner Ehe. Tagsüber Arbeit, und abends gehe ich aus. Ich sitze doch nicht daheim und grüble. Das habe ich hinter mir. Ich warte auch nicht auf Paul. Es kamen zwar vier Karten, zwei aus der Schweiz, zwei aus Österreich, doch seit vierzehn Tagen habe ich nichts mehr gehört. Kein Wort. Vierzehn Tage ist zu lang. Ich warte nicht mehr. Auf keinen Mann! Wenn er nicht an mich denkt, werde *ich* an ihn keine Zeit verschwenden.

Voilà, ich stürze mich ins Vergnügen!

Und dann werden wir weitersehen!

17

FÜR DIE NÄCHSTEN zwei Wochen gibt es nur ein Wort: Turbulent! Ich gehe aus mit jedem, der mich darum fragt: Mit Glorias Bruder (nicht mein Fall), mit Tommy, Lucifer und Brice Renault. Und – als sie nach und nach Paris verlassen in Richtung Strand – mit Kunden und Männern, die ich zufällig kennenlerne.

Doch ich nehme keinen mit ins Bett.

Ich will nur wissen, wie meine Aktien stehen. Ob mir die zwei Jahre Versenkung (in die Saint-Apolls) geschadet haben auf dem freien Markt. Ob ich die Männerwelt noch faszinieren kann.

Nach ein paar Tagen bin ich beruhigt. Nie waren meine Chancen besser. Wie schon erwähnt, sind hier Blondinen heiß begehrt. Und komme ich zurück in die Rue Copernic, nach einem Konzert, einem Essen, einem langen Gespräch auf der Terrasse eines Cafés, die Ohren voll Komplimente, den Kopf voll Schmeicheleien, öffne ich glücklich die Tür zu meinem neuen Reich.

Ich bin allein in meiner süßen Wohnung, keiner stört mich, ich tue, was ich will, und das Beste: Meine Gefühle für Fausto sind endgültig tot. Ich bin gerettet. Ich gehöre wieder mir. Es geht mir so gut, ich könnte jauchzen vor Glück.

Ach, es ist herrlich, nicht zu lieben! Ganze Felsgebirge rollen von meiner Brust. Es ist phantastisch, nicht zu denken: Wo ist er? Wann kommt er? Bei wem verbringt er die Nacht? Kommt er überhaupt noch heim? Ich liebe nicht mehr, und das Leben öffnet sich wie ein Fächer!

Unbeschwert beginne ich den Tag. Wer weiß, was er bringt? Ich sitze nicht mehr neben dem Telefon und denke, ganz Paris sei ohne Strom, weil er nicht anruft, nein, diese Zeiten sind vorbei! Kein Warten mehr!! Gott, ist das schön! Kein Ziehen im Magen, kein Stich ins Herz. Der Horizont ist hell und klar. Ich bin befreit von Fausto Saint-Apoll. Er hat keine Macht mehr über mich!

Warum ließ ich mich so lange quälen? Im nachhinein begreift man es nicht. Warum ging ich nicht schon früher weg? Warum? Warum? Offensichtlich war die Zeit nicht reif. Höchstwahrscheinlich mußte ich so richtig leiden, um meine Freiheit besser zu genießen. Und das tue ich. Jeden Tag.

Und heute gehe ich ins Café, gleich bei mir ums Eck, unten an der Place Victor Hugo, und sehe, was mir Paris zu bieten hat. Heute ist Sonntag, der 22. August. Kein einziger Bekannter ist mehr in der Stadt. Also schlüpfe ich in ein hübsches, leichtes, kurzes weißes Kleid, lasse meine blonden Locken auf meine bloßen Schultern fließen – und überlasse den Rest dem gütigen Schicksal.

Im August ist alles erlaubt. Paris ist menschenleer. Und die, die hiergeblieben sind, werden zum verschworenen Bund. Man teilt dasselbe Schicksal: allein gelassen in der heißen Stadt. Man kommt mit jedem sofort ins Gespräch. Jeder Fremde wird auch gleich zum Freund. In den wenigen Lokalen, die offen sind, herrscht ausgelassene Stimmung. Jeder dumm, der das nicht nützt und komplexbeladen zu Hause sitzt.

Ich gehe mit gutem Grund hinunter zum Café. Ich war nämlich schon öfter dort – und ich suche jemand Bestimmten. Seinen Namen kenne ich noch nicht. Doch es war jene schnelle, spontane Sympathie, die in Paris nur eins bedeutet, eins allein! Und dafür bin ich überreif! Seit Anfang Juni schlafe ich allein (das Fiasko mit Fausto ausgenommen). Ich habe im Kalender nachgezählt. Siebenundsiebzig einsame Nächte! Das ist Alarmstufe zwölf! Doch dem helfe ich ab. Sofort. Und entschlossen marschiere ich durch den warmen Sommerabend hinunter zum Place, am Springbrunnen vorbei, hin zum Lokal! Erwartungsvoll betrete ich das Café – und verbeiße mir ein Lächeln: Sämtliche Männer wenden wie auf Kommando ihre Köpfe zur Tür! Endlich eine Frau! Hoffnungsvolle Blicke richten sich auf mich. Vielleicht sucht sie Anschluß? Vielleicht hat man Glück?

Einige Gesichter sind mir vertraut. Ich grüße freundlich nach allen Seiten und setze mich an einen freien Tisch. Dann bestelle ich ein Glas kühle Erdbeermilch und sehe mich um.

Ein Blick genügt: Jeder einzelne Mann hier ist scharf auf eine Bekanntschaft, die ihm den einsamen August versüßt. Begreiflich! Mir geht es gleich! Doch der einzige, der für mich in Frage kommt, lehnt drüben an der Theke, einen kleinen Espresso vor sich, eine Zeitung in der Hand. Das ist er! Der, den ich suche. Jedesmal, wenn ich hierherkam, war er da. Doch wir sprachen nie zusammen. Bis jetzt.

Er gibt vor, mich nicht zu bemerken.

Ich starre ihn an. Er ist mittelgroß, schlank, vielleicht dreißig, mit dunklem Teint und kurzem, lockigem, schwarzem Haar. Er trägt Jeans und einen Ehering. Er hat ein auffallend langes, spitzes Kinn. Doch das erhöht nur seine Anziehungskraft. Genauso stellte ich mir König Drosselbart vor. Als Kind!

Und noch etwas hat er, das mir gefällt: einen äußerst wachen Blick. »Ich kenne die Frauen«, sagten diese dunklen Augen, als ich sie zum erstenmal sah, »und dich hätte ich besonders gern!«

Plötzlich dreht er sich um. Faltet das Blatt, legt es weg und strahlt mich an. Ich lächle zurück. Er nimmt seine Mokkatasse und kommt zu mir.

»Darf ich?« fragt er höflich.

»Gern, Monsieur!« Im August geht das rasant.

Schon sitzt er mir gegenüber. Er wirkt drollig mit seinem langen Gesicht. Bisher ist mir das nie aufgefallen. Ich habe ihn aber auch noch nie von so nah gesehen!

»Sind Sie neu hier im Viertel?« beginnt er vorsichtig die Unterhaltung. »Früher verkehrten Sie nicht in diesem Café. Oder irre ich mich?«

»Ich bin vor drei Wochen in die Rue Copernic gezogen.«

»Tatsächlich?« Das gefällt ihm. »Sehen Sie die Wasserreservoirs von Ihrer Wohnung aus?«

»Ja! Deshalb habe ich das Appartement genommen. Der Blick ist unwiderstehlich schön!«

»Sie werden lachen«, sagt mein Gegenüber, »ich sehe sie auch. Von der anderen Seite. Ich wohne in der Rue Valéry. Wir könnten uns zuwinken. Übrigens, ich heiße Jannik. Und Sie?«

Ich stelle mich vor.

»Mademoiselle? Oder Madame?« fragt er schnell.

»Madame«, sage ich, »aber derzeit Strohwitwe.«

»Das sind wir alle hier«, sagt Jannik, »das ist so im August.«

Dann erzählt er von sich. Er ist Prokurist bei einer Firma, die den Sommer über nicht schließt. Er erzählt, welche Musik er liebt: klassische. Welche Bücher er liest: Gedichte. Welche Filme er sieht: nur französische. Und in den Pausen durchbohrt er mich mit eindeutigen Blicken. Er hat wirklich äußerst intelligente Augen. Diesem Mann widerstehe ich nicht lange.

Wir trinken längst nicht mehr Kaffee und Erdbeermilch. Wir bestellen Rotwein, während es draußen dunkel wird. Es sind fast keine Gäste mehr da. Jannik sitzt seit einer Stunde neben mir. Ich fühle seine Wärme. Er zieht mich magisch an. Wir sind auch schon per du!

Ich bin, wie gesagt, eine leidenschaftliche Frau. Siebenundsiebzig einsame Tage! Ich will mit jemandem schlafen! Heute noch! Ich will Küsse und starke Arme, ich will heiße Blicke und eine weiße Nacht! Ich bin reif für ein paar Stunden Raserei! Jannik offensichtlich auch.

»Was machst du heute noch?« fragt er, als könnte er Gedanken lesen.

»Nichts!« Wenn er mich zum Essen einlädt, sage ich ja. Doch er hat anderes im Sinn. »Weißt du was?« Er legt den Arm um mich. »Wir gehen jetzt zu dir. Und du zeigst mir die Wasserbecken von deiner Seite aus. Dann reden wir, dann machst du mir einen Kaffee, und dann gehe ich nach Hause. Ist dir das recht?«

Wir stehen auf. Zahlen die Rechnung. Jeder die Hälfte. Das stört mich zwar, denn ich bin knapp bei Kasse, und beim ersten Mal zahlt immer der Mann. Doch die Summe ist nicht hoch, ich vergesse es, noch ehe wir auf der Straße stehen.

Arm in Arm und plötzlich verlegen, wandern wir die kurze Strecke hoch zu meinem Haus. Den ganzen Abend sprach Jannik wie ein Wasserfall. Jetzt schweigt er intensiv.

Hier ist meine Tür. Wir bleiben stehen, sehen uns tief in die Augen, fallen uns in die Arme und küssen uns eine Ewigkeit. Ach, tut das gut, ein neuer Mann nach dieser langen Zeit! Jannik hat einen geschmeidigen Körper. Keine Ecken! Ich habe es geahnt. Mein Instinkt hatte recht. Von allen Männern unten im Café ist er der beste. Der walzt nicht über mich drüber wie Tommy oder Brice, der geht auf mich ein. Der schabt sicher nicht, keine Angst! Das fühle ich an der Art, wie er seine Hüften an meine preßt, nämlich langsam, mit Gefühl. Der Mann weiß, wie man Frauen in die Arme nimmt. Jannik. Ein hübscher Name. Er hat auch eine schöne, klare Haut und riecht gesund. Das ist wichtig, heutzutage, in dieser wilden Welt!

Eng umschlungen betreten wir das Haus. Eng aneinandergepreßt stehen wir im Lift. Vor der Wohnungstür küssen wir uns ein zweites Mal. Noch länger, intensiver! Dann löse ich mich von ihm.

»Ich hab viel an dich gedacht«, murmelt Jannik in mein Haar, während ich den Schlüssel suche, »ich habe gehofft, daß du heute wiederkommst. Du bist mir sofort aufgefallen, das erste Mal. Du hast ein rosa Kleid getragen, aus einem ziemlich dünnen Stoff. Im Gegenlicht war es transparent. Ich habe deine schönen Beine gesehen«, er macht eine Pause, »bis obenhin! Das Bild hat mich tagelang verfolgt!«

»Gut, daß du mir das sagst«, ich lächle ihn an, »in Zukunft werde ich Unterröcke tragen!«

Jannik lacht. Wir küssen uns. Hand in Hand treten wir über die Schwelle. Ich mache Licht.

»Oh, là, là! Das ist die reinste Zimmerflucht!« Seine Stimme ist voll Bewunderung. »Das hätte ich nicht erwartet. Das ist Luxusklasse Eins!«

»Ah bon? Aber bei euch, in der Rue Valéry, gibt es genauso schöne Häuser. Und deine Wohnung ist sicher größer.«

Er antwortet nicht, kommt zu mir, legt seinen Arm um meine Mitte. Dann gehen wir gemeinsam durch die Räume. Wir stehen nebeneinander an einem Fenster und blikken hinaus auf die Wasserbecken. Der Mond ist aufgegangen, spiegelt sich in den Teichen. Ein süßes, zartes Silbercroissant, im Zunehmen begriffen. Daneben die ersten glitzernden Sterne. Es ist so romantisch, daß mein Herz schneller zu klopfen beginnt. Jannik legt seinen Kopf auf meinen. Sein Haar berührt meine Schläfe. Und dann geht alles schief.

»Schön ist es bei dir!« sagt er träumerisch.

»Ja? Aber ich habe noch kein Bett.«

»Das macht nichts. Hier ist es so gemütlich, man möchte sofort einziehen!«

Einziehen??! Das Wort trifft mich wie ein harter Schlag. An dieses Wort knüpfen sich böse Erinnerungen aus meinen Wanderjahren! Ich bin nämlich ein gebranntes Kind. Und sofort ist die Aussicht aus meinem Fenster verdüstert!

»Deiner Frau wäre das sicher nicht recht«, scherze ich, in der Hoffnung, die Situation zu retten. Doch es wird immer schlimmer.

»Ach, meine Frau«, seufzt Jannik, läßt mich los, stützt beide Hände auf das Fensterbrett und lehnt sich weit hinaus. Was tut er jetzt? Stürzt er sich ins Wasser?

»Aber du trägst einen Ehering«, sage ich verzweifelt.

»Aus Gewohnheit!« Jannik starrt hinaus in die Nacht, die nicht mehr romantisch ist, sondern plötzlich pechschwarz. »Die Sache ist sehr, sehr kompliziert!« Er wendet sich um, ein schmerzliches Lächeln um den Mund. »Ich habe große Probleme. Aber das erzähle ich dir morgen. Wenn wir uns besser kennen!«

O nein! Das erzählt er mir nicht!

Ich weiß, wie er sich das denkt: Weichgemacht durch eine zärtliche Nacht, soll ich am Morgen seine Schulden zahlen. Die Masche kenne ich! Sofort sinkt mein Verlangen ins Bodenlose. Schon ist es unter dem Gefrierpunkt. Ich denke nur noch eins: Wie werde ich ihn los?

»Zeigst du mir das Bad?« Jannik öffnet sein weißes Hemd. »Ich möchte mich schönmachen. Für dich!«

»Wolltest du nicht eine Tasse Kaffee?« rufe ich in Panik.

»Sehe ich so aus?« fragt er und lacht.

Nun gut! »Das Bad ist geradeaus«, sage ich ergeben, »und dreh bitte den Kaltwasserhahn fest zu in der Wanne. Der tropft!«

Jannik zieht seine Schuhe aus. Sie riechen nicht gerade frisch. Er stellt sie in den Gang und geht mit schnellen Schritten davon. Schöne Bescherung! Was tue ich nun? Ach was! Ich bin zum Glück nicht mehr zwanzig, sondern zweiundvierzig, ich weiß, wie man sich wehrt!

Sorgsam ziehe ich mein weißes Kleid aus und hänge es in den Wandschrank. Die Unterwäsche behalte ich an. Dann schlüpfe ich in den dicksten Flanellpyjama, den ich besitze, rot mit weißen Blümchen, hochgeschlossen und ganz furchtbar heiß, doch für diesen Zweck perfekt!

Anschließend setze ich mich auf den Futon und warte.

Die Zeit vergeht.

Ich höre die Dusche. Dann den Fön. Und dann ist lange Schweigen. Was tut er nun? Warum kommt er nicht zurück?

Lautlos erhebe ich mich, schleiche auf Zehenspitzen

durch den Gang und spähe durch die angelehnte Tür. O nein! Nur das nicht! Was ich sehe, bestätigt meinen schlimmsten Verdacht! Jannik steht über das Waschbekken gebeugt und schrubbt seine Unterhose! Ich schleiche zurück und sinke auf einen Stuhl. NEIN! NEIN! NEIN!

Ich will keinen Mann mehr, der bei mir seine Unterhosen wäscht. Das heißt nämlich, daß er kein Zuhause hat. Und daß sich niemand um ihn kümmert. Das heißt, daß er in einer Dachkammer lebt und kein warmes Wasser hat. Das heißt, daß er keine Waschmaschine besitzt. Das heißt, daß er tagelang unterwegs war (und Nächte, klar!), und wer weiß, wo er sich vorher herumgetrieben hat! Jede Menge anrüchige Schlüsse schießen mir durch den Kopf, wenn ein Mann beim ersten Rendezvous in meinem Bad seine Wäsche schrubbt.

Deshalb zahlte er nicht im Café. Er hat kein Geld. Deshalb lud er mich nicht in ein Restaurant ein. Deshalb fand er meine drei Räume hier so riesengroß.

Jannik kommt zurück, das tropfende Ding in der Hand.

»Wohin kann ich das hängen?« Suchend blickt er sich im Zimmer um. Gleich gibt es eine Katastrophe!

»Auf den Handtuchwärmer! *Im Bad*!« rufe ich lauter als gewollt und springe hoch wie elektrisiert. Überrascht sieht er mich an. Er weiß nicht, woran ich denke.

Doch ich sehe Billy vor mir, Billy aus Manchester (kurz und gar nicht süß), der seine tropfnasse Unterhose flugs auf eine Stehlampe warf, über den kostbaren, weißen seidenen Schirm, der sofort voll heller Flecken war. Mich traf fast der Schlag.

»Bist du verrückt?« schrie ich entsetzt.

Empört blickte er mich an: »Das ist doch erfinderisch, oder? Geheizt ist nicht mehr! Und von der Lampe steigt's schön warm auf!«

Den habe ich auch nie mehr eingeladen.

Jannik hat nichts mit Stehlampen im Sinn. Er diskutiert auch gar nicht lange, dreht sich auf den Fersen um und verschwindet im Gang. Trotzdem! Er hat jeden Zauber eingebüßt.

Ich zwinge mich zur Ruhe, atme tief durch und setze mich auf den Futon. Ich ziehe die Beine an und stütze den Kopf auf die Knie! Warum rege ich mich so auf?

Da fällt mir Alister ein. Mein Ex-Freund aus New York. Schauspieler ohne Erfolg. Ich lernte ihn in einem Waschsalon kennen.

»Ich brauche jemand, der sich einen Monat lang um mich kümmert!« sagte er mit sanftem Hundeblick. Ein genialer Satz! »In einem Monat bin ich wieder auf den Beinen. Finde ich niemand, bringe ich mich um!« Ein Monat, dachte ich, geht schnell vorbei. Alister zog ein – und *nie* mehr aus! *Ich* mußte eine neue Wohnung suchen, um ihn loszuwerden, nach einem Jahr! Er arbeitete nicht. War immer müde. Trank zuviel. Ich fütterte ihn durch, widerwillig, dabei hatte ich damals mehr Geld als jetzt!

Nein! Ich lasse mich nicht mehr benützen vom starken Geschlecht, als Erbschaftshilfe oder Goldene Gans. Jannik ade!

Ich habe es als Frau allein zu dieser Wohnung gebracht, ich habe genug von erwachsenen Männern, die nicht imstande sind, genug Geld für eine Waschmaschine zu verdienen.

Morgen fragt er sicher: »Leihst du mir fünfhundert Francs?« Dann geht er in die Küche, öffnet meinen Kühlschrank und beschwert sich, daß seine Lieblingswurst nicht drinnen ist!

Ich weiß, wovon ich spreche: Wäscht ein Mann in meinem Bad seine Unterhose, ist er sicher *nicht* Prokurist einer großen Firma, wie Jannik sagt. Er ist auch *nicht* Chefchirurg im Hotel de Dieu. Wenn er dort Portier ist, ist das schon zuviel!

Wer bei fremden Frauen Unterhosen schrubbt, ist wahrscheinlich arbeitslos, die Frau hat ihn verlassen, die Kinder sind im Waisenhaus, vielleicht ist er obdachlos, vielleicht ist seine Wohnung zwangsgeräumt, ja, das gibt's, im Sommer, in Paris. Das stand gestern im »France Soir«: Ein Ehepaar in Belleville flog auf Kredit nach Hawaii. Vorher hatten sie drei Jahre lang ihre Miete nicht gezahlt. Bei der Heimkehr war die Wohnung plombiert, das Mobiliar lag auf der Müllhalde. Nein, solche Tragödien halte ich mir vom Hals!

Ich bin allergisch gegen Gerichtsvollzieher, gegen Schulden, gegen Männer, die ständig pleite gehen, ich habe genug gesehen, in meiner Kindheit in Wien. Nicht im Fernsehen, nein, daheim, denn eine Künstlerfamilie schlägt das spannendste Abendprogramm. Was haben wir gelitten, als mein Vater noch ein unbekannter Maler war: Wochenlang nur Margarinebrote. Keine Glühbirnen mehr in den Lampen. Kein warmes Wasser. Das Atelier dunkel und unbeheizt! Und der Kuckuck auf der Staffelei! Nein! Diese Zeiten sind vorbei. Ich ertrage keinen Mann, der mich daran erinnert! Gleich würgt es mich im Hals! Nie! Da bin ich lieber allein!

Jannik kommt zurück, bleibt vor mir stehen.

Er trägt meinen Bademantel und starrt überrascht auf den rosa Pyjama.

»Warum bist du so vermummt?«

»Ich habe Kopfweh bekommen. Und da wird mir immer kalt!«

»Du Arme!«

Jannik steigt zu mir auf den Futon und streichelt meine nackten Zehen. Seine Hände sind rauh! Warum habe ich das vorher nicht bemerkt? Auch seine Nägel sind nicht sauber. Doch er riecht gut. Nach meinem Shampoo.

»Hat dein Mann angerufen?« will er wissen. Sein Haar ist noch naß.

Ich schüttle den Kopf.

»Warum bist du dann so stumm?«

Er versucht mich zu küssen. Ich mache den Mund nicht auf. Er streichelt sanft meine Wange, meine Stirn. Er ist sicher ein guter Liebhaber. Sein langes Kinn rührt mich, seine Augen sind schön. Doch ich liege steif wie ein Brett.

Die nasse Unterhose hat mich lahmgelegt!

Nach einer Weile gibt er auf. Gähnt betont laut. Wünscht mir gute Nacht und schläft auf der anderen Seite, ohne mich zu berühren. Am Morgen steht er vor mir auf, macht wortlos Kaffee und bringt ihn ans Bett. Dann zieht er die trockene Unterhose an.

»Was machst du heute?« fragt er wie nebenbei.

»Ich muß arbeiten gehen.«

»Schade. Sonst wäre ich bei dir geblieben.«

»Ja, wirklich schade. Nächstes Mal! Wir treffen uns sicher bald wieder im Café.«

Er wagt nicht zu fragen, ob er allein in der Wohnung bleiben darf, das rechne ich ihm hoch an! Vielleicht sollte ich ihn doch wiedersehen? Wenn ich mehr verdiene und ich mir einen mittellosen Mann leisten kann?

Doch kaum ist er weg, ändere ich meine Meinung.

Die Küche ist voll Rauch, ebenso das Bad, ich habe es geahnt! Im Klo, im Waschbecken, im Kaffeefilter stecken Zigarettenstummel. Die Gasflamme ist nicht abgedreht. Der Kühlschrank steht offen, sämtliche Aschenbecher im Salon quellen über. Seufzend beginne ich Ordnung zu machen. Seltsam. Gestern hat Jannik behauptet, Nichtraucher zu sein. Die erste Lüge. Und warum muß er nicht ins Büro? Als Prokurist? Da kann man nicht einfach wegbleiben, am Wochenbeginn, wenn die meisten Besprechungen sind!

Seufzend sauge ich die Asche von meinen Kelims und dem Teppich aus Tibet. Dann mache ich mich schnell zurecht, denn ich habe einen schweren Tag vor mir. Privat ist alles Mist. Doch beruflich – oh, là, là! Ich arbeite für Gloria, und wir bekamen einen Auftrag, sie und ich, für eine ganze Suite, in einem Luxushotel beim Louvre. Ein amerikanischer Filmstar hat sie gemietet, auf zwei Jahre, und sie will alles neu. Die Pläne habe ich bereits gezeichnet. Sie sind akzeptiert. Doch heute besprechen wir die Farben. Sie will nur Gelb, Beige und Blau. Und es soll strahlen! Das wird hart!

Und am Abend gehe ich mit einem Kunden aus. Das wird vielleicht noch härter!

Doch ich liebe meine Arbeit, und Probleme feuern mich an. Wie zaubert man Glanz in Beige und Blau? Ich hab's! Mit Gold! Das schlage ich auch gleich der schönen Dame vor. Zeige Muster. Sie versteht! Und in einer Stunde sind die Farben geklärt, die Möbel besprochen, und dann messe ich auch gleich die Vorhänge aus. Wenn alles gutgeht, ist die Suite Ende September bezugsbereit. Sie wird noch Stadtgespräch, wetten?

Sehr zufrieden fahre ich anschließend zur Börse, in die Rue Feydeau. Dort richten wir für den Kunden, mit dem ich heute speise, ein Appartement ein. Hundert Quadratmeter samt Büro, das von Computern überquillt. Er liebt alles schwarzweiß. Ich nicht. Doch was soll's. Jedem sein Himmelreich!

Ich laufe die Treppe hoch in den ersten Stock. Die Wohnung ist dunkel, doch ich tat, was möglich war. Die Wände ließ ich weiß. Und große Spiegel kamen über die Kamine. Ich legte sämtliche Räume mit weißen Spannteppichen aus, das vergrößert ungemein. Dadurch wirkt das Licht frischer, wie an einem hellen frühen Sommermorgen, ehe die Sonne kommt! Bis jetzt ging alles gut: Doch ich will sehen, wie das Bad gelungen ist. Der Fliesenleger ist noch da. Er arbeitet nicht so perfekt wie Philippe, doch ich bin zufrieden und lobe ihn sehr. Mit etwas Glück wird er Ende der Woche fertig. Dann kommt die Küche dran. High-Tech, alles Chrom und Stahl und ein Boden aus schwarzem Granit.

Die Wohnung gehört Monsieur Wowo.

Er ist Armenier. Sein wahrer Name lautet anders. Doch seit er in Frankreich ist, heißt er so.

Monsieur Wowo ist ein reicher Mann. Er kann sein Essen zahlen und meines dazu. Das wird er auch tun, heute abend, im Grand Vevour, einem der schönsten Lokale von ganz Paris. Monsieur Wowo ist ein Finanzgenie. Er ist ständig unterwegs zwischen New York und Paris, er zahlt auch pünktlich Vorschüsse für Wohnungspläne, Honorar und Material, seine Schecks sind gedeckt, nur mag ich ihn nicht. Das ist das Problem! Gloria aber beschwor mich, ihn zu treffen. Er hat dreimal aus Amerika angerufen. Er muß mich sehen. Details der Wohnung beraten. Aus Freundschaft sagte ich ja.

Außerdem steht die Sache so: Ich habe momentan kein Geld. Und es reizt mich hinzugehen, wo die Reichen speisen. Auch Colette, die berühmte Schriftstellerin, aß dort jeden Tag. Das Lokal ist direkt im Palais Royal, unter den Arkaden, und irgendwie liegt Abenteuer in der Luft. Gestern ein Café, heute ein Grand Restaurant – gestern eine Pleite, heute eine leidenschaftliche Nacht?

Nicht mit Wowo! Keinesfalls! Er ist mir zu traurig, wirkt zu grau. Doch ich vertraue auf Paris! Hier kommt es immer anders, als man denkt. Man geht mit einem aus und landet mit einem andern im Bett. Achtundsiebzig einsame Nächte! Wenn ich nicht bald mit jemandem schlafe, werde ich verrückt!

Punkt neun betrete ich das Grand Vevour. Monsieur Wowo ist schon da. Er sitzt an einem schönen Tisch und erbleicht, als er mich sieht.

»Bonjour, Monsieur«, hauche ich gekonnt.

»Bonjour, Madame!« Er steht auf, küßt meine Hand. Dann betrachtet er mich wie ein kostbares Bild. Ich trage nämlich ein dekolletiertes Kleid aus schwarzem Samt, mit kurzen Ärmeln und einem bauschigen Rock aus schwarzweiß gestreiftem Taft. Der Rock endet über dem Knie und betont meine langen Beine. Ich trage eine Kette und zwei Armbänder aus wunderschönen Türkisen und an den Ohren die goldenen Sonnen. Keine Ringe. Keine Kämme. Schwarze hochhackige Schuhe. Und das Haar, frisch gewaschen und gefönt, fließt in dichten, glänzenden Locken auf meine Schultern.

Der Kellner rückt mir den Stuhl zurecht und lächelt mir zu. Wowo nimmt wieder Platz. »Ich freue mich sehr, chère madame, daß Sie sich für mich Zeit genommen haben«, beginnt er das Gespräch. »Wissen Sie, ich sorge mich! In New York hat man jetzt die neue Romantik. Ganz verspielt. Wird meine Wohnung hier nicht zu kahl?«

Diese Sorgen kenne ich. Und ich weiß, wie man sie begräbt.

»Gefällt Ihnen die neue Romantik?« frage ich sanft.

»Überhaupt nicht«, sagt Wowo, »ich finde sie *greulich*! Aber meine Freunde. Sie verstehen! Was tun wir, chère madame?«

Ich denke nach. Er lebt am liebsten in Schwarz-Weiß. Doch wenn Besuch kommt, soll's romantisch sein. Sinnend blicke ich auf den kleinen, hageren Mann, der mir gegenübersitzt. Auf seine schwere Brille, seine große, lange Nase, seinen traurigen Mund. Seine Augen sind grau. Sein Anzug ebenfalls. Die Krawatte ist ohne Farbe. Doch das Haar ist Pfeffer und Salz. Kurz, kräftig, dicht, perfekt frisiert, und es gibt ihm einen Hauch von Welt.

»Ein schreckliches Problem, nicht? Deshalb wollte ich Sie unbedingt sehen!«

Wir bestellen die Aperitifs. Kir Royal für Wowo. Champagner für mich. Wir prosten einander zu. Mhhm, schmeckt das gut! Wowo seufzt erleichtert auf, doch dann runzelt er wieder die Stirn: »Was Sie bisher gemacht haben, ist perfekt! Ich will nicht, daß irgend etwas geändert wird. Aber es muß anders *wirken*! Haben Sie vielleicht eine Idee, Madame?«

Ich habe.

»Die Sache ist ganz einfach«, sage ich verheißungsvoll – und schweige.

»Tatsächlich?« ruft Wowo ungeduldig. »Seit Wochen zerbreche ich mir den Kopf. So simpel *kann* es nicht sein!«

»Oh doch! Wir kaufen für Salon und Eßzimmer antike Paravents! Schöne, orientalische. Geschnitzt oder bemalt oder Lackarbeit, das sehen wir dann. Wenn Besuch kommt, stellen Sie sie auf. Sind Sie allein, bleiben sie zusammengefaltet in der Ecke.«

»Bravo!« ruft Wowo erschüttert.

»Dann kaufen wir noch etliche Vasen. Schöne, große, chinesische, nicht blau-weiß, sondern bunt! Wenn die Freunde kommen, stellen Sie Blumen hinein. Gleich bei der Börse ist ein Fleurist. Der macht herrliche Arrangements. Sie bestellen, er bringt sie ins Haus, holt sie wieder ab, wechselt verwelkte Blüten aus, romantischer geht's nicht. Morgen rufe ich Sie an und gebe Ihnen die Nummer durch!«

»Ach, Madame«, sagt Wowo selig, »Sie sind ein Genie!«

Er hebt sein Glas. »Sie sind eine seltene Blume. Eine Mischung aus Schönheit und Talent! Darauf trinken wir jetzt!«

Ich lächle vor mich hin.

Um nichts zu verschweigen – mein Beruf ist besser als jedes Heiratsinstitut. Selten wird man mit Fremden so schnell vertraut! Man fragt sie aus über die intimsten Dinge. Wie sie essen, schlafen, baden, über ihre Vorlieben, Gewohnheiten – alles wird erforscht, mit Akribie. Und mit Recht, denn die Wohnung soll wie maßgeschneidert sein! Nach der ersten Besprechung schon scheint man sich jahrelang zu kennen. Und ist das Appartement fertig, ist man ein Teil ihres Lebens – wenn man will!

Bei Wowo will ich nicht!

Er interessiert sich nur für Zahlen. Für Aktien, Wechselkurse, und was man gerade hat, kauft, fährt, trägt, und das langweilt mich! Ich mag Individualisten. Die sich nicht nach dem Geschmack der Masse richten. Außerdem hat er keinen Humor.

Trotzdem wird der Abend schöner, als ich dachte.

Ich habe gelernt, mit Kunden, die mich nicht interessieren, eine ganze Nacht lang amüsant zu plaudern. Ohne das Geringste zu sagen, bien sûr! Keine persönlichen Auskünfte, kein Tiefgang und keine Fragen. Ich weiß ohnehin mehr als genug.

Wowo ist zum drittenmal geschieden. Er lebt allein. Und weil wir schon beim Thema sind: Nur mit Mühe überredete ich ihn zu einem Grand lit im Schlafzimmer. Er wollte ein Einzelbett. Reiche Männer aber finden immer wieder eine Frau. Und dann wird er mir dafür dankbar sein!

Wowo erhebt sich. Es ist Mitternacht. Wir haben fein gespeist: er Fisch und Fleisch, ich zarte Blätter, Brot und Eis.

»Gehen wir noch wohin, chère madame?« fragt Wowo hoffnungsvoll. »Hören Sie gerne Musik?«

»Mit Begeisterung! Was schlagen Sie vor?«

»Einen hübschen Club in Saint-Germain. Le Bilboquet. Kennen Sie ihn vielleicht?«

Le Bilboquet! Die Erinnerung an Paul überfällt mich plötzlich, daß es schmerzt. Wo ist er? Ich sehne mich nach ihm! Warum meldet er sich nicht?

»Bien sûr, Monsieur«, sage ich laut, »im Juli habe ich dort eine großartige schwarze Sängerin gehört.« In der Nacht der Sommersonnenwende, setze ich im Geist hinzu. Doch das geht ihn nichts an.

»Ich auch! Ich bin dort Stammkunde, chère madame. Wenn ich in Paris bin, gehe ich immer hin. Und heute gibt es ein ganz besonderes Programm. Mehr verrate ich nicht!«

18

ICH FAHRE MIT Freuden ins Bilboquet, denn ich habe die irreale Hoffnung, Paul dort zu sehen!

Ich weiß, es ist reine Phantasie! Er gondelt nämlich durch Europa, die letzte Karte kam aus Lausanne. Und dann, laut Plan, kommt der Süden dran, Italien, das Friaul und ein Öko-Dorf, versteckt in der Toskana, das nicht nur wunderbare Ernten produziert (ohne Gift und Chemie), sondern auch erfreuliche Gewinne – und das will sein Vater persönlich sehen.

Paul ist mehr als tausend Kilometer von Paris entfernt. Doch seit der Nacht der Sommersonnenwende sind der Club und er in meinem Herzen eins.

Dort waren wir glücklich, das heiligt den Ort. Durch die Erinnerung an Paul wird Le Bilboquet für mich immer etwas Besonderes sein.

Wir fahren mit Wowos Wagen, einem grauen Porsche, der gar nicht zu ihm paßt, und da im August kein Verkehr ist und es Parkplätze gibt im Überfluß, sind wir in zehn Minuten dort.

Diesmal sitzen wir nicht auf samtenen Hockern neben der Musik. Wir betreten den Club, der Direktor persönlich eilt auf uns zu. Schüttelt uns die Hand, führt uns zu einem weißgedeckten Tisch mit perfektem Blick zur Bühne. Wowo bestellt eine Flasche Champagner. Den teuersten! Schon wird er serviert. Hübscher Silberkübel. Eiswürfel. Er prostet mir zu.

»Auf uns«, sagt er laut und dann – kann das sein? Irgend jemand streichelt mein Bein! Ich sitze zwei Sekunden wie gelähmt. Die Berührung kam so plötzlich, ohne Warnung! Was ist los? Ein Blick unter den Tisch klärt die Lage. Wowo hat einen Schuh abgestreift und streichelt meine Füße mit geübten Zehen, die in feinen Wollsokken stecken. Ein seltsamer Mann. Den ganzen Abend sprachen wir nur über Innendekoration, kein anzügliches Wort, kein heißer Blick auf meine Beine oder sonst einen prominenten Körperteil – und jetzt dieser Angriff! Frontal!

»Nein, nein, nein!« sage ich wie zu einem Kind, sehe ihm in die Augen und schüttle den Kopf.

»Nicht?« fragt Wowo perplex und zieht den Fuß zurück. »Warum nicht, chère madame? Ich begehre Sie seit Wochen, und Sie mich sicher auch!«

Ich starre ihn an. Woher nehmen Männer ihre Selbstsicherheit? Das wird mir ewig unbegreiflich sein!

Doch da kommen die Musiker!

»Jetzt wird's interessant«, sagt Wowo und setzt sich gerade hin. Die Bühne ist nicht weit weg. Ein Pianist, ein Schlagzeuger, ein Bassist und ein Gitarrist. Keiner der vier ist mir bekannt. Doch der Club ist jetzt gefüllt bis zum letzten Platz.

»Der Mann mit der Gitarre«, flüstert Wowo, »sehen Sie sich den gut an!« Das tue ich. Ohne große Lust. Angeblich ist er ein Zigeuner. Er ist klein, blaß, unansehnlich. Gramgebeugt steigt er ins Rampenlicht. Steht da mit gesenktem Kopf. Verloren. Was will der hier? Sein Anblick allein schläfert mich ein. Wie kann man als Musiker nur so häßlich sein? Typisch Wowo. So was findet er toll.

Ich beginne zu gähnen. Die Band fängt an zu spielen. Der Gitarrist fixiert seine Schuhe. Doch plötzlich legt er los. Mit einem Ruck bin ich wach!

›Bei mir bist du schön‹, ein herrliches, altes jüdisches Liebeslied. Er spielt die Melodie, dann beginnt er zu improvisieren. Gott! Hat der eine Technik! Ich richte mich auf. Der Mann ist hervorragend. Wie kann man so schnell spielen? Und gleichzeitig so schön?!

Er verziert die Melodie mit wilden Sprüngen, kommt immer wieder zum Grundton zurück. Seine Läufe enden im Himmel, zucken hernieder wie Blitze, donnern im Untergrund, ich sitze wie erstarrt! Kann das sein? Ich fühle seine Töne im Rücken, sie perlen zwischen meinen Schultern, es ist, als würde er mich liebkosen. Er wiegt sich im Takt. Hat die Augen zu.

Freunde kommen, winken, rufen, er sieht sie nicht, er ist der Welt entrückt. Er hat eine Geläufigkeit, daß die Luft um ihn herum vibriert. Wie lang hält er das durch? Tun ihm nicht die Finger weh? Gleicht fällt ihm die Hand ab.

Jetzt wird er langsamer, dafür um so süßer. Plötzlich sehe ich ihn und mich im Bett. Eng umschlungen. Er küßt meine Brust. Er kommt zu mir. Sein Gesicht hat denselben Ausdruck wie jetzt, beim Spiel: voll Schmerz und Leidenschaft, ganz intensiv. Wenn er nicht bald aufhört mit diesem Lied, springe ich auf die Bühne und küsse ihn vor allen Leuten!

In dem Moment macht er die Augen auf. Sieht mich direkt an. Ein langer, tiefer, forschender Blick. Ich schnappe nach Luft. Hat er meine Gedanken erraten? Jetzt neigt er den Kopf, nickt mir zu. Ich klammere mich an meinen Stuhl. Ich muß mich zwingen, sitzen zu bleiben, so stark zieht es mich zu dem wilden Mann im Scheinwerferlicht.

Er hat ein grünes Tuch über die Gitarre gelegt, dort, wo sein rechter Arm das Holz berührt. Flauschiger, weicher Stoff. Wahrscheinlich ist seine Wohnung voll weicher Dekken, samtiger Kissen, im Geiste wälze ich mich schon mit ihm darin. Wahrscheinlich küßt er wie der Teufel, der hat eine Ausdauer, der hält die ganze Nacht lang durch. Der hat Kraft! Nur nicht daran denken. Oder bin ich nur beschwipst?

Wowo stößt mich mit dem Ellbogen an. »Sie gefallen ihm«,

flüstert er hinter vorgehaltener Hand, »haben Sie den Blick bemerkt?« Er zwinkert vielsagend. »Der stirbt vor Eifersucht, daß Sie hier neben mir sitzen!«

Jetzt kommt ein langsames Lied. Jeder Ton öffnet mein Herz ein bißchen mehr!

Jetzt geht es ganz auf. Ist das dieselbe Gitarre? Ein Regen von Silbertönen ergießt sich über uns. Wie heißt die Melodie? Ich kenne sie. Nur den Titel habe ich vergessen. Doch zuviel Champagner? Ach, diese süße Musik! Die hohen Töne singen, fallen ab, vibrieren in der Mitte. Es geht mir durch und durch. Ist zum Wahnsinnigwerden. Gleich verliere ich die Beherrschung und schreie vor Glück.

Das Lied endet mit herrlichen Akkorden. Die Leute springen von ihren Sitzen. »Ouiiiii!« schreien sie und ich mit ihnen. »Encore! Encore!« Der Beifall macht taub. Die Musiker lächeln. Verneigen sich. Und steigen langsam von der Bühne. Die Scheinwerfer verlöschen. In einer knappen halben Stunde aber wird weitergespielt.

»Also? Was sagen Sie?« fragt Wowo siegessicher. »Der Mann kann spielen, oder nicht?«

Ich nicke stumm, noch ganz verzaubert. Ich will nicht sprechen. Ich habe genug Konversation gemacht im ›Grand Vevour‹, genug für zehn Tage. Jetzt erhole ich mich.

Der Gitarrist steht an der Bar. Allein. Umgeben von einer Wolke absoluter Einsamkeit. Keiner wagt, sich ihm zu nähern. Er trinkt Espresso. Dann Orangensaft. Keinen Tropfen Alkohol. Er trägt ein rotes seidenes Hemd. Sein Haar ist pechschwarz, mit einer schütteren Stelle auf dem Hinterkopf. Die habe ich vorhin nicht bemerkt, doch sie rührt mich ungemein. Jetzt dreht er sich um, mustert die vielen Gäste, die nur seinetwegen gekommen sind. Doch das heitert ihn nicht auf. Vorhin auf der Bühne hat er gelächelt. Jetzt ist er todernst. Kaum war er weg von den Scheinwerfern, ging auch in seinem Gesicht das Licht aus.

Nein! Der ist zu schwierig! Mit dem auszukommen wäre Schwerarbeit. Wahrscheinlich spricht er tagelang kein

Wort. Brütet vor sich hin. Will man wissen, was ihn stört, schweigt er weiter! Zum Verlieben wirkt er nur mit der Gitarre im Arm. Trennt man ihn von seinem Instrument, ist der Zauber weg. Außer, man wagt es und schleppt ihn samt Gitarre ins Bett. Doch er kann nicht gleichzeitig rasend schnell spielen und voll Feuer lieben. Das ist nicht drin! Also läßt man am besten die Finger von ihm!

Voilà! Ein Uhr vorbei. Das Lokal ist so voll, daß man kaum atmen kann! Immer neue Leute drängen durch die Tür, nach vorne zur Bühne, nach rechts zur Bar. Sie lehnen an den Wänden, stehen zwischen den Tischen. Der Gitarrist, erfahre ich jetzt, ist ein berühmter Mann. Er hat Schallplatten bespielt, hat in der ganzen Welt konzertiert. Er ist nicht verheiratet und lebt mit seinem Bruder, der die Tourneen organisiert.

Endlich ist die Pause vorbei.

Die Musiker kommen wieder. Ich lehne mich zurück. Warte auf den ersten Ton. Da ist er! Ein brausender Lauf, daß man zu atmen vergißt. »Clouds« von Django Reinhardt. Das Publikum erkennt die Melodie und brüllt vor Begeisterung. »In the mood for love«, »Willow, weep for me!« Ein Lied schöner als das nächste. Ich bin selig! Doch plötzlich, mitten im Set, steht Wowo auf und wartet, daß ich mich ebenfalls erhebe. Doch ich denke nicht daran. Hier ist das Paradies ausgebrochen. Keine zehn Pferde bringen mich von hier weg. Außerdem, wer weiß? Vielleicht kommt Paul vorbei?

»Ich muß zurück ins Hotel«, sagt Wowo. »Telefonieren! Ein sehr wichtiges Ferngespräch!«

Ach ja! Natürlich! Um diese Zeit schließt in New York die Börse, und er will wissen, wie die Kurse stehen. Ob er reicher geworden ist oder ärmer, und ob das Geld, das er heute abend mit mir verpraßte, wieder hereingekommen ist.

Wowo zahlt. Gibt aber keinen Pfennig Trinkgeld.

»Gehen Sie mit, chère madame?«

»Nein. Heute nicht.«

»Schade! Sie hätten es nicht bereut. Ich hätte Ihnen«, er senkt die Stimme und neigt sich zu meinem Ohr, »eine orgasmusgeschüttelte Nacht offeriert.«

Was hat er gesagt?! Höre ich recht? Ich starre ihn an. Wowo nickt bekräftigend.

Ich schüttle stumm den Kopf.

»Vielleicht kommen Sie nach«, sagt Wowo hoffnungsfroh und gibt mir die Karte des Hotels, »ich bin ein ausgezeichneter Liebhaber! Also, chère Madame Saint-Apoll, ich freue mich auf Sie!«

Er nimmt meine Hand und küßt sie lange. Dann drängt er sich durch die vielen Menschen und ist weg.

Kaum ist er außer Sichtweite, habe ich ihn vergessen. Ich schließe die Augen und genieße die Musik. Als das Set vorbei ist, bricht Applaus aus, daß der Boden bebt. Doch es ist zwei Uhr vorbei. Jeder, der morgen arbeiten muß, fährt jetzt heim. Langsam lichten sich die Reihen. Ich habe nicht die geringste Ahnung, wie es weitergeht.

Ich weiß nur eines: Ich will weg von diesem teuren Tisch, unters Volk an die Bar. Ein Kellner macht mir Platz auf einer hohen, roten Samtbank zwischen Theke und Treppe, von der aus man die Bühne bestens sieht. Plötzlich merke ich: Die Leute starren mich an. Ich habe vergessen, daß ich für ein vornehmes Restaurant gekleidet bin. Oben am Tisch war ich geschützt. Jetzt sitze ich mitten im Gewühl. Da berührt jemand mein rechtes Knie. Es ist der Gitarrist, der sich an mir vorbei zur Bar durchkämpft. Hat er mich absichtlich gestreift? Oder war es ein Versehen? Da dreht er sich um, streckt die Hand aus und streicht mir sanft über die rechte Wange.

»Sie sind sehr schön«, sagt er mit einer hauchig-heiseren Stimme, »gehen Sie nicht fort. Bleiben Sie bis zum Schluß. Warten Sie auf mich!«

Dann drängt er sich vor bis zur Bar, bestellt Mineralwasser und trinkt es langsam aus, ohne mit irgend jemandem ein einziges Wort zu sprechen.

Ich aber sitze da wie verzaubert.

Ich habe es gewußt! Auf Paris ist Verlaß! Ach, das wird noch eine wunderbare Nacht. Ich genieße es doppelt, das letzte Set, ich habe das Gefühl, er spielt nur für mich. Und als es vorüber ist, um drei Uhr früh, eilt er die Treppe hoch, hinauf zur Garderobe, und kommt frisiert und parfümiert zurück. Ich erhebe mich, lächle ihm zu, streiche meinen Rock glatt und greife nach meinem Silbertäschchen.

Und dann verstehe ich die Welt nicht mehr!

Der Gitarrist geht an mir vorbei wie ein Fremder. Ich winke ihm zu. Er ignoriert es gekonnt! Was ist geschehn? Ist er erblindet? Automatisch folge ich ihm. Jetzt bleibt er stehen, beginnt eine lange Debatte mit dem Portier neben der Eingangstür. Eifrig spricht er auf ihn ein. Ich verstehe kein Wort von dem, was er sagt, doch ich trete auf ihn zu.

»Danke für die schöne Musik«, sage ich und reiche ihm die Hand. Er nimmt sie nicht.

»Merci«, meint er schnell, weicht verstört zurück, dann faßt er den Portier am Arm und drängt ihn an mir vorbei hinaus auf die Straße. Eine deutlichere Abfuhr gibt es kaum. Ich aber stehe da und begreife überhaupt nichts mehr.

Wozu sagte er, ich sollte auf ihn warten? Wozu streichelte er meine Wange, berührte er mein nacktes Knie? Wozu durchbohrte er mich die halbe Nacht mit Blicken? Wozu? Wozu? Damit er mich anschließend, wenn ich weich geworden bin, zum Teufel schicken kann? Oder hat er plötzlich Angst vor mir?

Ich verlasse das Lokal und renne fast zum Taxistand. Vor dem Drugstore in Saint-Germain steht kein einziger Wagen, dafür aber neunzig Leute, eine lange Schlange bis hinunter zur Rue des Saints-Pères.

Das dauert wieder ewig, bis ich an die Reihe komme. Ich hasse diesen Taxistand. Ich habe mir hier schon nächtelang die Beine in den Leib gestanden, denn um zu Fuß nach Hause zu gehen, ist es zu weit. Plötzlich kommt der

Gitarrist über den Boulevard Saint-Germain. Allein! Er hält den Kopf gesenkt und schwenkt vergnügt sein Instrument in der rechten Hand, sorgsam verpackt in einer dunklen Hülle. Sieht er mich? Nein! Er blickt durch mich hindurch, als wäre ich aus Glas, geht direkt an mir vorbei und stellt sich hinten an.

Vielleicht liebt er Männer? Ja! Das muß es sein! Vielleicht gefiel ich ihm, vielleicht dachte er, mit *der* Frau könnte ich eventuell, und dann verließ ihn der Mut? Das ist mir schon öfter passiert. Oder er spielte nur die alte schwule Komödie: Liebe wecken, aus Eitelkeit, ohne einen Funken Gefühl! Flirten, daß die Hölle brennt, und dann die kalte Dusche – ein beliebter Witz!

Doch, was soll's! Wir Frauen spielen dieses Spiel seit Adam und Eva. Also sind wir endlich quitt!

»Bonsoir, Tizia!« sagt plötzlich eine bekannte Stimme hinter mir, mit starkem amerikanischen Akzent. »Kennen Sie mich nicht mehr?«

Ich drehe mich um. Natürlich kenne ich ihn, diesen schönen blonden Mann. Das ist Bob, der Journalist, mein Verehrer von Tommy Kalmans Fest. So eine Überraschung. Ausgerechnet jetzt!

»Hallo«, sage ich erfreut, »was machen Sie hier?«

»Ich war im Bilboquet. Genau wie Sie. Aber Sie haben mich ignoriert.«

Wir lachen beide. Er stellt sich neben mich. Kein Taxi weit und breit. Wir beginnen Englisch zu sprechen.

»Das dauert mindestens vierzig Minuten«, meint Bob und sieht auf seine teure Rolex, »mußt du schon nach Haus? Weißt du was? Wir gehen ins Village und trinken noch ein Glas.«

»Was ist das für ein Lokal?« frage ich vorsichtig.

»Ein Journalistentreff. Ziemlich klein und schmal, aber wahnsinnig amüsant. Sie haben offen bis sechs Uhr früh. Es gibt einen Pianisten, und der Barmann ist ein Original. Es gibt wunderbaren Wein. Und Bier. Alles, was man will. Besser, als hier zu vermodern. Meinst du nicht auch?«

»Ist es weit?«

»Hundert Meter. Gleich hier vorn. In der Rue Gozlin!«

»Wunderbar! Ich gehe mit!«

Bob kommt mir gerade recht! Ich bin so aufgeheizt von der Musik, von drei Stunden erotischer Visionen, von Liebesliedern und Melodien voller Leidenschaft – nein, ich fahre nicht alleine heim! Wäre ich ein Mann, ich ginge jetzt ins Bordell! Neunundsiebzig einsame Nächte! Ich darf gar nicht daran denken, sonst werfe ich mich diesem blonden Schönling an den Hals.

Dem Aussehen nach wäre ihm das recht. Er wirkt ... zärtlichkeitsbedürftig. Irgendwas in seinem Leben geht schief. Auch wenn er nicht darüber spricht. Ich habe einen Blick dafür.

Wir überqueren die Rue de Rennes. Zehn Schritte geradeaus, rechts durch eine Tür, aus der Musik dringt und Rauch (leider!), wir sind da!

Der Club ist hübsch. Nicht sehr voll. Einige Amerikaner, Engländer, ein bekannter australischer Kolumnist, jeder kennt jeden, auch Bob wird lautstark begrüßt.

Wir setzen uns an einen freien Tisch an der Wand gegenüber der langen Bar. Wir bestellen Mineralwasser. Ich bin durstig, und Bob hatte gestern »eine lange Nacht«. Der Pianist spielt noch zehn Takte von »My funny Valentine«, klappt die Noten zu und geht nach Hause. Wunderbar! Musik hatte ich heute genug, jetzt kann man sich unterhalten, ohne zu brüllen.

Bob ist wieder einmal gekleidet, als käme er direkt vom Laufsteg eines Haute-Couture-Salons! Ein fließender, heller Anzug, perfekt geschnitten, weit in den Schultern, die Hose am Bund in weiche Falten gelegt. Ein künstlerisches Stecktuch, bunt, offensichtlich Handarbeit, eine Krawatte aus demselben Stoff.

Das helle Haar stufig geschnitten, die Augen sehr blau.

Er ist gepflegt bis in die Fingerspitzen, ohne im geringsten verweichlicht zu wirken. Doch er ist gehemmt. Wir machen Konversation (schon wieder!), persönlichen Fragen weicht er aus. Ich habe aber längst erfahren (durch Gloria), daß er Tommys Frau Teresa tröstet! In New York. Höchstwahrscheinlich kam er ihretwegen nach Paris!

»Wohnst du noch immer im Hotel?« frage ich, als wir ausgetrunken haben.

»Ja, leider!« Mehr sagt er nicht.

»Teuer, oder?«

Er errötet. »Teurer als in New York. Aber ich finde keine Wohnung.«

»Ich habe eine gefunden. Durch Zufall. Aber sie ist noch nicht fertig.«

»Bist du nicht verheiratet?« fragt er erstaunt.

»Doch! Aber ich habe meinen Mann verlassen.«

Er denkt nach. »Bist du ... bist du einsam? Manchmal?«

Ich nicke. »Und du?«

»Ich auch!«

Wir schweigen vor uns hin. Eine gewisse erotische Spannung bereitet sich aus.

»Paris gefällt mir nicht«, sagt Bob nach einer Weile, »ich glaube, ich fahre nach Hause zurück.«

»Kommst du beruflich weiter?«

»Überhaupt nicht! Das ist so eine verschworene Clique hier, da kommst du nicht hinein!« Er sieht wieder auf die Uhr.

»Willst du ins Hotel zurück?« frage ich sofort.

»Auf keinen Fall! Das ist das *Letzte,* was ich will!«

»Warum siehst du dauernd nach, wie spät es ist?«

Bob senkt den Blick. »Weil ... weil ich nicht will, daß die Nacht so schnell vergeht.« Dann ist er lange still.

Ich denke kurz nach. »Magst du meine Wohnung sehen?« frage ich nach einer Weile.

»Oh, ja!« Sofort blüht er auf. Seine Augen beginnen zu strahlen, er lacht mich an. »Machst du mir einen Kaffee? Hast du Milch daheim?«

»Alles, was du willst. Weißt du was? Der Barmann soll uns ein Taxi rufen. Wir stellen uns nicht mehr draußen an. Wenn wir Glück haben, sind wir in einer Viertelstunde bei mir.«

Wir haben Glück! Um halb vier sind wir in der Rue Copernic. Plötzlich wird Bob gesprächig. Er bewundert die Wohnung, die Möbel, den fast fertigen Fries. Die Teiche unter dem Schlafzimmerfenster entzücken ihn, er rezitiert ein Gedicht auf den Mond.

Dann hilft er mir in der Küche, trägt den Kaffee in den Salon, läßt sich auf meinem tibetanischen Teppich häuslich nieder und schenkt ein. Es duftet verführerisch. Ich sitze bequem in einem antiken Lehnstuhl, die Luft ist erotisch geladen. Bob himmelt mich an. Frißt mich auf mit den Augen!

Doch kaum ist seine Tasse leer, wird er ganz, ganz still! Starrt düster vor sich hin. Ich versuche es mit allen möglichen Themen – kein Erfolg! Er antwortet nur kurz oder überhört die Frage gekonnt. Eine Zeitlang geht das so dahin. Was soll das? Hat das Koffein sein Hirn gelähmt?

Plötzlich aber weiß ich, woran ich bin!

Mein Gott, mir bleibt wirklich nichts erspart. Schon wieder einer! Bob ist ein STILLER SCHWEIGER!

Es gibt auch LAUTE SCHWEIGER, um genau zu sein, die sagen zwar auch nichts Konkretes, schon gar nicht: »Darf ich bei dir bleiben heute nacht?« Nein! Das kommt nie über ihre Lippen. Eher beißen sie sich die Zunge ab. Doch sie summen und pfeifen und legen Kassetten ein und Schallplatten auf, sie rauchen und trinken und trommeln mit den Fingern auf die Möbel, während kostbare Zeit verrinnt und die Nacht vergeht!

Stille Schweiger trommeln *nicht*!

Sie flüstern nur kaum hörbar: »Ich muß gehen!« Und harren . . . worauf? Auf ein Wunder? Auf den unsichtbaren Kran, der sie ins Schlafzimmer hievt? Ohne daß man sich vorher Blößen geben muß, Peinlichkeiten wie Händchen halten, Haare streicheln oder etwa gar ein zartes Wort?

Bob liegt auf meinem Teppich und rührt sich nicht. Nur keine Gefühle zeigen! Sein blonder Kopf ruht auf einem bestickten indischen Spiegelkissen. Er macht sich gut in meinem Salon. Doch die Stimmung hat sich verändert. Stille Schweiger bringen das mit sich. Zwischen ihm und mir ist plötzlich eine tiefe Kluft!

Eben war es noch gemütlich, nun ist die Luft zwischen Teppich und Voltaire, auf dem ich sitze, schwarz gefärbt, und etwas Lähmendes lauert darin. Wir starren beide vor uns hin, hören die Uhr ticken auf dem Kamin. Endlich wende ich den Kopf und sehe ihn an. Er hat die Augen zu! Aha!

»Bist du müde?« frage ich schließlich und gähne, es ist Viertel fünf. Gott sei Dank habe ich morgen vormittag frei!

Er nickt und bewegt sich kaum dabei.

»Soll ich dir ein Taxi rufen?«

Keine Reaktion. Will er bleiben? Will er gehn? Netter Gast! So unterhaltsam! Minutenlang betrachte ich den schweigenden Mann. Was hindert ihn daran, zuzugeben, daß er mich begehrt und hierbleiben will? Etwa die Angst? Daß er abgewiesen wird? Kann das sein? Wenn ja, steckt er voller Komplexe! Dabei war im Village schon alles klar zwischen uns!

Plötzlich habe ich genug! Ich stehe auf. Ich bin fünfzehn Jahre älter als er, und ich habe mehr Mut. Außerdem weiß ich eines: Bei stillen Schweigern muß man handeln! Sofort! Bob rührt sich nicht. Nur seine Augenlider flattern.

»Möchtest du hier schlafen?«

Es ist gesagt! Was tut er nun? Bob nickt. Wortlos, fast verschämt. Die Augen läßt er zu.

»In meinem Bett?«

Kann ja sein, daß er auf dem Teppich bleiben will. Er nickt wieder. Rührt sich aber noch immer nicht. Nun gut. Wenigstens ist das Problem geklärt: Ich werde heute nacht nicht alleine sein!

»Du weißt, wo das Schlafzimmer ist«, sage ich und gehe

ins Bad. Hinübertragen werde ich ihn nicht. Alles hat seine Grenzen. Außerdem ist er mir zu schwer.

Aber wie wird das weitergehen? Ich setze mich an den Wannenrand und grüble. Bürste meine langen Locken und tupfe Nelkenparfüm auf meine Brust. Ich bin nackt und bereit, doch plötzlich wage ich mich nicht auf meinen Futon. Irgendwie ist es mir unvorstellbar, diesen Mann in die Arme zu schließen. Es fiel kein einziges zärtliches Wort. Er berührte mich keine Sekunde lang. Er legte nicht den Arm um mich, sah mir nicht tief in die Augen, er ist mir völlig fremd.

Was wird, wenn das die ganze Nacht so weitergeht?

Doch das Leben ist voll Überraschungen!

Als ich ins dunkle Schlafzimmer komme, liegt Bob nackt zwischen den Laken. Er hebt sogar die Decke, damit ich sofort zu ihm schlüpfen kann.

Starke Arme umfangen mich. Ein wilder, erregter Mund sucht meinen, er küßt mich wie rasend – ist das derselbe Mann? Der mir eben noch halbtot zu Füßen lag?

Plötzlich findet er die Sprache wieder. Jetzt, wo alles klar ist, nennt er die Dinge beim Namen.

»Magst du mein Glied in dir spüren?«

Sehr romantisch! Das hätte er sich sparen können. Das ist fast so erregend wie Wowos »orgasmusgeschüttelte Nacht«!

»Nimmst du die Pille?«

»Nein!«

»Muß ich meinen Samen auf deinen Bauch spritzen?«

»Heute nicht! Aber ich bitte dich, sprich nicht mehr! Please! Sei *ganz still*!« Ach, das Leben ist kompliziert. Ständig wird man enttäuscht. Vorhin besang er den Mond mit Dichterworten, jetzt fehlt ihm jede Poesie. Der Mann ist zu prosaisch.

»Ich werde dich stundenlang begatt . . .« Ich halte ihm den Mund zu. Er küßt meine Hand. Das gefällt mir.

Dann drückt er mich eng an sich. Sieh an: keine Ecken!

Sein Körper ist schlank, sein Zizi ziemlich groß. Er hat eine sehr weiche, gepflegte Haut. Und: surprise, surprise, er wirft sich nicht auf mich! Nein! Er legt sich neben mich, hebt meine Beine über seine. Also lernte er doch was in Paris! Oder hat ihm das Teresa beigebracht? Plötzlich wird mir furchtbar heiß!

Bob nimmt sein hartes Ding in die Hand und sucht unten herum. Es ist sehr, sehr angenehm. Ach, ich mag diese Lage. Das ist bequem, man wird nicht dominiert, auch die Frau kann sich frei bewegen. Außerdem hält man ewig durch.

Bob stöhnt verhalten. Sein Atem geht kurz und flach. Heiße Schauer überfluten mich, als er die richtige Stelle findet und sich sachte in mein Fleisch bohrt. Oh, là, là! Er paßt! So ein Glück! Die Größe ist perfekt! Der Mann ist meine Rettung – falls er nicht mehr spricht! Ich wage es noch nicht zu denken. Doch wer weiß, wer weiß! Vielleicht wird es *tatsächlich* schön?

Bob stöhnt tief auf. Jetzt ist er ganz in mir!

Mein rechter Arm ist unter seinem Kopf, sein linker unter meinem Rücken. Er hält ganz still, er zittert. Mit der freien Hand liebkost er meine Brust. Jetzt beginnt er zu stoßen. Rhythmisch. Nicht zu hart. Nicht zu schnell. Nicht zu mechanisch. Nicht allzu tief. Und er schabt auch nicht. Ja, Bob weiß, was er tut! Er ist zwar ein stiller Schweiger, doch im Bett ist er *perfekt*! Er hat eine gute Lehrerin gehabt!

Jetzt sucht er meine Hand. Unsere Finger schlingen sich ineinander, und kaum kann ich ihm nicht mehr den Mund zuhalten, fängt er wieder zu reden an.

»Ohhh, das ist schön. Deine Scheide ist so eng!«

»Please!« rufe ich in Panik. *»Don't talk!«*

Er küßt mich sofort ganz zärtlich und zieht sich aus mir zurück. »Muß ich aufhören? Magst du mich nicht mehr?«

»Nein! Nein! Nein!! Aber *bitte* sei still!«

Bob kommt wieder zu mir, ich dränge mich ihm entgegen. Neunundsiebzig einsame Nächte! Ich vergehe fast vor Lust. Und dann komme ich nicht mehr zum Denken. Bob liebt mich, als würde er meinen Körper seit Jahren kennen. Er bewegt sich so, daß er innen meine empfindlichste Stelle trifft. Und kaum werde ich unten enger, wird er nicht schneller, nein, er streichelt mich an dem sündhaft guten Punkt, und ehe ich weiß, was geschieht, habe ich einen Orgasmus, ich fasse es kaum!

»Oh, darling«, stöhnt Bob und stößt wie wild, »oh, baby! Yes! Yes! Yes!!« Dann preßt er mich an sich, daß ich fast ersticke, und kommt mit solcher Gewalt, als hätte er jahrzehntelang keine Frau mehr berührt! Er schreit, schluchzt, weint und lacht, dann wiegt er mich in seinen Armen wie ein Kind, küßt mich ab, mein Gesicht, meine Brust, und fällt schließlich in Tiefschlaf, mit einem seligen Lächeln um den Mund!

Ich aber liege wach und fühle mich wie neugeboren.

Ich habe zwar eine Freundin, die behauptet, mit Männern zu schlafen koste Energie, sie sei nachher »ohne Kraft«, als ob man ihr »etwas weggenommen hätte«, ich aber empfinde das gerade umgekehrt.

Ich bin wie unter Strom, aufgeladen mit Freude und Glück, alles in mir summt und singt, das Blut rast herum, die Nerven sprühen Funken, ich bin in Hochstimmung – und obwohl ich zum Höhepunkt gekommen bin, fürchte ich nicht, Bob zu verfallen. Nichts liegt mir ferner. Bei diesem dummen Gerede ist das nicht drin. Doch wenn er schweigt – Hut ab! Dann könnte man ihn empfehlen! In den besten Kreisen. Doch da ist er bereits!

Bob erwacht, beginnt mich zu küssen, und wir lieben uns erneut. Es dauert länger als das erste Mal und ist genauso schön. Wir lieben uns fünfmal in dieser Nacht, ich habe zwei Höhepunkte, das war noch nie da. Und als wir nach der letzten Raserei in befreiten Schlummer sinken, sind wir ein Fleisch, ein Blut, einander völlig vertraut.

Bob reagiert auf jede Bewegung, unsere Herzen schlagen im gleichen Takt, ich drehe mich um, er dreht sich mit, wir liegen ineinandergeschmiegt, ohne Ecken, wie zwei glückliche junge Katzen – die Paßform perfekt! Doch das ändert sich rasant!

Ich habe den Wecker auf elf gestellt.

Und kaum ist die Klingel verstummt, springt Bob auf die Beine und ist wieder der Fremde, der er gestern abend war. Ja, das gibt's. Stille Schweiger sind so. Plötzlich mustert er mich kühl, hat es schrecklich eilig, spricht kaum, zum Frühstück bleibt er nicht, nein, er stürzt aus dem Haus. Weg ist er! Nun gut!

Mit zwanzig hätte mich das umgebracht, jetzt mit zweiundvierzig ist das nicht mehr so. Summend gehe ich ins Bad und widme mich meiner Schönheit. Massiere mein Gesicht sanft mit Seesand-Mandelkleie, davon wird die Haut zart wie ein Babypopo. Tupfe meine Geheimwaffe drauf, eine Mischung aus Mandel- und Rosenöl, dazu Kamillentee zu gleichen Teilen, lasse es zehn Minuten wirken und tupfe dann die Spuren ab – voilà, die Haut strahlt und ist glatt.

Dabei denke ich an die Lust, die ich in Bobs Armen empfand, und freue mich diebisch, daß nicht ich es bin, die sein tägliches Essen kochen, seine Wäsche waschen und an schlechten Tagen seine Laune ertragen muß.

Jawohl! Mit zweiundvierzig weiß ich, was ich will, nämlich Leidenschaft! Und anschließend bin ich gern mit mir allein und genieße meine eigene Gesellschaft!

Bob wird mir nicht fehlen. Doch er tut mir leid.

Sein schrecklicher Wortschatz im Bett – so spricht nur ein Amerikaner aus »gutem Haus«, mit puritanischer Erziehung, denn in diesen Häusern ist das Thema Liebe tabu! Er hat auch nicht viel Liebe *gesehen*! Er ist das Kind einer prüden Mutter, der Arme! Die hat ihn nie geherzt, geküßt, eng an sich gedrückt, wahrscheinlich hat sie ihren Mann nicht geliebt und schon gar nicht ihr Kind. Deshalb taute

Bob erst auf, als es dunkel war und ihn keiner sah! Zärtlichkeit bei Licht – das tut man nicht!!

Einladen werde ich ihn nicht mehr. Stille Schweiger bleiben immer gleich. Und auf die Dauer ist mir das zu öd!

So, mein Gesicht ist perfekt!

Nun noch die Haare hübsch frisiert. Und zum Anziehen etwas Bequemes, Dunkles, das nicht schmutzt. Ich messe nämlich nachmittags eine Wohnung aus (samt Keller, Dachboden und Dienstbotenkammer), und anschließend zeichne ich den Plan: Wie die Wohnung jetzt ist und wie wir sie für die neue Besitzerin umbauen würden. Wahrscheinlich will sie mehrere Bäder. Und mehr Einbauschränke. Immer dasselbe. Das zeichne ich im Schlaf.

Nun noch die Schuhe. Flach und blau. Die Autoschlüssel. Zollstock. Block und Stift. Ich beiße in einen Apfel.

Sehen wir die Dinge, wie sie sind:

Ich habe jede Menge Verehrer, doch mit den Männern habe ich kein Glück!

Fausto hat heimlich zwei Kinder und eine Mätresse, und jede, die willig ist, legt er flach! Der eine schabt. Der andere schweigt. Der dritte sekkiert mich mit dem Isisdienst. Und dann die nassen Unterhosen. Und die vielen Wowos. Und die miesen Erfahrungen daheim in Wien. Ich habe genug erlebt. Ich könnte dicke Bücher füllen – mit Tragikomödien! Eins ist klar:

Die Sache mit den Männern ist zu *kompliziert*!

Ich gebe auf! Ich will nicht mehr die große Liebe finden, den perfekten Mann, das vorbestimmte Glück, maßgeschneidert für mich im Paradies. Ich will auch kein Kind mehr. Non, merci! Ab und zu ein Bonbon, kurz und süß, das bringt mich über die Runden. Ich verliebe mich nicht mehr! Liebe tut zu weh! Man müßte sie ganz sparsam genießen. In homöopathischer Dosierung: Ein Tropfen in einem See! Doch wer kann das schon?

Ich nicht! Ich will *alles* – oder nichts!

Deshalb höre ich auf zu suchen und werfe mich in meinen Beruf. Der Zeitpunkt könnte nicht besser sein. Mein Körper ist jung, mein Geist schon reif, ich bin in der glorreichen Mitte meines Lebens. Ich werde die Größte! Weltweit!

Und wenn ich etwas wirklich will – schließlich habe ich eine Lawine überlebt –, dann erreiche ich es auch!

19

FÜNF MONATE SIND vergangen!

Heute ist Mittwoch, der zwanzigste Januar. Mein dreiundvierzigster Geburtstag. Ich arbeite noch immer für Gloria, das heißt, ich *arbeitete*! Bis heute, wohlgemerkt. Ab heute aber ist alles anders. Unglaubliche Dinge sind geschehen. Ab heute arbeite ich *mit* ihr. Als Partnerin.

Die Wende kam im September. Madame Pauline Loiseau kaufte die Wohnung in der Avenue du Maine. Ein sensationeller Glücksfall, keiner glaubte mehr daran. Sie zahlte meinen Preis. Und sie zahlte bar. Sie brauchte keinen Pfennig Kredit von der Bank, was den Kauf um Monate hätte hinauszögern können. Ende September unterschrieben wir den Vorvertrag, und drei Monate später (in Frankreich dauert das so lang) war alles unter Dach und Fach und das Geld auf meiner Bank!

Es kam gerade recht!

Gloria muß nämlich vergrößern. Sie will das Haus kaufen, in dem sie ihr Wohnstudio hat. Der Besitzer starb, der Erbe lebt in Amerika, das Haus ist seit Anfang Januar auf dem Markt. Es ist teuer, denn die Gegend ist exquisit. Doch mit Glorias Erspartem, dem Erlös von der Avenue du Maine und einem Kredit von der Bank wären wir soweit. Wir haben auch schon ein Angebot gemacht. Ende Januar wird entschieden, ob es angenommen wird.

Heute aber besiegelten wir noch einen Vertrag: unser Geschäftsabkommen! Bei einem befreundeten Anwalt in der Nähe der Oper. Und dann feierten wir im Tour d'Argent, fein herausgeputzt, mit Blick über Paris, vor uns die Rückseite von Notre-Dame, und stießen an mit wunderbarem alten Champagner!

»Auf viele goldene Jahre«, sagte Gloria, »auf dich und deinen Geburtstag. Auf unsere Lieben. Auf unsere Geschäfte. Auf daß wir reich werden und glücklich und weltberühmt und so weiter und so fort. Und alle unsere Wünsche sollen in Erfüllung gehen!«

»So Gott will«, setzte ich hinzu.

Gloria sah mich seltsam an. »Er wird schon wollen«, meinte sie trocken, »wir haben ja nicht vor, unser Geld zu stehlen!«

Ach, Gloria!

Wir prosteten uns zu. Was wäre ich ohne sie? Ich musterte sie kurz, wie sie mir gegenübersaß, vergnügt, selbstsicher, ein Bild des Erfolges. Sie kennenzulernen war der größte Glücksfall überhaupt.

Gloria ist eine ausgesprochen hübsche Frau. Eine typische Pariserin, sprühend, quirlig, etwas kleiner als ich, knabenhaft schlank mit dunklem kurzem Haar und leicht schräggestellten schwarzen Augen. Sie ist achtundfünfzig, was ihr keiner glaubt, und ihr Haar ist echt, nicht gefärbt!

Zur Feier des Tages ist sie in ein weißes Wollkostüm gehüllt, höchst elegant, von Nina Ricci, mit grüner Seidenbluse, grünem Stecktuch und riesigen grünen Ohrringen in Form von Königspalmen, die fast bis zu ihren Schultern reichen. Diese Ohrringe reizen zum Lachen. Und das ist geplant. Das ist typisch Gloria: elegant bis in die Fingerspitzen, doch mit Humor!

Gloria kommt aus einer alten jüdischen Familie.

Mit siebzehn machte sie eine glänzende Partie nach Wunsch ihres Herrn Papa! Sie heiratete einen bekannten Architekten, zog in ein Luxus-Appartement in Neuilly und wurde Haus- und Ehefrau.

Glücklich aber wurde sie nicht. Ihr Mann hatte zwar Geld, die Geschäfte gingen glänzend, doch irgend etwas fehlte. Abends war er immer schrecklich müde. Sie sah ihn auch zu oft mit seinem sanften jungen Sekretär in dunklen Ecken stehen. Bei der Scheidung war sie noch immer unberührt!

Doch sie war erst zwanzig, und sie legte los: Studium, Praktikum bei den besten Firmen, ein eigenes Geschäft, und alles selbst verdient, ohne die geringste Unterstützung von zuhause! Nur mit Männern hatte sie Pech. Der mißglückten Ehe folgte eine lange Reihe »kurz und kompliziert«. Seit zwei Jahren aber lebt sie mit George, einem amerikanischen Anwalt. Mit ihm geht alles glatt.

Ich hob mein Glas: »Auf dich, liebe Freundin!«

Wir prosteten uns zu. Die Menschen in Paris sind mir die liebsten auf der Welt. Sie sind fröhlich, zuvorkommend, sie bezaubern mit ihren hübschen Komplimenten, ihrem guten Geschmack, ihrem unerschöpflichen Humor. Gloria aber ist auch noch *verläßlich*! Bis jetzt hat sie mich nie enttäuscht.

»Was ich noch sagen wollte, Tizia! Ein Herr Präsident Valentin hat angerufen. Er braucht deinen Rat. Er schickt dir morgen seinen Chauffeur, um elf holt er dich ab. Ich habe für dich zugesagt, hoffentlich ist dir das recht?«

Sofort begann mein Herz lauter zu schlagen.

»Hat lang gedauert, nicht? Voriges Jahr im Mai hast du schon erzählt von ihm. Von einem Auftrag in der Normandie. Und dann war Ebbe!«

»Er ist verreist, weißt du?« sagte ich, so ruhig es ging. »Mit seinem Sohn. Er hat gesagt, im September sind sie wieder da. Dann waren sie aber noch in Japan und Kalifornien und Gott weiß wo, ich habe nicht gewußt, daß sie schon zurück sind!«

Das wußte ich tatsächlich nicht. Pauls letzte Karte kam aus Mexiko. Aufgegeben im Dezember. Ich erhielt sie vor zwei Tagen. Von Heimkehr stand kein Wort darauf.

Paul ist wieder da!

Das war gestern eine echte Geburtstagsüberraschung!

Und darum sitze ich jetzt hier, in dieser dunklen Limousine, auf weichen Polstern aus Samt, einen ruhigen, breitschultrigen Chauffeur vor mir, und genieße die Fahrt über Land.

Es ist ein strahlender Wintertag. Ich trage weiße Stiefel, einen roten Rock, einen weißen, flauschigen Pullover, darüber einen warmen Mantel aus dicker roter Wolle und an den Ohren die goldenen Sonnen.

Der Ausflug tut mir gut.

Ich lehne mich wohlig zurück, verschränke die Hände im Schoß und denke über mein Leben nach.

Viel ist geschehen in letzter Zeit.

Ich ließ mich scheiden. In Windeseile, denn Fausto und Odile – das endet im Bankrott! Ich aber will nicht seine Schulden zahlen. Am Montag war die letzte Verhandlung. Ich bin eine freie Frau!

Ganz so einfach, wie ich das so sage, war es nicht.

Fausto ließ mich nicht problemlos gehen. Ich traf ihn noch oft – aber nie mehr im Bett. Das war vorbei. Einmal aßen wir in einem neuen Lokal, in der Rue du Dragon. Das Dekor Grau in Grau, die Stühle aus Stahlrohr, unbequem und kalt, das Licht weißes Neon – Odile's Werk! Ich fand es furchtbar, und das sagte ich auch. Fausto war gekränkt, machte prompt der Kellnerin den Hof, sie war rund und rassig, und der Abend endete mit Krach und Streit.

Auch die Eltern ließen mich nicht einfach ziehen! Ganze Nächte diskutierten wir durch, Hermès, Maman, Fausto und ich, in Chantilly, im Rauchsalon, doch es nützte nichts. Ich wollte weg. Ich verzichtete auf alles: Unterhalt, Wohnung, meinen Anteil am Gewinn. Ich wollte nur, was ich mitgebracht hatte, und das bekam ich auch. Plus die barocke Spieldose mit dem blauen Kolibri. Fausto schenkte sie mir zur Erinnerung.

Was tat sich noch?

Ganymed hat sich nicht verlobt. Eine Woche vor dem Fest brannte er mit seinem Freund nach Ibiza durch. Erst zu Weihnachten kam er zurück. Drei Monate wußte keiner, wo er war. Papa hat ihn gnädig wieder aufgenommen. Er lebt weiter wie zuvor.

Bob flog nach New York zurück.

Er verabschiedete sich von mir per Telefon, ich wünschte ihm viel Glück. Lucifer Heyes kam Ende August nach Paris und verfolgte mich zwei Wochen lang. Doch ich wollte nicht mehr. Es hatte keinen Sinn.

Um nichts zu verschweigen – ich *habe* noch einmal mit Lucifer geschlafen. Voriges Jahr zu Pfingsten, als Fausto sich nicht blicken ließ – vor der ominösen Fahrt ins Tannenhaus. Ja, das habe ich getan. Ich ging zu ihm ins Hotel. Lucifer war reizend. Er nahm sich Zeit, bemühte sich wie nie zuvor. Doch ich konnte ihn nicht mehr riechen!

Sein Körper war mir vertraut. Er tat mir nicht weh. Doch ich fühlte nicht die geringste Lust und vor allem – sein Atem. Sein Geruch!

Ich ertrug seine Küsse nicht. Sein Mund war mir fremd. Seine Seufzer rochen schlecht. Ich hielt die Luft an, um sie nicht einatmen zu müssen. Und anschließend lag ich die ganze Nacht lang wach, bis fünf Uhr früh. Dann ertrug ich es nicht länger, verabschiedete mich und ging.

Lucifer und ich, das ist vorbei!

Mein Körper hat es vorher schon gewußt. Schon am Nachmittag begann die Rebellion: Rote Flecken brachen aus auf meinen Wangen, meine Mundwinkel wurden rot und wund. Ich hatte plötzlich scharfe Schmerzen im Bauch, heftige Stiche wie sonst nie. Den Mann will ich nicht, sagte mein Leib. Doch das nur nebenbei.

Und weil wir schon beim Thema sind: Ich brauchte lange, um mich von Fausto zu erholen, länger als gedacht.

Nach Bob ließ ich keinen Mann mehr an mich heran. Seit Montag, den 23. August, habe ich mit niemandem mehr mein Bett geteilt. Fünf Monate ist das her. So lange abstinent war ich noch nie. Ich bin frustriert bis ins Mark! Jede Nacht habe ich erotische Träume. Ständig verliebe ich mich in irgendwen, verführe ihn im Geist, verbringe mit ihm imaginäre Wochenenden im Bett – kaum aber streckt er die Hand nach mir aus (in Wirklichkeit), ergreife ich die Flucht!

Ich verstehe das nicht.

Meine Wohnung ist fertig. Der Fries eine Pracht. Ich habe ein wunderhübsches Himmelbett, eine blühende Laube, bespannt mit bestem Chintz, handbedruckt, mit Blättern, Blumen und Ranken. Eingeweiht aber ist es nicht! Im Gegenteil! Auf dieser sinnlichen Insel verbringe ich die einsamsten Nächte meines ganzen Lebens.

Doch ich bin zu jung, um so allein zu sein! Wann hört das endlich auf?!

Wie gesagt, Privatleben habe ich keines. Als Frau bin ich nicht vorhanden. Dafür ist beruflich alles grandios!

Unsere Filmstar-Suite in Blau und Gold schlug ein wie eine Bombe. Sämtliche Wochenzeitschriften bildeten sie ab. Das war im Oktober. Seither können wir uns vor Aufträgen kaum retten. Und dann gewann ich einen Preis für mein Eßbesteck und im Dezember einen zweiten für meine Kaffeeschale mit den zwei Untertassen. Die Bilder meiner Entwürfe gingen um die ganze Welt. Wir haben sechs Baustellen gleichzeitig: eine zweite Suite in einem Hotel, zwei große Wohnungen, zwei Büros. Und drei desolate Zimmer in einem alten Haus, ohne Küche und Bad, die ich in ein gemütliches Nest verwandeln soll. Wunderbar!

Die Pläne habe ich heute früh noch schnell gezeichnet, in der Rue Copernic. Die drei Zimmer haben nur dreißig Quadratmeter. Doch im Unterschied zu vielen Kollegen, die sich nur für riesige Räume begeistern, interessiert mich das auch! In der Kleinheit nämlich offenbart sich das Talent.

Ich finde immer Platz für ein Bad mit großer Wanne, wo andere höchstens eine Dusche sehen. Und ist die Wohnung wirklich winzig, schalte ich auf »Bootsarchitektur«, nütze jeden Millimeter, entwerfe ein perfektes Puppenheim wie auf einer Luxusjacht, mit allem Drum und Dran. Das macht mir so schnell keiner nach!

Wir haben also sechs Baustellen. Und falls es mit Pauls Vater klappt, kommt vielleicht noch ein normannisches Manoir dazu! Irgendwie habe ich ein gutes Gefühl. Doch im Leben weiß man nie. Ich lasse mich überraschen!

Der Besitz des Herrn Präsidenten Valentin liegt in der Nähe von Giverny, dem berühmten Landhaus des Malers Claude Monet. Hier gibt es noch keine Fachwerkhäuser wie weiter oben im Norden, sondern stattliche Domänen aus grauem Stein. Ich bin auf einiges gefaßt, doch die Wirklichkeit übertrifft meine kühnsten Träume.

Wir fahren eine lange, hohe Steinmauer entlang, hinter der riesige Bäume stehen. Dann halten wir vor der Pförtnerloge, einem kleinen Hexenhaus aus Stein, mit Türmchen, spitzen Fenstern und roten Jalousien aus Holz. Der Chauffeur hupt. Eine mollige Frau kommt heraus und öffnet uns ein großes Gittertor, kunstvoll geschmiedet, mit vergoldeten Pfeilspitzen am oberen Rand.

Lautlos rollen wir hindurch – in einen märchenhaften Park. Jahrhundertealte Bäume säumen den Weg, knorrige Stämme, meterdick, Eichen, Platanen, Föhren, Ahorn, Birken, ein echter Mischwald, wie ich ihn seit meiner Kindheit kaum mehr sah.

Und jetzt das Manoir.

Nicht pompös auf einem Hügel und rundherum alles kahl, nein, mitten im Park, auf einer kleinen freien Rasenfläche, gerade groß genug, um der Sonne Zutritt zu lassen.

Das Haus ist aus silbergrauem Stein, mit großen Fenstern, weiß lackiert. Oben sind sie halbrund und wunderbar gegliedert. Mehrere Treppen führen in ein hohes Erdgeschoß, und die Fenster unter dem Dach sind oval. Der Grundriß ist quadratisch, die Form, die ich am liebsten mag. Und auch der flache Anbau aus späterer Zeit (19. Jahrhundert wie die Pförtnerloge) paßt gut in das Gesamtbild hinein. Der Anbau hat ein flaches Dach, offensichtlich als

Terrasse gedacht, von einer schönen steinernen Balustrade eingefaßt. Hier hat man einen Ballsaal hineingezaubert, vor hundert Jahren, einen Festsaal für Konzerte, Theaterstücke, große Familienfeiern mit Hausmusik, wie das früher üblich war.

Über einen Kiesweg nähern wir uns langsam der Vorderfront. Klavierklänge dringen uns entgegen. Jemand übt Schubert-Lieder. Die Winterreise. Kann das sein? Seltsame Übereinstimmung mit meinen Gedanken. Und Erinnerungen an Wien. Das ist heimatliche Musik! Und wo ist Paul? Warum begrüßt er mich nicht?

»Voilà, Madame«, sagt der Chauffeur, »da sind wir. Es hat nicht allzu lange gedauert. Wir haben Glück gehabt mit dem Verkehr!«

Ich gehe die Stufen hoch zur Eingangstür. Ein Hausmädchen öffnet, nimmt mir den Mantel ab und führt mich in einen großen Salon, aufs Prunkvollste eingerichtet, im Stil Louis-Seize. Ich nehme Platz auf einem weiß-rosa Sofa, Aubusson, wunderbare Arbeit, und sehe mich um. Zuviel Blau! Zu viele kalte Farben. Der Präsident hatte recht. Der Raum ist grandios, die Proportionen perfekt, dies hier könnte ein Himmelreich sein. Doch man fühlt sich nicht richtig wohl! Außerdem – Paul ist noch immer nicht in Sicht!

Dafür ist gut geheizt! Und der Blick hinaus in den Park ist unvergeßlich schön. Da kommt der Hausherr, durch eine Spiegeltür in der Wand. Ich erhebe mich und gehe ihm entgegen.

»Bonjour, Madame Saint-Apoll«, er küßt meine Hand, »ich freue mich, daß Sie gekommen sind!«

Ich lächle ihn an. Er erinnert mich wirklich an Onkel Kronos. Er ist nur viel jünger und größer, und Paul hat seine Augen geerbt. Diese schönen dunklen Augen, die alle Blonden so faszinieren.

»Wer spielt hier so gut Klavier?« frage ich, als die Begrüßung vorüber ist. »Das klingt sehr professionell. Wohnt ein Pianist im Haus?«

Der Präsident lächelt geschmeichelt.

»Das ist Miriam, meine Tochter. Sie studiert Gesang. In Paris. Aber jetzt ist sie zu Hause. Sie erwartet einen kleinen Valentin. Mein erstes Enkelkind!«

»Gratuliere! Freuen Sie sich?«

Er strahlt. »Sehr! Wir sind alle schon ganz furchtbar aufgeregt! Ich hoffe, Sie bleiben zum Essen, Madame! Dann kann ich sie bekannt machen!«

»Gern! Herzlichen Dank. Ich habe nur ein Problem. Ich mag kein Fleisch.«

»Meine Kinder auch nicht«, sagt er amüsiert. »Sie sehen, Sie machen nicht die geringsten Umstände. Andernfalls hätte ich Ihnen allerdings ein Reh offeriert. Selbst erlegt bei der letzten Jagd auf meinen Gründen. Reizt Sie das nicht?«

Ich schüttle den Kopf.

»Ich nehme an, die Jagd ist nicht gerade Ihre größte Passion?«

»Nicht wirklich!«

»Womit habe ich das verdient?« ruft er gespielt empört. »Ich bin ein begeisterter Jäger. Ich hege und pflege. Ab und zu schieße ich auch. Das muß sein! Das gestehe ich ein. Und ausgerechnet ich bin von Vegetariern umringt!«

Wir brechen in Gelächter aus. Wo zum Teufel bleibt Paul so lang?

»Also, Madame Saint-Apoll«, sagt er dann, »was halten Sie von diesem Salon?«

»Zu kühl!«

»Finde ich auch. Und warum?«

»Zuviel Blau!«

»Ah bon? Ich dachte, zuviel Weiß!«

»Nein. Diese dunkelblauen Vorhänge machen alles kaputt!«

»Die Vorhänge?« ruft er entsetzt. »Die habe ich neu machen lassen. Das war die Dame von Apoll-Immobil! Aber der Salon ist noch harmlos, Madame. Was mich wirklich zur Verzweiflung bringt, ist mein chinesisches Kabinett! Kommen Sie mit. Ich möchte Ihre Meinung hören!«

Ich folge ihm durch eine Anzahl wunderbarer Räume, die samt und sonders in den falschen Farben ausgestattet sind, hin zur Rückseite des Hauses, zu dem sogenannten Kabinett, das in Wirklichkeit ein Prunksaal ist: vier große Fenster nach Süden, zwei nach Westen (um auch die letzten Strahlen der Abendsonne einzufangen), ein herrlicher weißer Marmorkamin, prachtvoller Stuck.

»Voilà«, sagt der Herr Präsident, »was sagen Sie zu diesen Farben?«

Langsam lasse ich meine Augen über die Dinge gleiten. Farben sind für mich wie Gewürze. Ich fühle sie auf der Zunge. Sie bereiten mir sinnlichen Genuß – doch man muß sie richtig mischen, was heute fast niemand mehr kann. Blau ist für mich Salz. Und grün ist Zucker, und Letzteres fehlt hier, daß es schmerzt.

In dieser Schatzkammer ist alles blau-weiß! Dicke blauweiße chinesische Teppiche! Kostbare Ming-Vasen, blauweiß! Hohe Krüge, Statuen, Seidentapeten, blau-weiß, blauweiß, blau-weiß!

»Ich weiß nicht, was es ist«, fährt Herr Valentin fort, »hier sind meine größten Schätze. Hier wollte ich meine Mußestunden verbringen. Mich freuen an den schönen Dingen. Und stellen Sie sich vor, ich kann hier nicht sein! Ich ertrage es nicht länger als ein paar Minuten. Ich fühle mich unwohl, mich fröstelt, und dann passiert etwas ganz Seltsames«, er zögert, »bitte, lachen Sie jetzt nicht, ich bekomme ... ich bekomme ...«

»Sie bekommen einen trockenen Mund«, führe ich den Satz zu Ende. Er starrt mich an: »Woher wissen Sie das?« fragt er dann perplex.

»Das ist mein Metier. Das Zimmer ist versalzen! Zuviel salziges Blau. Und dazu die dunkelblauen Vorhänge, das ist wie eine Salatsauce, Herr Präsident, bei der man die Prise Zucker vergessen hat!«

»Großartig! Und was meinen Sie mit Zucker? Rot? Gelb? Orange?«

»Grün! Ich schlage vor, Sie nehmen die Vorhänge ab und wir ersetzen sie durch hellgrüne, ins Moosige gehende Seide. Sehr bauschig, leicht, gerafft, als ob ein fröhlicher Sommerwind mit ihnen spielt. Können Sie sich den Effekt vorstellen? Und darüber geben wir die Sonne, wie Sie vorhin sagten, das heißt, die Lampenschirme machen wir gelb, von Zitrone bis Sonnenblume und Vanille und ab und zu einen Schirm in Mohnrot! Ich würde auch einen anderen Teppich nehmen. Einen bunten chinesischen, einen alten, bei dem noch Pflanzenfarben verwendet wurden. Ich weiß, wo man die kriegt. Ich wette mit Ihnen, Sie werden den Raum nicht mehr verlassen wollen!«

»Exzellent! Und jetzt gehen wir speisen. Die Einzelheiten besprechen wir später!«

Mir aber ist die Lust am Essen vergangen. Eine hübsche kleine Amerikanerin nämlich rief uns zu Tisch. Sie steckte ihre Stupsnase durch die Tür, zögerte, musterte mich von Kopf bis Fuß ausgesprochen *feindlich* – und verschwand. Ein zierliches Geschöpf mit langen, glatten dunklen Haaren. Wer war das? Hat Paul aus Amerika eine Freundin mitgebracht?

Doch ich fasse mich schnell. Momentan kann ich ohnehin mit keinem Mann! Ich bin nicht hergekommen, um mich zu verlieben. Ich will einen Auftrag. *Deshalb* bin ich da!

Wir betreten das Speisezimmer. Einen hohen, holzgetäfelten Raum. Auch der Kamin ist aus Holz, darüber die unvermeidliche Jagdszene. Ich habe schon brutalere gesehen. Doch dieser arme, blutüberströmte Hirsch mit gebrochenen Augen, umgeben von geifernden Kötern, macht mich nicht froh. Hoffentlich sitze ich so, daß ich das Bild nicht sehen muß. Und wo bleibt Paul?!

Der Herr Präsident hat meinen Blick bemerkt.

»Sie sitzen mit dem Rücken zum Kamin! Keine Angst, Madame! Ich hoffe, das Bild wird sie nicht übermäßig stören. Meine Familie findet auch, es gehört entfernt. Aber ich denke, es ist gut gemalt. Also bleibt es da!« In dem Moment tritt Paul herein. Die Stupsnase ist vergessen. Helle Freude überflutet mich. *Der gehört zu mir*!! Etwas Heißes bohrt sich in mein Herz. Am liebsten hätte ich geweint. Doch ich stehe ganz still und lächle ihn an. Sechs Monate, auf den Tag genau! Vor sechs Monaten sah ich ihn zum letzten Mal.

Er hat sich nicht verändert. Ist nur brauner geworden. Die schwarzen Locken sind etwas gekürzt. Er trägt helle Hosen aus Tweed und einen gelben Pullover aus Cashmere. Er strahlt über das ganze Gesicht.

»Mein Sohn«, sagt der Herr Präsident, »ich nehme an, Sie kennen einander.«

»Ja, ja«, stammle ich, »wir haben im Maxim's zusammen getanzt. Aber das ist fast ein Jahr her.«

»Bonjour, Tizia.« Paul küßt mich auf beide Wangen, was mich noch mehr verwirrt, um so mehr, als die kleine Stupsnase dazugekommen ist und mich eifersüchtig beobachtet.

»Das ist Maja«, sagt Paul und stellt sie vor, »und das ist unsere Miriam, meine Schwester, mit ihrem Kind.«

Miriam sieht aus wie Paul – nur weiblich. Selten habe ich so eine Ähnlichkeit zwischen Geschwistern gesehen. Dieselben sanften, dunklen Augen, dieselbe schmale, gerade Nase, derselbe volle Mund, dasselbe wohlgeformte Kinn, dasselbe dunkle Muttermal zwischen den Brauen. Sie ist auch fast so groß wie er. Die beiden könnten eineiige Zwillinge sein! Sie ist hochschwanger. Und trotzdem schön. Miriam ist mir sofort sympathisch. Ich ihr aber auch.

»Ich habe Sie spielen gehört«, sage ich und schüttle ihre Hand, »gratuliere. Das klang konzertreif!«

Sie lacht. »Ich habe gerade keinen Korrepetitor, also studiere ich selbst die Begleitung ein. Das heißt, ich versuche es. Perfekt ist es noch nicht!«

Das Essen vergeht wie im Flug! Paul und sein Vater erzählen von ihrer Weltreise, zeigen Fotos, wir verstehen uns gut! Doch vom zweiten Stock dieses Hauses, der laut Tommy Kalman nach Renovierung schreit, fällt kein Wort.

»Hier wird sich allerhand ändern«, sagt der Herr Präsident um halb vier und hebt die Tafel auf, »wir eröffnen eine Baumschule, eine biologische Gärtnerei. Kommen Sie, Tizia, ich habe Ihnen noch nicht unser Glashaus gezeigt!«

Gemeinsam mit Paul und Maja stapfen wir über einen Kiesweg durch den Park zu einer Lichtung, und da steht – ich traue meinen Augen kaum – ein gläsernes Schloß! Es wirkt wie das Palmenhaus in Schönbrunn, nur ist es etwas kleiner. Doch es stammt aus derselben Zeit und ist wunderbar in Schuß. Die Heizung funktioniert. Die Beete sind aufbereitet, hier wird Paul seine Kräuter züchten und im vorderen Teil seine geliebten Palmen und Kakteen.

Wir gehen zum Haus zurück. Der Präsident sieht auf die Uhr. »Haben Sie noch etwas Zeit? Paul bringt Sie dann heim nach Paris. Aber es gibt noch eine größere Sache, oben im zweiten Stock. Miriam will eine eigene Wohnung, mit Kinderzimmer und Bad und Zimmer für die Nanny, die aus England kommt. Wir haben schon hin und her überlegt und Pläne gezeichnet, aber wir werden uns nicht einig. Wir sind eher musikalisch begabt, wissen Sie? Zeichnen kann keiner von uns!«

Also kam ich doch nicht umsonst hierher.

Und ehe mich Paul nach Hause bringt, um sechs, habe ich den ganzen zweiten Stock vermessen und auch noch die Fenster im Erdgeschoß. Ich verspreche, Anfang nächster Woche die Pläne zu schicken (heute ist Donnerstag), und dann verabschieden wir uns und klettern in einen weißen Range-Rover, in dem man hoch sitzt wie in einem Bus.

Paul startet. Schaltet die Scheinwerfer ein. Wir rollen langsam durch den Park hinaus in die Welt. Endlich allein! Schweigend fahren wir durch die stille winterliche Landschaft. Ab und zu lächeln wir uns an. Irgendwie sind wir beide leicht verlegen.

»Ist das deine Freundin? Maja aus Amerika?« frage ich nach einer Weile.

»Was?« sagt Paul und lacht. »Willst du mich beleidigen? Die gehört zu meinem Vater. Hat er dir das nicht gesagt?«

»Nein!«

»Gefällt sie dir?« fragt er dann. Ich schüttle den Kopf. »Uns auch nicht«, fährt er fort, »aber weißt du, wir haben schon zigtausend Majas hinter uns, das regt uns nicht mehr auf. Hast du meine Karten bekommen?«

»Ja danke! Zwanzig Stück. Ich hab' mich sehr gefreut!«

»Eine fehlt«, sagt Paul und starrt hinaus in die Dämmerung.

»Die letzte kam aus Mexiko.«

»Ahhh, da kommt noch eine. Aus Santa Fé. Da habe ich geschrieben, daß wir früher nach Hause fliegen. Und daß ich mich sehr, sehr, sehr freue auf dich!«

Er sieht mich lange an.

»Und?« fragt er dann. »Was hat sich bei dir getan, in deinem Leben?«

»Ich habe mich scheiden lassen! Und seither fürchte ich mich vor den Männern. Ich ertrage nicht, wenn mir einer in die Nähe kommt. Ich kriege sofort panische Angst!«

»Das verstehe ich«, sagt Paul ernst, »aber es freut mich wahnsinnig, daß du nicht mehr verheiratet bist. Weißt du was? Das feiern wir. Ich lade dich ein. Hast du Zeit? Ich kenne ein wunderbares indisches Restaurant, da gehen wir hin.«

Wir parken irgendwo in der Rue de Sèvres und marschieren durch die kalte Winternacht den Boulevard Montparnasse entlang. Wir halten uns nicht an den Händen. Paul respektiert, was ich sagte. Dies ist eine herrliche Freundschaft. Und ich will, daß es so bleibt.

Da ist das Restaurant. Sehr edel. Kostbar ausgestattet, mit geschnitzten Paravents, rotgoldenen Säulen, Kerzen, sanftem Licht. Wir stehen an der Tür und warten auf den Chef. Wir haben nicht reserviert. Hoffentlich kriegen wir einen Tisch. Es duftet ganz wunderbar nach Minze und exotischen Gewürzen, nach Curry und Sandelholz, hier will ich bleiben! Ich will nicht in die kalte Nacht hinaus.

Wir haben Glück!

Eine schöne, dunkle Inderin kommt auf uns zu. Sie trägt einen goldbestickten Sari, hat einen roten Punkt zwischen den Brauen und das schwarze Haar zu einem dicken Zopf geflochten. Sie begrüßt uns freundlich und führt uns nach hinten zu einer Nische. Dort sind wir allein. Dann nimmt sie die Bestellung auf und bringt uns Cocktails, mit sehr viel tropischen Früchten und frischem Mangosaft. Es schmeckt herrlich! Wir sitzen nebeneinander, mit kleinem Abstand, wie es sich gehört, genießen unser Wiedersehen und sprechen über Freundschaft, die tausendmal besser ist als Liebe, weil sie länger hält und Leidenschaft alles zerstört.

Keiner will das! Schon gar nicht wir!

»Ich freue mich so, daß ich wieder da bin«, sagt Paul und hebt sein Glas. Wir trinken auf seine Pläne, auf meine Erfolge, auf diesen schönen, unbeschwerten Abend. Und dann geht alles rasend schnell. Wir stellen die Gläser ab. Sehen uns an. Wortlos. Lange. Und plötzlich küssen wir uns, es geht ganz von selbst.

Der Kuß ist kurz. Unsere Lippen berühren sich nur den Bruchteil von Sekunden. Doch es ist wie ein elektrischer Schlag. Ein Kraftstrom schoß von ihm zu mir. Plötzlich brennt mein Mund wie Feuer. Und meine Wangen, meine Stirn dazu.

Ich erröte wie ein kleines Kind. Hat Paul es bemerkt? Er hat. Und es freut ihn sehr! Er lächelt mich an, dann senkt er den Blick. Plötzlich flirrt die Luft vor Verheißung. Die Kerzen brennen heller. Das Tischtuch leuchtet wie Gold.

Pauls schöne Hand liegt neben meiner. Ich muß sie berühren! Wir fühlen beide dasselbe: Schon sind unsere Finger ineinander verschlungen. Nach diesem kurzen Kuß hat sich die Nacht verändert und wir uns mit ihr.

Plötzlich wagen wir nicht mehr, uns in die Augen zu sehen! Die Ungezwungenheit ist fort. Wir sprechen kein Wort, bis die Vorspeisen serviert werden. Da stehen sie. Wir starren sie an. Ich sehe durch sie hindurch, horche nach innen, hinüber zu Paul. Plötzlich halte ich ihn im Geist in den Armen. Was soll das? Jetzt habe ich schon in aller Öffentlichkeit erotische Phantasien! Ich liege an seiner Brust. Er umfängt mich mit starken Armen. Im Geist streichle ich seinen Körper. Seine Hüften, seinen Nabel, seinen Bauch . . . halt! Jetzt höre ich auf, sonst verliere ich die Beherrschung und werfe mich auf ihn! Ich will nur Freundschaft. Oder nicht?

»Magst du das Essen scharf?« fragt Paul und stellt die Schalen mit Gewürzen vor mich hin.

»Sehr! Ja. Ja! Danke. Nein!« Ich weiß nicht mehr, was ich stammle. Ich bediene mich mit meiner freien Hand, denn meine rechte ist in Pauls linke verkrallt. Dann essen wir, oder besser, wir stochern herum in den Speisen, ohne einander loszulassen.

Wir sitzen ganz eng beisammen. Wie das kam, weiß ich nicht mehr. Der Respektsabstand ist weg. Meine rechte Seite glüht. Ich klebe an Paul und er an mir! Wir atmen im gleichen Rhythmus. Hat es schon das ganze Lokal bemerkt?

Nein. Die anderen speisen fröhlich weiter. Offensichtlich sind wir in unserer Nische geschützt!

Hier kommt das Hauptgericht. Curry mit Erbsen und Blumenkohl. Spinat mit weißem Käse. Dazu rote Linsen und duftender Reis, Basmati, mit Mandeln, Kokosflocken und Rosinen. Es riecht herrlich!

Paul teilt aus. Wir essen mit einer Hand. Wer kein Fleisch ißt, braucht kein Messer. Man kommt bestens mit einer Gabel zurecht. Vegetarisch macht sinnlich! Das ist schon bei den Tieren so. Die Pflanzenfresser haben die größte Kraft. Man denke nur an die leidenschaftlichen Hengste. Die wilden Stiere. Die Nashörner, Nilpferde, die riesigen Elefanten. Die können immer! Tagelang! Und erst die Springböcke, die Gazellen, die flinken Hasen, die nimmermüden Tauben! Hilfe! Meine Phantasie geht mit mir durch.

Ich senke den Blick auf meinen Teller. Paul drückt meine Hand. Kann er Gedanken lesen? Ich werde dunkelrot! Gott sei Dank sieht man das nicht bei dem spärlichen Licht.

»Schmeckt es dir?« fragt Paul lächelnd. Ich nicke stumm. Sprechen kann ich nicht. Ich kann auch nicht essen. Nicht trinken. Nein! Ich kann auch nicht mehr ruhig sitzen. Um ehrlich zu sein, ich will nur eins – ins Bett! In seine Arme sinken und die Welt vergessen!

Gleichzeitig lassen wir die Gabeln fallen. Sehen uns an. Ein, zwei Sekunden lang. Schon liegen wir einander in den Armen! Mein Kopf ist an seiner Schulter. Er hält mich eng umschlungen, streichelt mein Haar. Seine Wärme. Ich bin völlig geborgen! Er riecht so gut. Jetzt ist sein Mund an meiner Schläfe, an meiner Wange . . . jetzt kommt er näher . . . ich hebe mein Gesicht ihm entgegen . . . Jetzt!!!

Ein langer, langer, herrlicher Kuß! *Endlich*!

Ein Jahr habe ich darauf gewartet. Oder fast. Seine Zunge liebkost mich, ich werde ganz schwach.

»Ich liebe dich«, flüstert er in mein Ohr.

Dann küssen wir uns erneut, ewig, stundenlang, wie mir scheint, denn plötzlich ist die Kerze herabgebrannt, das Essen kalt, die meisten Gäste haben das Restaurant verlassen. Wie spät ist es? Großer Gott! Halb eins! Und niemand hat uns gestört! Ja, das ist Paris. Die Kellner ließen uns allein. Hier respektiert man Gefühl, wie sonst nirgendwo auf der Welt!

»Wir sollten gehen!« sagt Paul und drückt mich fest an sich. Dann halten wir uns an den Händen, warten auf die Rechnung und sitzen stumm nebeneinander, umgeben von einer Wolke Glückseligkeit!

Plötzlich vermisse ich etwas.

Es trifft mich wie der Blitz! Ich wurde den ganzen Abend nicht brüskiert. Wir traten durch die Tür, die Frauen blieben sitzen, keine sah in Paul den Held ihrer Träume und wünschte mir den Tod!

Paul ließ meine Hand *nicht* los. Ließ *keine* Eroberungsblicke schweifen, zog *keine* mit den Augen aus, nein! Und nicht das kleinste anzügliche Wort zur schönen Inderin im Sari – gleich kommen mir die Tränen. Ich bin gute Behandlung nicht mehr gewöhnt. Paul sah den ganzen Abend nur *mich*. Sprach mit *mir*, ohne heimlich mit einer anderen zu flirten. Er bekannte sich zu mir, küßte mich vor diesen vielen fremden Menschen. Ich könnte schreien vor Glück! Ich wende den Kopf, strahle ihn an. Er tupft mir mit dem Finger sanft auf die Stirn.

»Fürchtest du dich vor mir?«

Ich schüttle den Kopf. Paul wird wieder ernst. Nimmt mein Gesicht in seine Hände, sieht mich lange, sehr lange an und küßt mich auf den Mund.

»Jetzt trennen wir uns nie mehr«, sagt er dann, »wir bleiben zusammen. Wenn du magst!«

Ich habe es geahnt. Ich habe es geahnt. Damals, im Autobus. Und bei Maxim's. Und in der Nacht der Sommersonnenwende. Ich habe gewußt, dieser Mann gehört zu mir. Und Paul wußte es auch!

Ich tat nichts, um ihn wiederzufinden. Doch wenn etwas vorbestimmt ist, geht alles von allein. Wenn das Schicksal will, wird man zueinandergeführt, an den unmöglichsten Orten, zur unmöglichsten Zeit, so lange, bis man begreift. Und hat man verstanden, ist noch lange nichts vorbei. Im Gegenteil! Es fängt erst an! Dann kommt das Glück von allen Seiten. Dann passieren hundert gute Dinge, man wird entschädigt für die ganze vergangene Qual und mit Gaben überhäuft! Wahrscheinlich kriegen wir auch noch das Haus in Passy! Wahrscheinlich wird unser Angebot angenommen. Ja, ich weiß es. So wird es sein!

Paul studiert die Rechnung. Ich will die Hälfte zahlen, aber nein, er lädt mich ein!

Wir haben eine lange Nacht vor uns. *Eine erste Nacht*!

Eine Hochzeitsnacht! Diese Dinge sind selten im Leben. Deshalb muß man sie genießen, rückhaltlos! Oder besser, wir genießen sie noch nicht! Besser, wir warten bis zum Wochenende. Ja. Gute Idee. Heute ist es noch zu früh. Heute schlafe ich allein und freue mich auf das, was wird. Denn Vorfreude gehört zum Schönsten auf der Welt, wie Appetit vor dem Essen und Fernweh vor einer langen Reise. Vorfreude ist unerläßlich, sie macht alles doppelt schön. Je länger man sich sehnt nach einer Liebesnacht, desto stärker ist der Genuß!

Wir verlassen das Lokal. Fallen uns in die Arme. Schmiegen uns ganz eng aneinander. Unsere Beine berühren sich. Unsere Hüften. Zum erstenmal. Ich werde ganz schwach.

»Lädst du mich noch ein? Zu dir?« flüstert Paul. »Oder wartet jemand auf dich?«

»Magst du nicht am Wochenende kommen?« frage ich zögernd.

»Am Wochenende?« ruft Paul entsetzt und hält mich von sich. »Das ist viel zu lang! Ich muß so viel mit dir besprechen, Tizia. Bis zum Wochenende vergesse ich, was ich sagen will!«

Gute Antwort! Muß ich mir merken!

Paul gerät in Panik!

»Warum am Wochenende? Willst du mich loswerden? Magst du mich nicht mehr?« Er nimmt mich bei den Schultern, sieht mich forschend an.

»Das nicht! Aber wenn ich dich zu mir einlade, weiß ich genau, was passiert: Du willst in meinem Bett schlafen. Und dann wirfst du dich auf mich und tust mir weh!«

»Ich?« fragt er entgeistert. »Warum soll ich dir weh tun? Wie kommst du darauf? Lieber hacke ich mir eine Hand ab, als daß ich dir weh tun würde. Du glaubst doch nicht im Ernst . . . denkst du, ich bin ein Sadist?!«

»Nein! Aber ich mag nicht, wenn ein Mann auf mir liegt!«

»Das verstehe ich«, sagt Paul, »mach dir keine Sorgen, Chérie!« Schweigend setzen wir uns in Bewegung, eng umschlungen gehen wir durch die kalte, dunkle Winternacht. Vor seinem Wagen bleiben wir stehen.

Paul läßt mich los, streichelt mein Haar, sieht mich lange an.

»Ich kann jetzt nicht nach Hause fahren«, sagt er ernst, »ich kann jetzt nicht alleine sein. Ich habe dich sechs Monate nicht gesehen. Jeden Tag habe ich an dich gedacht. Und jede Nacht. Ich schwöre dir. Ich tue nichts, was du nicht willst. Ich schlafe in der Badewanne. Ich halte nicht einmal deine Hand, wenn du nicht magst. Aber schicke mich jetzt nicht weg. Ich *muß* in deiner Nähe sein.«

Ich breche meinen Vorsatz. »Du hast recht«, sage ich, »wir sind erwachsen. Kommt mit zu mir!«

Paul seufzt erleichtert. Dann öffnet er für mich die Wagentür. Schweigend steigen wir ein.

»Sagst du mir bitte, wie ich fahren soll?«

Ich räuspere mich. Plötzlich fällt mir das Sprechen schwer.

»Du fährst . . . du fährst hinauf zum Étoile. Dann in die Avenue Kléber und dann rechts in die Rue Copernic.« Ich bin so erregt, meine Stimme zittert. »Ich habe ein neues Himmelbett«, höre ich mich dann sagen, zu meiner grenzenlosen Überraschung, »in dem Bett hat noch kein Mann geschlafen. Du bist . . . du wirst . . . du wirst der erste sein. Wenn du willst.«

»Also keine Badewanne?« fragt Paul scherzhaft.

»Das Bett ist bequemer.« Ich zögere. »Aber *nur* zum *Schlafen*«, setze ich hinzu.

»Natürlich, Madame«, sagt Paul todernst, »Sie kränken mich. Ich bin ein Gentleman! Natürlich nur zum Schlafen! Woran haben *Sie* gedacht?!«

Dann startet er den Wagen – und die schönste Nacht meines Lebens beginnt!

20

Es wird mehr als die schönste Nacht!

Es wird der Anfang einer neuen Zeit, der Schlußstrich unter zwei Jahrzehnten voller Zweifel, Tränen, Mißtrauen, Liebeskummer, Unglück, Eifersucht und Streit!

Es wird das Ende aller Ängste, die ich seit meiner ersten mißratenen Liebe in Wien mit mir herumgeschleppt habe. Über Meere und Kontinente. Durch Länder und Städte. Das ist alles vorbei. Das ist gar nicht mehr wahr!

Ja, das stimmt!

Es gibt Zeiten im Leben, die schlagen alle Rekorde. Gerade, wenn man nichts mehr erwartet – von den Männern, von der Liebe –, gerade dann öffnet der Himmel seine Schleusen, und plötzlich regnen Geschenke herab wie Sterntaler im Märchen. Man braucht nur die Hände aufzuhalten – sie füllen sich von selbst. Alle Türen öffnen sich. Die richtigen Menschen kommen auf einen zu. Und plötzlich ist er da, der Mann, auf den man immer schon gewartet hat. Und alles stimmt:

Er ist nicht verheiratet. Hat keine Scheidung durchzustehen. Keine Kinder zu versorgen, keinen Schuldenberg! Er ist gesund! Kein Säufer, kein Spieler, kein Lügner, kein Drogenfetischist. Er liebt Frauen, ohne ein Weiberheld zu sein. Und geht man zitternd mit ihm ins Bett, ist auch da alles wunderbar. Er ist sensibel, gut gebaut, nicht pervers, er kann stundenlang, ohne brutal zu sein, er ist zärtlich, einfühlsam, appetitlich. Er hat Humor!

Nach der ersten Nacht will man nur noch ihn.

Und man fragt sich erstaunt: Wie hielt man es so lange aus auf dieser Welt? Ohne seine balsamische Gegenwart?

In meiner ersten Nacht mit Paul scheint kein Mond. Dafür ist der Himmel über Paris voll funkelnder Sterne, und in unseren Körpern gehen neue Sonnen auf. Diese erste Nacht stellt alles in den Schatten, was ich mit Fausto je erlebte. Paul nahm mich in die Arme und entließ mich als neue Frau! Unglaubliche Dinge geschahen, Dinge, die ich nie für möglich hielt! Doch ich greife schon wieder einmal vor. Ich erzähle jetzt brav von Anfang an.

Wie wir nach Hause kommen, weiß ich nicht mehr.

Plötzlich sind wir da – ein Parkplatz vor der Tür –, und jetzt liege ich hier, in meinem wunderschönen Himmelbett, und warte auf Paul. Ich zittere vor Erregung. Das Blut dröhnt in meinem Kopf!

Ich starre auf die Bilder meines Vaters: zwei Akte, ein Stillleben, groß, üppig und bunt! Paul und ich! Wie wird das sein?

Da kommt er aus dem Bad! Aha, er trägt noch seine Wäsche! Ich dagegen bin schon nackt. Aber zugedeckt. Bis hin zum Kinn.

»Sie sehen, Madame«, er kriecht zu mir ins Bett, ohne mich zu berühren, »Ihr Wunsch ist mir Befehl. Ich bin gekleidet zum *Schlafen*, und ich *werfe* mich nicht auf Sie!«

»Reizend von Ihnen! Monsieur, merci!«

»Jawohl«, sagt Paul, »heute ist nämlich Neumond! Wissen Sie, was das heißt? Da muß man mit schlechten Gewohnheiten brechen.«

»Ah bon? Normalerweise hätten Sie mich attackiert?«

»Bien sûr«, sagt Paul, »ich beherrsche mich wie wild! Bonne nuit, Tizia! Träumen Sie süß!«

Er schließt die Augen und liegt ganz still. Seine schwarzen Locken streifen meine blonden.

Ich stütze mich auf, sehe ihn an. Mein Herz klopft so heiß, meine Handflächen werden feucht. Mit welcher schlechten Gewohnheit breche ich? Mit fünf Monaten Abstinenz, nehme ich an. Paul bewegt sich nicht. Doch auch er hat Mühe, ruhig zu sein. Die Decke hebt und senkt sich stürmisch über seiner Brust. Ich streiche sanft über seine Stirn.

Er schlägt die Augen auf.

»Darling, ist dir klar . . . du liegst mit einem Mann im Bett!«

»Tatsächlich? Und?«

»Hast du keine Panik? Du hast doch vor den Männern Angst!«

»Gut, daß du mich daran erinnerst!«

Ich lege meine Lippen auf seine. Wir küssen uns. Meine langen blonden Locken fließen über sein Gesicht, hüllen es ein. Pauls Hand ist an meiner Seite. Jetzt tastet sie sich vor zu meiner Brust. Streichelt sie zart, spielt mit den Spitzen.

»Ohhh«, verhaltenes Stöhnen, »du bist so weich.«

»Und du hast zuviel Stoff am Leib«, flüstere ich in sein Ohr.

»Le petit slip? Der stört Sie, chère madame?«

»Genau! Ich hätte Sie gerne nackt und bloß.«

Er strampelt herum, wirft das weiße Ding auf den Teppich.

»Und jetzt?« Er reißt die Augen auf.

»Jetzt wird es ernst!«

Wir fallen uns in die Arme und fressen uns halb auf. Monatelange Sehnsucht begnügt sich nicht mit Küssen. Paul liegt neben mir, er ist so aufgeregt, so hart, er dringt in mich ein, ohne die geringste Hilfe seiner Hand. Plötzlich sind wir miteinander verbunden. Oh, mon Dieu! C'est bon!! Ich liege auf dem Rücken, lege meine Beine über seine. Wir formen ein X. Paul bohrt sich ganz in mich. Es ist absolut *phantastisch*! Jetzt füllt er mich aus zum Zerspringen! Selig schlinge ich die Arme um seinen Hals und küsse ihn. Er preßt sich fest an mich, wir sind geschmeidig wie Katzen, unsere Körper sind eins, zwischen uns ist kein

Millimeter Platz, wir sind ein pulsierendes Bündel Glück!! Wir rollen, zucken, stoßen, wir vergehen in Wollust und Raserei. »Tizia! Je t'aime!!«

Paul kommt beim ersten Mal sofort. Es ist nicht gefährlich, ich habe es ihm gesagt. Er schluchzt kurz auf, seufzt einmal lang und schwer und liebt mich einfach weiter, als wäre nichts geschehen. Er bewegt sich zwar langsamer. Doch nur zu Beginn. Wie macht er das?

»Tizia! I love you! I really do!«

Kann das sein? Wir lieben uns schon wieder! Und wieder! Paul hat drei Orgasmen und kann trotzdem noch. Ohne Pause.

Bereit, jederzeit! Wir sind ineinander verstrickt. Ich weiß nicht mehr, wo sein Körper beginnt und meiner endet. Es ist mir auch ganz gleich. So etwas wie jetzt habe ich noch nie erlebt. Das sprengt alle Grenzen. Das hebt mich hinauf in eine himmlische Dimension. Kein Rauschgift erzielt diese Wirkung, auch keine erotische Vision. Das ist der perfekte Gleichklang zweier Körper. Das ist das Wahre! Das verstehe ich jetzt. So hat es die Natur *geplant*!

»Ohhh, das ist *schön*«, sagt Paul atemlos, noch mit mir verbunden, »du bist die *Rettung*, Tizia. Du weißt nicht, wie bitter nötig das war! Aber jetzt, das nächste Mal, das gehört dir.« Er zieht sich fast ganz aus mir zurück, um mich dann wieder in Besitz zu nehmen. Aber langsam diesmal! Sacht! Die Bewegung ist ganz anders. Vorhin, das war Naturgewalt! Jetzt kommt der Kunstgenuß!

»Oh, darling! My beautiful little girl!«

Paul liegt hinter mir, eng an meinen Rücken gepreßt. Seine Hände umfassen meine Brüste wie zwei Schalen. Er bohrt sich ganz tief in meinen Leib und zieht sich sanft zurück. Seine Bewegungen sind bedächtig wie rollende Brecher im Ozean und genauso überwältigend. Vor und zurück. Vor und zurück. Wir wiegen uns in seinem Takt. Jeder Vorstoß ist ein feuriger Schock. Doch der Rückzug ist von unendlicher Süße. Noch nie empfand ich das so genau.

Diesen Unterschied im Grad der Lust, ja, das Zurück ist hell und prickelnd, voll wilder Sehnsucht nach dem nächsten Stoß. Das Zurück ist fast noch schöner. Kann das sein? Dafür muß man dreiundvierzig werden, um das so getrennt zu sehen. Aber Paul weiß es auch. Er dringt schnell in mein Fleisch, um es möglichst langsam, *langsam* zu verlassen! Er verschafft mir unbeschreiblichen Genuß! Ich vergehe vor Freude. Ich liebe diesen Mann!

»Du machst mich so glücklich«, stöhnt Paul.

Du mich auch – will ich sagen. Doch ich habe vergessen, wie man spricht. Ich bin dort unten, wo sich unsere Körper finden. Mein Mund gehorcht mir nicht mehr!

»Laß dich gehen, Darling, *please*«, flüstert Paul in mein Ohr, »das ist nur für dich. Für dich allein. Ich höre nicht auf. Komm, Liebste! Komm Tizia! Komm, mon amour! Ich warte auf dich!«

Dann legte er seine Hand zwischen meine Beine, auf die richtigen Stellen. Sofort schießen weiße Flammen in mir hoch. Mein Gott, wie er das kann! Vor und langsam zurück! Vor und langsam zurück. Gleich bin ich soweit. Aber nein!

Nein!! Ich will nicht! Ich will keinen Höhepunkt. Ich habe Angst! Angst?? Vor Paul?? Paul kann mich nicht mehr quälen als Fausto mich quälte. Und auch *das* überlebte ich. Und wie! Plötzlich werde ich ganz weich. Ich gebe mich hin. Ich lasse alles mit mir geschehen. Paul merkt es und atmet schwer. Er läßt die Hand, wo sie so viel Gutes tut, und beginnt mich wieder zu lieben. Von innen und außen schenkt er mir Lust. Es ist so schön, ich sterbe!

Jetzt ändert er den Rhythmus. Er zieht sich nicht so weit zurück, nein, er bleibt tief in mir, bewegt sich in schnellen, kleinen Rucken und trifft jedesmal genau den empfindlichsten Punkt. Innen und außen ist er dort, wo es am schönsten ist. Höher! Höher! Höher! Höher! Jeder Stoß eine kleine Explosion. Plötzlich wird es strahlend hell! Jeder Stoß ist wie ein Satz nach oben. Hin zur Sonne! Heiß! Ich bestehe nur aus Lust!

Jetzt! Das ist der entscheidende Moment!

Jede Verkrampfung weicht! Ich entfalte mich wie eine tropische Blüte. Ich bin ganz offen. Ja! Ja! Ja! Mein Höhepunkt ist wie ein Blitzschlag! Ich schwebe in gleißendem Licht! Ich verbrenne in Wollust. Ich löse mich auf.

»Oh, Darling! Yes!« Pauls Stimme kommt von weither. Ich höre sie kaum. Die Erschütterung ist noch zu groß. Kleine heiße Funken stieben hin und her auf meiner Haut. Ich genieße noch immer. Ich bin noch lange nicht auf der Erde zurück!

Paul nimmt seine Hand weg. Legt sie wieder auf meine rechte Brust.

»Ma chérie, mon amour!!« Drei, vier Stöße, zielgerichtet, tief! Schon ist es soweit! Jetzt! Das ist sein Orgasmus! Er schreit, zittert, gräbt seinen schwarzen Lockenkopf in meinen Hals, drückt mich, daß ich glaube, ich sterbe. Dann fängt er an zu weinen. Weint und weint! Er schluchzt an meiner Schulter. Ich küsse seine Hände, drücke seinen Kopf an mich. Dann löse ich mich von ihm und drehe mich um.

»Warum weinst du?« Ich streichle ihn wie ein Kind.

»Es war so lang. So lang . . .«

»Was war so lang?«

»Das Warten auf dich! Ich liebe dich, Tizia!«

»Ich liebe dich auch!«

Wir küssen uns zärtlich. Ich schmiege meine Wange an seine. Langsam beruhigt er sich.

»Wie lange hast du keine Frau gehabt?« frage ich nach einer Weile.

»Zwei Jahre!«

»Zwei Jahre??!!«

»Ich habe früher einmal vier Jahre abstinent gelebt. Aber das will ich jetzt nicht mehr.«

Zufällig blicke ich auf die Uhr. Es ist sieben! Wie?! Sieben? Um eins kamen wir hierher. Wir haben uns sechs Stunden lang geliebt. Das kann nicht sein!

»Was hast du?« Paul hat meinen Blick bemerkt.

»Wir haben uns sechs Stunden geliebt!« sage ich laut. Das gefällt ihm. »Ich sterbe«, sagt er dann, »ich habe wahnsinnigen Hunger. Ich bin ganz schwach vor Hunger und vor Glück!« Er streichelt meinen nackten Arm.

»Kein Wunder! Du hast nichts gegessen, im Restaurant!«

»Du auch nicht! Stundenlang küssen war viel schöner!«

»Tee oder Kaffee?« Ich springe auf.

»Tee. Aber warte, Tizia. Ich gehe mit dir. Ich will dir helfen.« Voll beladen, mit einem großen Tablett, kommen wir dann zum Bett zurück. Kuscheln uns eng aneinander und stärken uns. Paul nimmt nur Milch, keinen Zucker. Die Croissants aber streicht er mit Butter voll. Es ist mein erstes Frühstück in diesem Himmelbett.

»Ich muß dir etwas sagen, Tizia. Noch nie, mit niemandem war es je so schön wie mit dir!«

»Du bist ein wunderbarer Liebhaber. Weißt du das?«

»Nein! Tatsächlich?!« Überrascht sieht er auf.

Ich starre ihn an. »Ich bin sicher nicht die erste, die dir das sagt.«

»Doch!« Er seufzt. »Aber ich habe mich nie bemüht, weißt du? Ich habe mit Frauen immer Pech gehabt.«

»Hast du deshalb so lang abstinent gelebt?«

Er zögert.

»Ja! Aber da war noch ein Grund. Kennst du die Theorie, daß Spermaverlust den Körper schwächt?«

Ich nicke. »Und? Ist es wahr?«

»Aber wo! Das ist der größte Betrug. Das kommt zurück wie ein Bumerang. Wenn du das zu lange machst, wirst du aggressiv. Du wirst irritiert. Du denkst nur noch ans Bett. Bei der kleinsten Anspielung wirst du erregt, du reagierst falsch auf jede Frau, weil du immer nur an das Eine denkst. Angeblich stärkt das die Kreativität. Aber in Wirklichkeit kannst du dich auf nichts mehr konzentrieren. Du bist ständig damit beschäftigt, dein Verlangen zu ignorieren! Was glaubst du, wieviel Kraft das braucht!!«

Er seufzt. »Die vier Jahre waren keine glückliche Zeit.

Ich war ständig deprimiert. Ich habe keinen Erfolg gehabt. Auf der Uni ist nichts weitergegangen. Deshalb bin ich auch so spät fertig geworden mit dem Studium.«

»Warum hält sie sich dann immer noch, diese Theorie?« will ich wissen.

»Das kommt aus dem mißverstandenen Tantra«, sagt Paul. »Tantra kennst du, nicht? Die alte indische Liebeskunst. Um den dummen Männern beizubringen, wie eine Frau im Bett auf ihre Kosten kommt. Tantra ist die Kunst, eine Erektion so lange zu halten, bis die Frau einen Orgasmus hat. Das war der Kern der Sache!«

»Und?«

»Inzwischen hat man das vergessen. Auf diesem Planeten ist es nämlich so: Du gründest was, und kaum bist du tot, schwimmt alles den Bach hinab. Die Nachkommen sind immer dümmer als die Begründer. Das erste, was sie vergessen, ist die *Ursache*! Das *Herz* einer Lehre. Das *Warum*! Deshalb die Schnapsidee mit dem Spermaverlust. Und ich kenne Tantristen, die behaupten, daß auch die Frau keinen Höhepunkt haben darf. Womit das Ganze ad absurdum geführt ist!«

»Gott sei Dank gehörst du nicht dazu, sonst wäre ich jetzt zu Tode frustriert.«

»Und so?« fragt er und hält mir ein Stück Croissant vor den Mund. Ich beiße ab. Lächle ihn an.

»Es geht mir so gut wie noch nie. Ich könnte schreien vor Glück.«

»Ich auch.« Er verschlingt den Rest, dann küßt er mich schnell.

»Wann hast du eigentlich das erste Mal an mich gedacht?« frage ich nach einer Weile, als wir gegessen haben und das Tablett auf dem Teppich steht. »Ich meine, als Frau! War das nach dem Abend bei Maxim's?«

Paul lacht, legt den Arm um mich. »Viel früher! Sei mir jetzt nicht böse. Das war gleich beim ersten Mal. Nach der Fahrt im Autobus! Weißt du, wenn ein Mann eine Frau trifft, die ihn aufregt wie du mich, dann denkt er zu Hause an sie und spielt mit sich herum, bis er einen Orgasmus kriegt. Ich habe das versucht, aber es hat nicht funktioniert. Irgendwie ging das nicht. In der Nacht aber habe ich dann noch einmal fest an dich gedacht. Nur gedacht! Und das ganze Bett war naß!« Er lacht. »Ich habe mir vorgestellt, wie du aussiehst ohne das Kleid, das du getragen hast. Erinnerst du dich? Es war rot mit weißen Tupfen. Das hat genügt.«

»Und? Wie sehe ich aus? In Wirklichkeit? Bin ich so, wie du es dir vorgestellt hast? Oder bist du enttäuscht?«

»Enttäuscht? Ich habe dich genau so gesehen, wie du bist. Jedes Detail stimmt! Ich habe mir gedacht, vorhin, wie ich dich zum ersten Mal nackt gesehen habe, das kann nicht sein! Sie ist wirklich so schön wie in meiner Phantasie!«

»Meinem Mann war ich zuwenig üppig. Zuwenig Busen. Und hinten zu flach!«

»Der war blind«, sagt Paul trocken, »du hast eine süße Brust, weißt du? Und die schönsten Beine überhaupt! Du hast ganz schmale Fesseln. Und weißt du, was du noch hast? Was man wirklich selten sieht? Du hast wunderschöne Knie! Keine Teller, wie die meisten, sondern zart und elegant. Du bist graziös wie ein Reh! Du könntest Bademoden vorführen bei der Haute Couture!«

Er schlägt die Decke zurück und beginnt meine Beine zu küssen. Ich streichle seine dunklen Locken.

»Ich muß dir was sagen, Paul. Hörst du zu? Ich bin vierzehn Jahre älter als du.«

Er hebt den Kopf. »Weiß ich«, sagt er knapp.

»Woher?«

»Aus einer amerikanischen Illustrierten. Du hast einen Preis gewonnen. Für ein Eßbesteck. Ein Bild von dir war drin und ein kurzer Lebenslauf.«

»Und?«

»Was und?« Er läßt von mir ab, steht auf, sucht herum

in seinen Kleidern und kommt zurück mit seinem Portemonnaie.

»Warst du schockiert?«

»Aber wo«, sagt er ernst, »keine Sekunde. Ich mag nichts Schnelles, Billiges. Mich interessieren reife, intelligente Menschen. Ich will von einer Frau lernen!« Er setzt sich auf den Bettrand. »Sag! Tizia! Kennst du die vielleicht?!«

Er zieht einen Zeitungsausschnitt hervor, hält ihn mir hin. Es ist ein Bild von mir, nicht das beste und durch den Druck hat es zusätzlich gelitten, doch ich bin gerührt! »Das trage ich immer bei mir«, sagt Paul, »damit ich nicht vergesse, wie schön du bist!« Dann nimmt er meine rechte Hand und legt etwas hinein. »Das habe ich dir mitgebracht!« Es ist klein, schwer und kalt! Was kann das sein?

Neugierig öffne ich meine Finger. Oh, là, là! Das ist eine Überraschung. So was habe ich mir schon lange gewünscht. Das schenkt er mir wirklich?

»Weißt du, was das ist?« fragt Paul gut gelaunt.

»Ein Nugget! Woher hast du das?«

»Aus Kalifornien. Von einer Farm. Die haben einen Fluß, da wird Gold angeschwemmt.«

»Sieht aus wie eine Sultanine mit Schokoladenglasur!«

Paul lacht. »Weißt du, warum ich das gekauft habe? Das Gold hat dieselbe Farbe wie dein Haar.«

»Stimmt«, sage ich erstaunt, »an das hast du dich erinnert?«

Er nickt. »Ich vergesse nichts, was mit dir zu tun hat. Ich weiß noch jedes Wort, das wir gesprochen haben, bevor ich weggefahren bin. Im Juli. In der Sonnwendnacht!!«

»Wirklich?« Ich lege seine Hand an meine Wange. Dann küsse ich jeden Finger. Er sieht mir wortlos zu.

»Ich bin so froh, daß ich wieder da bin«, sagt er dann, »du hast mir so gefehlt! Du hast keine Ahnung, wie einsam ich war. Ohne dich.«

»Aber mit deinem Vater hast du dich gut verstanden.«

»Blendend! Nur – das ist kein Ersatz. Der ist nicht so weich wie du. Und man kann ihn nicht küssen.« Er schlingt seine Arme um mich, und schon begehre ich ihn wieder, daß es schmerzt! Wir gleiten ineinander! Mein Herz setzt aus! Gott, welche Lust! Warum ist das so schön? Und was ist das? Was geschieht mit mir? Was wärmt mich so? Noch nie habe ich das empfunden. Wie drückt man das mit Worten aus? Wir lieben uns zum fünftenmal. Und als es vorüber ist und wir glücklich und ermattet nebeneinanderliegen, ist es acht Uhr früh. Freitag. Und es wird hell.

»Fährst du in die Normandie?« frage ich Paul, der gedankenverloren mit meinen Locken spielt.

»Nie im Leben. Und du? Gehst du ins Geschäft?«

»Fällt mir nicht im Traum ein!«

»Kann ich eine Woche bei dir bleiben?« fragt Paul.

»Absolut! Bleib, so lange du willst!«

»Sweet Darling!« Paul erhebt sich, küßt mich auf den Mund: »Ich rufe meinen Vater an. Vom Salon aus. Ich bin sofort wieder da.«

Ich sage es lieber gleich: Wir bleiben zehn Tage im Bett. Bis Sonntag, den letzten Januar! Es wird die längste Liebesnacht meines Lebens. Noch nie, mit keinem Mann, habe ich je solche Höhen erlebt. Ich rufe Gloria an und nehme mir eine Woche frei. Ich stelle das Telefon ab. Diese Stunden sind zu kostbar. Da muß sogar die Arbeit ruhn.

Ja, das habe ich gelernt, mit meinen dreiundvierzig Jahren: An Tage wie diese erinnert man sich *immer*. Und an die Nächte erst recht!

So glücklich wird man so schnell nicht mehr! Außerdem – aus Hoch-Zeiten wie diesen schöpft man Kraft, die manchmal für ein ganzes Leben reicht. Und die Arbeit hole ich nach. Das soll meine geringste Sorge sein.

Paul kommt zurück. »Alles geklärt«, sagt er. Nackt steht er vor mir. Ich fasse ihn um die Hüften. Sein Körper ist wie mein eigener. Völlig vertraut. Er geniert sich auch nicht vor mir.

»Bleib wie du bist«, befehle ich und mustere das hübsche Ding genauer, das mich so glücklich macht.

Es ist ziemlich groß, dick und fest und in der Länge perfekt. Etwas gebogen. Keck steht es in den Raum. Ich reibe meine Nase dran. Unten ist es hell. Nach oben zu wird es rosa. Und kleine blaue Adern schlängeln sich froh zur Spitze hin. Und die Spitze ist elegant geschwungen, glänzend, glatt, wie eine pralle tropische Frucht. Oder ein runder Pfirsich aus der Dose. Ja, der fühlt sich ähnlich an im Mund.

Paul stöhnt laut auf. »Hör auf, Tizia! Sonst gibt es eine Katastrophe. Halt! Sonst bist du gleich ganz naß!«

»Macht nichts!« Ich nehme das gute Stück in die Hand, ziehe die Haut zurück und spiele mit der Zunge herum.

»Das tut man nicht«, sagt Paul, nimmt meine Hände weg und hebt meinen Kopf, »hör auf. Ich komme lieber wieder ins Bett.«

Was soll ich sagen!

Paul ändert sich *nicht* im Liegen. Nicht nötig. Er ist auch auf zwei Beinen ein absoluter Schatz! Er ist so zärtlich, daß es anfangs schmerzt. Ich war so lange allein, ich brauche zwei Tage, bis ich begreife, daß ich es bin, die geherzt wird und geküßt, geliebt und verwöhnt, daß die schlechte Zeit vorbei ist und nie wiederkommt.

Wir lieben uns zum sechstenmal. Dann schlafen wir bis vier Uhr nachmittags. Paul kocht, es gibt Spaghetti und Salat. Ich setze mich an den Zeichentisch und entwerfe die Pläne für die Normandie. Ich habe tausend gute Ideen, mehr als sonst, doch kaum ist Paul in der Küche bereit, höre ich auf, gehe zu ihm. Zum ersten Mal seit langem ist die Arbeit Nummer zwei.

Es schmeckt köstlich. Wir essen alles auf. Wir sind hungrig wie nie zuvor. Und gleich darauf ganz furchtbar müde! Wir müssen dringend zurück ins Bett!

Wo verdaut man am besten? Zwischen weichen Decken, oder nicht? Wir reden, lachen, kichern. Wir schmiegen uns aneinander und lieben uns zum siebtenmal. Und am Abend wieder. Und dann die halbe Nacht. Um drei Uhr früh sind wir noch immer wach. Wir essen Käsebrote und Kuchen, dann reden wir bis sechs!

»Jetzt wird endlich geschlafen«, befiehlt Paul und löscht das Licht. »Bitte nicht«, sage ich. Er macht es wieder an. Ich will ihn sehen! Ich will sicher sein, daß er hier neben mir liegt. Paul! Nicht Tommy, Fausto, Bob oder Brice!

Paul wälzt sich herum. Nach links! Nach rechts! Wir haben uns neunmal geliebt in den letzten neunundzwanzig Stunden. Er müßte völlig fertig sein! Paul stöhnt herzzerreißend.

»Bist du müde?« frage ich endlich.

»Ja!«

»Kannst du schlafen?«

»Nein!«

Er drängt sich an mich. Sein Zizi ist steinhart! So ist das! Gut. Ich greife danach, drehe mich zur Seite und halte es an meinen Leib. Paul umfaßt mich, drückt, schon fühle ich, wie das Wunderding mir neue Wonnen schafft.

Wie lange wir uns lieben, weiß ich nicht! Ich habe einen Höhepunkt, Paul hat zwei. Dann liegen wir ermattet da.

»Jetzt sehe ich, wie das ist, wenn eine Frau einen Mann zur Raserei treibt«, sagt Paul und gähnt wohlig vor sich hin, »aber tu mit mir, was du willst, mon amour! Und wenn du mich umbringst. Mir ist es recht!«

»Ich? Wieso ich??! *Du* hast gesagt, du kannst nicht schlafen!« Wir kichern wie zwei Verschwörer.

»Tut's dir schon weh?« fragt Paul nach einer Weile besorgt.

»Nein! Und dir?«

»Mir auch nicht! Aber mein Körper ist ziemlich verwirrt! Von Null auf Hundert! Vorhin in der Küche, weißt du, manchmal zittern mir die Knie! Aber es ist einmalig!« Er strahlt mich an. »Ich kann meine Hände nicht von dir lassen!« Und er drückt mich ans Herz!

»Weißt du was«, unterbreche ich das Schweigen, »ich muß dir etwas sagen: Ich habe eine Sonne im Bauch!«

»Seit wann?«

»Seit gestern abend. Seit dem fünften Mal. Nachdem du mir das Nugget gegeben hast!«

»Weißt du was?« sagt Paul mit seltsamer Stimme. »Ich auch!«

»Du auch?« Wir starren uns an. Dann setzen wir uns auf.

»Hast du das schon einmal gehabt?« frage ich fasziniert. Paul schüttelt seinen dunklen Lockenkopf!

»Es ist genau zwischen dem Nabel und den Haaren«, ich zeige auf die Stelle, »richtig heiß! Aber unglaublich gut!«

»Genau wie bei mir«, nickt Paul.

»Ist das normal?« frage ich. »Eine Sonne im Bauch?«

»Sicher nicht«, sagt Paul und küßt die Spitzen meiner Brust, »aber wir sind auch nicht normal! Grace à Dieu!«

Schon liegen wir uns wieder in den Armen und lieben uns zum zwölftenmal. Kurz und süß! Dann sinkt Paul endlich in Tiefschlaf, es ist auch höchste Zeit!

Wohlig müde liege ich in den weichen, weißen Kissen und genieße die Welt! Ich bewundere mein Schlafzimmer. Es wirkt wie ein verzauberter Garten. Nie zuvor schien es mir so schön. Die Vorhänge wirken noch edler. Die Bilder bunter. Die Pflanzen größer und grüner. Und die Blätter der Palmen glänzen wie von Mondlicht umflort. Doch der Mond ist weit weg. Und winzig klein. Man bemerkt ihn noch kaum am Himmel von Paris! Ja, es stimmt! In einer Liebesnacht sieht alles anders aus!

Die Luft scheint schwer wie Parfüm! Sie umgibt uns wie Balsam. Sie hat plötzlich Gestalt. Wir haben sie vollgeladen, die Luft, Paul und ich, mit unseren wilden Küssen, unserem Glück, den süßen Worten, die wir füreinander fanden. Wir haben sie getränkt, die Luft, mit erotischer Kraft. Wir haben sie zum Leben erweckt wie die Sonne in meinem Bauch! Darum ist in Liebesnächten alles anders: das vertraute Zimmer, die Pflanzen und man selbst! Weil man mehr sieht in dieser Luft! Man sieht die Schönheit aller Dinge. Den Zauber, der sie umgibt. Und das Geheimnis des Lebens hinter jedem grünen Blatt!

Glückselig richte ich mich auf. Vorsichtig. Um Paul nicht zu wecken. Er schläft dicht an mich gepreßt. Atmet ruhig und zufrieden. Ich drücke einen sanften Kuß auf seine nackte Schulter. Die Haut ist warm, vertraut. Sie riecht so gut. Nein. Liebe macht nicht blind. Sie schärft den Blick. Denn plötzlich weiß ich ganz genau: Diesen Mann hat mir der Himmel geschickt.

Zehn Tage absolutes Glück! Wir singen und lachen, schlafen lang. Wir essen viel. In der Wohnung gehen wir nackt! Es ist gut geheizt und warm wie im Paradies. Liegen wir nicht im Bett, halten wir uns ständig an den Händen. Zeichne ich, sitzt Paul neben mir und liest. So nah, daß unsere Schultern sich berühren oder unsere Schenkel oder die Zehen. Kochen wir, stehen wir eng nebeneinander. Beim Essen legt er seine Hand auf mein Bein. Meine ruht auf seinem rechten Knie. Mit einem Malpinsel bürste ich Brotkrumen aus seinem Nabel. Er schneidet Kuchen und steckt mir gute Happen in den Mund. Ich föne seine dichten schwarzen Locken. Dann küsse ich ihn auf den Hals. Schon liegen wir wieder im Bett und lieben uns, als wäre es das erste Mal.

Dienstag, den sechsundzwanzigsten Januar, ist nichts Eßbares mehr im Haus. Wir raffen uns auf und kaufen ein. Doch die Welt da draußen tut uns weh! Wir ertragen sie noch nicht, die anderen. Kleidung und Schuhe sind so unbequem, auch die Mäntel sind zu schwer. Vollbepackt kommen wir zurück.

»Endlich wieder im Paradies«, sagt Paul. Wir reißen uns die Kleider vom Leib! Erst als wir uns aneinanderschmiegen, Haut an nackte Haut, erst als wir uns halten und küssen, ist die Welt wieder heil.

Am Donnerstag sind die Pläne fertig. Ich schicke sie in die Normandie. Paul begleitet mich zur Wohnungstür.

»Ich gehe schnell zur Post«, sage ich, »das ist für deinen Vater. Ich bin bald wieder da.«

Er nickt. Als ich zurückkomme, steht er immer noch im Entrée, hat sich nicht von der Stelle gerührt.

»Was ist los?« frage ich erstaunt.

»Plötzlich warst du weg«, sagt Paul versonnen, »seltsam war das. Plötzlich war kein Licht mehr da. Ich habe die ganze Zeit auf diese Tür gestarrt und gewartet, daß du kommst.«

Die letzten vier Tage verleben wir zu Hause. Machen Zukunftspläne. Daß wir zusammenbleiben, ist klar. Stundenlang stehen wir am Fenster, blicken auf die Teiche, denn Paul liebt Tiere, genau wie ich. Es ist sehr kalt geworden in Paris. Seit Freitag kommen Wildenten zu uns. Zwei Erpel, sechs Weibchen. Die Becken sind zugefroren. In dem Wasserloch, das frei bleibt, schwimmen Enten, trinken Möwen, und nachher putzen sie sich gemeinsam auf dem Eis. Es ist ein reizendes Bild. Die Tiere sind tapfer und fröhlich. Sie ignorieren die Kälte. Ihre Federn schillern bunt. Sie sind schön, sie leben, sie beschweren sich nicht. Sie wissen: Irgendwann wird Frühling, das Eis taut auf, die Jagdzeit ist vorbei und alles wird gut!

Paul mag die Möwen, doch in die Enten sind wir verliebt. Sie sind stark, drollig, mutig und setzen sich durch!

Ein Geländer aus Metall geht um das große Becken unter meinem Schlafzimmer. Es besteht aus gebogenem Eisenrohr. Dort übernachten die Möwen, ihre roten Füße um das Metall gekrallt. Die Enten hocken auf dem Beckenrand, auf flachen Flossen, und blinzeln nachdenklich nach oben!

Einen Tag lang ging das so.

Doch am Samstag flogen die Erpel hinauf auf das Rohr, wo die besten Sitzplätze sind, drängten sich zwischen die Möwen, und die Weibchen kamen nach. Bis zum Abend lernten sie, wie man sich mit Schwimmfüßen am Geländer festhalten kann. Manchmal stürzte einer ab, doch er flog gleich wieder hoch. Und heute, Sonntag, thronen alle oben, die Enten und die Möwen, ohne herunterzufallen, stolz, wichtig, geschäftig, wir lachen uns halbtot.

»Siehst du«, sagt Paul, »ein starker Wille setzt sich durch. Wir haben auch Schwimmflossen, du und ich, keine Krallen. Wir sind behindert durch zuviel Gefühl! Ja! Wir leiden, wo die andern lachen. Und trotzdem kommen wir ganz hoch hinauf, und wir halten uns auch. Genau wie die Enten, voilà!« Und er preßt mich fest an sich, denn der Abschied naht! Seltsam ist das: Paul fährt weg! Doch am Wochenende sehen wir uns wieder! Ganz bestimmt. In Paris, in der Normandie, vielleicht auch schon am Donnerstag. Und jeden Abend rufen wir uns an!

»Tizia«, sagt Paul und mustert mich mit seinen schönen dunklen Augen, »du hast aus mir einen glücklichen Mann gemacht. Du hast mich hochgehoben, aus der tiefsten Verzweiflung ins größte Glück. Du bist mir das Liebste auf der Welt, meine einzige Freude. Ich kann nicht mehr leben ohne dich. Schwörst du, daß du bei mir bleibst?«

Wir fallen uns in die Arme, küssen uns lang. Und dann fährt er nach Hause.

Paul ist weg. Und den Rest des Tages bin ich wie in Trance. Ich höre Liebeslieder, starre selig vor mich hin. Mein Körper glüht. Ich bin voller Kraft! Ich horche in mich hinein, alles in mir tanzt und lacht, ich bin voll wilder Freude, ich könnte sterben vor Glück!

Am nächsten Morgen springe ich aus dem Bett.

Ich bin durchdrungen von einem Hochgefühl. Und so bleibt es, den ganzen Tag. Ein Wunder ist geschehen: Ich *liebe*! Doch ich *leide* nicht!

Diesmal ist kein Geld im Spiel. Keine Mätresse. Nichts Dunkles tut sich im Untergrund. Die Sonne scheint. Der Horizont ist hell und klar!

Ich bade, frisiere mich, trinke Café crème. Dann kleide ich mich an: ein weißes Wollkostüm mit rosa Borten an Ärmeln und Saum. Das Nugget bringe ich zu einem Juwelier. Ich lasse es fassen und werde es an einer Kette tragen.

Und für Gloria kaufe ich einen großen, bunten, wunderbaren Blumenstrauß!

Wie ist das Wetter? Ich blicke aus dem Fenster. Es hat zu regnen begonnen. Die Teiche tauen auf.

Ich hülle mich in einen blauen Mantel. Greife nach einem bunten Schirm.

Ich verlasse das Haus. Ich bin absolut ... wunschlos ... ich bin ... *glückselig*!

Und diesmal, das weiß ich, bleibe ich es auch!

21

ICH BIN GLÜCKLICH geblieben. Dreiunddreißig ganze Jahre lang. Soviel Zeit ist vergangen. Ich fasse es kaum.

Meine kühnsten Hoffnungen haben sich erfüllt. Beruflich und privat! Ich bin sechsundsiebzig und in ganz Frankreich bekannt. Noch nie hatte ich soviel Erfolg wie jetzt.

Ich bin zur Kultfigur geworden. Was nur wenigen gelingt in ihrer Lebenszeit! Ständig werde ich besucht, um Rat gefragt, ich kann mich kaum retten, so viele Aufträge bringt man mir ins Haus. Ich werde interviewt, hofiert, fotografiert, täglich könnte ich im Fernsehen sein, Zeitungen und Radio berichten über mich. Meine Entwürfe stehen in allen Museen. Ich gewann so viele Preise, ich zähle sie nicht mehr. Ich halte Vorträge, Seminare, ich reise, führe die Firma, ich bin aktiv wie nie zuvor.

Es geht mir wahnsinnig, aufregend, unverschämt gut.

Alle Türen stehen mir offen in Paris. Ja, die Franzosen schlossen mich ins Herz. Ich sie aber auch!

Sie sind rührend in ihrer Treue. Lieben sie jemand, dann lieben sie ganz. Fürs Leben! Nicht für die Saison. Da kann man häßlich werden, böse, mit Buckel oder Kropf, für sie bleibt man die Schönste, bis man für immer die Augen schließt.

In anderen Ländern ist das nicht so!

Da wird man schnell berühmt. Und noch viel schneller stürzt man ab. Man wird hochgejubelt und verächtlich getreten, oft in einem einzigen Jahr. In Frankreich dauert es

Jahrzehnte, bis man arriviert. Aber wird man geliebt, hat die Liebe Bestand!

Ich gebe aber auch mein Bestes. Immerzu! Ich entwerfe nicht, um zu schockieren oder um mit allen Mitteln originell zu sein. Ich zeichne Schönheit! Weniger gefällt mir nicht! Und wird ein Entwurf nicht perfekt, werfe ich ihn weg. Doch mit jedem Stück, das mir einwandfrei gelingt, mit jedem Stuhl, jedem Tisch, jedem Glas, jedem Stoff, jedem Teppich, jedem Raum, habe ich die Welt ein wenig schöner gemacht. Und darauf bin ich stolz.

Und noch etwas hat sich erfüllt.

Der Wunsch, mir immer ähnlich zu sehen! Ich habe mich kaum verändert. Ich bin die, die ich immer war. Ich bin zierlich, elegant und frisch, ich halte mein Gewicht. Ich habe Silberfäden im Haar. Doch bei Blondinen stört das kaum. Ich esse sehr gesund, das macht sich bezahlt. Keine Tiere. Und ich rauche nicht.

Resultat: Ich bin nie krank! Keine Grippe, kein Schnupfen, kein Krebs. Kein Herzleiden, keine Gicht, ja, sogar Krampfadern blieben mir erspart. Meine Beine sind noch immer schön, meine Haut ist hell und zart, ich bin gesund und munter und voll Energie!

Und ich fühle mich jung. Und mit Recht! Jetzt, im einundzwanzigsten Jahrhundert, sieht man die Dinge anders als früher: Stellten nicht die Forscher fest, daß unsere Zellen auf hundertfünfzig Jahre Leben programmiert sind? Auch unsere Herzen könnten dreihundert Jahre schlagen! Moses wurde hundertzwanzig! Heute gibt es viele, die sind gleich alt! Wie jung scheint sechsundsiebzig, von dieser Warte aus. Ja, wir leben endlich länger! Die Hundertjährigen zählt man gar nicht mehr. Mit fünfzig ist man fast noch ein Kind. Und sechzig ist noch lang nicht alt!

Heute haben wir mehr Disziplin.

Man ißt wenig tierische Kost. Immer weniger Menschen bringen sich mit Suchtgift um. Man ist auch religiöser. Der Leib ist kostbar (nicht unkeusch und schlecht!). Er ist Gottes Tempel (nicht Satans Werk!). Und die Liebe ist heilig. Hält sie nicht jung und gesund?

Paul und ich – wir haben auch heute noch manchmal eine Sonne im Bauch. Wenn ich zurück bin, nach einer langen Reise, ist das jedesmal ein Fest! Paul hat sich kaum verändert. Er ist immer noch ein schöner, sanfter, schlanker Mann. Und auch er hat viel Erfolg. Er ist berühmt für seine Blumen, seine Bäume, Sträucher, Orchideen und Kakteen. Und er züchtet das beste Gemüse, das beste Obst, das man sonst fast nirgends mehr kriegt.

Paul wollte keine Kinder. Miriam hat inzwischen drei. Für Nachwuchs ist gesorgt, und – ganz ehrlich – Kinder fehlten mir nicht. Paul genügte mir, von Anfang an. Er ist mein Geliebter, mein Freund, mein Mann, mein Kind. Er ist mein Bruder, mein Vertrauter, mein Augenstern!

Ohne Kinder ist das Zusammenleben leichter. Wir sind nur füreinander da. Wir gehen ineinander auf. Fausto war nur ein Zwischenspiel. Zwei Jahre meines Lebens. Nicht mehr. Aber drei glückliche Jahrzehnte habe ich bereits mit Paul verbracht.

Ach, mein Leben ist herrlich!

Denke ich zurück – seit ich Paul kennenlernte, war es nur noch schön! Gloria und ich, wir bekamen damals das Haus in Passy. Es ist auch heute noch der Firmensitz. Die Produktion jedoch, die Ateliers, die Büros sind draußen in der Normandie. Zehn Jahre führten wir gemeinsam die Geschäfte. Dann ging Gloria mit George nach Amerika. Jetzt ist sie einundneunzig. Und immer noch voll Neugier und Humor. Sie ist gerade in Bali. Bei unseren Lieferanten zu Besuch. Ihre Briefe sind voll Ideen, voll mit Skizzen, Stoffmustern, Entwürfen, und ich weiß, das wird noch lange so sein. Gloria freut sich am Leben. Sie wird sicher hundertzwanzig, nehme ich an.

Seit dreiundzwanzig Jahren also führe ich die Firma allein. Und ich führe sie auf meine Art. Arbeit, die man liebt, hält jung. Gewagte Spekulationen dagegen kürzen das Leben! Wie oft bot man mir Geschäfte an, voll Risiko. Ich lehnte immer ab. Ich entschied mich immer so, daß ich imstande war, ruhig zu schlafen. Ich vergrößerte nur auf gesundem Fundament. Ich sparte. Und war Geld da, wurde gekauft. Keinen Tag früher. Was ich erwarb, gehörte mir. Nicht der Bank. Deshalb brauchte ich schlechte Zeiten nicht zu fürchten. Deshalb machte mich die Arbeit nie krank.

Außerdem: Es gab ein abschreckendes Beispiel: Fausto und Odile! Apoll-Immobil! Den Aufstieg verfolgten wir mit Spannung, Gloria und ich: elegante Büros auf dem Champs-Élysées. Sekretärinnen, Telefonistinnen und anderes Personal. Vermittelt wurden nur noch Schlösser, teure Häuser auf dem Land. Oder riesige Wohnungen in Paris. Unter dreihundert Quadratmetern hatte Odile nichts im Sinn.

Aber dann kam die Flaute. Die Preise waren zu hoch, keiner kaufte, und die beiden blieben auf ihren Luxusträumen sitzen.

Hohe Kredite besorgten den Rest.

»Gut, daß du geschieden bist«, sagte Gloria damals zu mir, »ich habe den düsteren Verdacht, es kommt zum Konkurs!«

»Wie das Amen im Gebet«, pflichtete ich bei, »Fausto und Geld! Gute Nacht. Ich habe verdient, er gab aus. Jetzt verdient keiner! Aber zwei spielen Multimillionär!«

Wir behielten recht: Drei Jahre nach meiner Scheidung war Fausto bankrott.

Armer Onkel Kronos. Der dreht sich heute noch im Grabe um. Doch das war nicht alles.

Kurz nach dem Konkurs, der die ganze Branche erschütterte, kam der zweite Skandal: Odiles Bruder wurde verhaftet. Der Mann mit Hut. Der ungepflegte Blonde mit Bart. Es stand in allen Zeitungen. Er führte ein illegales Wettbüro in dem Haus, das Fausto gekauft hatte, hinten, in dem Raum mit dem stinkenden Kamin.

Das Restaurant war nur Fassade. Angeblich hat er Millionen verdient. Und vertan. Denn er war Spieler nebenbei. Deshalb war er so verschuldet, als ich noch mit Fausto zusammen war.

Jedenfalls (das erfuhr ich von Flore) war Melina seine Geliebte. Jahrelang. Und die dünne Schwarzhaarige, die Fausto damals die Frösche servierte, war seine Frau! Und dann war noch eine kleine Freundin im Spiel! Hut ab! Irgendwie kam er mit allen zurecht. Jahrelang. Doch, was soll's! Er kam hier zur Welt. Er weiß, wie man das macht.

Um nichts zu verschweigen, Apollo-Kaffee siecht dahin. Papa Hermès lebte zwar hundert Jahre. Und bis zum Schluß war er aktiv. Doch jetzt ist Helios am Zug, und sofort nahm er Kredite auf. Er vergrößerte die Rösterei, baute neue Büros – und was geschah? Weltweit ging der Kaffeekonsum zurück, jetzt steht er da! Angeblich hat er Kosma in die Firma geholt. Sie soll tüchtig sein. Hört man in der Branche.

Fausto hat Odile nie geheiratet, seltsam, aber wahr!

Er ist immer noch mit ihr liiert, doch er hat jetzt eine blonde Hortense zur Frau. Sie ist Designerin, sehr talentiert. Die zwei sind jetzt dort, wo ich aufgehört hatte: bei kleinen Garçonnièren, die man renoviert und weiterverkauft!

Hortense ist tüchtig. Sie ist Kundin bei mir. Sie ist mir sympathisch, und sie tut mir leid! Sie ist erst fünfzig und erhält den ganzen Klan: Fausto, Odile, die Kinder – wie sie das macht, ist fabelhaft! Doch sie ist Französin. Sie hat das gut im Griff!

Fausto kommt manchmal vorbei. Er ist immer noch ein schöner Mann. Groß, mit wildem Haar, die Augen blau. Nur Maßanzüge trägt er keine mehr. Er kleidet sich jetzt wie ein Künstler auf Wanderschaft: Blaue Pumphosen. Hohe schwarze Schnürstiefel. Helles Hemd, handgestrickte bunte Weste mit Silberknöpfen, darüber ein blauer Rock im Rauchfangkehrerstil. Eine Pfeife ragt aus seiner Brusttasche. Es paßt ihm gut.

Seltsam. Ich freue mich immer, wenn ich ihn sehe. Er ist

mir vertraut. Richtig getrennt haben wir uns nie. Und jetzt, nach diesen vielen Jahren, gestärkt durch Paul, der hinter mir steht, wie ein Fels in der Brandung, sehe ich vieles milder.

Ja, plötzlich finde ich sie schön, diese typisch französische Anhänglichkeit, die Treue zu denen, die man liebt. Plötzlich gefällt mir, daß man sie nicht einfach fallen läßt, weil eine andere kommt. Fausto hätte auch mich nie im Stich gelassen, das weiß ich jetzt. Zeitlebens hätte ich ein Recht auf ihn gehabt – als Nummer Zwei!

Doch lieber bin ich Nummer *Eins*.

Rolls-Royce fährt Fausto nicht mehr. Er hat einen kleinen, weißen Renault. Aber das Tannenhaus gehört ihm noch. Ich soll ihn dort besuchen, meint er. Doch ich habe keine Zeit.

Ich habe anderes zu tun!

Ich habe das Gefühl, ich fange jetzt erst richtig an. Eine lange, fruchtbare Zeit liegt noch vor mir. Ich habe große Projekte: ein ganzes Hotel, mitten in Paris. Im Keller ein Jazz-Club, ein Restaurant unter dem Dach. Und alles entwerfe *ich*, jedes einzelne Objekt, vom Aschenbecher bis zum Hochzeitsbett!

Ja, Lollo kam zu Miriam als Kinderfrau. Grand und Petit sind in der Firma angestellt. Wir sind eine große, glückliche Familie, es geht uns fabelhaft!

Ich trage immer noch die goldenen Sonnen. An wichtigen Tagen geben sie mir Kraft! Sie sind extravagant. Das stimmt. Doch grau in grau tötet den Geist. Künstler müssen strahlen. Bunte Menschen machen das Leben süß!!

Mit Lucifer und Tommy bin ich noch befreundet. (Beide heiraten ununterbrochen, Lucifer hat seine fünfte, Tommy seine sechste Braut.) Zu Brice verlor ich den Kontakt.

Und jetzt ist es halb drei. Ich muß mich beeilen. Ich fliege heute noch nach Genf. Ein Theater wird eingerichtet, nach meinen Plänen. Es soll ganz anders sein als alles, was man sonst so sieht. Nicht schwarz und kahl, nein! Glitzernd, fröhlich, bunt.

Ich ziehe mich um: Ein weißes Strickkleid, das meine schlanke Figur betont. Ein roter Gürtel. Die goldenen Sonnen. Das Haar mit zwei Kämmen seitlich hochgesteckt. Etwas rosa Lippenstift, Nelkenparfüm.

Paul tritt herein. Sieht mich an mit seinen sanften, schönen dunklen Augen. »Bist du fertig, ma chérie?«

Er legt den Arm um mich und drückt mich an sich.

Paul fliegt mit mir. Es ist Winter, Anfang März, und er hat noch nicht allzuviel zu tun. Wir bleiben ein paar Tage am Genfer See. Nur er und ich. Endlich allein! In einem Schloßhotel. Ach, das wird schön!

Wir liegen auch heute noch manchmal den ganzen Tag im Bett. Wenn wir Zeit haben. Eng aneinandergeschmiegt. Wir lieben uns. Wir sind füreinander da. Und ich will, daß das so bleibt. Trotz der langen Reisen, trotz des großen Erfolgs, trotz der vielen fremden Menschen, der Journalisten, Studenten, Politiker, Bewunderer, die versuchen, sich in mein Leben zu drängen.

Und wenn ich etwas wirklich will – schließlich habe ich eine Lawine überlebt –, dann erreiche ich es auch!